幸村百理男

Morio Komura

東大理三の悪魔

宝島社

目 次　Contents

第一部　東大理三の悪魔

第二部　東大病院の天使

東大理三の悪魔

この物語は実話をもとにしたフィクションです。

第一部

東大理三の悪魔

「光あれ」と神は言った。

すると、光子《こうし》があった。

1　教養学部図書館

1997年　冬

東大駒場《とうだいこまば》キャンパスの正門に辿《たど》り着いたのは二十時より少し前、帰路につく学生の姿もまばらになり始める時間だ。

僕は正門を越えて右手にある教養学部図書館へ向かった。この時間に大学を訪れて、図書館が閉館する二十一時まで勉強するのが日課になっていた。


その図書館は僕にとって居心地のよい場所だった。布製の背表紙の書物が整然と並ぶ本棚や、古本の匂いや、とても広い自習室の共用テーブルなど……どれも僕をすごく落ち着かせた。

だが何よりも僕の心と親和したのが、閉館十分前から大音量で流れるバッハのブランデンブルク協奏曲だ。多くの学生はその曲が流れ始めると急いで退散していくのだが、僕はその曲を聴きながら数学と物理の世界に没入する。短いが、もっとも密度の濃い時間だ。

二十一時になると曲がぴたりと止まり、「閉館です」というアナウンスが響く。いつもそれを合図に勉強を止《や》めて、足早に図書館の出口へ向かう。その時、館内の点検を始める司書とよく目が合った。彼は白髪が目立ち、顎鬚《あごひげ》を生やしている。五十代前半くらいに見えた。

※

遡《さかのぼ》ること一年八ヶ月、僕は現役で理一（理科一類）に合格し、東大に入学した。その後、仮面浪人生として過ごし、一年後に理三（理科三類）合格を果たした。そのとき自習でよく利用したのが、この教養学部図書館だ。

受験が終わり生活は乱れていく一方だったが、この図書館で勉強する習慣は残った。両者をすり合わせた結果、夕方に起床して夜から図書館で勉強する奇妙な生活が定着した。

※

一ヶ月ほど前から、ある女性が閉館三十分ほど前に図書館に現れるようになった。彼女はいつも黒いコートを着て、大きめのサングラスを館内でかけていた。ストレートヘアを耳が隠れる程度に伸ばし、化粧は全くしてないように見えた。

彼女が来館すると、白髪の司書が準備した数冊の専門書を手渡す。彼女はそれを両手に抱えて自習室にやってくる。

自習室には大きなテーブルが三台並んでいて、それぞれのテーブルには八脚のキャスター付きの椅子が、向かい合って並んでいる。一番奥にあるテーブルの窓側は蛍光灯が切れたまま放置されていて、夜はとても薄暗い。彼女は決まってそこに着席し、持ち込んだ本を読み始める。どれも難解そうな物理の専門書だ。

　奇妙なことに薄暗い場所であるにもかかわらず、彼女はサングラスを外さない。さらに目を引くのが専門書のページをめくる速さだ。見開きを見つめるのに二、三秒しかかけていない。それは読んでいるというより、何かを探しているように見えた。

　彼女は稀《まれ》にサングラスを外し、切れ長の目を細めて館内を見渡した。いつも僕はその素顔から目を離せなくなる――彼女はボーイッシュな雰囲気の美人だった。

　決まって閉館の音楽が流れ始める前に彼女は退散する。両手に抱えた本をカウンターで司書に渡し、早歩きで去っていく。まるで計らったかのように大音量のブランデンブルクが流れ始める。

　その日はブランデンブルク協奏曲第三番第一楽章が流れていた。僕は腕を組んで、彼女がいた空間を見つめる。そこにはまだミステリアスな空気が残っている。

※

　翌日も彼女は閉館三十分前に現れた。その日もサングラスを外さず、司書から受け取った専門書をいつもの薄暗い席で読み始めた。

　その時僕のＰＨＳが震えた。画面を見ると友達の蔵野《くらの》からだ。二十二時に近所の安楽亭《あんらくてい》で岡田《おかだ》と三人で焼肉を食べる約束をしていたので、きっとその件についてだろう。

　僕は受話ボタンを押し「ちょっと待って」と囁《ささや》いてから、小走りで館外に出た。電話口に耳をあてると蔵野の声が鼓膜に響いた。

「ノボル？　悪いけど、今まだ新宿《しんじゅく》区立図書館で調べ物してて、渋谷《しぶや》に着くのが遅れそうなんだよ。先に岡田と食べててよ、後で行くから」

「うん、分かった」

電話を切り、ため息をつく。

蔵野は同じ理三の一年生で、都内各地の図書館で企業のトップに立つ人間の記事を集めている。奇妙な趣味だが、本人曰《いわ》くその知識が株式投資に役立っているそうだ。

僕は電話をズボンのポケットにしまい、あらためて周囲を見渡した。駒場キャンパスは真っ暗だったが、散在する外灯がところどころの地面を照らしていた。外は寒く、息が白く浮かび上がる。ふとタバコが吸いたくなり、図書館の横にある喫煙所まで歩いた。

吸い殻入れの前でマイセン（マイルドセブン）にライターの火をかざした時、目の前にサングラスの彼女が現れた。突然の出来事に緊張する。僕はタバコを吸いながら横目で彼女を見た。

彼女はサングラスを外し、ラキスト（ラッキーストライク）の箱をコートから取り出し、一本を口に咥《くわ》えて火をつけた。街灯が彼女の素顔を仄《ほの》かに照らし、僕はその姿に目を奪われた。

――ふと彼女と目が合った。

しばらくそのままの状態が続いた。僕が何か声をかけるべきか逡巡《しゅんじゅん》していると、彼女はゆっくり近寄ってきて、目を細めて僕の顔を覗《のぞ》き込んだ。まるで何かを検分するような表情だ。僕は麻酔をかけられた蛙《かえる》のように動けなくなった。

気がつくと彼女は僕から離れ、タバコを灰皿に押し付け、暗夜のキャンパスの奥へ消えた。僕は自分の顔を手で触った。何かついていたのだろうか。それにしても奇妙な挙動だった。

僕は彼女が消えた方角をいつまでも眺めていた。闇の奥で車のテールランプが赤く点灯し、すぐに小さくなった。

2　秀才達との会話

「とりあえず渋谷会館行こうよ」

岡田は今日も陸上部で走り込んだようで、スッキリした表情だった。僕は肯《うなず》いた。

「渋谷会館」とは渋谷では最大のゲームセンターで、全機が1プレイ五十円で遊べる。当時1プレイ百円のゲームセンターが主流だったので、多くのゲームファンに好かれ、店内はいつも賑《にぎ》わっていた。

目的地の渋谷会館はセンター街の入り口付近にある。僕と岡田が駒場キャンパスから歩き、坂を降りて渋谷会館に着いたのが二十一時四十分だった。店内はタバコの煙で空気が霞《かす》んでいる。僕たちは定番の格闘技コーナーに直行した。

岡田の対戦を後ろで見ていたとき、フロアの奥の壁に設置されたテレビが目に入った。ニュース番組が流れている。

『〈世界的資産家〉ウィリス家長男の電撃来日』とテロップが打たれていた。普段ならニュースはまったく興味がなかったが、画面に映ったスーツ姿の白人男性が十八歳と紹介され、『ついに俺より若い奴《やつ》が』という気持ちで画面を眺めていた。ジョン＝ウィリスという名前だそうだ。とても端正な顔をした白人で、クールな表情でインタビューに答えていた。

僕たちは三十分ほど遊んで外に出た。館内はタバコの煙が酷かったので、外の空気が美味《うま》く感じる。岡田は対戦相手がズルかったとボヤいた。

坂を登って行きつけの安楽亭に向かう。そこで一皿二百八十円のカルビを腹いっぱい食べるのが恒例だ。

二十二時半に店に着き、テーブル席に座って店員に注文した。岡田は銀マル（マルボロウルトラライト）に火をつけ、吐き出した煙を眺めている。

彼は現役の頃から東大模試で理三は合格圏内だったが、理三受験でよくある番狂わせで現役時代は不合格、その一年後に合格した。つまり僕と同い年だ。

彼は美容室で切ってもらっている短髪をしっかり整髪料でセットしている。身体はキュッと引き締まっていて、当時流行《はや》りの服を着こなしていた。

それに対して僕は髪が肩まで伸びてボサボサ、分厚い半てんを着ていた。東大の中では許されるが、渋谷の街では明らかに浮いていた。

彼はタバコの先を見つめながら呟《つぶや》いた。

「タバコだけはやめらんないね。これのせいで短距離しか種目を選べないんだよな」

「やっぱり長距離は喫煙してるとキツい？」

「全然ダメだね。健康にも良くないし、やめたいんだけどね」

当時の成人男性の喫煙率は五十パーセントを超えていたので、喫煙男性はむしろ多数派だった。ところが東大理三の喫煙率は極端に低く、一桁パーセントだった。僕が岡田、蔵野と仲良くなったのも、いつも喫煙所に同じ顔が並んでいたからだ。

店員が三人前のカルビの皿を置いた。岡田はきちんと会釈をした後、二つあるトングの一つをとって、肉を鉄板に並べていった。僕もそれに続いた。自分の肉は自分で焼く、それが僕らのルールだ。

岡田が口を開いた。

「でも酒の方がヤバそうだね。大酒飲みの大人は雑駁《ざつぱく》な人が多くて、好きになれんし」

「へえ、そんなもんか」

「そうだね。部活のOB内科医も大酒家の患者は注意しろって」

僕は過去に出会った酒飲みの大人を思い起こした。そういえば小学校の頃に担任だった暴力教師は、よく日本酒の話をしていたな……。

トラウマになっている人間を思い出し、暗い気持ちになる。岡田は肉をひっくり返し、僕を見た。

「社会人になったら付き合いで飲まないといけないから、みんなそこでハマるんだろうね。特に外科の飲み会はヤバいってさ。夜中の三時まで飲んで、翌朝八時から回診だって」

「うええ……」

想像しただけで気持ちが暗くなった。

「飲み会がない日は大体当直で、結局寝る時間がほとんど取れないって」

いつも岡田から聞かされるOBの生活が妙にマッチョであることは残念だ。理三に受かったんだから、もっと知的で文化的な生活を送ればいいのに——。

僕がそう話すと岡田は腹を抱えて笑った。僕は首を振り、焼けた肉を口に運ぶ。

「ハッハハハ、なんだノボル、辛気くせえ顔して」

遅れてきた蔵野が岡田の横に腰をかけた。彼はいつも大きな声で笑う。彼曰く、大物は大きな声で笑う傾向があり、それを真似《まね》しているそうだ。「形から入る」が彼の座右の銘だ。

自慢のジョルジオ＝アルマーニの革ジャンを脱ぐと、ラークの箱から取り出したタバコに火をつけ、呼び鈴のスイッチを押した。岡田が今までの話を蔵野に伝えた。

若い店員が来て、蔵野はカルビとライスを頼んだ。

蔵野が癖の貧乏揺すりを始めると、ストレートヘアがサラサラと揺れた。彼は色黒で、鋭い目付きが特徴だ。

蔵野はかつて東大理科二類から農学部に進学し、卒業後は証券会社に就職した。しかし一年目から徹夜が続くほどの激務で、二年目に心折れて退職した。その後すぐに受験勉強を開始して理三に受かったので、六年遅れている。つまり一年浪人している僕と岡田より、五つ歳上だ。

岡田から外科の飲み会の話を聞いた蔵野は首を振った。

「いやあノボルの意見はもっともだと思うぜ。なんで苦労して理三受かったのに、卒業したら不眠不休の生活を送らないといけねえんだよ」

岡田はライスを食べながら呟いた。

「そうやって頑張る人間がいるから、日本の医療がもってるんじゃない？」

「いやいや、俺たちばかり頑張らされて、資本家はあぐらをかいてんのよ。そこは怒るべきだろ」

蔵野は店員が持ってきたカルビを焼き始めた。

「病院に資本家なんていているの？」

岡田が問うと、蔵野は不敵な笑みを浮かべる。

「そりゃあ、いるぜえ。まあ公立は知らんが、私立病院は理事長がごっそり利益をとるか、スポンサーの資本家が利益をとるかだ。ちなみに日本じゃねえけど、ニュースで話題のウィリス家も病院事業に力を入れてるそうじゃねえか」

基本的に二人でディスカッションし、もう一人は傍観するのが僕たちのルールだ。だから僕は黙っていた。

蔵野はカルビとライスを食べ始める。そして口を手で隠して、しゃべり続ける。

「資本家ってのは、俺たち秀才をベルトコンベアに乗せようとすんのよ。『この先は東大卒エリート医師コースになります』なんて、もったいぶった声で耳打ちしてな。そんで卒業したら、資本主義の落とし穴を用意して待ち構えている。えげつないねえ」

岡田は肩をすくめた。

「じゃあ聞くけどさ、蔵野の思い描くエリートコースって何？」

蔵野は腕を組み、専門家っぽく眉をひそめて語る。

「今、来日で話題になってるジョン＝ウィリスなんかは憧れるねえ。若くしてウィリス家の重要なポストにつき、世界中の財界人が彼に注目してるらしいじゃねえか」

岡田は呆《あき》れたような表情を浮かべる。

「彼はまあ、世界的な資産家の息子だからな」

「そこよ。結局、世の中は資本家が中心に回ってるのよ。俺たちみたいな労働者の子供は、頑張れば頑張るほどベルトコンベアの中心部に向かっちまう。理三に受かって人生逆転どころか、ますます身動きできなくなった気がしねえか？」

僕はそろそろ我慢できなくなり、口を開いた。

「まあまあ、ここで不満を言ったって何も変わりやしないさ。資本家になりたきゃ、銀行から金を借りて事業を起こせばいいでしょ？　それができないならベルトコンベアに乗り続けるしかない」

「ねえ、デザートにアイス食べない？」

岡田が提案した。僕と蔵野が肯くと、彼は呼び鈴のスイッチを押した。

蔵野の貧乏揺すりが激しくなった。

「銀行から大金を借りるってことは、失敗したら借金だけ残るってことだからなあ。簡単にはできねえな」

岡田は深く肯く。

「まあ、あれこれ考えちゃう人間に起業は難しいね。その点、ジョン＝ウィリスは振り切ってる印象を受けるね。あの人は親の七光りがなくても意外と行けそうだよな」

「そうそう、俺が彼に惹《ひ》かれる理由はそこよ。若いのに大物の雰囲気が漂ってんのよ」蔵野は腕を組んだ。

「振り切るってのが大事なんだよなあ。俺のリサーチによると、サイコパスかってくらい犠牲に無頓着な人間が事業で成功すんだよな」

店員がアイスを載せた三つの皿を運んできた。岡田は何も言わずにそれを食べ始める。僕と蔵野も彼に続いた。

アイスを食べ終わり、蔵野が口を開いた。

「前回行った店に行こうぜ」

僕は首をすくめる。

「あの店は、お高いよ」

「ハハハ。そこは『元社会人様』が奢《おご》ろうじゃねえか」

蔵野はアルマーニの革ジャンを手に取った。

※

雑居ビルの地下にあるバーに移動し、奥の円形テーブルに腰を下ろした。その店ではクラシックをジャズにアレンジした曲がよく流れている。その時はジャック＝ルーシェのアルバムがかかっていた。

僕はブラッディーマリー、蔵野はワイルドターキーのロック、岡田は梨のモクテルを頼んだ。三人とも席につくなりタバコに火をつけた。蔵野が言った。

「怒らないで聞いてほしいんだけどよ、俺には東大生が羊の群れに見えることがあるのよ」

彼はラークの先の火を見つめる。

「小さい頃から大人に言われる通りに勉強して、東大に受かって、その後はテスト勉強、就職活動、そして社会人。それって、ぜーんぶ資本家が作り出したシナリオだろ？　東大生は羊で、資本家は牧羊犬よ。羊は群れをなして、犬に指示された方向に動く。哀愁すら覚えるねえ」

岡田は部活で疲れていたのか、半分眠っていた。僕が応える。

「そうは言っても一度レールに乗っちゃうと降りるのが怖くなるよ。羊と違って将来を考えてるんだよ」

「恐怖に支配されてる時点で、初めから答えは出てるんじゃねえか？　レールからは降りないってな」

「うーん、恐怖って言うほど強い感情かな？　それって例えば逆らったら殺される独裁国での話でしょ？」僕はタバコの煙を見つめる。

「むしろ罪悪感かなあ……罪悪感があるからレールを降りれないんだよね」

「罪悪感？　ノボルは罪悪感を覚えてレールに乗り続けてるの？」

「少なくとも勉強に関してはそうじゃない？　自分自身に後ろめたい気持ちがあって勉強を続けてる」

蔵野は腕を組み、貧乏揺すりを始めた。

「ふーん、なるほど。まあ俺も社会人の頃は自分で自分を追い詰めてたからな……ありゃあ確かに『罪悪感』って感じだったかもな……」

彼はロックグラスを口元に傾け、呟いた。

「人は罪悪感があるから自分を追い詰める。資本家はその習性を利用する……」

半分眠っていた岡田が口を開いた。

「何？　悪そうな男ほど女にモテる話？」

蔵野は噴き出した。

「岡田は女を泣かせる牧羊犬だって話をしてた」

「蔵野には及ばないね」

僕は失笑した。二人とも女性には奥手で、岡田は恋愛未経験者だったし、蔵野は社会人の頃に恋人ができたものの多忙ですぐに別れたそうだ。彼によると「デートが仕事に思えた」らしい。

二人が沈黙していたので、僕は夜の図書館に訪れる女性のことを話してみた。二人とも興味津々の様子だった。

蔵野は目を丸くした。

「物理の専門書を速読なんて聞いたこともねえな」

「いや、僕も初めは目を疑ったよ。だけど本当にパラパラめくる感じで読むんだよ」

蔵野はニヤニヤした。

「もしかすると誰かとメッセージのやり取りをしてるんじゃねえのか？」

それを聞いて真っ先に司書の顔が浮かんだ。彼がいつも本を用意してるのだ。

「うーん、それは考えたことなかったな……」

僕は首を横に振った。彼女と司書は親しげな様子ではないし、歳《とし》が離れすぎている。

「あとは何か特徴ないの？」

「そういえば、いつもサングラスをしてるんだ。室内でも黒いコートを脱がないし、ちょっと変わった子なんだよ」

岡田は笑った。

「話を聞く限り、『ちょっと』どころか相当な変人だな」

「あとタバコを吸うんだ。ラキストを吸ってた」

蔵野はウイスキーを飲み干した。カランと氷が音を立てる。

「いいねえ。図書館が好きでラキストを吸う女の子。よし、そうとなれば『恋の大作戦』と行こうぜ。まずは偵察からだな。明日、二十時に教養学部図書館に集合な」

「ちょっと待って。僕は好きとは言ってない」

慌てて訂正したが、二人に無視された。岡田は銀マルに火をつけた。

「面白くなってきた。ところでノボル、もし恋を叶《かな》えたいなら、身なりを整えることから始めた方がいいよ。女性に好かれるには清潔感が大事みたいだから」

「身なりを整えるとは？　例えばどんなところ？」

「そうだな……鼻毛はしっかりカットする、髪はちゃんと美容室で切る、上着は半てんじゃなくてコートを着る」

当時はダッフルコートが冬の定番だった。

「まあ服は渋谷のゼンモールで買い揃《そろ》えるといいよ。美容室はオレが行ってる原宿《はらじゅく》の店に行けば、流行りの髪型にしてくれる。本番までには済ませておこうな」

「ありがとう。彼女と話をしてみたいのは確かだし……頑張ってみるよ」

「ハハハ。面白くなってきたじゃねえか！」

3　消しゴム作戦

僕たちは翌日の二十時に図書館の自習室に集合した。僕はいつも彼女が座る暗い席の斜向《はすむ》かいに腰をかけた。岡田と蔵野は隣のテーブルの端っこに並んで座った。

二十時半になり、サングラスの女性が現れた。彼女はいつものように蛍光灯の切れた暗い場所に座った。司書が用意した物理学の教科書を自習室のテーブルに置き、パラパラとページをめくり始める。その日は珍しくサングラスを二回外し、目を瞑《つぶ》って何かを呟いていた。そしてブランデンブルクが流れる直前に立ち上がり、カウンターにいる司書の前に本を置いて去った。

岡田が隣に来て小声で囁いた。

「ノボル、本当にあの子が好きなの？」

「好きとはまだ言ってないけど……どう思った？」

「うーん……分からん。なんでわざわざ暗い場所に座るんだ？　しかもサングラスまでして」

蔵野も近寄ってきた。

「ずいぶん怪しい感じの子だな。あんなに早くページをめくって、ページ数のカウントでもしてたのか？」

「オレちょっと付いていってみる」

岡田が立ち上がり、彼女のあとを追った。僕は岡田の背中を見ながら呟いた。

「彼女は怪しいというか、ミステリアスなんだよ。どんな人なのか気にならない？」

「俺は相当クセのある性格の子だと思うぜ。物理の本も読んでるフリをしてるだけじゃねえかな？」

「フリ？　そんなことしてどうするの？」

「まあ……虚栄心を満たしてんじゃねえかな」

「やめてくれよ。人が少ない図書館でそんなことするはずないでしょ」

僕はため息をついた。


しばらくすると岡田が戻ってきた。険しい表情をしていたので、嫌な予感がした。

「ノボル、彼女、彼氏がいるかもよ」

「ええ……」にわかに暗雲がたちこめた。

「どうして？」

「彼女、喫煙所でタバコ吸ったあと、食堂の方に歩いて行ったんだ。そうしたら路地の横に駐車していたでっかいバンから……男が出てきて、二人で車の中に入った。そのまま移動していなくなったよ」

「うーん……男性の年齢はどれくらい？」

「暗くてよく分からなかったけど、スーツを着ていたよ」

蔵野は腕を組んだ。

「大学に車を停《と》められるということは大学関係者、しかもそれなりに地位の高い人間だな」

「ただの友達か家族じゃない？　恋人なら大学の中で待ち合わせをするかな？」

「まあ……」岡田は肯いた。

「じゃあ作戦は続行でいいね。明日もまた同じ時間に集合しよう。ノボル、とりあえず例の秘密兵器を用意しておこうな」

※

僕はその日珍しくほとんど寝られず、昼前に起きて原宿の美容室で髪を切り、その後岡田と合流して、渋谷のゼンモールで服を上から下まで買い揃えた。それでも全部で八千円程度で、学生には優しい店と言えた。僕は身なりを変えすぎたことに不安を覚えたが、岡田は見違えたと親指を立てた。

その後二人で東急《とうきゅう》ハンズに行き、特大で立方体に近い消しゴムを三つ買った。そして岡田と一時間かけて、蔵野が考案した秘密兵器を作製した。やるだけのことをやったし、あとは当たって砕けろの気持ちになった。


球形の消しゴムは三つ用意してあり、それぞれに人の顔が描いてある。蔵野にはアニメキャラクターの顔を勧められたが、なんとなく適当に思いついたキャラクターを極細のマジックペンで描いてみた。

顔は目と鼻が大きく、口が小さかった。そして頭の部分にはとんがり帽子を描き、顎の部分には顎髭を描いてみた。それぞれ怒っているのと、笑っているのと、泣いているのを描いた。どことなくロシアのマトリョーシカと雰囲気が似ている。これはなかなかの傑作だと思った。

彼女が来る直前、出来上がった消しゴムを見て蔵野は深刻な表情になった。

「何だ……このアホみたいに不気味なキャラは……まあいい、もう時間がない。これで行こう」

※

僕たちは前日と同じ配置についた。ものすごく緊張していたが、絶対うまくいくと自己暗示を繰り返した。サングラスの女の子が僕の斜向かいの席について物理の本を読み始めた。

僕は球形になった消しゴムを使ってノートの字を消し始めた。少し間を置いてから、わざと消しゴムを手からすっぽ抜けさせ、前に転がす。

それは彼女の読んでいる本に当たり、止まった。しかし彼女はまったく気にする様子もなく本を読み進めている。二つ、三つと繰り返したが、まったく反応がない。三つの消しゴムのうち、怒った顔がこちらを見つめている。

しかしこれは想定の範囲内である。要するに話しかけられればいいのだから、僕は向こう側に回って消しゴムを回収しにいけばいい。

おもむろに彼女のそばへ移動し、声をかけた。心拍数が上がる。

「すみません、消しゴムが転がっていきまして」

彼女は僕の声にまったく気付いていてないようだ。いつものように専門書のページをめくっている。

内容が目に飛び込んだが、ものすごく難解そうだ。そのまま立っているわけにもいかず、彼女の肩を軽く叩《たた》いてみた。彼女はビクッと反応して振り返り、サングラスを持ち上げて僕の顔を覗き込んだ。

「すみません、消しゴムが転がりまして……取ってもいいですか？」

彼女は返事をせず、また物理の本へ視線を戻した。僕は動揺した。取っていいのだろうか。手を伸ばして消しゴムの一つを回収すると、彼女は驚いたように椅子を引いた。僕の手からその消しゴムを取り、サングラスを上げてじっと見つめる。思い切って話しかけてみた。

「消しゴムを使っているうちに丸くなったから、なんとなく描いてみたんです」

残りの二つを手に取って、彼女に渡した。彼女は両手でそれを持った。

「そうしたら意志を持ったみたいに転がって。変ですよね」

彼女は無言のまま三つの消しゴムを凝視していた。僕はその様子を眺めていたが、彼女の手が震えていることに気がついて、声をかけた。

「あの……大丈夫ですか？」

彼女はサングラスを上げたまま、目を細めて僕の顔を近くで見た。その時、彼女の瞳が真っ黒であることに気がついた。瞳は黒いものだが……どことなく変だ。

彼女は僕に消しゴムを返すと、一言も発することなく去ってしまった。読んでいた本はテーブルに置きっぱなしだ。

彼女は図書館から出る際にカウンターで司書に声をかけた。司書は肯くと、僕たちの方へ歩いてきた。もしかして迷惑行為として通報されたのかもしれない。僕はとても緊張しながら自分の席へ戻った。

司書は置き去りにされた本を無言で回収し、僕たちの方を一瞥《いちべつ》もせずに去った。彼がカウンターの奥に消えてしばらくするとブランデンブルクが流れ始める。

隣にいた岡田が呟いた。

「図書館の司書が片付けまでしてくれるものか？」

僕は生返事をした。蔵野が近づいてきた。

「消しゴムに興味は示していたし、次に繋《つな》がるんじゃねえかな。一服しに行こうぜ」

図書館を出て喫煙所に向かうと、視線の先にサングラスの女性がいた。彼女は喫煙所でタバコに火をつけるところだった。外灯が照らす明かりが繭《まゆ》のように彼女を包んでいる。

岡田と蔵野は足を止めたが、僕はそのまま歩き、吸い殻入れの前でマイセンを一本取り出して火をつけた。

「さっきは驚かせてすみません。僕は理科三類一年生のタムラといいます。いつも真剣に物理の勉強をしていますよね」

彼女は僕の方を振り向いた。サングラスを上げて、目を細めて覗き込む。この何かを検分するように人の顔を覗くのは、彼女の癖なのだろうか。あまり良い癖とは思えないが、僕にとっては魅力的な仕草だ。そしてすごく緊張する。

数秒の出来事だと思うが、とても長く感じた。次の瞬間、彼女は僕から離れ、タバコを灰皿に押し付けた。そして無言のまま闇夜のキャンパスの奥へと消えた。

岡田が近づき、銀マルに火をつけた。

「やっぱり変わってるねえ、彼女。よっぽど近眼なのか知らないけど、ずいぶん顔を近づけてノボルの顔を見ていたね」

蔵野が僕の肩を叩いた。

「お疲れさん。まあ悪くなかったんじゃねえの？　とりあえず良い酒を飲みに行こうぜ」

※

僕たちは蔵野に連れられ、渋谷の高層ビル最上階にあるバーの一角に腰を下ろした。その時はモーツァルトのきらきら星変奏曲が生演奏で響いていた。シックで豪奢《ごうしゃ》な造りの店内だ。そんな雰囲気の店に来るのは初めてで、少し緊張した。

僕たちは黒い大理石のテーブルを挟む形で、ラウンジチェアに座っていた。蔵野が口を開いた。

「証券会社に勤めていた頃、客の好みに合わせて色々な店を探し回るんだよ。ここがそのうちの一つだったんだけど、雰囲気が気に入っちまってな、自分のための場所になったわけだ」

岡田が首をひねった。

「社会人を一年しか経験してないのに、語り口が妙にベテラン風情なんだよな」

蔵野は苦笑いし、貧乏揺すりを始めた。

「ところで彼女、歳下っぽく見えたけど現役組かな？」

「分かんねえな。サングラスしてるし」

ウェイターが飲み物を運んできた。僕は蔵野の勧めでマンハッタン、蔵野はジャックダニエルのロック、岡田は林檎《りんご》のモクテルを頼んだ。

僕は赤い液体で満たされたカクテルグラスを口元に傾けた。結構度数が高いようで、口の中がピリッとした。蔵野が口を開いた。

「恋愛ってのは相手に気持ちを知ってもらって、ようやくスタートラインに立てるわけだからな。今日は一歩前進と考えていいんじゃねえか？　ノボルの謙虚な姿勢が活《い》きたと思うね」

　僕は首を振った。

「でも話しかけたのに無視された……この先うまくいく気がしない」

「いやいや、そこは謙虚さがマイナスに作用してねえか？　彼女なりのペースってもんがあるんだ。彼女、どう見ても変わってんだからさ」

「謙虚なだけじゃダメだよ。いつも思いつきで行動して、後悔している……」

　僕は暗い気持ちになった。

「いや謙虚さは大事だぜ。かのアインシュタインも数学者に弟子入りして、一般相対論に必要な数学を直々《じきじき》に教わったエピソードがある。もしアインシュタインがそれまでの功績で高飛車になっていたら、世紀の大発見は起きなかったわけだろ？」

　岡田が笑った。

「消しゴム作戦と一般相対論を同列に語るとはね」

「いやいや、程度の差はもちろんあるが、俺は本質的な点は変わらないと思うぜ。例えばノボルだって、一浪時に秋の東大模試で数学一位をとったことがあるだろ？　理三にも仮面浪人して一回で合格したんだ。それでも謙虚さを忘れずに消しゴムを転がせるってのは、素晴らしいと思うぜ」

　しばらく沈黙が続いた。

「ありがとう」と僕は言った。東大模試で一位と言っても、その時の数学は簡単で、他に三人も満点がいたのだ。でもそうやって励ましてくれる蔵野はさすが社会人経験者だと思った。僕は彼のことを見直した。

「数学一位と言えば」岡田が口を開いた。

「夏の東大模試で数学、物理、化学、英語全部満点のふざけたやつがいたよな。現役で大検枠の」

　蔵野は身を乗り出した。

「ああ、間《ま》宮惣一《みやそういち》だっけ？　俺はその模試を受けてないんだけど、たびたび話題に出るから覚えちまった」

　その模試は僕も受けてない。

「オレはあれ、今でもイカサマだと思ってるよ。あの模試は一問、絶対に解けない問題が混ざっていたんだよ。数学の第三問。予備校の先生が頑張って解いても、計算だけで一時間はかかったそうだよ。匙《さじ》を投げた先生も多かったらしい」

　計算で六十分、方針を立てるのに三十分として、合計九十分。一方で数学の試験時間は六問で百五十分。仮にその一問が解けても、他の問題を解く時間がなくなる。いわゆる地雷問題だ。

「ほう、それは知らなかった。逆に二位の点数が気になるな」

「あの時の模試は全体的に難しくて、数学の二位は八十点弱だったよ。一位が彼で百二十点満点。ありえないだろ。それも数学だけじゃなくて、物理、化学、英語も満点だぜ？　総合点数はダントツ一位で、偏差値が百二十超え。しかも奴の名前が成績優秀者に載ったのはその模試の一度きり。そんなの全てが怪しいじゃん？」

　蔵野は失笑を浮かべた。

「怪しいも何もほとんど黒じゃねえかな？　でも彼は理三に合格した。学生名簿に名前が載ってたからな」

「そこなんだよ。奴は少なくとも現役で理三に受かる実力は持っていた。一体なぜ模試で不正をしたのか？」

「今や同級生なんだから本人に聞けばいいじゃねえか」

「それが奴は一度も姿を現してないんだ。授業はもちろん、会合にも……オリエンテーションにすら顔を出していない。教養学部の前期試験も受けてないらしくて、留年はほぼ確定だってさ。誰も奴の顔を知らない。本当に謎なんだ」

「はあ、一度も来てねえのか」

「ふざけた奴だよ。だったらなんで受験したんだって話だろ」

間宮惣一、名前は聞いたことがある。その模試を受けてないので印象は薄かったが、友達の間では時々話題に上る名前だ。

――勝手な空想だが、入試でも模試同様に不正をしたのかもしれない。そう呟くと岡田は笑った。

「どうやって入試で不正をするんだよ。問題は厳重に管理されてるし、事前入手は不可能だろう」

「不正は意外と簡単だよ」蔵野が呟いた。

「これは東大入試の最大の盲点なんだけどさ、本番の倍率が三倍と結構低いだろ？　言い換えると左右いずれかの受験者が合格する確率は5／9じゃねえか。だから隣の解答を見て合ってそうな方を選べば、意外と受かる可能性は高いんだよ。まあ、どっちが正解か見極める程度の実力は必要だけどな」

「どうやって解答を見るんだよ？」

「簡単だよ。メガネを少し持ち上げてうつむいてから目だけで横を見るんだ。縁の部分が試験官の視線と重なるから、向こうからは目が見えない」

「そんなことして受かっても嬉《うれ》しくないだろ」

「いや、その発想こそが東大入試の盲点なんじゃねえかな。受験生も大学も不正は起きないと決めつけてんだよ」

岡田は腕を組んだ。

「まあ確かにそうかもな」

「まあ全ては憶測だが、合格すればあとで自慢できるくらいの感覚で受けたんじゃねえの？　さすがに卒業は無理と踏んで顔を出すのをやめたと」

「ねえ」僕は沈黙を破った。

「模試も本番も実力の可能性はゼロじゃないから……やっぱり不正と決めつけるのはよくない気がする」

岡田は笑った。

「それもそうだな」

僕はマンハッタンのチェリーをかじった。意外と甘い。酔いが回ってきて、今日の出来事が全て遠い昔のように思えた。蔵野が腕時計を見た。

「おっと、もう終電の時間じゃねえか。そろそろ帰るか」

「今日はありがとう」二人に向かって静かに頭を下げた。

「たぶん僕一人だったら何もできなかった。嫌われたかもしれないけど、覚えられないよりずっとマシだよ。だから、ありがとう」

二人は顔を見合わせた。蔵野は僕の肩に手をのせて、「おつかれさん」と言った。

4　回想（1／3）小中時代

理三の人間には様々なタイプがいるが、共通しているのは神童と呼ばれる幼少時代を送っていることだ。その点において、僕は例外中の例外だった。僕の幼少時代は神童とは程遠く、落ち着きのない子供として教師からよく問題児扱いされた。

物心つく前からよく家を脱走し、警官に保護されたそうだ。外に出れば落ちてるガムを手にとって食べる癖があり、家族を震撼《しんかん》させた。

小学校に入学してからは鉛筆を舐《な》めたり鼻をほじる癖が収まらず、クラスメイトから避けられるようになった。授業の内容はまったく頭に入らず、周りの人間にちょっかいを出したり、教科書に落書きをして叱《しか》られることが多かった。小学校の成績は三段階評価の一が並び、通信簿の連絡欄には「忘れ物が多く、特に体操着、給食袋の忘れ物が目立ちます。授業中は上の空で、他の子供にちょっかいを出して困らせています」というような内容を書かれた。

小学校四年生の頃、優しかった女性教師が産休に入り、その代打として転勤してきた男性教師が気性の荒い人間で、生徒に物を投げる、髪の毛を引っ張る、頬への平手打ちを連発するなど、過度な体罰を日常的に行なった。それでも本人は全く悪びれる様子がなく、よく滔々《とうとう》と以下のような内容を壇上で語った。

「俺にこんなことをさせる君たちは悪い子だ。どうして怒られているのか、胸に手を当てて考えなさい」

　クラスメイトの間で担任教師を話題にすることは自然となくなった。彼の言う「君たちは悪い子だ」という言葉が深く沁《し》み込んでいたのだ。そして何よりも彼の暴力を恐れた。

　暴力教師の機嫌が良いと、子供たちはいつも以上に元気に笑ったり、大きな声を出した。逆に機嫌が悪いと誰もが口を閉ざし、クラスは重い空気に包まれた。

　彼はよく「木を見ないで森を見ろよ」と言った。

「近くで見ても森は見えない。離れて物事を見ろよ」

　これは彼の説教ロジックの根幹となった。

「俺の怒ってる理由が分からないのか？　君たちは森じゃなくて、木を見ている」

　彼がそのロジックを語り始めると、教室内に不穏な空気が漂い始めた。次の犠牲者は誰なのか……みんなが疑心暗鬼になり、それが自分でないことを祈った。

※

――忘れ物を一つするごとに、長さ三十五メートルの廊下を雑巾掛け一往復する。それが暴力教師の作り出した法律だった。

　放課後、忘れ物をした子供たちは四つん這《ば》いで廊下を駆け抜けるように雑巾掛けをした。僕はその中の常連だった。ある日授業中にふざけた僕は彼の逆鱗《げきりん》に触れ、廊下を三千往復しろと命令された。その日から僕は毎日暗くなるまで、廊下掃除に明け暮れることになった。

　他のクラスメイトは友達に待ってもらい、せいぜい二十分で解放され、友達と一緒に帰った。

僕は友達がいなかったので、誰も待ってくれなかった。三十分も経《た》つとフロアは僕一人になり、終わりのない懲役を無言でこなし続けた。

いつも窓外が暗くなる頃に担任教師がやってきて「今日は帰っていいぞ」と許可を出した。ある日廊下で拭き掃除をしていると、彼が目の前にやってきて「どうしてお前がこんなことをさせられてるか分かるか？」と聞いた。僕は必死に考えてから答えた。

「忘れ物が多いからです」

「それは森じゃなくて木だろう」

彼の声は怒りで震えていた。僕は身がすくんで何も答えられなかった。

しばらく沈黙した後、彼はゆっくりと語った。

「どうして君は木ばかりを見るんだよ？　木から離れて、森を見ろよ」

無言で肯くよりほかになかった。その様子を見て、彼は「今日はもう帰れ」と言い捨てて、踵《きびす》を返した。僕は廊下に座り込んだまま、動けなかった。バケツの汚水を流しに捨てる気力も湧かない。明日からまた終わりのない拭き掃除が続くのだ……想像しただけで気が遠くなった。

その時、廊下の空気が一瞬で二、三度下がる感覚があった。振り返ったが誰もいない。ため息をつき、バケツを持ち上げた。今日も『彼』がやってきた。彼は隣を並んで歩き、いつものようにクスクスと笑った。

「やれやれ、今日も一人で廊下の拭き掃除か。どうしてみんなと同じ学校生活を送れないんだろうね？　みんなと同じことをすればいいだけなのに」

僕は首を横に振った。

「誰も僕のことを理解してない。先生もクラスのみんなも」

「その通り。だけどボクは君のことを理解している。君が実は、本当に凄《すご》い子供だということをね。この事実だけは、たとえ地球がひっくり返っても変わらない。そしてボクはいつまでも君の味方だ」

「ありがとう」と僕は言って、彼のことを見た。彼は空中を漂うクラゲのように透明だが、人の輪郭を持っている。顔はなく、性別もない。

僕は掃除用品を片付けて、ランドセルを背負って帰路についた。今からは自由に一人を楽しめる時間だ。僕はいつものように空想を開始した。そこでは僕だけの世界が野放図に広がっていく。誰も僕を叱ったり、馬鹿にしない。そして僕には最高の味方が付いている。誰もそのことを知らない。

※

高学年になり暴力教師からも解放され、平穏な日々が戻ってきた。幸いにも僕は自分の得意分野を見つけ、夢中になった。それは勉強ではなく、野球だった。僕は昔から肩が強く、球が速かった。守備もバッティングも下手くそだったが、球の速さだけはみんなに評価された。

それは初めて獲得した自分のアピールポイントだった。将来はプロ野球選手という子供らしい夢を抱いた。ある時、学校中の壁にサインの落書きをして、女性担任から大目玉を喰《く》らった。

※

一方で勉強は開花することなく、例えば1平方メートル＝10000平方センチメートルという算数の教科書に書かれた事実がどう考えても理解できなかった。なぜ1が10000になるのか。「あまりにもデカすぎるだろう」と怒りすら覚えた。

※

中学生になり、球だけは速いということで、野球部の監督から一目置かれた。ただし投げ方がいわゆる手投げだから体全体を使った投げ方に変えるよう指導された。僕はそれに従うしかなかった。

体全体を意識して投げると、球は当初の勢いを失った。それでもいずれ良くなるからとその投げ方を続けさせられ、やがて驚くほど球が遅くなった。監督は首を傾《かし》げ、当初の投げ方に戻していいと言ったが、その頃には元の投げ方もできなくなっていた。

このようにして人生にわずかな希望をもたらした才能を失った。しかし途中で野球部を辞めることもできず、放課後の部活動が苦痛の時間となった。

中学二年生の夏、意を決して野球部を辞めようとしたとき、同級生のリーダーにそのことを詰《なじ》られて、繰り返し殴られ土下座までさせられた。

彼らが去った後、僕は地べたに座りながら、自分が人生のどん底にいることを自覚した。これ以上悲惨な状況はないと思った。友達もいない、勉強もできない、ささやかな野球の才能も潰《つい》えた。

——ふと目を閉じると、小学校の学校の廊下が果てしなく延びていた。それは終わることのない苦行と孤独の象徴だ。

　死んだ方がマシだと思った時、周囲の気温がわずかに下がる感覚があった。気がつくと『彼』が無言で隣に座っていた。彼は言った。

「ボクたちはまだ子供だ。これから大人になるにつれて、色々な物事が変化していく。君が思うよりずっと良い方向へ変化する」

　僕は首を振った。

「お前はただの想像の産物なんだ。僕が思ったことしか言えないくせに、分かったような口をきくな」

　自嘲《じちょう》の気持ちが込み上げた。小学校低学年の時、担任の先生の趣味で見させられたオペラ「フィガロの結婚」のビデオがあまりにも退屈で、空想の途中で生まれた話し相手が『彼』なのだ。その後も孤独を紛らわすために『彼』を話し相手にしてきたが、まさか中学生になっても現れ続けることになるとは。

「まあ僕なんかにはお前みたいな空想がお似合いか……」

　自分が情けなくなり、目頭が熱くなった。彼は顔を近づけ、僕に耳打ちした。

「『木ばかり見てないで、森を見ろよ』」

　僕は首を振った。ここであの暴力教師の言葉を出すなよ……。

　彼はもう一度、耳元で囁いた。

「『論理は一次元的であり、理解は二次元的なんだ』」

　僕はゆっくりと立ち上がった。なんだよそれ。

『論理は一次元的で、理解は二次元的なんだ』

僕は首をひねった。どうしてその言葉が浮かんだのだろう？　どこかで聞いたのかな？

『論理は一次元的で、理解は二次元的である』

その言葉が頭の中で響き続けた。まるで誰かが脳裏でずっと鐘を鳴らしているような感覚だった。


翌朝、僕は思ったほど絶望的な気持ちで目覚めなかったことに安堵《あんど》した。

とりあえず、やれることをやるしかないと思った。僕はしょせん前に進むことしかできない。

朝練に出て、授業を受けて、部活の練習に出る。決められた一日を送るしかない。あとはどうこなすかだ。


『論理は一次元的で、理解は二次元的である』

昨日の言葉はまだ脳裏で鳴り響いていた。論理は一次元、つまり線ということか。僕がこうして考えていること。これは言葉という線だ。文字は一列に並び、論理は線の上を伸びていく。

その線から逃れたいなら、物事を二次元的に考えれば良い。二次元とは……x軸に対してy軸の存在する世界。

学校へ向かう道中、ずっとそのことを考えていた。いつもならくだらない妄想に耽《ふけ》る時間だ。少なくともその点で変化があった。僕はいつもいたx軸から離れている。

部活の朝練では意外にもみんな僕に注目せず、淡々と練習をしていた。練習が終わり教室に帰る時、前日休んでいた先輩が僕の首に腕を回してきた。

「聞いたぞノボル、辞めようとして土下座までしたそうだな」

いつもなら無言の対応だが、その日は変化を意識していた。いつもと違う道筋。x軸に対するy軸。

「一時的な気の迷いでした。ちゃんと頑張ります」

彼は目を丸くした。

「おお、そうか……よし、がんばれよ、しっかり見てるからな！」彼は周りにいる部員に言った。「お前ら、ノボルのこといじめんなよ。もうケジメはつけたんだからな」

それを聞いた人間の反応は様々だ。僕のことを睨《にら》んだり、笑ったり。

『論理は一次元的で、理解は二次元的である』

同情する人間もいれば、ムカつく人間もいる。同情要素とムカつく要素は、その人の中に同時に存在する。同情要素をプラス、ムカつく要素をマイナスとしよう。それを足し算した結果が僕への態度となる。プラスなら微笑《ほほえ》むし、マイナスなら睨む。

でもいったん足し算をしてしまうと、その前の状態が分からなくなる。足し算の結果は一つの数なので、線ではなくて点だ。つまり0次元ということになる。

足し算の結果は0次元。足し算の数式が一次元。二次元に持ち上げるためには……ムカつく要素をy軸、同情要素をx軸に展開するとどうだろう？　……座標上に点を打てば、全員の心の状態を一望できる。グラフの左上にあれば睨む、右下にあれば優しく見る。二次元化に成功したようだ。

――そのような空想が止まらなかった。僕はひたすら空想を続けた。それはもはや強迫的と言ってもよかった。何が論理で、何が理解なのか、身の回りのものを当てはめ続けた。

※

それから数日が経ち、授業で数学の先生が言った。

「いいか、AならばB、BならばC。このときAならばCと言える。だけどCならばAとは限らない」

分かりにくいと生徒に酷評される先生だった。誰かが言った。

「先生、何言ってんのかさっぱり分かんないでーす」

みんなが肯いた。この場合、彼の言葉は論理であり、直線的だ。だから文字面だけ追うと、分かりにくいのだ。

Aということ、Bということ、Cということ。平面に展開して考えよう。

例えばそれがクラスだとしたら？

A組、B組、C組。

僕はそれぞれのクラスを想像する。この場合、A組ならばB組は成り立たない。生徒が属するクラスは一つしかないからだ。

つまりAはクラスじゃない。B組の中にあるグループ、例えば理科の実験班だ。

例えばB組のA班だとしたらどうなる？　するとA班ならB組と言える。つまりAならばBだ。

さらにB組ならC と言えるんだから、CはB組を含む学年だ。つまりB組はC年生に含まれることになる。

A班ならB組だし、B組ならC年生だ。

でも逆は成り立たない。C年生にはB組以外もあるし、B組にはA班以外もある。僕は頭に図を思い浮かべた。図のような二次元は確かにわかりやすい。だけどさらに理解を深めるのが、身の回りの物に置き換えることだ。今のようにC年B組のA班と考えれば、瞬時に当然のことと実感できる。ひとたび実感すれば、普段の感覚がそのまま理解の根幹となる。

普段の生活とは三次元なんだから、つまり『実感は三次元的』と言えるかもしれない。

周囲の気温が低下する感覚を覚える。『彼』が僕の後ろに立っている。彼は耳打ちした。

「なるほど、『論理は一次元的、理解は二次元的、実感は三次元的である』。この言葉はピラミッドの頂点にある言葉だ。君はそこから世界を見下ろすことができる」

僕は無視する。彼は僕の意識の一部に過ぎない。きっと客観視の一つの形なのだ。

※

僕はその日から一週間、ぶっ続けでその思考作業を繰り返した。寝ている時間以外は文字通り、ずっとだ。

『論理は一次元的で、理解は二次元的で、実感は三次元的である』

誰かが頭の中で鐘を鳴らし続けるように、この言葉が響いていた。

何かを考えて理解するたびに、透明でウニョウニョした球が僕の意識に残り、数を増やしていった。それはマリモのように意識の奥に沈んだり、浮かび上がったりする。その正体は分からないが、きっと良いものだと思った。

考えるネタがなくなってきた頃、僕は目の前にある教科書の存在に気がつき、見開いてみた。

そこにある「かつ」「または」「このとき」などの言葉が以前よりも生き生きと見えることに気がついた。それらは論理と論理の継ぎ目となるもので、その種類によって展開する形と方向が変わるのだ。今はそれを二次元的に理解できる。

※

実生活に如実な変化が起き始めた。数学の成績が急伸し、中学二年生の二学期に2だった評価が、三学期は5になった。5という数字が僕の通信簿に刻まれたのは、その時が生まれて初めてだ。それは僕の中に起きた変化が虚像ではなく、リアルな世界と結びついてることを証明した。

僕はかつて頭を悩ませた問題、1平方メートル＝10000平方センチメートルという事実も、今や明らかなことだと気がついた。1センチメートル刻みに100個の正方形が縦に並び、それが横にも100列広がるのだから100×100＝10000だ。点（小さな四角形）→線→平面と繋げる思考の典型だった。

※

中三になり、地元の進学塾に入った。そこの塾長は教え方が上手なことで有名だった。彼のやり方はとにかく難しい問題に挑戦させるという方法だ。

「難問には簡単な問題の要素が詰まってるから。逆に効率が良い」

最初は解けるわけがないから五分だけ考えればいいと彼は言った。その五分は問題文の構造を理解するための時間であり、いきなり解答を読むのは意味がないと言った。

僕は彼の言う通りにした。僕にとって解答を読むことは多次元への展開であり、『実感』が得られるまで考え続けた。

中三の初めに全国模試を塾内で受けることになった。

「あらかじめ言っておくと、これは洗礼みたいなものだからな。みんなここで酷い点数をとって、夏休みが終わるとまともな点数になるんだ」

彼の言った通りだった。見たこともない問題が並び、僕は百点満点の数学が五点だった。偏差値は三十を記録した。僕だけでなく、他のみんなも似たようなものだった。

僕はその模試の一問一問の解説を熟読し、実感を得るまで多次元に展開した。それはとても楽しく、心地よい作業だった。

何かを理解するたびに思考が加速する感覚があった。意識の中では相変わらずマリモのようなものが増え続けた。それはやがて意識の底に沈んでいき、普段は姿を見せなくなった。

その頃から世界が万華鏡のように輝き始めた。表情も明るくなり、クラスメイトからも親しまれるようになった。学校が楽しくなった。

夏休み前、塾で同じ模試を受けた。塾長は今回の目標として偏差値五十を掲げていたが、僕の数学の偏差値は八十を超えた。彼はたまげた様子で「こんなの初めてだ」と苦笑いした。

しかし大躍進はそこまでだった。夏が明け、担任の先生との進路相談が始まり、僕は数学と英語以外の評定が低すぎるので、公立の志望校のランクをずっと下げる必要があると指摘された。

その時、社会と理科の勉強を始めたばかりで、これらの勉強は全く軌道に乗らなかった。暗記科目は人一倍苦手なままだったのだ。

受験科目が英数国だけの私立高校はたくさんあったが、親に私立の授業料は負担できないと釘《くぎ》を刺されていた。ただし合格しても進学しない、いわゆる記念受験なら認めると言われ、試験日程が他より一日ずれている巣鴨《すがも》高校に出願した。当時は東大に一学年七十人程度受かる名門高校だったが、私立なので学費は高かった。

僕はそこに合格したが、進学できるわけではなく、嬉しくはなかった。しかしいざ合格すると、親が授業料を払うと意見を翻したのだ。

こうして僕は池袋《いけぶくろ》にある進学校、巣鴨高校へ通うことになった。

5　名曲喫茶での会話

消しゴム作戦から一週間後の夕方、僕は渋谷にある巨大パチンコ店にいた。あれから図書館に四回行ったが、サングラスの女性は現れなかった。僕がすっかり意気消沈して「玉ちゃんファイト」を打っていると、蔵野が隣に座った。

「景気はどうだい、兄ちゃん？」

まさにその時、大当たりを引き、僕は蔵野にガッツポーズをした。彼は肩をすくめて立ち上がった。

「先にいつもの店で待ってるよ」


一時間後、僕たちは渋谷にある名曲喫茶でテーブルを挟んで座っていた。奥の壁にはシンボリックな存在である巨大スピーカーが二つ鎮座している。高さ一メートル、横幅が七十センチメートルはありそうだ。

店内はクラシックが流れ、僕らの他には一人客ばかりだ。全員がスピーカーと向かい合って静かに珈琲《コーヒー》をすすっている。

その時はブランデンブルク協奏曲第一番第四楽章が流れていた。蔵野は声量を抑えて話した。

「この曲、俺がリクエストしたんだよ。消しゴム作戦の帰りに図書館でこの曲が流れてたの覚えてる？　良いなと思ったんだ」

中年男性の店員が注文をとりにきたので、僕は蔵野と同じアイスコーヒーを頼んだ。

僕はマイセン、蔵野はラークに火をつけた。

僕はしみじみと呟いた。

「図書館ではブランデンブルクを聴いてる最後の十分が、一番勉強に集中できるんだよ」

「それ、分かるわ」蔵野はラークの煙をくゆらせた。

「なんだろう……理性が刺激される感覚だよな」

彼は噴き出した。

「まあ確かにこの曲が背後で流れたら、性欲は減りそうだね」

「俺の言ってる理性は性欲の対義語としての意味じゃねえよ」

彼は貧乏揺すりを始めた。

「言い換えるなら合理性ってことよ。例えば人間って、合理的に物事を考えようとするだろ？その結晶が科学だよな？」

僕は肯く。蔵野は話し続けた。

「じゃあ合理性を持ってるのは人間だけかって言うと、全くそんなことなくて、世の中って意外と合理性に溢《あふ》れてるのよ。例えば生命なんてのは、合理性の塊だ。人間なんか足元にも及ばねえ科学力を生物は持ってる」

「猿は科学力なんて持ってないけど」

「まあ猿に科学力はねえよ。ところが猿の細胞はどうだ？　例えば静電力、表面張力、化学反応、生物はそれらの自然法則をミクロのレベルで余すことなく活用してるのよ。それって考えてみたら、科学力そのものじゃねえか」

「なるほど」

僕は肯いた。蔵野は仲良し三人組の中で唯一、受験で生物選択だった。生物に関しては三人の中で一番明るい。

「例えばさ、人間の作るナノマシンの最先端って、たぶんＣＰＵだろ？　でも基本回路の大きさが百ナノメートルもあるわけよ。一方で細胞の酵素の大きさは十ナノメートル。さらにＣＰＵはただの四角い回路だけどな、細胞の酵素は立体的でガチャガチャとマシンみたいに動くわけよ。まあ要するに人間の科学力じゃ到底敵《かな》わねえってことだな」

「まあ生物がすごいことは分かるよ。それがブランデンブルク協奏曲とどう関係があるの？」

彼は腕を組んで考えた。

「いやあ……おかしな話だけどさ、この合理性＝理性ってのはさ、実は空気みてえにこの世界を漂ってるんじゃねえのかな。なんかブランデンブルクを聴いて目を瞑ってると、その辺に合理性がアメーバみたいに漂っている気がしてだな……バッハもそんなアメーバを集めながら作曲していた気がするわけよ」

「なるほど。生物の進化もその空中を漂う合理性を取り入れた結果かもしれないね。だから圧倒的な科学力をもっている」

「まあ……そういう仮定も面白いな。実際、確率論的には生命の自然発生はあり得ないらしいからな。でも合理性のアメーバがそのへんを漂っているのなら、話は別か……」

僕は腕を組んだ。

「数学を理解する時もそれに近いかもね。意識の中を漂っている合理性を捕まえる感覚」

蔵野は肯いた。

「実は今のこの話だって、俺は自分で思いついた気がしねえんだ。何かフワフワと漂ってきた合理性が俺の中に迷い込んだ感じ？　あの図書館の中で」

僕は横を通った中年男性の店員を呼び止めた。

「すみません、ブランデンブルク協奏曲の他のやつをもう一曲、流してもらえませんか？」

店員はメガネのブリッジを人差し指で持ち上げた。

「お勧めの曲でいいですか？」

「はい。お願いします」

「それでは第三番第一楽章を、他の三件のリクエストの後に流しますね」

「はい。よろしくお願いします」

僕は去っていく店員の後ろ姿を眺めた。

ブランデンブルクは第一番から六番まであり、それぞれが三から四楽章に分かれている。人によって好みは分かれ、図書館で流れる曲にも偏りがあった。

蔵野が口を開いた。

「ちょっと話を変えるけどな、この前の安楽亭での話題を俺なりにもうちょっと深掘りしてみた」

「えーと、なんだっけ？」

「ノボルの言う『罪悪感』があるから人は働くって話」

「あー、そんな話をしたね」

蔵野はラークに火をつけた。

「ここで質問。ノボルは人類史上一番の『大物』は誰だと思う？」

「アインシュタイン？」

「いやいや、アインシュタインも結局は雇われる側よ。そうじゃなくて多くの人間の上に立った意味での大物だな」

僕はタバコの煙を見つめながら考える。

「イエス＝キリスト？」

「それだ！　どうしてそう思った？」

「有史以来一番の有名人だからね」

「なるほどな、まあキリストってのは正真正銘の大物よ。キリストの教えを聞いたことあるだろう？　『悪いことを想像するだけでも罪だ。だからお前は罪深い人間だ』」

「その理屈だと誰もが罪深いことになるね」

「そうだな。ところが彼の考えは多くの人間に支持された。まるで自分が『罪深い』と認めてほしかったみたいにな」

僕は少し考えてから言った。

「つまりみんな元から罪悪感を抱いていたけど、その理由が分からなくてモヤモヤしていた。キリストがそのモヤモヤに形を与えてくれた」

蔵野はニヤリと笑った。

「それよ！　ノボルの言う罪悪感をみんな抱いてる。そしてその感情を大物は利用している。都合の良いことに、大物だけは罪悪感が皆無なのよ」

「なんで罪悪感がないの？」

「罪悪感がない奴が大物になれるんだ。他人を自分の都合で動く羊のようにしか考えねえからな」

「なるほど」

「この罪悪感というモヤモヤした言葉に新しい名前をつけねえか？　罪悪感 feeling of guilty の頭文字をとって、FG因子なんてどうよ？」

「オーケー。それでいこう」

「ここで次の質問。どうして人間は組織を作り、維持できるんだと思う？　組織というのは例えば会社とか組合、あとは部活とかをイメージしてほしいんだけど」

僕は目を瞑って考えた。

「共通点や共通志向があるから？　例えば岡田と蔵野と僕はタバコを吸って、議論が好きなことから仲良くなった。タバコは共通点だし、議論好きは共通志向だよね」

「いや、仲良し三人組じゃなくて、会社とか部活の組織な。その場合は仲良くない人間だっているし、上下関係もあるじゃねえか。例えば『面倒《めんど》臭《くせ》えから会社休む』なんて普通は起きねえよな？　それはなんでだと思う？」

「それは罪悪感があるからだね。今の場合はFG因子か」

「そうだな。つまり組織を離れようとすると、FG因子が復元力となって組織の中に引き戻されるわけだな。これを罪悪感が作り出すバブルという意味で、FGバブルと呼ぼうぜ。ひとたびFGバブルに取り込まれると、抜け出すのが大変なわけよ」

「なるほど。研修医が自殺するまで追い詰められるのも、FGバブルの中で苦しんだ末路か」

「だろうな。FGバブルの中にいると『死んでお詫《わ》びしよう』なんて馬鹿げたことまで考えちまうわけだ。それくらい強固なバリアなんだな」

蔵野はラークを灰皿に押し付け、コーヒーをすすった。

「以上の話をまとめると、人間はＦＧ因子によって組織を作る。一方で組織をまとめる人間はこのＦＧ因子を感じる能力——これをＦＧ感度って定義しようか——ＦＧ感度が極端に低いわけよ。だって普通の感性ならＦＧバブルで人を囲うなんて、畏れ多くてできねえからな。その点キリストはラスボス級で、まさにド直球でＦＧ因子を刺激して、強固なＦＧバブルを作り上げたわけだ」

「なるほどね。信者が羊で、キリストは牧羊犬であると」

「まあ、キリストを犬に例えるのは恐縮だから羊飼いってことにしねえか。興味深いことにキリストは信者を羊に例えることを好んだ。怖いほど符合してるじゃねえか」

僕がリクエストしたブランデンブルクが流れ始めた。蔵野は目を瞑った。

「合理性が漂うねえ」

彼は目を瞑ったまま両手をあげて、空中の何かをつかみ取る動作をした。目を閉じて口を半開きにする顔がマヌケだったので、僕は腹を抱えて笑った。

「おいおい、ひでえじゃねえか」

彼は心外そうに口を尖《とが》らせ、貧乏揺すりを始めた。僕は笑いながら首を振った。

「どう、合理性は見つかった？」

「何もねえよ。ノボルの笑い声で現実に戻されちまった」

僕はまたおかしくなって笑った。

「それなら僕から合理性をひとつ。こんなのはどう？『論理は一次元であり、理解は二次元であり、実感は三次元である』」

蔵野は怪訝《けげん》そうに僕を見た。

「ん、どういう意味？」

「いや、かつて僕は中学レベルの数学でもちんぷんかんぷんだったけど、この言葉のおかげで成績が伸びて理三にも合格できたんだ。まさに僕の意識に迷い込んだ合理性だったなと思って」

「うーん、ノボルの言う『ちんぷんかんぷん』は難関高の問題が解けねえとか、そのレベルの話だろ？　さすがに中学数学がちんぷんかんぷんだった人間が、突然覚醒して理三に受かるなんてあり得ねえわな」

そうかな、と僕は首を傾げた。

「蔵野はやっぱり子供の頃は神童だった？」

「そりゃそうよ。そこそこのワルではあったけど、成績もずば抜けて良かったぜ。だから学校の先生も多少のことは目を瞑ってくれたわけだ。『蔵野は特別だから』とよく言われたもんだぜ」

彼は遠い目をした。

「しかしそんな俺も社会の仕組みに気がつくのが遅れて、証券会社では人生の辛酸を舐めたがな……で、話を戻すが、『理解が二次元』ってのは要するに図示すると分かりやすいってことだろ？」

「いや、もっと広い意味だよ。意識で起きる『理解』というのは、一次元の論理を二次元、三次元に展開できた時に起きると思うんだよね」

「うーん、抽象的すぎて分かんねえな。そもそも論理が一次元というのがよく分からん」

「それは簡単だよ。言葉はつまるところ全て0と1の羅列に置き換えられるでしょ？　つまり言葉としての論理は一次元なんだ。それを脳内で二次元に展開することで、理解という感覚が得られる」

僕は例として「正三角形」という『言葉』をあげた。それを図にして思い浮かべるのは、一次元に圧縮された言葉を二次元に展開することに相当する。

「なるほど。まあでも、そういう時もある程度の話じゃねえかな？　その言葉だけで成績が急に伸びるかねえ」

僕は肩をすくめた。今までこの話をして信じてもらえた試しがない。だから別に意外ではなかった。

店内を流れる音楽が切り替わり、オペラ「フィガロの結婚」の「5、10、20、30」が流れた。空気が冷え込む感覚を覚えた。気がつくと僕の後ろに『彼』が立っている。彼はクスクス笑いながら僕の耳元で囁く。

「あの言葉の価値を理解できないとは、蔵野も大したことないねえ」

僕はコーヒーをすすりながら、心の中で呟く。

「うるさい。今は出てくるな」

「だってさ、FG感度とかFGバブルとか、それこそ『罪悪感』という一次元的な言葉を三次元的な実感に置き換えてるじゃないか。それが分からないのかな」

「うるさい」

『彼』の霧散を念じると、すぐに消えた。

蔵野は時計を見た。

「二十時か……今日は図書館行かねえの？」

「そうだね。まあいいかな……」

「話は変わるけど図書館の彼女、癖は強いけどボーイッシュな美人だと思ったよ。ちょっと気になったのはさ、彼女の着ていた服、あれ全部男物だぜ？　気づいた？」

「え、そう？」

僕は彼女が着ていた服を思い浮かべた。黒いコート、ジーパン……。

「あのコートは間違いなく男物だぜ。見て分からなかった？　ジーパンも膝から下しか見えなかったけどメンズだよ。靴はアディダスのスタンスミス、これもメンズだったな」

僕はコートやジーパンに男女差があることを知らなかったし、スタンスミスも知らなかった。

そのことを蔵野に話すと、彼は噴き出した。

「ハッハハハ、ノボルらしいや」

僕はムッとした。

「で、どうして分かるの？」

「まあコートの場合は右にボタンが付いてたら男性用、左にボタンが付いてたら女性用だ。あとは主にデザインの違いだな」

「へー、そうなんだ。で、ジーパンは？」

「ジーパンはメンズの場合は幅広に作ってあるんだよ。彼女、結構ブカブカした感じのジーパンだろ？　あれは痩せた女性が男性用を履いてるからだよ」

「はー、さすが『形から入る男』だね。そんな違いを意識したこともなかったよ」

「ハハハハ。それだけじゃねえぞ、彼女の着ているコート、あれはかなりの高級品だぜ。雑に扱ってるから、一見普通に見えるけどな。あれはビキューナっていう、アンデス山脈の奥地だけに生息する動物の毛で、カシミヤよりはるかに上等な素材を使ってるな。そんなやべえ素材を惜しみなく使ってるから、おそらくブランド物だぜ。軽く百万は超えるだろうな」

「なんでそんなことに詳しいの？」

「そりゃそうさ。その人間が大物かどうか判断する上で、着ている服は大事な材料だ。まあ安物しか着ない大物も中にはいるけどな」

「ちょっと待ってよ、じゃあ蔵野は彼女が大物だと思ったの？」

「ハハハ、服にこだわる大物だったら、もうちょっとコートを丁寧に扱うさ。多分買い与えられたんだろうな。少なくとも家族か恋人が大金持ちであることは間違いねえよ」

「へえ、流石《さすが》だねえ」

僕は素直に感心した。これで大外れだったらずっこけるが。

岡田から電話がかかってきた。三十分後に安楽亭に行けるということで、その時間に現地集合することにした。


「ねえ、最初の理性＝合理性の話に戻そうよ。この世界は合理性で満ちているかもしれない。だけど意識はどうだろう？　例えば虫に意識はあると思う？」

「あるんじゃねえかな。アリにも言葉があるって内容の研究を見たことがあるぜ」

「でもそれってあくまでも推測だよね？」

「まあ頭の中は覗けねえしな」

「まあそれは人間同士にも言えることだけどさ……」

蔵野はラークに火をつけて僕を見た。

「『アリの天文学者』っていう言葉、聞いたことある?」

「イソップ童話のタイトルみたいだね」

蔵野は静かに首を振る。

「俺もどこで聞いたのかは覚えてない。だけどすごく印象に残る言葉だったんだよ。星の存在に気がついた天才のアリがいたとして、彼はそのことを他のアリに伝えることができるか、って話だ。『上を見ろ、無数の光があるぜ』ってな。そんなの無理だろ? 誰にも伝えられず、静かに死んでいくわけよ。それを『アリの天文学者』と表現したんだな」

「なるほど、アリに天才が生まれても何も伝えられず死んでいくと」

「それと似たようなことが人類にも起きてるんじゃねえかな。例えばアインシュタインより前に相対論を発見した人間がいても、彼がもしそれを伝える語彙力を持ってなかったら『アリの天文学者』と同じ状況なわけよ」

「はじめから何もなかったことになる」

「もっと広いケースに使えるぜ。死ぬ間際の老人が新しい物理の法則を発見して、それを誰かに伝える言葉を有していても、誰かに伝えようと思うかって話だわな。『もういいや』ってなるんじゃねえかな」

「なるほどね。理解がポツンと生まれるだけで伝播《でんぱ》しない。その現象全体を『アリの天文学者』と表現したわけだね」

蔵野は肯いた。

「まあ俺が言いたいのは、意識があるかどうかなんてのはそれくらい難しいテーマを孕《はら》んでいるってことだ」

　彼は腕時計を見た。

「そろそろ安楽亭に行くか」

「オッケー」

　僕は立ち上がり、後ろを見る。誰もいない。当たり前のことだ。

6　天才との会話

消しゴム作戦が不発に終わってから二週間が過ぎた。

僕は三日ぶりに図書館へ行き、勉強をしていた。時々教科書から目を離して周囲を見渡したが、サングラスの彼女はいなかった。時計を見ると、閉館まであと三十分。

気を取り直して、腕を組んで相対論の『アインシュタイン方程式』を睨んでいると、誰かが僕の隣の席に座り「やあ」と声をかけた。

振り向くと、隣に『サングラスの女性』が座っていた。もっとも、その時の彼女はサングラスをかけていなかった。目が合うと一瞬表情を硬くしたものの、先日の冷たい対応とはうってかわって笑みを浮かべた。僕はあまりに突然の出来事に目を丸くした。

彼女はとても緊張した声で話した。

「君は、ボクと同じ理三の、えーと、タムラ君。……見たところ、相対性理論の勉強をしている」

僕はこわばった笑顔で肯いた。心臓の鼓動が強まった。しかし彼女は僕以上に緊張しているようで、目が気の毒なくらい泳いでいたし、手が震えていた。

気まずい沈黙が続いた。頭の中が真っ白になりそうだった。

彼女は僕を見るのをやめて、震える手で僕の読んでいた教科書を持ち上げ、パラパラとめくった。その姿はいつもの彼女だった。

「アインシュタインが見抜くまで、非ユークリッド幾何学は、数学者の自己満足、『数学のための数学』と、散々な言われようだった……」

彼女は足を組み、膝の上に教科書を置いた。

「まさか、重力とエネルギーが時空を曲げるなんて、誰も考えてなかったから……アインシュタインが、一般相対論を発表した時、多くの数学者はビックリしただろうね」

僕は深く肯いた。

「アインシュタインは、本当の天才だよね」

「天才？」

彼女は僕のことを見た。少し表情が和らいだようだ。手の震えも止まっていた。彼女は顔を僕に近づけてきた。今度は僕が緊張してきた。

「アインシュタインが非ユークリッド幾何学である『リーマン幾何学』の重要性に気がついたのは、彼が『天才だから』と説明されることが多いよね。でも本当にそう？　まるでこっそり誰かに教わったみたいじゃない？」

彼女は足を組みかえる。スタイルが良いので、足を組む姿がとても似合っている。

「彼は数学者に頼みこんで直々に教えを請うた。そのとき『物理に役立つと思えない』と忠告まで受けていたのに」

「誰かが彼にヒントを与えたということ？」

彼女は僕の目を見て、肯いた。アインシュタインを懐疑的に語る人間を初めて見た気がした。

また沈黙の帳《とばり》が降りた。

　僕がソワソワし始めると、彼女から口を開いた。

「何よりも驚きなのは、数学者が『自己満足』のために作った蟻塚《ありづか》のような数学体系が、そのまんま宇宙の本質だったことだよね。これって、凄いことじゃない？」

「そうだよね」少し身を引いて、肯いた。

「僕はいつも不思議に思う。なんで人間が頭の中で考えた数学が、この世界を支配する物理法則と繋がるのか。ニュートンの時もそうだったけど……」

「うん」

　彼女は僕に続けるよう促した。頭の中で言葉を探した。

「まるで意識と世界が、もともと一つだったみたい……」

　彼女の表情から笑みが消えた。目を細め、顔をこれまで以上に近づけた。喫煙所の時と同じ仕草だ。心拍数が再び上がる。シミひとつない、白い肌。近くで見ると、彼女の瞳はやっぱり真っ黒だ――。

　僕は少し後退し、彼女に質問した。

「ねえ、ところで君の名前は？」

「ボクは問宮。よろしくね。君と同じ理三の一年生」

「え、『ボク』？」

「何か？」

「いや、全然」慌てて首を振った。

「個性的で良いと思う……」

　彼女は肩をすくめた。先ほどに比べると、だいぶリラックスしてきたようだ。

「ねえ、ところでどうしていつもサングラスをしているの？」

「うん？　光が嫌いだからだよ」彼女は眉をひそめた。

「中学生の頃から光が嫌いになった。ある日から突然、ちょっとの光でもすごく眩《まぶ》しく感じて、それ以来サングラスが手放せなくなった」

「でも今はしてないよ」

「今はすごく無理しているんだよ。でもそろそろ限界だから、サングラスしていい？」

「うん」

「では遠慮なく」

彼女はコートのポケットからサングラスを取り出してかけた。顔の大きさに比べると大きすぎるサングラスだ。

沈黙が続き、僕は何かを話さねばと思った。

「それにしても……さすが物理の教科書を読み込んでるだけあって、物理の話に明るいんだね」

「読み込んでる？　ああ……」

彼女は肩をすくめた。

「ボクは確認してるだけ」

「確認？　何を？」

「彼らの言ってた数式が書いてあるか」

「彼ら？　誰のこと？」

彼女は下を向いた。ずっと下を向いていた。答えたくないらしい。

彼女はうつむきながら言った。

「本に書いてある数式というのは一次元に圧縮された情報なんだ。それを理解するためには、一次元から展開して多次元化しないといけない。だけどボクの場合は逆なんだ。言ってる意味分かる？」

彼女は顔を上げて僕を見た。

「少なくとも前半はめちゃくちゃ分かる」

僕は右手の人差し指を立てた。

「『論理は一次元的であり、理解は二次元的、実感は三次元的である』」

彼女はサングラスを持ち上げ、目を細めて僕を見た。顔を近づける。僕は緊張する。

「ねえ、その事実を言語化した人間は、ボクの記憶する限り君が初めてだ」

「僕の言ってる意味が分かるってこと？」

「分かるかって？　それは理解の本質そのものだ」

僕はとても嬉しくなった。

「この言葉の意味を理解してくれたのは君が初めてだ。僕は中学時代、この事実に気づいて数学の成績が伸びたんだ」

彼女は笑みを浮かべた。

「そりゃ成績は伸びるさ。だってその言葉に辿り着いた時点で、君は世界の本質を得ていたのだから」

彼女はうつむきながら言った。

「ねえ、それって誰から聞いたのか覚えてる？　もしかすると聞こえないはずの声じゃなかった？」

僕は目を丸くした。

「ないない、ないよ、そんなこと」

『彼』のことが浮かんだが、あれは僕の想像の産物だから。

彼女はため息をついた。

「そうだよね。変なこと聞いてごめんね……」

彼女はサングラスを外し、手で顔をおおった。とても疲れているようだ。よく見ると顔色が真っ白だった。

「大丈夫？」

「うるさいなあ……もう」

彼女は呻《うめ》くように呟いた。僕はビックリした。

「ごめん、何か気に障ること言った？　ごめん」

「ああ……独り言だから気にしないで」

彼女はとても気分が悪そうだった。

「ねえ、本当に大丈夫？」

彼女は首を振った。

「大丈夫じゃない。ちょっと、無理しすぎた」

彼女は僕にもたれかかった。どうすればいいか分からなくて、周囲を見渡した。すると白髪の司書が小走りで近寄ってきたので、彼に声をかけた。

「すみません、彼女体調悪いみたいなんです」

「分かってる。僕に付いていきて」

司書はそう言って手招きした。僕はうなだれる彼女に話しかけた。

「間宮さん、立てる？」

「うん……」

彼女は僕の腕をつかみながら立ち上がった。彼女は小柄で痩せていたので、あまり重くない。歩き始めると彼女は僕に向かって倒れこんだ。反射的に彼女を抱きかかえた。

「ねえ……おんぶして……」

彼女が消え入るような声を出した。

「分かった」

僕はおんぶをして司書に付いていった。彼はカウンターの横にあるドアを開け、中にある小部屋へ誘導した。そこには古い木製のテーブルがあり、それを挟むように片方には古めかしいソファ、片方には二脚のパイプ椅子が置かれていた。彼は中央のシーリングライトから延びる紐《ひも》を引っ張って、灯《あか》りをつけた。ものすごく暗い灯りだ。

「間宮君をそのソファに寝かせてね。それじゃあ僕は仕事があるから」

司書はそう言って踵を返した。

「え、ちょっと」

僕が何かを言う前に、彼はドアの向こうに姿を消した。僕は彼女をソファに寝かした後に、話しかけた。

「間宮さん、大丈夫？」

「大丈夫……」

彼女は力なく答えた。僕はソファ向かいのパイプ椅子に座り、あたりを見渡した。

「こんな部屋が図書館にあるなんて驚いた」

「そうだね」

「それにこの部屋、ずいぶん暗いよね。このライト、豆電球みたいに貧弱だよ」

「これは二十ワットの白熱電球だよ」

彼女はソファから上半身を起こし、サングラスをテーブルの上に置いた。

「運んでくれてありがとう」

「いいえ。でも大丈夫？」

「うん。ちょっと無理しすぎた」

僕と話すために無理をしてくれたのだろうか？　そこは嬉しかった。

「ねえ、どうする？　もう少し休む？」

「もう少し休む。でもタムラと話はしたい。質問していい？」

「どうぞ」

僕は椅子に腰掛け、テーブル越しの彼女を見た。

「君はどうして理三の生徒なのに相対論の勉強をしているの？　君は医学部に進むんでしょ？」

少し考えてから答えた。

「これは数式からしばらく離れて気づいたんだけどさ。数式のことを考えていると、中学、高校時代の自分と時間を共有している気持ちになるんだよ。だから——懐かしくて勉強してる」

暗い部屋の中で、自分の声が響いた。この部屋は本に囲まれた外の世界より音が響くのだ。

彼女が口を開いた。

「ねえ、君は『論理は一次元、理解は二次元』の言葉で成績が伸びたって言ったよね？」

僕は無言で肯いた。

「その話、もっと詳しく知りたい」彼女は、か細い声で言った。

「ボクは聴いてるから、話し続けて」

「分かった」

僕はゆっくりと話し始めた。

※

この話を理三の人に話しても誰も信じてくれないんだけど、僕は中学二年生まで本当の意味で落ちこぼれだった。落ち着きがなく、クラスメイトからは避けられ、学校の先生には呆れられ、勉強はちんぷんかんぷんだった。

ある日部活をやめようとして同級生にリンチに近いことをされて、土下座までさせられた。だけどその時突然、さっき話した『論理は一次元、理解は二次元』の言葉が浮かんで、それ以来僕は論理を多次元に展開することに夢中になった。

すると意識の中に丸い透明な物ができて、どんどん増えていくんだ。僕はそれをマリモと呼んでいた。それはまるで論理を餌にして増えるようだった。そいつが増えれば増えるほど、勉強が好きになった。

数式のことを久しぶりに考えると、マリモが意識の奥底から浮かんでくる。そして昔と今の僕が、マリモを通して繋がるんだ。奇妙な話だけど確かに繋がっているんだ。

※

彼女はテーブルの上で頬杖《ほおづえ》をついて静かに聴いていた。部屋は暗く、映画館のスクリーンになった気分だ。

「その感覚、すごく分かるよ」彼女は和やかな笑みを浮かべた。

「だけど一点、マリモについてボクの考えを述べてもいい？」

「もちろん。すごく聞きたい」

過去にその話を他人にしても失笑されるだけだった。

「マリモの正体は『四次元論理球』だと思う」

「四次元……」

呆気《あっけ》にとられた。なんのことだかさっぱり分からない。彼女が言った。

「君は本に書かれた一次元の文字列を『三次元の実感』まで展開したんだろう？　その論理展開をする時、必ず時間は経過するよね？」

「そうだね……例えば『AならばB、BならばC、だからAならばC』という論理を脳内で展開する間……確かに時間は過ぎる」

「うん。まあ時間がかかるのは思考全般がそうなんだけど、論理展開の場合は順番も大事になる。適当に並べてもダメなんだ。順序よく並べるという意味で、普通の記憶より時間軸の要素が強い」

彼女は目の前に何かを並べる動作をした。

「そして君もよく知ってるように、論理の理解はたいてい三次元的な感覚に置き換えられて保存されている。そこに時間軸要素が加わって、四次元構造の記憶になっている。ボクはこれを『四次元論理球』と呼んでいる」

僕は再び呆気にとられる。

「意識の中に四次元が収まるものなの？」

彼女は肩をすくめた。

「考えてみれば当たり前のことだよ。だって君は一辺が五センチメートルの長さの立方体を想像できる一方で、五秒の長さも想像できる。意識の中で距離と時間は対等なんだよ。それは意識が四次元時空を包含しているということだ」

僕は生唾を飲んだ。確かにそうだ。僕は無数のマリモを想像した——お前の正体は四次元論理球だったのか。


彼女が口を開いた。

「話が変わるけど……ボクはタムラが羨ましいよ。ボクはある意味、君とまったく正反対の経験を中学時代にしたから」

「どんな体験をしたの？」

彼女はうつむき、沈黙した。詳しいことは話したくないようだ……話題を変えるか迷っていると、彼女から口を開いた。

「ボクはアメリカ人のクオーターなんだ。母方の祖父が米国人で、向こうでは有名な資本家だった。ただ母は正式な祖父の子供ではなかった。祖父が日本に来た時、日本人の祖母と関係を持って産まれたのが母だったんだ。つまり母は非嫡出子だったたってこと」

彼女はつまらなそうな表情をした。

「それで間宮さんは肌が白いんだね」

彼女は肯いた。僕は気になっていたことを言った。

「でも瞳は黒い」

彼女は目を丸くしたが、すぐに笑った。

「ああ、これはコンタクトレンズだよ。光を抑えるための。これを部下がボクのために考案してくれたおかげで、ボクは東大受験ができたんだ。これがなきゃ外の光はボクには無理だ」

「そんなコンタクトが販売されてるの？」

「違うよ。特注で作ってもらったんだ。部下が考案したって言ったよね？」

彼女は怪訝そうに僕を見た。

「でも……僕たちの歳で部下って……君は何歳なの？」

「ああ、ごめん……ボクはもうすぐ十九歳だけど、祖父の会社の部下が実家によく出入りしていたんだ。確かにボクの『部下』ではないよね。ボクのことをよく気にかけてくれる人」

僕はなるほどと肯いた。遠い別世界の話に聞こえる。彼女は話を続けた。

「ボクの母と父は数学者で、大学生の時に知り合い、そのまま結ばれた。そしてボクが産まれた。ボクはいわゆる神童で、家にあった数学の教科書を五歳の頃から読んでいた。それを小耳に挟んだ祖父がボクを養子にしようと躍起になった」

彼女は一息つく。

「祖父は常に跡取り不足に悩んでいた。事業が多角的ゆえに継承者が不足していたんだ」

彼女はソファに深く座り直し、天井を見た。

「親は最初、反対したらしいんだけど、内心はその申し出を喜んでいたと思う。彼らは優秀だけど精神的に不安定で、幼少期のボクを傷つけてばかりいた。だからボクも内心は祖父の元へ行きたかった。少なくともボクを必要としてくれる人のもとへ」

僕はかける言葉がなかった。僕の両親は非常にケチだったが、不必要に傷つけたりはしなかった。彼女がどんなことをされたのか気になったが、そんなことは聞けない。

彼女は話を続けた。

「結局、ボクが六歳になって間もない頃、本当の両親は多額の謝礼と引き換えに、祖父との養子縁組を容認した。こうしてボクは彼の『息子』になった。それからはハワイ島にあるバカみたいに広くて、バカみたいに頑強な、要塞のような家に住むことになった。祖父はぶったりしなかったけど、ボクが日本語で話すことを認めなかった。だからボクは英語で育った」

「ねえ、ちょっと待って」彼女の話の後半は、ほとんど頭に入らなかった。

「今、『息子』って言ったよね？　それって君のこと？」

彼女と話している間、ずっと覚えていた違和感。それは彼女の容姿は女性だが、仕草もしゃべり方も全て男性的であることだ。

彼女は目を細めて僕のことを見た。彼女にその表情をされると僕はいつも緊張する。

「ボクは男だよ」

その言葉は重さのない石ころのように空中を浮遊したが、次の瞬間に石ころが一斉に落ちた。

僕は完全に硬直していた。

「ねえ、タムラ」

ようやく正気に戻り、僕の顔を覗き込んでいた間宮と目が合った。

「悪かったよ。もっと早く言うべきだった？　でも君だって性別についてはボクに自己紹介してないよね？」

確かにそうだ。僕はとても失礼だ。自分で勝手に勘違いしていただけじゃないか。だけど……こうやって見直しても女性にしか見えない。岡田と蔵野の反応は微妙だったが、女性であることは共通認識だった。

もしかして体は女性で、心は男性という意味だろうか？　とても気になったけど、初対面でそれを聞くのはすごく失礼だ。彼は口を開いた。

「ボクの名前はマミヤソウイチ。あらためてよろしく」

「よろしく……」

名前は完全に男なのか……。

僕はあらためて彼のことを見た。その時、部屋の外でバッハのブランデンブルグ第三番第三楽章が大音量で響き始めた。

——閉館の時間か……ずいぶん長い時間が経った気がする。

腕時計を見ると二十一時四十分でビックリした。閉館時間を四十分も過ぎている。

「あれ、なんで……」

外に出ると館内は薄暗く、学生の姿は見当たらない。音楽がいつもより反響して聴こえる。振り返ると、間宮が両手で耳を塞いでいた。

音楽が突然止まる。司書が来て「すみません」と間宮に言った。間宮は平板な表情で彼を見た。なんで司書が謝るんだ？　普通は僕たちが謝らないか？

司書は僕たちを外に誘導してくれた。


図書館を出て、喫煙所に寄った。間宮はラキスト、僕はマイセンに火をつけた。

間宮は言った。

「論理球に話を戻すけど、意識は四次元論理球を点に圧縮できる。そしてその点を使ってさらに三次元構造を形成する。つまり元の点が四次元であったことを考えると、七次元まで展開できるということになる」

僕は彼の言葉を頭の中で展開した。

点は０次元、それを一列に並べれば線で一次元、線を横に並べれば面で二次元、面を垂直に重ねれば立体で三次元。確かに元の点が四次元なら、四と三の和で合計七次元だ。

彼は言った。

「つまり意識は背伸びをすれば七次元まで手が届くんだよ。一方で現代科学は時間を含めた四次元構造しか再現できない。つまり科学は意識を全く理解できない」

七次元については実感が全くない。ただ、僕は先日の蔵野との会話を思い出した。

『圧倒的な合理性を生物は有している』

彼は話を続けた。

「そのくせ現代科学は自信過剰なんだ。古来の人が汲《く》みとった意識の本質を平気で否定する。例えば『三途《さんず》の川』や『虫の知らせ』とかさ、ずっと大事に受け継がれてきた知識なのに、科学はなんの根拠もなく嘘《うそ》のレッテルを貼った」

寒い闇夜の中、間宮の声はよく通った。彼は話し続けた。

「もちろん実証された物を正しいとする姿勢は大事だよ。だけど『実証できないものはウソ』と言い張るのは、誤った姿勢だよね」

彼はタバコを灰皿に押し付けた。寒そうに腕を組む。

論理球のことを想像していたら、蔵野と話した合理性のアメーバが思い浮かんだ。なんか似ている気がする。

「ねえ、もしかして論理球はアメーバみたいな形をしてその辺を漂っているのかな」

彼は眉をひそめる。

「そこまで分かっていたのなら、論理球のことも知っていたんじゃない？」

僕は首を振る。

「いや、つい先日、友達がそんな感じのことを話したんだよ」

「へえ、その友達、なかなか鋭いことを言うね」

「うん。君も顔は知ってると思う。消しゴムさ——消しゴムが転がった時、一緒に勉強していたから……」

彼は失笑を浮かべた。

「ああ、なるほど。そういうことか」

その時は、彼の言葉の意味が分からなかった。

「間宮はどう思う？　合理性のアメーバのこと」

「逆に聞いていい？　それがなきゃどうやって人間は新しいことを思いつくの？　例えばアイン

シュタインはなんで相対論を思いついたの?」

「それは……天才だから」

「天才だったら無から有を生み出せるの?　それこそ科学が大嫌いな実証性に欠ける話じゃない?　論理球が漂っていると仮定すれば、全てうまく説明がつくのにね」

「でもそれならみんな天才にならない?」

「論理球を受け止める力は必要なんだよ。あとはそれを表現する力も」

「でも論理球は観測できない」

「論理球はこの世界にはないよ」

「え、じゃあどこにあるの?」

「『意識は七次元に手が届く』ってさっき話したよね?」

「え……うん」

「つまりこの世界は七次元なんだ。四次元時空の裏に別の三次元が隠れている。論理球はそこに存在する」

言葉を失った。話がぶっ飛びすぎてついていけない。

間宮は寒そうだった。体を温めるために組んだ腕をぴったり体につけていた。

僕は言った。

「たしかに科学者は『天才なら何でもあり』と考える傾向があるよね。科学自身が『天才信仰』を作っていたのか」

彼は黙っていた。寒そうにしていたので、それとなく提案してみた。

「ねえ、もしよかったらどこか……」

「うるさいなあ、もう」

彼はうつむきながら呟いた。僕はビックリした。さっきも同じ言葉を聞いた気がする。

「ごめん、何か気に障った？」

彼は僕の方を向いて首を振った。とても寂しそうな表情だった。

「別に君は悪くないよ。もう帰るね」

彼はそう言い残し、夜のキャンパスの深くへ歩いて消えた。

僕はとても傷ついていた。天才信仰の感想がそんなに気に障ったのか……分からない。

新しくマイセンに火をつけて、彼が去った方角を眺めた。テールランプの赤い光が闇夜の中を横切った。次の瞬間、北風が吹き上げ、僕は身震いした。

7　回想（2／3）高校時代

高校入学式の前日に学校から連絡があり、僕が級長に任命されたことを知らされた。理由を聞いたら、入学者の間で試験の点数が一番高かったらしい。嬉しい気持ちは全くなく、むしろ自分が一番をとれる学校のレベルに不安を覚えた。

入学早々、目立つのも嫌だった。

入学当日に級長として全員に紹介された。みんな無表情だったが、僕はとても不安だった。僕は一年半前までは公立中学でも成績は下の中、学校カースト底辺の人間だったのだ。そんな人間がトップとは、みんなに申し訳ない気持ちになる。幸か不幸か、彼らは真実を知らない。

ただ一人、同じ中学から入学した幼馴染《おさななじみ》がいて、彼だけは真実を知っていた。つぶらな瞳に大きな眼鏡をかけている。彼はとても不安げな表情で僕を見ていた。

その日の放課後、僕は彼の様子を伺うために一緒に帰ろうと声をかけた。帰り道、幼馴染は眼鏡のブリッジを持ち上げ、ため息をついた。

「しかしノボルがトップとはねえ……先が思いやられるよ……」

苦笑いするほかになかった。僕だって新しい同級生たちの未来を案じているのだ。『お前らの級長、中学時代の通信簿は2が並んでいたぞ』と穴に向かって叫びたい気持ちだった。

※

入学して一ヶ月が過ぎた頃、僕は放課後に池袋の大きな本屋に一人で寄った。数学の参考書を探していると、クラスメイトのリチャードが近寄ってきた。

「級長、やっぱりすげえな。参考書、選んでるの？」

彼は伏目がちに僕のことを見た。彫りの深い顔で目と鼻が大きく、生粋の日本人だがどことなく外国人の雰囲気があるので、クラスではリチャードと呼ばれていた。朴訥《ぼくとつ》としたしゃべり方で、いつも目の前の景色を見て話した。

「参考書を買うのがすごいの？　買うだけだよ」

「自分で参考書を選べるだけでもすげえよ。俺なんて高校でもらった青チャートで精一杯だもん」

「うーん、あれは読み終わったから新しいの探してるんだよね」

「え、もう読んだの？　さすが級長だね、なんかほんと、すげえよ」

「いやいや、読んだだけだから」

「いや、すげえよ、級長」

褒められることに慣れていなかったので、困惑した。青チャートはとりあえず全体像をつかむために例題と解説を読んだだけなのだ。

そう話してもリチャードは評価を変えないどころか、逆に大物感があると評価を上げてしまった。

彼は僕と同じ西武《せいぶ》線だったので、一緒の電車に乗って帰ることになった。僕はカバンを荷物棚に載せようとした。するとカバンの留め具が外れていて、目の前に座っていたＯＬの膝の上に教科書が落ちてしまった。

「あ、すみません」

すぐに謝ったがＯＬは迷惑そうに髪をかきあげ、僕のことを睨んだ。リチャードは隣で右のこぶしで口元を押さえながら笑っていた。その仕草は彼の癖のようだ。

「級長さ、なんか面白くね？　凄いはずなんだけど、全然優秀に見えないんだよね」

僕は内心ギクリとした。

「そうかな？　普通だよ」

「普通じゃねえよ」彼は口元を押さえてクスクス笑った。

「やべえ、級長、めっちゃ面白い」

彼の家の最寄駅は石神井公園《しゃくじいこうえん》で、僕の西所沢《にしところざわ》よりずっと池袋寄りだ。つまり彼は都会っ子だった。

彼は名残惜しそうに僕と別れた。

※

巣鴨高校は一学年三百五十人程度いるが、高校から入る生徒は百人だけであり、残りの二百五十人は中学受験で入学した生徒だ。高校から入った生徒は『高入組』、中学から入った生徒は『中入組』と呼ばれ、区別されていた。中入組は小学生の頃から受験勉強をしてきた上に、中学時代は先取り勉強をしているのでレベルが高い。高入組が彼らに追いつくことは至難の業だった。

高入組は理系のG組と文系のF組に分かれ、それぞれが五十人のクラスを編成し、文転、理転をしない限り三年間同じクラスとなる。一方で中入組はAからE組の五組に分かれ、D組は成績優秀者が集まるクラスで、その中のトップは全国クラスでも指折りの成績優秀者だった。

※

僕たち高入組が中入組にもっとも遅れをとっているのが数学で、彼らは高一に進学した段階で高二で学ぶ基礎解析と代数幾何を学んだ。

高入はその差を埋めるべく一学期で高一の内容を終わらせるのだと、若い数学担当の先生は息巻いていた。彼は細身の長身で、いつも青ざめた顔をしていた。話している時、目を瞑り苦悶《くもん》の表情を浮かべるのだが、滑舌はよく板書は恐ろしく早かった。

「いいかい君たち？　付いてこれない生徒は置いていくからね。とにかくしがみついてきて」

それが彼の口癖だった。鬼のような速さで計算を進め、みんな訳もわからず板書をノートに写した。多くの生徒は彼の教え方はめちゃくちゃだと不満を訴えたが、僕は彼の教え方が好きだった。

彼の教え方の特徴として「かつ」「または」「ならば」などの接続詞を強調して発音する。僕は当時、これらの言葉の二次元化はほぼ瞬時にできたので、例えばAかつBであればAとBを表す円の共有部分がすぐに思い浮かんだ。彼の授業はそのような言葉の解凍と展開をしっかり行えば非常に見通しが良く、心地よい授業だった。

僕は家でも着実に自習を重ねて、学校のペースより遥《はる》かに早い一ヶ月で高一の内容を終えていた。

いつも自分の部屋のドアを開けると、机が僕を待っていた。その机は僕にとって、この世界から抜け出すためのドアなのだ。

『論理は一次元的であり、理解は二次元的、実感は三次元的である』

その秘密の言葉が、勉強という旅の羅針盤となった。僕は心ゆくまで数学の勉強を楽しんでいた。

※

一学期の半ばとなり、学内で初めての実力試験が行われた。とは言っても中入生と高入生で学習進度にかなり差があるため、三分の一程度は問題の内容が異なり、高入組の方が高得点を取りやすい内容だった。

それでも試験結果は、共通の成績表に無理やりまとめられた。その成績表はA組からG組までの七つのクラスが縦の列、一点刻みの点数が横の行で構成され、全生徒の苗字《みょうじ》がアリのように小さく細かい文字で刻まれている。やはり選抜クラスのD組に成績上位者が集中しているため、中央の列に位置する彼らの名前は、先陣を切って突き進むアリの精鋭部隊のように見える。

そのD組のトップ群に横から食い下がる形で、僕の名前が一番端っこのG組欄に刻まれた。特に数学はかなり上位に食い込んだ。ただ先述の通り問題内容が異なるので、果たして一律に比較することに意味があるのかは不明だった。ひとつ確かなことは、高入組の中では僕が断トツでトップの点数だったということだ。

結果が出た日の帰り、幼馴染と僕が並んで歩いていると、リチャードが別の仲良しの友達と後ろから忍び寄り、テストの話を始めた。彼は隣の友達に僕がいかに凄いかを力説した。

「俺は級長の凄さを分かってたよ。ていうか、次はこんなもんじゃねえって」

並んで歩いていた幼馴染は苦笑いを浮かべた。彼は成績が悪くて落ち込んでいた。

「級長、今後も高入組のエースとして頑張ってよ。いつか中入組のトップに勝ってほしいからさ」

彼は真剣な表情で僕を見た。

※

夏休みに入る前日、リチャードが仲良しグループと一緒に食事に行かないかと誘ってきた。リチャードも含めて四人、全員が都会育ちで遊び慣れた雰囲気だった。断る理由もないので、彼らについていった。

僕たちは遅い昼ごはんを食べるために、池袋のデパート最上階にあるパスタ屋に入った。こういうところで食事をするのは初めてだと話したら、みんな失笑した。

「お前ら笑ってるけど、級長が俺たちのエースだからな？」リチャードは口元をこぶしで押さえながらクスクス笑った。

「級長、ほんと凄《すげ》えんだからな」

パスタを食べ終えるとジュラシックパークを観に行こうと誘われた。何それ？　と訊《き》いたらみんな目を丸くした。

「テレビですごい話題なの、知らないの？」

「テレビ観ないからなあ」

　僕は今も昔もテレビに全く興味がなく、芸能の知識はほぼゼロだった。

「やっぱり変わってるなあ」

　リチャードは怪訝そうに僕を見た。

「まあとにかく行こう。観れば分かるから」


　池袋にある映画館でポップコーンを齧《かじ》り映画の予告を観ていると、自分がこんな優雅な学生生活を送るとはねえ……と感慨深い気持ちになった。

　そして映画が始まり、どうやら恐竜の映画のようだと思って観ていたら、想像を超える迫真の映像に度肝を抜かれた。

　映画が終わり帰路につき、クーラーの効いた電車の中で窓外の夜景を眺めていると、自分が今かけがえのない時間を過ごしていることを自覚した。そして今日のことは、この先何度も思い返すことになるだろうと予感した。

※

　高校二年生に進級する段階で、すでに高三で学ぶ微分積分の先取り勉強を終えた。そして高校二年の二学期に入り、いよいよ物理化学の勉強に本腰を入れようとしていた時、僕自身の内面に事件が起きた。

それまで恋愛に興味が全くなかったのだが、ある日、何の前触れもなく恋に落ちた。相手は同じクラスの男性で、中性的な顔立ちだった。

男性に恋をするというのは男子校ではよく聞く話だが、まさか自分がそうなるとは思っていなかった。

当時は同性愛に対して厳しい時代だったので、僕は行き場のない気持ちを持て余した。精一杯できることは彼に話しかけるくらいだ。

想い人は不思議そうにしていたものの、避ける理由もないので相手をする感じだった。彼は芸能界の話が好きで、テレビを観ない僕と話しても盛り上がらなかった。

僕は自分の気持ちを誰かに吐露したくなり、なるべく目立たないクラスメイトに自分の想いを打ち明けた。彼の名は植田《うえだ》、予備校通いが趣味で、小太りで肌が白く、天パの強い男だった。彼は勉強法の話が三度の飯より好きというタイプの人間で、その話をする時はいつも口角に泡をためて、両手を振り回した。

「だからワタシが言いたいのはですね、数学の問題には解法のパターンというのがあって、これをいかに効率よく暗記するかが大事なんですよ。見たこともない問題の解法をその場で思いつくはずないでしょ、ワタシたちは学者じゃないんだから」

彼は勉強法の話になると制御が効かなくなる。僕は適当に肯いて、話を変えた。

「ねえ、そんなことより今日の彼のことどう思う?」

僕は想い人の方を向いた。彼は噴き出した。

「またもう級長ったら〜なんでそんなことを話すの、あなたって人はもう」

「仕方ないんだよ。どうすればいいのか分からない」

「もう友達で我慢してくださいとしか言えませんよ、もう」

「うーん、そうなんだけどねえ。どうすればいいのかなあ」

そういう出口のない話を驚くほど長時間続けた。家に帰っても彼と電話で話した。彼は予備校の話をし、僕は想い人の話をした。ときどき芸能界の流行について彼に教えてもらった。気づいたら夜中の十二時を過ぎることもあったが、彼はいつも僕が止めるまで話に付き合ってくれた。

高二の三学期の実力試験で、僕は高入生ではトップを保ったが、中入生のトップとだいぶ差が広がった。

学校の帰りにリチャードが後ろから話しかけてきた。やはり仲の良い友達と一緒だった。

「級長、ちょっと調子悪いんじゃない？　いつも期待より上を行くのに。今回は正直、もっと上でもいいと思ったよ」

隣の友達が言った。

「そんなこと言ったって俺らの中ではトップなんだから、それでよくね？」

「いや、よくねえって。級長は高入のエースなんだから、もっと中入のトップに食らいついてほしいよ。最近植田とばかりつるんでるし、どうしちゃったんだよ？」

僕は元からそんな大した男じゃないと答えると、リチャードは寂しそうに首を振った。

それ以来、彼は話しかけてこなくなった。

高三の一学期の試験でも相変わらず高入のトップを維持していたが、もはや中入のトップとの差は明白だった。高二の時に先取りで受けた高三の模試の結果が、一年間で悪化するという明らかな勉強不足が露呈し始めた。

そして全国の受験生が勉強に精を入れる夏休み、僕は植田とよく遊び、ある時カラオケで夜を明かしたあと、想い人の家に朝から遊びに行くという大胆な行動をとった。彼はかなりビックリしていたが、家にあげてくれて、居間で一時間ほど話をした。

話題も切れると、彼はため息をついた。

「じゃあ俺もう勉強しないといけないから」

「そうか。そうだよね」

僕たちは彼の家を出て、早朝の街を駅に向かって二人で歩いた。植田が言った。

「ねえ、ワタシじゃダメなんですか」

「え、どういうこと？」

「叶わない恋よりも、ワタシならいつだって貴方《あなた》の気持ちに応えるし、恋の相談もたまには聴いてあげますよ」

彼はつぶらな瞳でじっと僕のことを見た。その時初めて、彼が僕を好きだったことに気がついた――考えてみれば、彼は自分の貴重な時間を犠牲にしてまで、僕の愚痴に付き合ってくれたのだ。

一方で植田の恋心がただの倒錯であることは明らかに思えた。恋の愚痴を聴いて僕と一緒にいるうちに、自分自身の気持ちが分からなくなってしまったのだ――。

そして恐らく僕自身の気持ちも倒錯なのだろうと思った。男子校で周囲に女性がいないから、クラスで一番中性的な人間に恋に落ちたのだ。

僕は徹夜明けの電車の中で、それまでの一年間を振り返った。不思議なことに、植田という客観的な観察対象が生まれたことで、自分自身のことも客観的に見られるようになった。僕は首を振った。もうやめよう。

その日の夜、植田に電話して今までのことを感謝し、彼の気持ちに応えられないことを伝えた。そしてこれからは勉強に集中すると話した。

「本当にもう。今さらそんなこと言って～。あなたは級長なんですからね。頑張ってくださいよ、もう」

僕は改めて彼に感謝し、電話を切った。そして心の中で何度も謝った。

しかしその後も勉強に集中できず、部屋の中で悶々と過ごすことが多かった。

高校三年生の夏。この時間が二度と戻ってこないという事実が心底恐ろしかった。

一方で、絶え間ない既視感が胸を締め付けた。この人生は本当に一回目なのか？

※

秋の東大模試、ついに高入組でもトップの座を譲り渡した。それでも理科一類はゆうにA判定を取れていたのだから、高校生活前半に蓄えた貯金は相当なものだった。

学校の帰り、枯れ葉が落ちる道を歩いていると、リチャードが久しぶりに話しかけてきた。彼はやはりもう一人の友達といて、すごく怒っていた。

「級長何やってるんだよ！　高入のトップすら陥落ってどういうことだよ⁉」

隣の友達は苦笑いした。

「リチャード、東大模試を受けてすらいないお前がよくそんなこと言えるな」

「そんなの関係ねえよ。級長は高入のエースだろ。俺は級長以外が一位だなんて絶対に認めねえからな」

彼は怒り心頭の様子だった。彼の気持ちを重荷に感じることも多かったが、その時は胸が熱くなった。

「分かったよ、次の模試は頑張るから結果を見届けてよ」

とはいえ、残りは十二月の末にある慶應《けいおう》医学部の模試しか残されていない。でも今はそれに向けて頑張ってみようと思った。

※

その日、部屋の机に座ったあと、ある考えが僕の頭から離れなかった。

『数学や物理の新しい定理や法則を発見した先人は、どんな思考を辿ったのだろう？』

それはただ勉強して知識を得ているだけの自分とは決定的な差がある。その差はどこにあるのだろう？　そこに気が付けばもっと成績が伸びる気がする。

僕は自分の部屋を見渡した。誰かがこの部屋を覗いている気がした。それは高校生になってからずっと感じていたことだ。誰かが僕のことを見ている。

エアコンのモーター音が遠くなり、部屋の温度が一段階下がる感覚を覚えた。『彼』が来たのだ。

「ねえ、それってボクのことじゃないよね」

彼はクスクスと笑った。

「君でないことは確かだよ。だって君は想像の産物なんだから」

「そんなふうに決めつけていいのかな？　君の大躍進のきっかけを与えたのはボクじゃないの？」

「君という形を通しての、僕自身の気付きだよ。それは明らかだね」

「それで君はしばらくボクのことを放っておいて何をしてたの？　せっかくの貴重な時間をドブに捨てて、今さら勉強に本腰を入れて」

「うるさい。僕が何を思っていたか知ってるくせに」

彼は近寄り耳元で囁いた。

「こんなのはどう？　天才の風景を眺めたいなら三次元より上に行けばいいんじゃないの？」

僕は首を振った。まったくナンセンスだった。三次元より上なんて存在しないのだから。

僕は気を取り直して勉強を始める。

僕には保証が必要なのだ。かつて学校カーストの底辺にいた頃の自分とは違うという保証がほしい。そのためにも高校時代の最後に爪痕を残さないといけない。

『論理は一次元であり、理解は二次元であり、実感は三次元である』

僕はこの言葉を通して誰よりも成績を伸ばした。でも短期間で一気に遅れを挽回《ばんかい》するためには、今まで以上の推進力が必要だ。

この言葉に続きがあるとしたら、『彼』が言うように四次元ということになる。五感は三次元の知覚器だから、五感に頼る限りそれは見えてこないはずだ。

ヒントは世界と意識の繋がりにあるはずだ。人間の脳内で生まれた数式を計算すると、世界の動きを予測できてしまう事実――物理の勉強を始めた時は、それが不思議だった。今は逆の発想をすることで納得している。**そもそも世界が数学でできているのだ。**

つまり数学とは意識と現実を繋げるものであり、眼の光、耳の音と同じように、知覚器を流れる情報と考えることもできる。五感と異なるのは、それが内面からも湧いてくることだ。

これこそが人間のもつ第六感ではないか。心の奥底に『井戸』があって、そこから数式が湧き出してくるのだ。過去の天才はこの『井戸』から湧き出した数式を書き留めたのではないか?

僕はペンを置き、目を瞑って過去の勉強を思い返した。何かを理解するたびに意識の中で透明なマリモが増えていった。今こうやって考えている間にも、無数のマリモが意識の奥底から浮かび上がってくる。このマリモたちは外から来たのか、それとも内から湧き出したのか……。

僕は首を振った。これ以上考えても埒《らち》が明かない。とにかく今は『井戸』を意識しながら勉強してみよう。僕ならできるはずだ。

※

僕は十二月の模試で成績優秀者の上位に名を刻んだ。マイナーな模試ではあったが、手応えはあった。

自分が全国区でもトップに食い込んでいる実感がある。悪い点数を取る気がしなかった。

願書は予定通り東大理科一類に提出をし、無事合格した。自己採点はかなり高く、今まで受けた試験の中では最高の出来だった。併願で受けた慶應医学部も正規合格し、周囲には慶應医学部を勧められたが、僕は悩むことなく理科一類への進学を決めた。

※

学校の帰り道、後ろからリチャードが声をかけてきた。やはり別の友達と一緒だった。彼は満面の笑みを浮かべていた。

「いやあ級長、最後にやってくれたよ。慶應医学部正規合格は中入生にもいなかったらしいじゃん。最後に一矢報いてくれて、嬉しかったよ」

　隣の友達は首を振った。

「でも慶医いかないんでしょう？　いやあ、もったいないよ」

「別に医者になりたいわけじゃないし……」

「いやあ医者の資格はやっぱり持っていた方がいいよ。研究がしたいなら基礎医学っていう道もあるわけだし」

　彼は真剣な目で僕のことを見た。彼は医学部を受けたが不合格で、浪人が決まっている。僕は肩をすくめた。

　そういえばリチャードの受験結果を知らなかった。どこを受けたのか聞いてみた。

「俺、一校も受験してねえよ」彼はニコニコしながら言った。

「だって今の実力で受けて下手に受かっちゃったら、勿体《もったい》ないじゃん。俺、もっと勉強して実力をつけてから受かりたいもん」

　僕は唖然《あぜん》とした。大学に入ってから勉強すればいいじゃないかと思ったが、口には出さなかった。なんだかんだ言って、彼には色々とお世話になった気がする。だから彼の人生観を尊重したかった。

※

彼は二浪の途中で恋人と結婚し、北海道へ移住したらしい。いつもリチャードと一緒に帰っていた友達によれば、電話越しに聞こえる彼の声は波乱万丈の人生を楽しんでいるそうだ。

そんな彼が、どうして僕に対しては受験の王道を突き進むように励ましてくれたのか、不思議に思うことがある。ただ一つ言えることは、僕は彼に対して今でも感謝しているし、その気持ちは今後も変わらないだろうということだ。

※

こうして僕は東大に入学した。そこで新たな友達と出会い、気づきを得る。

8　天才の条件

間宮と初めて話した日の夜中、僕は渋谷の地下にあるバーで岡田と蔵野と会った。岡田は梨のモクテル、蔵野はワイルドターキーのロック、僕はコカコーラを飲んでいた。

開口一番、サングラスの女性と話ができたことを伝えた。二人は驚いたが、彼女が男性だったと聞くと、もっと驚いた。岡田は首を傾げた。

「それは考えもしなかったな。声は男だったの？」

「全然。少しハスキーな声だけど、それはタバコのせいかな」

「身体は女で、心は男ということかな……」

でも彼の名前は間宮惣一なんだと話すと、二人は声をあげて驚いた。僕は二人の様子を見てようやく気がついた。例の数学、物理、化学、英語が満点の男の名前じゃないか。どうして気がつかなかった？

蔵野は首をひねる。

「いやあ驚いたわ。彼、彼女？　は不正……するかな？　どっちか分かんねえな」

岡田は苦笑いを浮かべた。

「あの勢いで物理の本を読めるなら本物かもな。だけどなんで授業も試験も受けないんだ？」

僕は彼が昼間に来れる感じではないことを話した。光に過度に敏感だったこと、途中で気分が悪くなって薄暗い部屋に移動したこと。彼のプライベートなことに触れないよう注意した。

蔵野は手を頭の後ろで組んだ。

「そりゃあ、また大変だ。で、恋の気持ちはどうなのよ？　男と聞いて」

「今は分からない。でも彼の話は面白かったし、これからも仲良くしたい」

別れ方がかなり微妙だったけど、と心の中で呟いた。蔵野は真剣な表情で言った。

「なんかそこまでミステリアスだと逆に大物研究家の血が騒ぐじゃねえか。普通じゃねえわ、彼女、いや彼」

僕は苦笑いした。祖父が資産家であることは話さないでおこうと思った。

彼との会話を頭の中で思い返した。

間宮は人生で初めて出会った天才かもしれないと話すと、蔵野はうなった。

「天才ねえ……俺も小中は天才と言われ続けたもんだがねえ」

「それは理三受かるやつならみんな同じじゃない？」

岡田が蔵野の肩を叩いた。

「ハッハハハ。そりゃそうか」

そんなことはないと思ったが、黙っていた。

蔵野はロックグラスを口元に傾けた。

「まあ実際のところ、天才ってのは実はそれほど珍しいもんでもねえよ。少なくとも世間が想像してるほど高いハードルではねえな」

「そうか？」岡田が疑問を呈した。

「例えばモーツァルトやニュートンみたいな天才は一億人に一人くらいじゃない？　それでも多

く見積もりすぎかな。だって今の先進国の人口が十億人いるとして、十人もモーツァルトやニュートンはいないだろう？」

「いや、俺もそう思った時期はあったよ。だけどそれだと明らかに説明がつかねえ事実があるのよ。例えばモーツァルトを挙げると、同時期に活躍してる音楽の天才が妙に集中してんだよな。クラシックの二大巨頭と言えばモーツァルトとベートーヴェンだけどな、モーツァルトが生まれたのは１７５６年、オーストリア。ベートーヴェンが１７７０年、ドイツよ。人類史に名を刻む二人の天才作曲家が、同じような時期に、同じような場所で活躍してんのよ。人類への貢献度から考えれば百年に一回、まったく離れた場所で生まれてもよさそうなもんじゃねえか？」

「まあ確率には偏りが生じるもんだよ」

「いや、これはむしろ比較的分散してる例なんだな。例えばレオナルド＝ダ＝ヴィンチ、ミケランジェロ、ラファエロ＝サンティは人類史に残る天才と称されているけど、三人とも同時期にイタリアに生まれてんのよ。この三人はそれこそ百年に一人レベルの逸材だぜ？　なんで同じ時期に同じ場所で生まれてんだよって話だ」

「まあ……確かにそうだな」

「考えてみると奇妙だろ？　あとはイギリスのニュートンと、ドイツのライプニッツは、ほぼ同時期に微積分を独立に発見してる。歴史的発見とも言える微分積分がなんで同時期に近隣国で発見されてるんだ？　もうちょっと身近な話だとトキワ荘に手塚《てづか》治虫《おさむ》、藤子《ふじこ》不二雄《ふじお》、石ノ森《いしのもり》章太郎《しょうたろう》、赤塚《あかつか》不二夫《ふじお》が同居していた。こんなのも確率の偏りで説明がつくか？」

「まあな……例えばビートルズもそれに近いかもな」

「お、いいところつくね。この天才集中現象を説明できる唯一の仮説こそ、俺が最初に話した

『意外と天才のポテンシャルは低いんじゃねえのか』って仮説さ。まあ具体的に言うと一万人に一人くらいのポテンシャルじゃねえかな。あとは時代と風土が作る流れの中で天才は生まれていくわけだ。例えば俺らも『歴史に名を残す天才』としてのポテンシャルを十分に秘めてんじゃねえかな」蔵野はラークに火をつけて笑った。

「これに気付いた俺もなかなかのもんじゃねえか？」

岡田は苦笑いを浮かべながら、首を振った。


僕は我慢できず割り込んだ。

——天才というのは、普通の人間には見えない世界が見える人たちではないか。例えば微分積分を『学習するだけ』の僕たちとは、明らかに違う世界が見えている。

そう話すと蔵野は笑った。

「ハッハハハ。天才に関して熱い想いがあるのは分かったよ。じゃあノボルは天才が一箇所に集中する傾向をどう説明する？」

「それは……こういう仮定はどう？　社会全体が一つの意識を形成している。その意識は『悲しみ』や『喜び』を生み出す一方で、『閃《ひらめ》き』に近い現象も起こす。蔵野の言う『天才の資格をもった人間』は、その中から産み出されるんじゃないかな。彼らの絶対数は、蔵野の言うように意外と多いのかもしれない」

蔵野は笑いながら首を振った。マスターを呼び、ジャックダニエルのロックを注文した。

「社会が意識を形成するというのは『意識と似てる』だけの話であって、本当に意識が存在するわけではないし、社会はあくまでも複数の意識の集合体じゃねえのか？　本当の意味の『意識』

は個々人の脳内にだけ存在する」

　僕は首を振った。

「例えばミケランジェロとダヴィンチはルネッサンスという社会的機運が生み出したでしょ？　それこそ蔵野のいう天才のポテンシャルを存分に引き出したのは社会という意識そのものなんじゃないの？　トキワ荘だってトキワ荘という小さなグループの中で意識が生まれ、天才たちの才能を引き出したんだと思う」

「いやだからさ……それはマクロに捉えればそう見えるかもしれねえけど、もっと拡大してみれば、個々人の意識が言葉や作品を介して影響を及ぼしあってるわけだろ？　『社会の意識』とやらを持ち出す必要があるか？」

　反論がすぐに思い浮かばず、口をつぐんだ。蔵野は不敵な笑みを浮かべた。

　室温が下がるのを感じる。『彼』が後ろに立っている。彼は首筋から僕の中に入ってくる。僕と彼は同時に口を開く。

「それを言ったら僕たちの脳内の『意識』だって、拡大してみれば個々の神経細胞の相互作用じゃないか。意識というのは、そういう相互のフィードバックが働くと、自然に発生するものなんじゃない？　ミクロかマクロの違いだけでさ、人間同士のフィードバックが存在する社会にも『意識』が発生して、その触手は常に新しい方向への展開を探っているんじゃないかな」

　蔵野は困った顔をした。

「まあ……確かにそういう考えもあるな。なら端的に聞こうじゃねえか……ノボルの定義する意識ってのは結局何よ？」

　僕は目を瞑る。『彼』の長い両手が伸びていき、意識の奥に沈んでいるマリモの表面を撫《な》でていく。僕と『彼』は同時に話す。

「例えばアリのように小さい虫にも意識はある。ただ、その濃度が人間に比べるとすごく薄い。一方でアリの社会では、個々のアリの意識の『重ね合わせ』が起きて、全体ではそれなりに濃度の高い意識を形成する」

中年のバーテンダーがやって来て、灰皿を交換した。

「地球初期の原始細胞も、そうやって重ね合わせることで、意識の濃度を高めてきたんじゃないかな。僕たちの意識も脳の小さな回路の重ね合わせだし、よりマクロに見ると全身の細胞の重ね合わせだ。そう考えると、意識というのは物理学の『場』に近いよね」

蔵野は目を瞑って肯く。

「意識とは『場』であるか……なるほどな。こりゃ面白えや」

彼は激しい貧乏揺すりを始めた。

「ではさらに聞こうじゃねえか。ノボルの考える意識ってのは、結局どこに存在すると思う?」

「例えば電場が回路を形成する時、別の次元に磁場が生まれる。同じように意識も別の次元に生まれるんじゃないかな。だから三次元にとどまる僕たちは意識の居場所を特定できない」

岡田が沈黙を破った。

「よくできた話だと思うよ」

蔵野も黙って肯いた。

『彼』が離れていく。僕はコカコーラの残りを飲む。

9　旧約聖書

「蔵野のＦＧ因子の話は鋭いね」

間宮はソファの上で足を組んだ。僕たちは図書館の例のスペースで、ソファに並んで座っていた。

彼が何か話してと言うから、蔵野と最近話した罪悪感についての一連の内容を話したのだ。彼はとても興味深そうに聴いていた。

※

その日、僕が図書館に入るなり司書に呼び止められ、例の休憩室に通された。しばらくして間宮が入ってきた。僕は座っていたソファ席を譲ろうとしたが、彼に止められ「並んで座ろう」と言われたので、それに従った。

彼は前日の別れ際の不機嫌な態度が嘘のようにニコニコしていた。それどころか異様なくらい距離が近かった。彼はことあるごとに手を握ってきたり、肩を寄せてきた。僕は対応に困り、混乱した。

※

「ＦＧ因子はアダムとイブの話を思い出すね。彼らは『知恵の樹の実』を食べて善悪の知識を得たでしょ？　木の実を食べたとたんに裸で過ごすことに罪悪感を覚えて、服を着るようになった。まるでその木の実がＦＧ因子だったみたいじゃない？」

「まあ……そうかもね」

いきなり聖書の話を出されても、と思った。僕にとって聖書は科学の対極であり、思い込みの象徴だった。

「ねえ、アダムとイブが記載された旧約聖書はいつ頃書かれたものだと思う？」

突然の質問に戸惑う。

「キリストより前にあったはずだから……」

「紀元前五百年くらいと言われているから、二千五百年前ということになる」

僕は苦笑いを浮かべた。歴史は苦手なのだ。

「ちなみに牧畜の歴史が生まれたのは九千年前、四大文明で一番古いメソポタミア文明が生まれたのが三千五百年前。これを聞いて何か違和感を覚えない？」

その二つの数字は離れすぎているように感じた。牧畜が可能な技術があるなら、あと一歩で大きな社会を形成できそうなものだ——僕はそのことを話した。

「うん、ボクもそう思う。ここで蔵野の仮説を適用してみようよ。つまり、九千年前の人類には社会を形成する能力がなかった。なぜなら彼らにはまだＦＧ因子がなかったから」

「なるほど。面白い仮説だね」

間宮は僕の手を触り、顔を近づけた。心拍数が高くなる。彼は耳元で何かを囁いたが、聞き取れなかった。

彼は僕から離れ、ソファに深くもたれかかった。そして、ゆっくり話し始めた。

※

昔は今みたいに道徳もなければ、法律もなかった。そんな中、牧畜の文化があった。

ある悪賢い人間が考えた。

『人間を家畜化できないか？』

彼は生後間もない人間たちを柵の中に閉じ込め、労働力として利用した。要するに生まれながらの奴隷ということになる。もちろん奴隷の子供たちも、奴隷になった。だけど彼らには罪悪感がない。どんなに柵から出るなと命令しても、いつも逃げ出そうと画策していた。支配者は見せしめのため、柵の外へ逃げた人間を片っ端から処刑した。

ある時、柵が嵐によって壊れてしまい、ほとんどの人間が逃げてしまう事件が起きた。支配者は嘆いたけど、逃げてない男女が二人いることに気がついた。支配者は彼らに『なぜ逃げなかったのか』と訊いた。すると二人は答えた。『逃げてはいけないと思ったからです』。

支配者はその時直観的に感じた。この二人の子孫を増やそう。彼らは柵がなくても逃げない。自分たちの心の中に柵を作り、逃げ出さないのだと。

彼らの名前はアダムとイブ。彼らの子孫はそれまでにない罪悪感という感情を持っていた。すなわちＦＧ因子だ。ＦＧ因子を獲得した人間は社会を形成し、やがて大きな文明を築いた。

つまり牧畜文化と文明の間の五千五百年の空白は、アダムとイブが生まれ、その子孫が繁栄するまでにかかった時間ということになる。

もちろん遺伝がうまく伝わらず、罪悪感を持たない人間も頻繁に生まれた。支配者はそういう人間を淘汰《とうた》するための仕組みを作った。それが法律と呼ばれるものだ。

※

僕は彼の生々しい話し方に驚いた。

「ちょっと待って。じゃあ僕たちは本当にアダムとイブの子孫ってこと？」

彼は当然のように肯いた。

「君は旧約聖書のアダムとイブの話が単なる作り話だと思う？」

「うん。だって進化論に反するしね」

「あれが人類の起源でなく、文明の起源に関する言い伝えだとしたら？」

答えにつまる。そんなことを考えたこともなかった。

「結局、旧約聖書も科学による迫害をうけたんだよ。二千五百年間生き残り続けた文章は『非科学的』とされ、嘘のレッテルを貼られた」

間宮は話を続けた。

※

ここで注意しないといけないのは旧約聖書が書かれた当時、文字を読み書きできる人は非常に少なかったことだね。なぜなら紙や鉛筆もなかった時代だから。

当然、現代に比べて前提知識や語彙も非常に限られていた。例えば遺伝子という言葉もなければ、罪悪感という概念もない。動物や草の名前などの固有名詞が語彙の大半を占めたと思われる。

また、記録を書かせたのはその文明の支配者だから、自分たちのことを悪く書くはずもない。あくまでも『悪いのは君たちだ』というスタンスは崩さないはずだ。

そして、次のような話を民に聞かせた。『君たちの祖先は食べてはいけないものを食べた。君たちは生まれながらにして罪を負っているんだ。その証拠に君たちは常にモヤモヤした気持ちを抱えている』と。

『エデンの園で伸び伸びと暮らしたアダムとイブは、神の教えに反して知恵の樹の実を食べました』という話を現代風に訳すなら、『かつて柵に閉じ込められて暮らした人間の間で、自ら心理的な柵を設ける突然変異体が生まれた』ということになる。

アダムとイブの子孫は他の血統を駆逐していき、世の中にはＦＧ感度の高い多くの人民の遺伝子とＦＧ感度が低い数少ない支配者の遺伝子に二分された。

支配者は人民がどれほど死のうと心を痛めない。なぜなら罪悪感がないのだから。独裁者が数百万人、数千万人の人民を殺しても平然としている理由だよ。

「なるほど、面白い仮説だね」

僕は何度も肯いた。政治家が平然と嘘をつく理由がわかった気がする。統治者の血が濃いほど罪の意識が薄いと。

間宮は首を振った。

「仮説ではないよ」

僕はきょとんとする。仮説でなかったら何だろう？

※

気がつくと、部屋の外でブランデンブルク第五番第三楽章が響いていた。いつもの大音量ではなく、聴き逃してしまいそうな音量だ。僕は残念な気持ちで呟いた。

「もう閉館か……」

「大丈夫だよ。司書に頼んで、二十一時四十分まではここにいれるようにしたから。音楽はいつもの時間に流すように話しておいた」

僕は驚いた。

「そんな融通が利くものなの？」

昨日も僕たちのために長く開けてくれたのか。

「まあね。ところで蔵野の考えをもっと聴きたい。話してよ」

彼は肩を寄せてきた。

「そうだね……」

僕は先日話題に上った「天才の条件」について話した。

蔵野は天才になるための敷居は意外と低いと考えていること、それに対する僕の考え――マクロでの意識、意識の重ね合わせについて話した。

彼は足を組みながらとても興味深そうに聴いた。

話を聞き終えると彼は呟いた。

「『実感は三次元』の話に続き、意識の重ね合わせを言語化した人間と出会うのも君が初めてだ」

彼は目を細めて顔を僕に近づけた。薄明かりの中で、彼の真っ黒な瞳が僕の顔を凝視する。それをされるたびに緊張する。慣れるということがない。彼の匂いが僕の鼻腔《びこう》を刺激する。柑橘類《かんきつるい》のような、女性的な匂いだ。

彼は耳元で囁いた。

「君の推測通り、人間の意識は別の次元に発生している。ボクはそのことを知っている。その次元では数学や物理の論理球が粒子のように流れている。『ある種の人間』はその粒子の流れをとらえることができる。この世界で目が光子をとらえ、耳が空気の振動をとらえるように」

僕はゾクゾクした感覚に襲われた。彼の話は抽象論であるはずなのに、妙に生々しいのだ。

彼は僕から離れ、ソファにもたれかかった。

「その『ある種の人間』こそが、蔵野の言う『ポテンシャルを持った人間』だよ。その特殊な知覚を持つ者は、［知る者］と《見る者》に大別される。［知る者］は粒子のように流れる論理球を知覚することができる。《見る者》はそれに加えて、論理球を引きつける力を持っている。時に爆縮的に論理球を引きつけることがあり、それが周囲にいる［知る者］を刺激し、［知る者］たちは文字通り『閃く』んだ。これにより［知る者］は新理論を提唱したり、全く新しい音楽を創造したりして、歴史に名を残す。

［知る者］は全ての論理球を見れるわけではない。つまり能力に偏りがあり、開花する才能の方向性もバラバラだ。その頻度は蔵野のイメージに近くて、一万人に一人くらいの頻度じゃないかな。一方で《見る者》は非常に珍しくて多分百万人に一人もいない」

彼は僕のことを見た。とても寂しそうな表情だ。

「かつてイタコ、巫女《みこ》と呼ばれたような人たちの中には本物がいた。それが《見る者》だよ」

僕は啞然とする。

「それが間宮の仮説？」

「君が留保したいなら仮説でもいい」

薄明かりの中、彼は真剣な目で僕を見た。

ブランデンブルクが止まり、「閉館です」と司書がアナウンスする。これを聴き流す日が来るとは思わなかった。

「ねえ、間宮の仮説では、後世に天才として名を残すのは［知る者］だけなの？《見る者》は自分が見た物を後世に残せないの？」

「多分無理じゃないかな。《見る者》は脳にかなりの負担をかけるようで、側頭葉のダメージが急速に蓄積していく。だから彼らの多くは名を残すどころか、病人扱いされる人生を送る」

「ちょっと待ってよ。なんで間宮はそんなことを知ってるの？」

「ボクが《見る者》だからだよ」

彼は真剣な目で僕を見た。僕は目を合わせられなかった。彼が狂人なのか天才なのか、判断し難くなってきた。

「ある日、ボクはこの能力を突然獲得した。ボクはそれまで［知る者］としての条件を満たしていたんだ。だけど不幸にもボクは《見る者》に選ばれてしまった。ウィリス家はこの事実を知ってボクを囲い込んだ。彼らはいつもそうやって世界の支配者としての力を強化してきたんだ。親族に対してもその姿勢は変わらない」

僕は困惑した。《見る者》に選ばれた？ ウィリス家？

彼は言った。

「いずれにせよ、蔵野の言う『天才が集中する』という話は、ボクからすると当たり前なんだ。だって《見る者》の周りにいる［知る者］が天才としての能力を発揮するのだから。彼らは《見る者》と違ってそれを万人に伝える言葉を持っている」


しばらく考えたが、確かに説明はつくと思った。要するに僕の言った社会の『閃き』は、《見る者》という一人の人間を突破口にするということか。

「例えばニュートンはまさに無から有を生み出した男だ。運動方程式、万有引力の法則、微分積分。突然この三つを考えたんだからね。みんな『彼は天才だった』の一言で済ませてしまう。だけど天才も何も、理詰めで導けるものじゃないんだから。『突然思いついた』ということになる。彼のそばにいた《見る者》が、強烈な論理球爆縮を起こしたことは明らかだよ。

ニュートンは生涯ライプニッツ、フックとアイディアの盗用をめぐって争うことになる。二人とも同時期に同じことを『思いついた』んだから、そういう顛末《てんまつ》になるよね」

確かに、と思った。ニュートンに関しては「青天井の天才」みたいに語られるが、これほど非科学的な説明はない。間宮の説明の方が合理的にすら思える。

間宮は言った。

「あとは意識の波動性について話をしよう。概念を含む粒子は論理球だけではない。例えば感情や記憶なども粒子の形でウラの三次元世界を流れている。それらを引っくるめて思念球と呼ぶことにしよう。それは素粒子などと同じように、粒子であると同時に波動の性質も持っている。だから君の言う意識の重ね合わせが起きる。これが『テレパシー』や『虫の知らせ』の正体だよ」

「ちょっと待ってよ。粒子と波動の二重性というのは、とても小さいものに成り立つ性質じゃないの？」

「論理球は四次元であると同時に七次元世界では『点』なんだ」

僕は狐《きつね》につままれた気持ちになった。

「ちょっと待って。少し考える時間がほしい」

僕は思念球という素粒子を想像する。その素粒子は『点』でありながら、内部に四次元を含んでいる。それは宇宙全体の真理を含むこともあれば、『三平方の定理』のような小さな思念を含むこともある。四次元世界で両者のスケールの差は歴然だが、七次元世界ではどちらも「点」、つまり素粒子に過ぎない……。

宇宙規模の意識も、一匹のアリの意識も、どちらもその「点」に収まることになる。これはミクロでもマクロでも同じように「意識」が発生するとした僕の考えを裏打ちするものだ。

そして確かに素粒子であれば波としての性質も持つから「思念球の重ね合わせ」が成立する。これにより僕が蔵野に主張した『意識の重ね合わせ』も説明できる。

確かに間宮の仮説に立てば一元的に今までのことを説明できる。ただ一つだけ納得できない点がある。

「でも論理球が『点』だとしたら、この世界の素粒子はどうなるの？　この世界では論理球は四次元、素粒子は0次元だよね？　ここから論理球を0次元に圧縮したら素粒子の次元はマイナスということにならない？」

彼は少し残念そうに首を振った。

「いや、この世界の点＝素粒子もやはり四次元を含んでいるんだよ。どっちが上とか、どっちが下とかではないんだ」

僕はますます狐につままれた気持ちになる。

彼は人差し指で空間の一点を指した。

「時間軸を省略して、六次元座標の一点を考えてみよう。例えば（1，1，1，2，2，2）という一点を考える。この六次元空間の一点を無理やり三次元の世界に収めて考えるために、次のような二段構えの論理を展開する。

まず三次元座標の（1，1，1）を対応させ、この座標系をオモテ世界と名付けよう。つまりボクたちが住んでいる世界のことだ。点は素粒子に対応する。

さらに、その点の中に別の三次元の世界が圧縮されていると考え、それをウラ世界と名付けよう。そこでの座標が［2，2，2］であるとすると、六次元上の点の座標を（1，1，1）［2，2，2］と表記できる。つまり六次元の点を、二つの三次元世界を使って表現することができる。

ところで、このウラ世界の座標［2，2，2］に先に注目するとどうなるだろう？　この点から見れば（1，1，1，2，2，2）と対応するためには［2，2，2］の中にやはり三次元世界が含まれていて、その座標系の（1，1，1）が対応すると考える必要がある。

つまり、実際にはオモテもウラもなくて、両者は対等なんだよ。どちらの点（素粒子）にもやはり三次元世界が含まれていて、オモテはウラを含み、ウラはオモテを含むんだ」

「ちょっと待って、少し考えさせて」

僕は彼の話を頭の中で再現する。オモテの点にダイブするとウラ世界が広がり、そこの一点が六次元の点に対応する。そのウラ世界の点にさらにダイブするとやはりオモテ世界が広がり、そこの一点が対応する。以下、ずっと同じことを繰り返す。つまり論理球というウラ世界の素粒子にはオモテ世界が含まれ、逆にオモテ世界の素粒子にはウラ世界が含まれる。

要するにミクロの世界に潜り込んでいくと、延々と両者の座標系の間をループし続けることになる……摩訶不思議《まかふしぎ》だが、それが我々三次元人から見える六次元世界なのだ——。

背筋がゾクゾクした。順序立てて考えてみれば難しくはないが、想像したこともない世界観だ。

「もしかして……君の言ってることは全て真実なの？　君は《見る者》で……まだ誰も知らない世界の秘密を僕に教えてくれてるの？」

彼が微笑を浮かべて肯くのを見て、目眩《めまい》を覚えた。彼が狂人なのか天才なのか今は判断できない。ただ一つ確かなことは、僕はどうしようもないくらい彼に惹かれているということだ。もっと彼の話を聴きたい。

でも今は抽象的な話から少し離れたい。先ほど気になったことを訊く。

「ねえ、君が言ったウィリス家って、先日テレビで話題になってた資産家のこと？」

「そうだよ。言ってなかったっけ？」

僕は首をすくめた。蔵野が聞いたら興奮して卒倒しそうな話だ。

「てことは、ジョン＝ウィリスさんは君の親戚なの？」

間宮は眉をひそめた。

「うん……彼はボクの弟だよ。彼はボクのことを追いかけてきたんだ。あいつ、ボクが病気になってからずいぶん家での立場を上げたみたいで、上から目線で話してくる。ムカつく」

「病気？　君が？」

彼は目を逸《そ》らした。顔が真っ赤になっていた。

「つまり……光が眩しいってことだよ」

彼の顔はまだ赤かった。彼でも動揺することがあるんだと思い、安心した。

「あれ？　ところでジョンさんが弟ってことは、間宮はアメリカ国籍なの？」

「ボクはたまたま両親が留学中にアメリカで生まれたんだ。だから日本とアメリカの二重国籍なんだよ。その後、祖父と養子縁組を組んだので、戸籍上は祖父の息子だし、ジョンも同じだよ」

「そうなんだ。でもどうして間宮は日本に来たの？」

彼はうつむいて黙っていた。話したくないらしい。

僕は昨日の別れ際の険悪な雰囲気を思い出し、言葉を呑《の》み込んだ。

気まずい沈黙が続いた。

間宮が口を開いた。

「二千五百年前、特別な思念球を《見る者》が引き寄せた。それは『七次元世界を造った創造主の記憶の断片』だよ。そして当時最高峰の［知る者］が、その思念を記録した」

「二千五百年前というのは……」

僕は先ほどの会話を思い出した。

「そう。ボクが話してるのは旧約聖書の創世記、第一章のことだよ。結果は惨憺《さんたん》たるもので、知識と語彙が当時まだ不足していたゆえに、ほぼ意味不明な文章が出来上がった。しかしその内容は多くの人間の心の琴線に触れた。多分それが真実であると多くの人は無意識に察知したんだと思う」

「うーん……にわかには信じ難いな」

「それが正しいことを示唆するのが『光あれ』という文章だ。特殊相対論でも示されているように、光子はこの世界では本当に特別な存在なんだ。一つ確かなことは、この宇宙を創った設計者はまず光子を創ることから始めたということだ。だから本当に、最初は『光あれ』なんだ」

「なるほど……旧約聖書なんて作り話だと思っていたけど」

「多くの人間にそう刷り込んだのは、現代科学が犯した最大の罪だろうね。当時の［知る者］が素粒子なんて言葉を使えるはずがないし、電荷、時空、次元も同様だよ。もっと身近な別の言葉に置き換えるしかなかった」

ドアを閉める音が外から聞こえた。

「［知る者］は頭をひねった挙句、荷電素粒子を『水』、非荷電素粒子を『地』、一次元を『第一日目』と置き換えた。そんな無茶なと思うかもしれない。だけどボクは彼が知りうる言葉の中では最良の選択をしたと思う」

僕のお腹《なか》が鳴った。時計を見るとすでに二十二時だ。いつもなら晩御飯を食べている時間だ。

「ねえ、続きをもっと聴きたいけど、そろそろお腹も空《す》いたよ。どっかでご飯を食べに行かない？」

「食べに行くというのは、レストランとかそういう意味？」

「うん」

彼は強く首を振った。

「無理だよ。ボクがそんなところ行けるはずがないって分からない？」

彼の口調が急に刺々《とげとげ》しくなったので、僕は焦った。

「ごめん」

しばらく重い沈黙に包まれた。これじゃ、昨日と同じじゃないか。


彼が口を開いた。

「ねえ、次はボクの家に来ない？　もう少し長く話せると思うし、そこなら料理も出せるよ」

「いいの？　行きたい、ぜひ行きたいよ。家はどこなの？」

「明大前《めいだいまえ》の近く」

「じゃあ井《い》の頭《かしら》線で渋谷と反対方向だね」

「うん。でも今日は無理だよ。また今度ね」

「分かった。そのつもりでいるね」

僕はとても明るい気持ちになった。

※

間宮と図書館の前で別れた後、後ろから声をかけられ、振り返ると司書が立っていた。

「やあ、ちょっといい？」

彼は二人で話がしたいと言った。気乗りしなかったが、融通を利かしてもらっている手前、断りきれなかった。

彼の提案でキャンパスと駅の反対側にある個人経営の喫茶店に入った。席に着き、彼はカレー、僕はピラフを頼んだ。店内はアットホームな雰囲気で、暖房が効きすぎて眠くなりそうだ。

彼は口を開いた。

「君は去年からよく図書館に顔を出してたよね。いつも最後まで残っていたから顔を覚えてたよ」

「閉館時に流れる音楽を聴いてると集中できるんで……いつも最後まで聴いちゃうんです」

彼は目を丸くした。

「へえ、それは良い耳をしてるね。バッハのブランデンブルクってのは色々な楽団の演奏があるけど、うちで流してるカール＝リヒター指揮のミュンヘン・バッハ管弦楽団の演奏が一番バランスがとれてて、聴きやすいんだ」

「同じ曲でもやっぱり差があるものですか？」

彼は笑いながら首を振った。

「もう全然違うねえ。酷いのは聴いてて苦痛になるくらいだから」

「へえ」

僕は純粋に驚いた。しばらく沈黙が続いた。

彼が話を切り出した。

「間宮君のことだけど……彼は君が思っているより多分ずっと危うい存在だ。それだけは伝えたくてね」

僕は目を丸くする。

「危うい とはどういう意味ですか？」

「二つの意味で危ういんだよ。まず彼は夜だけああやって現れるだろう？　いつも家で何してると思う？」

「さあ、見当もつきません」

「ずっと真っ暗な部屋の中でうずくまっているんだ。何かにうなされるようにね」

言葉を失った。間宮のこともショックだが、司書が彼のプライベートを知っていること、それをあっさりと他人に話す口の軽さに驚いた。

「どうしてそんなことをあなたが知ってるんですか？」

彼は苦笑いして手を振る。

「いや、君もうすうす気づいてると思うけど、僕は一ヶ月前から彼の世話を上に命じられているんだ。僕は国家公務員だから国の命令を受ければ、それに従わないといけない。僕よりもずうっと上の方から、それこそ雲みたいに階級が上の人から直属の上司に命令が来て、僕はその上司から命令されて彼のことを保護、というか世話係みたいなことをしているわけだ」

間宮に妙に手厚いのは、そんな背景があったのか。彼は話し続けた。

「驚いたことに事前に住まいまで与えられた。僕は今、彼と同じマンションに住みこんでいるんだよ。時々内線で指示を受けて、彼が読みたい本を図書館から借りてきたり、本屋で買ってきて彼の部屋に届けるんだ。あとは君が知っているように図書館で便宜を図っている。本を届けるために合鍵をもらってるけど、彼は基本的にドアの鍵を閉めないからね、いつもそのまま入って本を置いていく。不用心だけど、ありゃ泥棒が入ってもすぐ引き返すだろうから、合理的とも言えるのかな」

「どういうことですか？」

「いや、さっき言ったけど……彼は薄暗い部屋でうずくまって、ずっと唸《うな》り声をあげてるんだ。その唸り声が耳に残る声でね、結構辛《つら》いんだ、これが」

僕は初めて間宮に同情した。こんな口の軽いおじさんに「結構辛い」なんて言われたくない。

「間宮は体のどこかが悪いんですか？」

「いや、あれは体の問題じゃなくて、心の問題だろうね。話しかけても反応がないし。でも朝方には正気に戻るみたいなんだよ。僕はその時間は図書館に来て勤務してるんだけど、彼は睡眠をとって夕方に起きた後、図書館に来て調べ物をしてるわけ。ちなみに僕から声をかけても無視されるんだけどね」

そろそろ我慢できなくなった。

「あの……僕にそんなこと話していいんですか？」

彼はしばらく平板な表情で僕のことを見ていた。すごくタバコを吸いたくなったが、彼が吸わないようなので我慢した。

「ねえ、僕が業務上の秘密をペラペラ話すダメな大人だと思った？」

僕は肯いた。彼はがくりと頭を下げた。

「違うよ。今回僕が君と接触することは間宮君も承知している。というより彼から頼まれたんだ」

「何を頼まれたんですか？」

「だから、間宮君の普段の状態について君に教えることだよ。彼の口からは出したくないんだろ。まあ察してあげてよ」

　それを聞いて安堵した。

「僕が個人的に伝えたいのは、彼が危うい人間だということだ。彼自身の心の問題については話した。もう一つ伝えたいのは、彼を囲っている権力についてだよ。これはもう相当なものだよ。何せ国家公務員を動かすなんてのは並大抵の権力者じゃない」

　僕はおかしくなった。

「大袈裟《おおげさ》ですよ」

「いやいや、これは冗談なんかじゃないんだよ。君はまだ若いからその辺の感覚がわからないんだ。まあそりゃ僕はたかたが大学図書館の司書かもしれない。だけどさっきも言ったように、僕はずうっと上の方から指示を受けてるんだ。僕なんか会うことすらできないような人間からね。そういう人間は普通、民間のために融通を利かせるなんてことは嫌がるんだよ。だって職権濫用はマスコミの格好の餌食だからね。しかも内容が内容だろ、十八才の少年の監視なんて。はっきり言ってめちゃくちゃなんだけど、それが実現してしまっている。これはとんでもない権力者が背景にいるってことなんだよ」

「ていうか、ウィリス家ですよね」

　彼は目を丸くした。

「え、ウィリス家ってあのテレビで一時期話題だった？」

僕は肯き、彼とウィリス家の関係を話した。

「そりゃあ、たまげたなあ――ウィリス家といえば世界の金融を支配してると言われている一家だよ。そんなのが相手なら、そりゃ国も動くわ……」

僕は少し動揺した。これだけ歳上の人間が畏れ入るということは、きっと本当にすごい家柄なのだろう。

「君は大丈夫なのかい？　そんな人間と関わって」

僕は少し考えたあとに話した。彼は僕が人生で初めて出会った天才だと思うこと。その彼が困っているなら力になりたいこと。

彼は深く肯いた。

「まああれだけ高度な物理の成書を毎度リクエストしてくるんだから、物理は相当できるんだろうね」

彼は腕を組んで肯いた。

「それにしてもまあ……うん、やっぱり若さだよねえ」

彼は僕の顔を見て微笑んだ。馬鹿にされた気がして、イラッとした。彼は手を振った。

「いやいや、気を悪くしないでくれよ。ただ君の話を聞いて、若かりし頃のニュートンとハレーの関係もこんな感じだったのかなあと感慨深くてね」

「ハレーって、ハレー彗星《すいせい》を発見した人ですか？」

「そう。彼らの関係は知らない？」

僕は首を振った。

教科書に載っている二人の偉人が若い頃から知り合いというのは不思議な感覚だ。これも天才の集中の一例だろうか。

「まあニュートンってのは相当な変人だったようだね。彼は運動方程式と万有引力の法則を発見した上に、惑星が楕円《だえん》軌道を描くことを一人で証明した。だけどその計算過程を書いた紙を部屋の隅に放っておいたんだよ。変なやつだろう？」

僕は肯いた。

「一方でハレーはね、当時ケプラーが発見した惑星が楕円軌道を描くという事実の証明を求めて高名な物理学者を訪ねて回ったんだけど、明確な答えを得られなかったんだ。そこでニュートンのところに行ったら『おう、それなら三、四年前に確か計算したぜ。あとでもう一回計算してみるわ』と言うじゃないか、ハレーはワクワクしながらその再計算の結果を待った」

店員がカレーとピラフを運んできた。

「しばらくしてニュートンは『おう、できたぜ』と言って計算を見せる。ハレーはもうそりゃあ、ぶったまげた。なぜならそこには当時未発見の万有引力の法則、運動方程式、微分積分が当たり前のように駆使されていたんだ。そして見事に惑星が楕円軌道を描くことが証明されていた」

ピラフを口に運んだ。なかなか美味《おい》しい。

「ハレーはもうニュートンにぞっこんだった。気乗りしないニュートンの背中を押して、近代科学の幕開けとなる書『プリンキピア』発行に至ったわけだよ。その本を世に出すため、自費出版という形でハレーが費用を負担したんだ。考えさせられる話じゃない？」

司書はカレーをスプーンで掬《すく》い、咀嚼《そしやく》した。

「ハレーはニュートンの発見した式を利用して、ハレー彗星の再来を予言した。彼の予言は的中したけど、それが起きたのはハレーが老衰で亡くなってから十六年後のことだった」

「良い話ですね」

「そうだろう？　君たちを見ていてその話を思い出したんだ。君はかつて天才と出会ったハレーと同じかもしれないね」

「ニュートンとハレーは生涯仲良かったんですか？」

「さあ、そこまでは知らないな」

僕はコーヒーカップを眺めた。

「間宮はニュートンを超える天才だと思っています。ハレーみたいに彼に尽くせるなら、そんな光栄なことはありませんね」

「その気持ちに嘘はない？」

僕は肯いた。なんでこの人に誓いを立てなきゃいけないんだ。

彼は鍵をテーブルに置いた。

「間宮君の部屋の合鍵だ。僕も同じのを持ってる。これを君にも託すよ」

びっくりして、手を振った。

「間宮の承諾もないのに、こんなもの受け取れないですよ」

「まだ分からない？　君は業務を託されたんだよ。僕と同じように。国家のずうっと上の方から」

彼はカバンからA4サイズの封筒を取り出し、一枚の紙を僕に見せた。そこには数字が書いてあった。

「このお金は税金じゃなくて、先方が出しているものだからね。ただ国が仲介して君に依頼してるんだ。どう？　これって凄いことだよ。それに、なかなかの金額だろう？　これは月額の報酬だ」

びっくりした。医者の給料より高そうな数字だ……。

「仕事の内容だけど、彼はその唸ってうずくまっている間、ずっと君にそばにいてほしいそうだ。なかなか難儀な仕事だと思うよ。だからこの報酬は君の正当な取り分だ。まったく遠慮する必要ないからね」

彼はそう言ってニッコリと笑った。

無意識のうちに、そのお金でやれることを想像していたことに気がつき、慌てて首を振った。

「嫌ですよ、お金なんて受け取れません。僕はあくまでも友達として間宮と付き合いたいです」

彼は目を丸くした。あまりにも意外だったのか、三十秒ほど黙っていた。

「いやだからさ……」彼は頭を掻《か》いた。

「君はさ、友達としてと言うけど……彼と何度か話をして分かっただろ、彼と付き合うことがどんなに大変か」

慌てて首を振った。

「全然分かりません。何のことですか？」

「いや、ほら……あまり言いたくないけど、彼の言ってることって、すごく分かりにくいだろう？」

「何言ってるんですか。全くそんなことないですよ」

急に腹立たしくなった。あれほど明晰《めいせき》な説明をする人間に僕は出会ったことがない。それが分からないなんて。

僕はピラフを一気に食べて立ち上がった。

「とにかく嫌です。間宮とは今後も仲良くしたいし、彼が求めるなら彼を支えるために何でもします。だけどお金を受け取ったら僕は彼の部下になってしまう。そんなの絶対に嫌です」

僕は自分の分の勘定を置いて店を出た。

外は寒かったが、逆に火照《ほて》った皮膚が冷えて気持ちいい。僕は駅に向かって歩き始めた。

10　回想（3／3）仮面浪人時代

僕は無事巣鴨高校を卒業し、理科一類の一年生となった。

理科一類では微分積分が必修科目となり、二種類のコースから選択ができる。

一つはε-δ（イプシロン-デルタ）法という定義からスタートし、きわめて厳密に理論体系を構築するコース。もう一つは高校数学の流れに沿って発展するコース。

理科一類の生徒は千百人強いたが、多くの生徒は履修が容易な後者を選ぶ。このため前者は一クラスしかないが、後者は複数のクラスが用意されている。

僕はε-δ法の「きわめて厳密」という表現に惹かれ、前者のコースを選択した。大学の配慮により、前者の初回授業を体験してからコースを選択できる。初回の授業は百人近い生徒が教室に集まり、立ち見の生徒もかなりいた。

学生同士の囁きが静かに共鳴する教室に、担当の教授が入ってきた。彼はいかにも数学者然としていて、少し薄くなり始めた天パの髪と、柔らかな輪郭の丸顔が特徴的だった。

「早速始めます」

自己紹介は全くなく、ものすごい勢いで、しかし見やすい字で板書を開始した。どことなく高校一年生の時の数学の先生と雰囲気が似ていたが、数学力のポテンシャルはこちらの方が圧倒的に高そうだ。職人が素早い動きで作品を作り出すように、実にシンプルに、しかし論理的な飛躍は一切なく、定義から次々と定理を導いていった。

たった一回の授業だったがノートの書き取りが十枚を超えた。あっという間に過ぎた九十分で、とても心地よい授業だった。

しかし教授が去った後、耳に入るざわめきは僕の気持ちに反するものばかりだった。

「まだコース変更できるよね」

「ありえないでしょ。何これ」


翌週から出席者がおよそ三分の一に減り、驚いた。あれほどエキサイティングな講義だったのに……僕は教授を気の毒に思った。

教授がやってきた。彼は教室を見渡すと、とても満足そうな笑みを浮かべた。そして前回と変わらぬマシンガンのような板書を始めた。チョークの立てる音がとても心地よい。

「n→∞（無限大）のとき1／n→0。これも証明が必要だからね。明らかなことなど何一つないよ。あるとしたらε-δの定義だけ」

僕は肯いた。論理は一次元であり、理解は二次元である。今、我々はε-δというアイスピックを使って一次元を砕き、二次元に展開している。どれもこれも片っ端から証明だ。

それは素晴らしい体験だった。僕は彼の言葉を聴いていると恍惚感《こうこつかん》すら覚えた。

ただ一つ難点を挙げるなら、その授業が一限目だったということだ。大学生となり一人暮らしを始めてから、僕は典型的な夜型人間となっていたのだ。その授業がある日だけはアラームを複数セットして早起きしていたが、一度だけ寝坊、というより目が覚めたらすでに講義が終わっている時間で、布団の上で悶絶したことがあった。

翌週、講義が終わったあと、よく一人で授業を聴いている男に話しかけ、ノートをコピーさせてほしいとお願いした。彼はうすら笑いを浮かべながら肯いた。

「別にええよ。けどさあ、君も物好きやねえ、一回くらい飛ばしても大して変わらんのに」

彼は細い目と高い鼻が特徴で、いつも笑みを浮かべて話す男だった。

学生会館にある無料のコピー機を使ったあと、僕は彼にノートを返してお礼を言った。それじゃあと別れた後、二人が同じ方向に向かって歩いていることに気がついた。

彼は苦笑いを浮かべた。

「何、君どこ向かってるん？」

「図書館で勉強する。早速コピーをノートに写そうと思ってね」

「そりゃ奇遇やなあ。オレもこれから図書館で勉強しよ思っててん」

僕たちはお互いの名前を教えた。彼の名前は金子《かねこ》だった。僕たちは図書館の前で少し立ち話をした。

「ε－δ、凄く良い授業だよね」

「えー、どこが？　あんなん面倒臭いだけやん……チマチマ似たようなことばっかやりよるでしょ。聴いててイライラするわ」

チマチマという発想はなかったので驚いた。でも確かに匍匐《ほふく》前進という感じの地味さがある。

「オレもっとダイナミックな数学が好きなんよ。まあ通常の微積の授業はもっと暇やからこっち来てるけど」

彼とはその後も図書館でよく会い、友達になった。彼は近畿地方の田舎出身だった。よく話題にあげるのが、高校時代に彼の同級生だった天才の話だ。

「天才ってやっぱおるんよ。彼は高一の頃からリーマン幾何学の勉強してたし、うちの高校ではみんな彼の影響受けて、背伸びしてたわ。彼は大学受験は全く興味なかったんやけど、東大模試一度だけ遊びで受けたら三位やってんて。結局彼は理一に行ってんけど。本当の天才は理一に行くねんな」

「ふーん、そんなもんか」

「うん、でも言っとくけど、タムラもオレも凡人やよ。そんな凡人は理三行った方がええんよ。もし受かる実力があるなら受けておいた方がええで」

「そう？　だって医者を志望する人が受けるんじゃないの？」

「そんなふうに考えてる人間はほんまに一部だけや。東大通いながら医師免許取れんのがええんやんか。これって本当に大事なことなんよ、オレら凡人にとっては」彼は遠い目をした。

「日本で研究者やるのはホンマにシビアやで。給料は低いし、将来の保証ないし、教授に嫌われたらアウトやし。理系で唯一アドバンテージ取れる学部が医学部や。医師免許取って、あとはマイペースに過ごせる研究医。これがオレら凡人にとって最強の人生設計やろな」

「でもそう言う君も理一にいる」

「まあ一浪して理三落ちたし、諦めて入学したんけどねえ。あと二回は挑戦する価値あるかなあと思ってるんよ」

「仮面浪人ってこと？」

「そうそう、落ちたらそのまま進級すればええからねえ、気は楽よ。どうせ勉強しかすることないし」

「他の大学の医学部は受けないの？」

「だから東大かつ医学部なのが意味あるって言うたやろ。東大のアカデミックな雰囲気は捨てられへんの。ここは勉強好きな人間にとっては天国やろ。そこは医師免許以上に捨てがたいんや」

なるほど、確かに教養学部図書館の雰囲気は僕も好きだ。

金子は勉強の話をする時が一番イキイキしている。そんな彼が理三を目指していることは、僕に少なからぬ影響を与えた。研究者よりも研究医の方が潰しが効くという話も説得力がある。

彼が言うように僕は凡人だ。頭が良くないからこそ、ものを覚えられず、論理的な繋がりを大事にしているのだ。

彼と話しているうちに僕も理三を受験する気持ちが固まった。僕がそのことを伝えると彼は嬉しそうにした。

「やっぱり仲間はおった方がええからね」

僕は空いた時間に図書館で受験勉強をするようになった。基本的には受験分野を意識しながら大学の成書を読むスタイルで、プラスアルファとして大学入試の過去問を解いた。

※

ある日、金子に『理解は二次元、実感は三次元』の話をしてみた。彼は笑いながら言った。

「そんなん言うて自分はどこまで二次元を再現できるん？　例えば正十一角形をすぐに想像できる？」

僕は戸惑った。正十一角形を想像した経験なんてない。まず正十角形を想像して、そこから一辺を追加してなんとか想像できると話したら、彼はおかしそうに笑った。

「その正十一角形を五秒で一周するように回転できる？　オレはできるよ」

「それは厳しいなあ」

「それじゃあ次のステップは厳しいなあ」

彼はとても楽しそうな表情で腕を組んだ。

「ほらほら、次は三次元やよ。正二十面体を想像してみ、オレはそこから横回転も縦回転もできるんで」

僕が面食らっていると彼は嬉しそうに笑った。

「オレこれ、小学生の頃から好きやったんよ。学校の先生も面食らってた。ほらこんな感じやよ」

彼は紙に少しずつずれていく正二十面体の影を描いた。なるほど、確かに脳内で再現しているようだ。想像していると、正二十面体の模型が欲しくなる。そんなものは存在するのだろうか？

彼の考える三次元は僕の考えるものとニュアンスが異なるようだ。僕の意味する三次元とは、例えば皮膚で感じる物の形であったり、温度であったり、加速度や遠心力なのだ――そのことを話すと彼は笑った。

「そんなんは難解な数学の前では竹槍《たけやり》みたいなもんやんか」

僕は苦笑いするしかなかった。

一方で明らかに僕の方が優れていると思われることもあった。彼は頭が良いゆえに証明を一段飛ばしで理解する傾向があった。

例えば『加法定理の証明に回転行列を用いれば一発』と話していた時があって、それは回転行列を証明する時に加法定理を用いているので循環論法になると指摘したら、彼は苦笑いした。

「そういうことチマチマ考えるのが面倒くさいねん」

彼は直観に優れていて、物事を理解するスピードが早い。彼より明らかに頭が悪かった僕は一段飛ばしができず、緻密な理解を積み重ねてきた。だから論理構造の強度自体は僕の方が堅固だった。

もっともカバーしている数学の領域は彼の方が遥かに広いのだ。しかし受験で問われる範囲は限られている。

※

大学で物理を深く学んでいくうちに、意識と世界の結びつきはこれまで以上に明らかなものとなった。つまり意識の内面を見つめ直すことで、物理や数学をもっと深く実感できるはずなのだ。

そのことに気づいてから僕はよく瞑想《めいそう》をするようになった。その時はいつも『彼』を呼び出した。『彼』は僕の想像の産物に過ぎないが、彼を通じて思考することで、より集中力が高まることに気がついたのだ。

僕は静かな部屋の中で、目を閉じて座禅を組む。目の前には『彼』が座っている。彼は前のめりになって僕に近づき、耳元で囁いた。

「君は東大理三に合格する男だ。居残りで廊下の拭き掃除をさせられた時の君も、同級生に土下座をさせられた時の君も、今この場には存在しない。君は呪われた過去から解き放たれ、意識の奥深くへと沈んでいく。

『論理は一次元、理解は二次元、実感は三次元である』

そして君は今、無数の透明なマリモに囲まれながら、意識の最奥部に存在する井戸まで沈み込んでいく。そこには、この言葉の続きがある。君は井戸から湧き出してくる無数のマリモを垣間《かいま》見《み》るだろう。そして君の意識は再び世界と一つになる」

※

夏の東大模試はパスし、秋だけ受けた。二つ受けて二つとも理三がA判定、まず合格できると思ったが、理三受験では番狂わせが多いので油断しないように気をつけた。

一方の金子は一回だけ模試を受けてB判定だった。

「これくらいの塩梅《あんばい》がええねん。ずっとA判定を維持するには、それなりの時間を割かないとあかんから」

そして来たる本番、僕はまさかの大乱調で去年より出来が悪かった。一体何のために受験勉強してきたのか馬鹿らしくなり、発表まで自暴自棄な生活を送った。しかし蓋を開けてみれば合格しており、なんで受かったのか、自分でもよく分からなかった。

後から知ったのは物理が難しかったらしく、平均点が壊滅的だったらしい。ただ数式を使って解けばそれほど難しくなかった。大学で学んだ物理の知識が活かされたのだ。

一方で金子は不合格だった。二人で合格発表を見に行ったが、彼は結果を見て、しょーもなと言った。

「アホらし。帰って多変量解析の続きしよ」

彼は受験の前後もずっと数学の勉強をしていたそうだ。その後も彼と互いの近況報告をすると、いつも数学の話になった。

11　間宮の家

翌日、図書館の休憩室で間宮とソファに並んで座り、話をした。前日とはうって変わって他愛《たわい》もないことばかり話した。

彼は仮定の話が好きらしかった。

「触覚と視覚どっちか一つしか残せないとしたら、どっちを選ぶ？」

（ちなみに彼は触角を選んだ）

「無人島に行くとしたら何を持っていく？」

学生の間では定番のテーマだが、彼とその手の話をするのは不思議な感覚だった。

その日の閉館時は、ブランデンブルク第六番第三楽章が流れていた。曲が終わり「閉館です」という館内放送が流れた。

「ねえ、ところで」彼は薄明かりの中でうつむいた。

「司書から聞いたよね、ボクの話」

僕は肯いた。生唾を飲む音が響いた。

「どうしてお金を受け取らないの？」

「無理だよ、お金なんて受け取れない。受け取ったら僕はウィリス家に雇われることになるし、君の部下ということになる。そんなの嫌だね」

　彼は顔を上げて僕を見た。

「そういうことにはならない。約束する。お金を受け取ってくれた方がボクの気持ちが楽になる」

「どうして？　こうやって話してて楽しいのに、お金を受け取るなんて変だよ」

　彼は困惑の表情を浮かべた。

「たぶん君の想像とまったく違うからだよ。君は司書から話を全部聞く前に帰ってしまったそうじゃないか……」

「『君とずっといて』と言われた」

「うん。そうなんだけど、たぶん君はその意味を誤解している」

「してないと思う。その間ずっと『空気椅子になってろ』と言われたら無理だけど」

　彼はため息をついた。

「続きはボクの家で話そう」

　僕は肯いた。


　僕たちは暗夜の外に出た。今日はいつも以上に寒く、外でタバコを吸う気も失せてしまう。僕たちはそのまま間宮の家に向かうことにした。

　僕が駅の方に向かって歩き始めると、彼に呼び止められた。

「電車で帰らないの？」

「ボクに電車の明るさは無理だよ。いつも車で送迎してもらってる」

「車で？　車で駒場キャンパスに通う人を初めて見たよ」

そもそも学生用の駐車場はないはずだ。

「向こうに停まってる」

彼は食堂の方に向かって歩き始めた。彼がいつも去っていく方角だ。どこに行くのだろうと思っていたが、車で帰っていたのか。岡田が車に乗るところを見たと話していたことを思い出した。

「車で通学なんて、よく大学が認めてくれたね」

「もちろんウィリス家の働きかけがあったからだよ。一族の中には米国の下院議員もいる。彼らを通せばこの程度のことは簡単に認めてもらえる」

カインギインという言葉の意味が分からなかったが聞き流した。とにかく顔が利く人がいるのだろう。

「祖父は強引な人だけど、感謝もしてる。お陰でこうやって君と出会って、話せるようになったし」

僕は肯いた。とても気分が良かった。

彼が指差した車は業務用のミニバンに見えた。運転席からスーツを着た中年の白人男性が出てきて、後部座席のスライドドアを開けてくれた。

間宮は奥の後部座席に座り、僕にも入るように促した。僕は横で立っている白人男性に会釈して中に入りこんだ。車内は暖房が効いており、安心した。

スライドドアが閉まる時にサッシの部分がキューーンと音を立てた。ものすごく気密性が高いらしく、耳鳴りがするほど静かだ。

車内は薄暗かったが、かなりゆとりのある空間だ。運転席のあるフロントシートとはパーティションで完全に仕切られていて、真ん中の窓枠から運転席の様子が見える。

先ほどの白人男性が運転席に乗り込み、鍵をかけたりギアを入れたりした。しかし後部座席に物音は届かず、完全な沈黙に包まれている。

車が走り始める。深海の底を滑るような、静かで滑らかな走り心地だ。

「すごくいい車だね」

革の座席は柔らかくて、座り心地がよい。足元には肉厚な絨毯《じゅうたん》が敷かれている。

間宮はラキストに火をつける。車内でタバコは嫌だなと思ったが、換気が優れているのか、まったく煙がこもらない。僕も彼にことわってからマイセンに火をつける。

「これはボクが日本にくるにあたって、祖父が特別にオーダーして作らせた車なんだ。外見は業務用のミニバンだけど、中はこんな感じで、居心地は確かにいいよね。悔しいけど」

「悔しいの？　君のためにこんな凄い車を用意してくれたのに」

「ボクは彼らに頼らないと生きていけない。だけど彼らもボクのことを利用している」

「利用しているって……家族だから優しくしてくれているんじゃないの？」

間宮は乾いた笑みを浮かべた。

「少なくとも祖父はそんな感情は持っていない。彼は蔵野のいうFG感度がゼロの男だ。もしボクのことを本当に思ってくれているなら、今みたいな形は選ばないはずだよ……」

僕は何も言えなかった。車内は沈黙に包まれ、換気のファンの音が静かに響く。

車は大学の裏通りを抜けて、甲州《こうしゅう》街道に入った。街灯の明かりや車のライトはカーフィルムによって完全に遮断されていた。この車の明るさ対策は一切の妥協を感じさせない。間宮が口を開いた。

「彼らと過ごしていた時の自分も嫌いなんだ」

「君自身のこと？」

「うん。たまに思うんだ。アメリカにいた時の自分は本当にボクだったんだろうか？　記憶だけ共有してる赤の他人みたいに思えることがある」

「うん……なんとなく分かるな。僕も過去の自分に対して、そう感じる時があるよ」

再び沈黙に包まれる。この車内で無言だと、沈黙が普段以上に強調される。僕は気まずくなり、何かを話そうと考えを巡らした。

彼が先に口を開いた。

「どうしてお金の話を断ったの？」

僕は考えた。だが本当は考えるまでもなかった。

「だってお金をもらう理由がないから。何よりも自分の意思で動けなくなるのが嫌だ」

「それはボクから離れる時は離れるってこと？」

彼は平板な表情で僕の顔を見た。僕は首を振った。そんなはずがない。

「思い返してみると、僕は君みたいな天才に憧れて勉強してきたんだよ。僕は君ともっと話をしたいし、君の助けになるなら喜んで協力したい」

「だからさ……」

彼はとても苛立《いらだ》った声を出した。

「ボクはたぶん君が想像してるような人間じゃない。ボクは困っているし、もう時間が残されてないんだ」

「そんなことはないと思うけど」

「実際そうだから、司書を通してお願いしたんだよ……」

再び沈黙に包まれる。

間宮は哀しげな表情を浮かべて、パーティションの窓を見ている。言葉が見つからない。沈黙がさらに重くのしかかる。

その時、車内の温度が下がる感覚を覚えた。『彼』がやってきた。彼は首筋から僕の中に入る。

僕は『彼』と同時に声を出した。

「分かったよ」

「何を？」

「今はまったくそんな気持ちはないけど、もし君といて少しでも義務感を感じたら、気持ちの一部を仕事に切り替えて報酬を受け取る。いずれにせよ君が求める限り僕は離れない。それは固く誓う。

君と初めて話した日、何となく予感があったんだ。僕たちは互いに足りない何かを補い合えるんじゃないかって。だから君が望むなら、僕は喜んで力になる。そうすることで、僕自身にも良い影響があると確信しているから」

『彼』が僕から離れていく。

間宮は目を見開いて僕のことを見ていた。しばらくすると前を向き、呟いた。

「分かったよ……ありがとう」

「ねえ、ところで君は東大模試を受けたことがあるよね。そして断トツ一位をとった」

間宮は肯いた。

「うん、夏に受けたよ。日本に来て一年が過ぎた頃で、何か結果を残したいと思っていたんだ」

「それはつまり……君が昨日話した《見る者》になったことと関係してる？」

「そういうこと。ボクはある時突然《見る者》の能力を獲得した。《見る者》として過ごす時間が長くなるほど［知る者］としての能力は削がれていくんだ。だから［知る者］としての爪痕を残したかった」

「そんな――でも今の君は……」

「さっき言っただろ。昔とは別人なんだよ、今のボクは……」

僕は言葉に詰まった。

「でも《見る者》になるのは悪いことばかりじゃない。［知る者］として能力が十分に残っていた当時、おそらくボクは世界の誰よりもこの世界の本質を理解していた。その和が最大値に達した時期に受けたのが、あの模試だった。あまりにも簡単で、ボクは途中から寝ていたんだ」

「あの模試の結果は信じてない人も多いんだ。あまりにも成績がよすぎたから……でも君は不正とかしてないいんだよね？」

彼は首を振った。

「不正？　なんでそんなことをするの？」

「そうだよね。ただ、それくらい異常な点数だったから……」

彼は足を組み直した。

「正直なところ、人間が作った問題を解くのはあまり好きじゃない。作成者の意図や性格が問題の構造から見え隠れして気持ち悪くなるから」

僕は生返事をするしかなかった。そんなこと感じたこともない。いつも必死に問題を解くだけだ。

「それよりも世界の創造主が残した設計図を読み解く方が遥かに楽しい。だけど一問だけ面白い問題があった。世界の創造主の考え方をオマージュした問題で、それは解いてて気分が良かった」

「それって数学の第三問じゃない？」

「そうだった気がする」

「それを解けたのは君だけだったらしいよ」

「そうかもね。普通の人があの問題を時間内に解くのは難しいだろうね。《見る者》の能力があったからすぐに解けたんだと思う」

背筋がゾクゾクした。本当の天才は、理三に受かるだけの秀才とは格が違う。

彼は寂しそうにうつむいた。

「でもそんな能力はいらなかったよ。ボクは普通の秀才で十分だった。病気は治るどころか、どんどん悪くなった」

「昨日も言ってたけど、病気っていうのは……光に過敏なこと？」

「それもある」

「他には何かあるの？」

きっと知るべきなんだと思って聞いてみた。

「とても辛い病気だよ……だけど今は言いたくない」

「分かった。ごめん」

昨日司書が言ってたことを思い出した。間宮は病気だから日中ずっと家にこもっているのだ。

「すぐに分かるよ」

間宮は呟いた。

その後も車は深海の中を滑るように移動し、白い建物の前で音もなく停まった。

「着いた。ここがボクの家だよ」

車を降りて見上げると白い五階建てのマンションだった。窓の大きさから察するにワンルームのマンションのようだ。新しくて綺麗《きれい》だが、意外と普通のところに住んでいるんだなと思った。

彼はオートロックの玄関で番号を入力し、中に入った。すぐに気になったのが建物内の暗さだ。異常なくらいに薄暗い。エレベーターがすぐ手前にあって、それに乗り込んだ。やはり薄暗い。ビックリしたのはボタンが三階しかない。彼はもちろん三階を押した。

なんで三階しかないのか訊く前にエレベーターが止まった。三階で降りると、やはり薄暗い内廊下にドアが並んでいる。普通この類のマンションは外廊下なので、意外な気持ちになった。それにしても他の住人はこの異常な暗さにクレームを入れないのだろうか。

彼の部屋はちょうど中央にあった。

ドアを開けると中は真っ暗だった。彼がドアの横のスイッチを入れると、見覚えのあるやたら暗い電灯が灯《とも》った。僕は呟いた。

「図書館の部屋と同じだね」

「うん。二十ワット」

さらに黒い塗料を重ねているんだから大した徹底ぶりだ。彼は無言で中に進んだ。廊下は意外と広く、都内でよく見られるミニキッチンの流しと作業台が右手に、トイレと浴室と思われるドアが左手にあった。廊下の右手にさらにドアがあるのはおそらく収納だろうか。廊下の先には部屋に通じる引き戸がある。

「なんか……意外と普通のところに住んでるね」

「うん」

僕はミニキッチンの作業台を見たが、コンロがなかった。料理はしないのか……冷蔵庫もないようだった。

彼は部屋の電気をつけた。やはり黒塗りの二十ワットの明かりが弱々しく灯ったが、さすがに慣れた。逆に明るかったらビックリしただろう。

部屋の中は至ってシンプルで、ベッドと机とデスクチェアしかなかった。机の上にはプッシュ式の電話が置いてあるだけだ。テレビデオもコンポもテレビゲームもなかった。広さは十二畳くらいで、都内のワンルームにしてはゆとりのある方だ。家具がベッドと机しかないせいで、ずいぶん広く感じる。

「そこに腰掛けてよ。今食事を用意するから」

彼はベッドの前の床を指した。僕は仕方なくそこに座ったが、絨毯が沈み込む感覚を覚えるほど肉厚で柔らかく、ベッドも本革のフレームに厚いマットレスを載せてあり、寄りかかると適度な反発がある。なかなか快適だった。

彼が食事の準備をしてくれている間、僕は改めて部屋の中を見渡した。異常と言っていいほど生活感のない部屋だ。タンスもない、エアコンもない。部屋は適度な温度に保たれているので、全館空調なのかもしれない。

次に気がついたのはこの部屋は明大前の繁華街の近くにあるはずだが、恐ろしく静かであることだ。僕はベッドの奥に回り込んで、やたら分厚いカーテンを開けてみた。するとそこには壁があってビックリした。振り返って部屋を見渡したが、他に窓らしきものはない。この部屋は窓がないのだ。外から見た時は窓が等間隔に並んでいるように見えたが……。

廊下の方から間宮の声が聞こえる。彼は英語で何かを話していた。誰かと電話しているのだろうか？

部屋と廊下を仕切る引き戸が開き、間宮がトレイを持って入ってきた。彼は上下スウェットの室内着に着替えていた。とても軽そうで上質な服に見えた。

「さあ準備できた。気に入ってくれるといいけど」

床の上に置かれたトレイには、ボウル状の皿が二つ載っていた。暗くてよく見えなかったが、シリアルに牛乳をかけてあるようだ。

「ボクはこれしか食べないんだ」

彼はあぐらをかいて床に座り、皿を持ってスプーンで口に運んだ。僕も彼の真似をして食べてみたが、想定外の舌触りに衝撃を受けた。

「なんかこれ……ねっとりしてるけどザラザラして……味がまったくしない」

「うん、余計なものは一切入ってない。シンプルだけど飽きない味だよ」

「なるほど……」

僕はもう一度口に運んだ。腹が減っていたはずなのに一気に食欲がなくなる食感だ。段ボールを牛乳に溶かして食べたら、こんな風になりそうだ……僕は危うく嘔吐《おうと》しそうになった。

それ以上食べられる気がせず、皿を置いた。

「ご馳走《ちそう》様。君はあまりお腹空いてなかった？」

「うん。ごめん、正直言って美味しくない」

僕は嘘をつくのが苦手だった。

「そうか。考えてみたらこれを食べてもらうのは君が初めてだ。美味しくないのか……」

「一体どんな食べ物なの？」

「分からない。アメリカで何も食べれなくなったボクのために、シェフが試行錯誤して最後に辿り着いたのがこれだった。一応完全栄養食のはずなんだけど……」

「これしか食べないって……昼もこれを食べたの？」

「いや、ボクは朝と夜しか食べないから……朝は同じものだよ」

彼は皿が載ったトレイを持って、引き戸の向こうにもっていった。とても申し訳ない気持ちになった。

しばらくして彼は戻ってきた。

「さてと」彼は僕の前に座り、あぐらをかくと、顔を僕に近づけた。

「ねえ、明かり消していい？」

「え、今十分暗いよ」

「うん。もっと暗くしたい」

彼は顔をさらに近づけて僕を見た。その時、彼の瞳が真っ黒でないことに気がついた。薄暗いが、その瞳がわずかにエメラルドグリーンであることが分かる。

「コンタクトをとったんだね」

「うん。だから明るさに慣れるまでは暗くしたい」

僕は肯いた。僕も間宮の世界に慣れないといけない。

彼は立ち上がって明かりを消した。あたりは真っ暗になり、彼のシルエットがかろうじて見えるくらいになった。

彼は隣に座ったようだ。その時、彼の両手が僕の前腕を包み込んだ。僕はびっくりしてのけぞった。

「ごめん、びっくりした？」

「うん、どうしたの？」

「触覚の話をしようと思って」

「あ、うん」

冷静になって姿勢を戻す。まだ鼓動が早かった。

彼は僕の服の袖を上げた。そして手首のくるぶしより少し上のところに指を置いて圧迫した。

「例えばここに点があるとしよう」

彼の声は耳のすぐ近くから聞こえた。僕は目を閉じて、触覚と聴覚に集中した。部屋の中はしんとしていて、鼓動の音まで聞こえてきそうだ。

「ボクが触っているこの部分に、指で押す圧力がかかっている。まず分かりやすいのは押したり引いたりする力」

彼は僕の皮膚を押し、そのあと少しつまんで引っ張った。

「次に点をはさんで、上下左右に引き裂くような力も考えられる」

彼は言葉の通りに力を加えた。応力テンソルの話だと思った。

テンソルとは要するに数字を収納している箱のような物で、例えばベクトルなら三つの数字を収める細長い箱に例えられる。これを一階のテンソルと呼ぶ。これが二階テンソルで、例えるなら引き出しが横に広がり二次元になると、行の形をとる。

しが九つあるタンスだ。

　さらに奥行きを持つと立体的な収納が出来上がる。これが三階テンソルで、例えば高級果物（数値に相当）をひとつひとつ収めた桐箱《きりばこ》を上に重ねていったと考えれば良い。

　間宮は言った。

「君の肌の一部を切り取って考えてみよう。それは小さな立方体であるとする。ある面に働く力をベクトルにして考える。面は6つあるから合計3×6＝18の成分が生まれるけど、微小な立方体だから平行な面にかかる力が同じと考えれば、半分の9個の力となる。これが応力テンソルの話だ。君はこれを知っているだろう？」

　僕は肯く。この場合は九つの成分を持つ行となるから二階のテンソルだ。

　彼は僕の腕の一部をつねったり引っ張ったりして、九つの方向を順番に示した。暗闇の中で、それは僕の感じる世界の全てとなる。

「重要なことは、皮膚がこのテンソルを完全に理解しているということだ。押される力、引かれる力、歪《ゆが》む力、そのテンソルを皮膚はとらえている」

　彼の息遣いが首筋の皮膚を通して伝わる。

「人間が応力テンソルという概念を獲得する遥か前から、生物の細胞は応力テンソルを理解していた。君の細胞はテンソル解析装置で、世界の本質に深い根を張っている。君が話してくれた『実感は三次元』の正体は、五感がすでに理解しているこの世界の本質を、君の意識の中に取り込むことだ」

　僕は暗闇の中で考えてから、呟いた。

「だから意識の内面を探索することで、よりクリアに数学と物理を理解できる……僕にとって勉強とは五感を再認識する過程だった気がする」

沈黙が降りる。彼の息遣いを頬に感じる。彼は今また僕のことを近くで見ているのだ。彼は耳元で囁いた。

「生命とは……テンソル解析装置だ。この世界の全てはテンソルで表現され、生命はテンソルを解析し続けている」

衣擦《きぬず》れの音が微《かす》かにする。彼は少し遠ざかり、しゃべり続けた。

「ボクたちの意識は七階のテンソルで表現される。二階の応力テンソルよりずっと上の次元……」

僕は昨日間宮が話した七次元世界の話を思い出した。

しばらく沈黙が続いた。間宮は息をついて、ゆっくりと話し始めた。

「ボクは『創造主の意識の断片』を《見る》ことができる。創造主はわざと彼の記憶を思念球としてウラ世界に残したんだ。それが知的生命体の糧になることを見越して」

僕は生唾を飲み込んだ。彼の思考は超越なのか、狂気なのか……。

「光あれ」と彼の声が聞こえて、電気がついた。彼は部屋のスイッチの前に立っていた。とても暗いが、ありがたい明かりだ。

「タバコ吸いに行かない？」

僕は肯いて立ち上がった。間宮は部屋の引き戸を開けて廊下に出る。てっきりミニキッチンの換気扇の前で吸うのかと思っていたが、彼はそこを素通りし、奥にあるドアを開けた。

そこは真っ暗な空間だった。間宮がスイッチを入れると、例の薄暗い照明がついた。僕たちはやはり廊下に立っていて、目の前にはミニキッチンの作業台があった。

「え、何これ？」

背後のドアの奥を覗くと、さっきまでいた廊下が横に延びている。今までいた家の廊下と、『隣の家』の廊下が一枚のドアで繋がっているのだ。

「こっちを喫煙所にしてるんだ」

「隣の家と一枚のドアで繋がっているのか……ホテルのコネクティングルームみたいだ」

「そうだね。あえてこの形にしたんだ」

あらためて『隣の家』の廊下を見渡した。今までいた家と、構造はまったく同じだ。ただこちらの廊下はドアが一枚少ない。

「ドアが一枚少ないね」

「うん。この部屋にはトイレと浴室がないんだ。もともと物置として使う予定だったから」

「物置ならどうしてミニキッチンがあるの？」

「そこはワンルームマンションの体裁を保ちたかったんだよ。それに換気扇があるお蔭《かげ》で、喫煙所としても使える。祖父もまさかボクが喫煙者になるとは想像していなかったと思うけど」

「このマンション……君のお祖父さんが建てたの？」

「そうだよ。このマンションはボクのために造られたものだよ」

僕は絶句した。

「何でこんなことするの？　普通に広い部屋を借りればよくない？」

「ボクはなるべく普通の生活を望んだんだ。ワンルームで小さなキッチン……日本の大学生が住む部屋を写真で見たとき、とても居心地がよさそうだと思った。ボクは祖父に普通の部屋で暮らしたいとお願いした」

目眩を覚えた。「普通の暮らし」に無尽蔵な資金力がセットになると、このマンションができるのか。

僕たちはタバコに火をつけた。タバコの火が光源として意識される暗さの部屋だ。

あらためて近くで見ると壁も漆喰《しっくい》だし、廊下の床は高そうな大理石、ミニキッチンの作業台の壁も高級そうなタイルが配してあり、ワンルームマンションとしてはクオリティが異常に高いことに気がついた。

「なんか……普通と思ったけど、そうでもなかった」

「気に入った？」

「うん、そうだね。なんかカッコいいよ」

「よかった」

僕は嬉しかった。間宮の家に招かれただけでも光栄なのに、逆に気を遣ってもらうのはなお光栄だ。そう話すと間宮は笑った。

「君は変わってるよ。ありがたいことだけど」

「そうかな。普通だよ」

「そんなことない。みんな気味悪がるんだ……ボクと話すと。使用人まで顔をしかめる」

僕は首を振って笑った。

「だって君の話す内容が凄すぎるから」

彼は無言でタバコをキッチンに置いてある灰皿に押し付けた。僕もそれに続いた。

先ほどから尿意があったので訊いた。

「ねえ、トイレ借りていい？」

「どうぞ。ここにはないから、いったん隣の部屋に戻ってね。向かって左のドアだよ」

「ありがとう」

コネクティングドアから間宮の部屋に戻り、向かって左のドアを開ける。

スイッチをつけた瞬間、トイレの広さに衝撃を覚える。そこだけは豪邸を彷彿《ほうふつ》とさせる空間だ。一辺が二メートル程度の正方形の間取りで、便座が奥の中央に鎮座している。横には花崗岩《かこうがん》を削り出して造った四角いシンクの手洗いがある。床はザラザラした石のタイルが敷かれ、手洗いの向かいの壁には織物の装飾を施した額が埋め込まれている。その額は、どことなく南国の雰囲気が漂っている。そういえば間宮の実家はハワイ島にあると話していた……。僕は不思議な感覚に包まれながら用を足した。

手を洗ってドアを開けると、スーツ姿の黒人女性と目が合い、声を出して驚いた。彼女は小声で「sorry」と囁いて、トイレの隣のドアを開けて消えた。そこは浴室があるはずの空間だ。僕は急いで間宮の元へ行って、不審者がいたことを伝えた。

間宮は苦笑いを浮かべて部屋を一緒に移動し、浴室のドアを開けた。電気をつけると、そこはトイレよりさらに広い空間で僕は声を出して驚いた。一辺がおよそ四メートルの正方形の間取りで、三分の一が脱衣所、三分の二が浴室だ。脱衣所と浴室はガラスのパーティションとドアで仕切られている。浴室は贅沢《ぜいたく》に大理石が使われており、天井には巨大なレインシャワーのヘッドが埋め込まれていた。

「なんだこれ……めちゃくちゃ広いし、カッコいい」

僕は興奮気味に浴室を覗いた。

「使いたい時に使っていいよ」

背後で間宮が言った。僕は振り返って笑った。冗談だと思ったのだ。

そういえば黒人女性がいない。

「彼女はどこに消えたんだろう？」

間宮は着替え場の奥にあるドアを指差した。

「その向こうにたくさんの使用人がいる。彼らがボクの食事や着替えを持って来てくれるんだ」

僕は言葉を失った。部屋に間宮の英語が漏れてきたのは、使用人と話していたのか。

「でも……着替えてる時に入ってきたらどうするの？」

素朴な疑問を口にした。間宮は肩をすくめた。

「ボクはそういうの気にしないよ」

彼の言葉に衝撃を受けた。本当に意味が分からない世界だ……。

ずっと気になっていたことを口にした。

「ねえ、間宮の心は男だけど、体は女性なの？」

自分でも驚くほど声が震えた。彼は平板な表情で僕を見た。慌てて手を振る。

「今後のことを考えたら知っておいた方がいいかなと思ったんだ。言いたくなければ別にいいんだ」

「身体は女性だよ。だけど心は男……なんだろうか？　実は自分でも分からない。ボクの両親はなぜかボクに男の名前をつけて、男として育てた。だから心は男だと思っている」

彼はうつむいた。彼の両親は数学者で、彼のことを傷つけてばかりいた……彼が話したことを思い出した。

「ひとつ確かなことは、食欲と同じように、恋愛にまったく興味がない。そういう気持ちがまったくない」

「まったくない」という言葉が心の深くに刺さる。でも大体想像した通りだ。

僕は目を瞑った。友達として間宮と一緒に過ごせれば十分だ。むしろその方がいいはずなんだ。


「さて……」

彼は腕時計を見た。とても思い詰めた表情をしていた。

「あ、そろそろ帰った方がいい？」

僕も自分の腕時計を見て言った。午後の十一時過ぎだった。

「いや……君に話さないといけないことがある。あまり時間がないけど」

「うん、大丈夫だよ。終電にはまだだいぶ時間があるし」

「ボクの病気のこと」

僕は肯いた。多分司書が言ってたことだ。

僕たちは喫煙スペースに戻った。灰皿を床に置いて、廊下に座った。大理石なので座り心地はよくないが、タバコを吸えるなら気にならない。床暖房がよく効いてるみたいで、石なのにとても暖かい。

彼はうつむきながら話し始めた。

「中学生の頃のある日……窓の外でずっと話し声が聞こえた。ボクのことを悪く言う声だ。いったい誰がどこで話してるんだろう？　と思った。そこは二階だったから……窓を開けると誰もいなかった」

　僕はうつむいた。何となく予感はしていた。だが正直なところ、その病気の話はとても苦手だ。聞いていてとても不安になるのだ。

　首を振った。今は間宮の気持ちを理解する方が大事だ。

「ふと下の方を見ると、窓枠の上に手の平くらいの大きさの小人が二人いて、ボクのことを見上げている。二人とも長い顎髭を生やして、先の尖った緑の帽子を被《かぶ》っている。彼らは無表情のままボクのことをずっと見ている」

　想像すると怖かった。僕はなるべく無害な小人の姿を想像した。とんがり帽子と長い顎髭、大きな目と大きな鼻、小さい口……。

「ボクはその日、ずっと部屋を閉め切って外に出なかった。使用人が何度も部屋を訪れたけど、ボクは入らないでくれと叫んだ。でも窓の外の悪口が止むことはなかった。翌日になっても、翌々日になっても。むしろ声の数が増えていった。一斉に、同時にボクの悪口を言い続けているんだ。ボクは三日間、一睡もできず毛布にくるまって悶々としていた」

　タバコを吸っていいか尋ねると、間宮は肯いた。火をつける自分の右手が震えていた。

　彼は話し続けた。

「流石に兄弟や使用人がボクの様子がおかしいのを心配し始めた。ボクは彼らにありのままを話した。とにかく屋敷中を調べ上げるべきだと訴えた。

　その時の祖父の表情は今でも忘れない。ボクのことを心配する様子ではなく、突き放したような目でボクを見ていた。

　使用人や兄弟は医者に連れて行くべきだと言ったが、祖父が反対した。彼に逆らえる人間なんて屋敷の中には一人もいない。結局ボクは訳がわからないまま部屋にこもった。

つい先週まで学校で楽しく過ごしていたのが嘘のようだった。ボクは本当に何不自由ない生活を送っていたんだ。いきなりどん底に落とされた気持ちだった」

ふと気づき、それが何歳のいつ頃の話か聞いた。十三歳の夏の話だと間宮は言った。僕が十四歳で、野球部で土下座をさせられた時だ。

「僕がどん底にいた時とちょうど同じ時期だよ。君の方がずっと辛そうだけど……」

彼はニコリと笑って、肯いた。

「そうだね。確かに同じ時期だ」

「その後、どうしたの？」

彼は目を瞑り、話を続けた。

※

ボクは五歳まで日本で育ち、すでに流暢《りゅうちょう》な日本語を話していたし、専門書もよく読んでいた。その後、ボクは英語の世界に飛び込んだけど、祖父に秘密で日本語をしゃべっていた。弟のジョンに日本語で話しかけて、彼に日本語を覚えさせた。たぶん日本語を忘れるのが寂しかったんだと思う。

その結果、ボクはバイリンガルになった。多くのバイリンガルが頭の中で言語を切り替えるスイッチをもっているように、ボクも日本語と英語、どちらかに切り替えることができる。

そして幻聴で苦しんでいた時、ボクはふと気がついて頭のスイッチを日本語に切り替えたんだ。すると幻聴が英語だったせいか、多少は気が紛れた。

それでボクは気を失うように眠ることができた。

その間、ボクはとても長い《夢》を見ていた。ボクは背中から巨大なストローのようなもので吸われて、ずっと細長い空間を彷徨《さまよ》ったあと、別の世界に吐き出された。そこはとても不思議な空間で、自分の肉体が伸び縮みして不確かな一方で、時間の流れだけはいつも以上に克明に感じるんだ。

そしてその空間にはアメーバのような透明で不定形の物体が無数に空中を漂っていた。それらは形が常に変動し続けてるんだけど、ひとつひとつが意識を持っていて、ボクが触れるとその意識が住んでいる世界を感じることができた。そのアメーバのひとつひとつは、そことは別の世界に感覚器や肉体を持っていたんだ。

ある者は果てしない暗闇と静寂の世界を彷徨い、ある者は背丈の数十倍もある巨大な草の狭間を駆け抜け、ある者は乱立するビルに囲まれた街を歩いていた。

ボクは焦った。来てはいけない世界に迷い込んだようだ。本来なら他のアメーバたちと同じように、ボクの意識だけがここを漂い、肉体は別の世界と繋がっているべきなのだ。

アメーバに触れると、その意識が見ている感覚がなだれ込んでくる。ボクはいくらでもその意識と繋がることができたけど、手を離すとほとんど忘れている。ただ茫漠《ぼうばく》としたイメージだけが残った。

どうすればよいか考えあぐねていた時、ひとつだけ他と違う輪郭をしているアメーバを遠くに見つけた。ほとんど全てのアメーバは不定形ながらも球に近い形をしている。だけど、その風変わりなアメーバは棒のような形をして、わずかに赤く光っていたんだ。ボクはそれに近づき、手を伸ばして触れてみた。

その瞬間、そのアメーバの意識が流れ込むとほぼ同時に、ボクはこちらの世界へ引き戻された。目を覚ますと使用人が三人、ボクのことを心配そうに覗き込んでいた。ボクは丸々一日寝ていたらしい。しかもずっと唸り声を上げて、寝ているというより正気を失っている状態だったそうだ。ボクは英語脳に切り替えて彼らに話しかけようとしたけど、できなかった。英語脳に切り替わらないんだ。英語は話せたけどいつもより辿々《たどたど》しく、みんなビックリしていた。

ボク自身も驚いたし、すごく落ち込んだ。ボクは当時から学校の成績はぶっちぎりのトップで、飛び級で名門大学を受ける予定だった。それが英語を話せなくなるなんて、かなりのショックだった。

しかも幻聴と幻覚も相変わらずで、本気で死ぬことを考えた。どうやって死のうか考えていた時、ふと気づいた。

幻聴は何かリズムを刻んでいる。それは何かの暗号のように思えた。音が高くなったり低くなったり、伸びたり短くなったり。

ボクは外にいた小人を探そうと思い、カーテンを開けた。すると目が燃えるように熱くなって、慌ててカーテンを閉めた。そんなのは初めての経験だった。

その症状はどんどん強くなり、数分後には部屋の明かりすら眩しく感じるようになった。試しに電気を消して真っ暗にすると、とても気持ちが楽になった。

そのとき、部屋の床の上で無数の何かが光って蠢《うごめ》いていることに気がついた。それは窓枠にいた、とんがり帽子を被った小人たちだった。彼らの輪郭は暗がりで見ると発光していた。よく見ると部屋の中に五十人くらいの小人がひしめき合い、それらは部屋の中を少しずつ移動してボクを取り囲んだ。

その時はショックを通り越して、純粋にこれは幻覚なんだとようやく認めて、彼らのことをつぶさに観察した。

彼らの発光パターンは少しずつ変化した。そしてそれは幻聴の変化と協調しているように見えた。ボクは長い間、見るともなく小人たちを眺め、幻聴を聞き流した。

ある瞬間、立体視の絵が突然浮かび上がるように、それらの音と光のリズムが意味するものを理解した。ちょうどバラバラだった波の位相が一つに重なるように、幻聴と幻覚の刻むリズムが突然重なって、一つのうねりを形成したんだ。

次の瞬間、何かを理解する感覚が爆竹の連鎖反応のように止まらなくなった。数学の定理を何日も考えてようやく理解できた時の感覚が、一秒に千回くらいのペースで発火し続けるんだ。ボクは世界の全てを理解する感覚に包まれながら、気を失った。

ボクはすぐに目を覚ました。幻聴と幻覚は相変わらずだったが、先ほどのうねりは消えていた。しばらくは全てを理解した充足感で満たされていた。その時は幸福感すら覚えていたんだ。きっと今後はうまくいくんだと思った。今までずっとそうであったように。

しかし数時間もすると恐ろしい程の引き潮が襲ってきた。今度は正気を保っていられないほどの混乱が襲い、ボクは気を失った。

そしてやはりストローのような力で背中の方から引き込まれ、気がつくと例の異世界を彷徨った。そこでボクはアメーバに触れながら時間を過ごしたけど、気がつくと例の棒のような形の赤いアメーバがすぐそばを漂っていて、それに触れることで戻ってこられた。

目が覚めると、やはり心配そうに覗き込む使用人たちと目があった。それからは毎日、毎日同じことの繰り返しだ。

常に幻聴と幻覚に苛《さいな》まれ、夜になれば思考の混沌に呑み込まれ、アメーバが漂う異世界に迷いこむ。明け方には正気に戻り、一ヶ月に一回くらいの頻度で理解の連鎖反応——思念球の爆縮を経験して気を失う。

それとは別にボクは睡眠もとる。異世界を彷徨う時はむしろ疲労が蓄積するんだ。だからこの世界でちゃんと起きている時間はとても短い。

※

「それって今も続いてるの……？」

僕はとても不安な気持ちで尋ねた。間宮は僕の目を見て、肯いた。

「君にお願いがあるんだ。ボクが正気を失っている間、そばにいてほしい。これは君と初めて出会った日から思っていたことなんだ。すごく変だし、厚かましい話だろう？　さっき話したように仕事と割り切ってもらった方がいいと思う」

「いや、全然。君が僕を必要としているなら喜んで引き受けるよ。だけど、僕がそばにいて良いことがあるの？」

間宮は深く肯いた。

「ボクと君の間に陸が生まれる。水とおおぞらは別の問題だ。もちろん光はずっと前からある」

「ちょっと待って。どういう意味？」

間宮の顔を覗き込むと、彼は焦点の定まらない目をしていた。僕の目を見て焦点を定めると、再び話し始めた。

「ボクが混乱している間、君にずっとそばにいてほしい。理由はもう話す時間がない……とにかくボクには君が必要なんだ」

「分かった、君のそばにいればいいんだね？」

間宮は僕の質問には答えずに睨んだ。

「ダメだよ。水は良くない」

彼は再び意味不明なことを話し始めた。思考の混乱に呑み込まれつつあるのだ。

「君の部屋に戻ろう」

彼の腕をつかむと、僕の手を強く握り返してきた。すごく強い力だった。

彼をベッドまで誘導し、そこに寝かせた。その時、スウェットパンツの下にガサガサした感触があった。なんだろうと思ったが、すぐにオムツだと分かった——本当に正気を失ってしまうのだ。そんなことを六年間続けてきたのかと思うと、気が遠くなると同時に胸が締め付けられた。

しばらくすると彼は四つん這いになってうずくまり、唸り声をあげ始めた。

僕は机の前のチェアに座り、彼の様子をしばらく見ていた。

その時ノックの音がして、玄関のドアが開いた。玄関まで歩くと、司書がドアの前に立っている。彼は目元に皺《しわ》を作って笑った。

「早速かな？」

「はい……」

「これ、渡しておくね」

彼は三つの鍵を差し出した。

「なんですか、これ？」

「あれ、聞いてない？　君の部屋の鍵と、この部屋の鍵、あとは別のエントランスの鍵。君の部屋はここの二つ隣。ちょうど喫煙室を挟んだ形で、コネクティングドアで行き来できる」

「うーん、こういうのはどうかな……」

「タムラくん、報酬を受け取らないのは立派だけど、必要経費まで君が負担するのは明らかにおかしいよ。ボランティアの人だって経費は負担してもらうんだから。ここは甘えておきなさい」

僕はうつむいた。

「それに間宮君と長くいれた方がいいだろう？　隣に部屋があれば寝る直前まで一緒にいられる。間宮君もそれを望んでいるはずだよ」

しばらく考えたが、結局鍵を受け取った。

「分かりました。ありがとうございます」

「うん。じゃあ今日はもう様子を見に来なくていいね？」

彼はそう言ってドアを閉めようとしたが、途中で手を止めた。

「僕はこのマンションの五階、５０１号室に住んでいるから。何か困ったことがあったら直接来て相談して。一度一階に降りて、別のエントランスから入り直してエレベーターに乗ってね」

彼はそう言い残して去った。なんてややこしい構造のマンションなんだ。

間宮のいる部屋に戻る。彼は相変わらず四つん這いでうずくまり、唸り声をあげている。僕はしばらくデスクチェアに座って彼を見守っていたが、ふと思い立って部屋の電気を消した。真っ暗だが、彼はきっとこっちの方がいいだろう。

さてやることが何もない。僕は間宮に声をかけてみた。唸り声に変化はない。しかし彼はずっと遠くで、僕の声を聴いている気がする。

本当にやることがない。この時間でも起きてそうな友達にPHSで電話することも考えたが、それは間宮に失礼だ。たぶん間宮は自分だけを見ていてほしいと思っている。

しばらく考えた末、間宮に語りかけることにした――僕の今までの人生を。僕が今まで見てきたものや、考えてきたことを。彼は僕の昔話をとても興味深く聴いてくれた。きっと喜んでくれるはずだ。

しばらく話していると、部屋の気温がわずかに低くなり、気づいたら『彼』が床にあぐらをかいていた。

まあいいかと思った。聴衆は多いに越したことはない。

12　ジョン＝ウィリス

午前二時、間宮の唸り声が止まった。どうやら正気に戻ったらしい。僕は部屋の電気をつけていいか聞くと、彼はうつ伏せのまま肯いた。

僕は立ち上がり、電気をつけた。薄明かりにも満たない照明だが、真っ暗よりはずっといい。僕はベッドに腰をかけた。

彼はとてもだるそうにしていたが、いつもよりずっと早く戻ってこれたと言って、力なく笑った。

「例の赤いアメーバがずっとボクのそばにいてくれたんだ。すぐにそれに触れることはできなかったけど、いつでも戻れるという安心感があった」

彼は起き上がり、僕の隣に腰掛けて手を握ってきた。

「ときどき君が語りかける声が聴こえた。まるで君と同じ人生を送っているような感覚があった」

彼は僕に顔を近づけた。彼の白い肌には脂汗がまだ残っていた。

「ボクに話しかけていてくれたの？」

僕は肯いた。

「僕の過去をずっと話してた。僕も不思議な気分だった。暗闇の中、ずっと一人で話しているのに辛くないんだ。昔に戻って同じ人生を繰り返しているような感覚だった」

彼は僕から離れ、何かを考える表情をした。

「もしかして君もウラ三次元の中にいたのかな……」

「ウラ三次元？　何それ？」

「例のアメーバが漂っている場所のこと。それに対してボクたちが住む世界はオモテ三次元。ボクはそう呼んでいる。君はアメーバは見てないよね？」

僕は慌てて首を振った。

「いやいや、見てないよ」

「うん、そうだよね」

彼は納得したような表情をする。

沈黙がしばらく続いた。

「話は変わるけど……司書さんから鍵はもらった？」

「うん、ありがとう。利用させてもらうよ」

「よかった」

彼はとても安心した表情になった。そして思い出したように言った。

「ボクはすごく身体が怠《だる》いから、もう寝たい。タムラも部屋で休んで。生活用品は一通り揃ってるはずだから」

「分かった」

僕が部屋を出て玄関へ向かうと、彼が追いかけてきて、廊下にあるコネクティングドアを軽く叩いた。

「こっちからどうぞ。部屋を通り抜けて行けるよ。喫煙部屋も自由に使ってね」

「ありがとう。じゃあ……明日というか、今日は図書館に来るの？」

「いや、もう図書館には行かない」

僕は目を丸くした。

「行かないの？」

「うん。もう行く必要がないから。二十一時過ぎにまたここに来て。図書館まで使用人が迎えに行くから」

「いや、いいよ。自分で来るよ」

慌てて手を振った。あの車に一人で乗るのは気まずい。

僕たちは別れの挨拶をして別れた。『もう行く必要がない』の真意が気になったが、彼はすごく疲れてそうだったので訊かなかった。


喫煙部屋を抜けてさらにドアを開けると、間宮の部屋と同じ間取りの空間に出た。廊下には三つのドアがある。

ドキドキしながら浴室のドアを開け、明かりのスイッチを入れる。明かりを強く感じて、思わず目を閉じる。

しかしすぐに目が慣れた。これが普通の明るさなのだ。

風呂場は普通の広さだったし、間宮の部屋のような豪奢な造りではなかった。ただタイルや石がところどころに使われていて、下宿先のプラスチック製の風呂場よりずっと高級感がある。

トイレも確認したが、上質ではあるけど普通の広さだった。

洗面台には新しい歯ブラシや歯磨き粉、コップが置かれ、キッチンの棚には皿やカトラリーなど生活用品が揃っていた。どれも高そうなものばかりで、いつも一番安い物から選んでいた僕にとっては不思議な感覚だ。

部屋の広さは間宮の部屋と同じで十二畳ほどだった。タンスらしきものはなく、純白なカバーのかかったベッドの上に下着や室内着が置かれていた。下着はボスのボクサーパンツ、室内着は間宮が着ていたスウェットと同じ物だ。触ってみるととても肌触りがいい。きっとカシミヤと呼ばれる繊維だ。手触りが柔らかく、暖かい。

そういえば間宮の親が金持ちという蔵野の予想は的中していたなと思った。もし真実を知ったら「俺の人をみる目も満更じゃねえだろう」と言って、誇らしげにタバコを吸うに違いない。

僕はシャワーを浴び、室内着に着替えて眠りについた。ベッドはとても寝心地がよく、普段なら起きている時間だったにもかかわらず、深く眠ることができた。

※

それ以来、僕と間宮の奇妙な共同生活が始まった。僕は二十一時過ぎに間宮家を訪れ、彼としばらく時間を過ごす。二十四時過ぎから間宮は正気を失い、短い時は二時、長い時は五時頃に正気に戻る。彼が目を覚ましたら、しばらく話をする。その後は自分の部屋に戻り、睡眠をとる。

初めの頃は目黒の下宿先に戻って着替えたり、必要な生活用品を持ってきたりしたが、さすがに非効率なので、元の部屋を解約し、私物を全て間宮のマンションに移動した。

間宮の家に来てから一ヶ月が過ぎた頃、僕は彼が《見る》瞬間に立ち会った。

彼はその日、午前四時頃に正気に戻った。しばらく僕とベッドに腰掛けて話をしていると、突然「幻聴が酷い」と言って頭を抱え、ベッドに突っ伏した後に激しい痙攣《けいれん》を起こした。

その瞬間、僕の意識を無数のマリモが突き抜けていった。意識を埋め尽くすほどの大群で、そのほとんどが意識を素通りしていったが、いくつかは僕の中にとどまった。僕は数年間の勉強で得るのと同じくらいの理解の感覚を、その一瞬で味わうことができた。

驚いたのは、今まで物音ひとつしなかった天井と床下から男性の雄叫《おたけ》びが聞こえたことだ。彼らもきっと『論理球の爆縮』に巻き込まれたのだろう。

すごく長い時間が経ったような気がしたが、時計を見るとほとんど時間は進んでいないようだった。

気がつくと間宮は目を開けて僕のことを見ていた。彼はいつもよりずっとリラックスした表情だった。

「久々だからビックリした」

「僕も感じたよ。これが……君の言う《見る》なんだよね？　ものすごい感覚だったけど、多分君はもっと凄いものを見ているんでしょ？」

「うん。この世界の真理の全てだから」

僕はベッドの上に腰をかけた。

「ねえ、君が見ているものを発表するべきじゃない？」

彼は微笑んで首を振った。

「それこそ旧約聖書の記録者と同じジレンマを抱えることになる。伝えたいことが百あるとしたら、もってる言葉や知識は一にも満たない。例えるなら『猿、リンゴ、太陽』という三つの単語だけで微分積分を説明しなきゃいけない感じだよ」

　僕は少し考えた。

「猿がリンゴを食べる量を、太陽が動いた距離の時間で割る……」

「その場合は『猿、リンゴ、太陽』と表現することになる」

　彼はそう言って微笑んだ。なるほど、本当にその三つの言葉しか使えないのか……それは確かに何も伝えられない。「アリの天文学者」という蔵野の言葉を思い出した。まさにそれじゃないか。

「それに別の問題もある。誰かに伝えようという気持ちが全くないんだ。それどころかボクがいた証拠を全て消し去りたいとすら思っている」

　それを聞いて、とても悲しい気持ちになった。彼は僕の手を握って、首を振った。

「でも君だけは別だ。君にはボクのことを覚えていてほしい。君はボクをこの世界に繋ぎ止めてくれたのだから」

　僕は肯く。

「ねえ、でもどうして僕だけ特別なの？　前から気になってたけど、君が話してた赤いアメーバと僕は関係があるの？」

「うん。あれは間違いなく君の意識だと思う。アメーバに触れると意識を共有することは話したよね？　普通、その時の経験はほとんど記憶に残らないけど、赤いアメーバの場合は毎回触れてきたせいで、そこそこの記憶が残っているんだ。その意識の宿主が日本に住んでいて、東大を目指して勉強してるらしいことが分かった。ボクはその意識に惹かれるように日本に来たんだ」

　僕は驚いた。でもどうして僕なんかを追いかけて来てくれたのか。そう訊くと、間宮は力なく笑った。

「もうそれしかボクには道が残されていなかったんだ。赤いアメーバがだんだん遠ざかっていき、ボクは丸々一日戻らない時が続くようになった。ボクが十六歳の頃、医師団が治療を開始するべきだと祖父に直訴した。だけど祖父は悩んだ末に首を振った。実はあるプロジェクトがウィリス家では進行中で、それを完結させるためにボクの《見る力》がもう少しの間、必要だった」

間宮はため息をついた。

「ボクは祖父の性格をよく知っていたので、自分はこのまま死ぬんだろうなと思った。だけどそれで良かった。この呪われたサイクルから解放されるなら、死んだ方がマシだ。だけど唯一の気がかりが赤いアメーバだった。その意識の宿主は間違いなく人間で、東京の近くに住んでいる。もし物理的に彼に近づいたらどうなるんだろう？　とボクは考えた。

そのことを祖父に話すと、日本に行くよう指示された。

日本に来てホテル暮らしを始めたんだけど、ウラ三次元で赤いアメーバを見つけやすくなり、ボクは信じられないくらい早く正気に戻るようになったんだ。その頃は正気に戻るまで平均で十二時間はかかっていたのに、早いと三十分で戻れることもあった。お蔭でかなり普通に近い生活を送れるようになった。そしてボクは君に近づくための行動を開始した。例の模試を受けたのも、東大理三を受験したのも、全て君に近づくためだ」

彼は起き上がり、僕の隣に腰掛けた。

「だけど現実は甘くなかった。東大理三に受かった後、ボクの症状は増悪の一途を辿った。正気でなくなる時間は少しずつ延びていき、再び二十四時間戻ってこられなくなることも多くなった。昼間に外に出ることなど到底できず、ボクは途方に暮れていた」

彼はため息をついた。

「ボクは焦っていた。君が夜の図書館を訪れているらしいことに気がつき、藁《わら》にもすがる思いでそこに足を運んだ。だけどあそこは当時のボクにとって明るすぎた。なんとか普通に振る舞うのが精一杯で、君を探す余裕は全くなかった。だけど君が転がした消しゴムを見て確信した。君が赤いアメーバの意識の本体だと」

彼は僕のことを真剣な目で見た。

「ねえ、これで分かったよね。ボクにとって君がどれだけ必要で、どれだけ白々しく君に接近してきたか。君にとっては降って湧いたような話で、迷惑をかけていると思う。だからお金を受け取ってほしいんだよ」

僕は強く首を振った。

「迷惑だなんて、とんでもない。こんな光栄なことはないよ。僕は一目見た時からずっと君に惹かれ続けてきた。今はその理由がよく分かる。おそらく僕自身も君の存在に救われてきたんだ」

彼はしばらく僕のことを見ていた。そして気恥ずかしそうに微笑んだ。

「ありがとう……でもこの恩はいつか返すよ」

「気にしなくていいよ。僕は君といるだけですごく楽しいのだから……ただ、もったいないとは思うよ。君の得た知識が何も残らないなんて」

彼は笑って首を振った。

「その点に関してはウィリス家が血まなこになって動いてくれている。大丈夫だよ」

「どういうこと？」

彼は天井を指差した。

「このマンションには選りすぐりの［知る者］が共同生活をしている。彼らはボクらと別の出入り口を使っているから、顔を合わせることはないけどね」

※

二月中旬に雪が降り、夜の明大前の街は雪化粧に覆われた。街灯が地面を白く照らして、間宮が嫌がりそうな景色だと思いながら歩いていた。

間宮のマンションの近くにあるパーキングに大きな白い車が停まっていた。まるで戦車みたいに堅牢《けんろう》な車だ。リンカーンのナビゲーター。都心でもお目にかかることは少ない。駐車場の白線枠を当然のように乗り越えている。

物好きな人間がいるものだと思いながら部屋に戻ると、すぐにインターホンが鳴った。ドアの覗き窓を見ると、スーツを着た中年の白人男性が二人立っている。間宮の部屋にはよく外国人の医者や看護師、使用人が出入りする。だからきっと間宮の世話係だろうと思ってドアを開けた。

直接見ると二人はかなり逞《たくま》しい身体つきで、僕は威圧感を覚えた。使用人というより用心棒のようだ。

二人の白人男性の背後に立っていた若い男と目が合った。見覚えのある顔で、すぐにジョン＝ウィリスだと分かった。彼は上下とも間宮が着ているのと似たスウェットを着ていた。近くで見ると身長が高く、顔は目鼻立ちがハッキリして、とても端正だ。彼は僕を見ても表情ひとつ変えなかった。テレビで見たように、とてもクールな印象だ。

スーツの男性が英語で入っていいか尋ねる。僕はどうぞと三人を招き入れた。ジョンが先に入り、スーツの男二人がそれに続いた。部屋に上がるとジョンは床に座り、あぐらをかいた。用心棒二人は部屋の隅に立っていた。

「突然すまねえな」開口一番ジョンが言った。

「兄貴があんたに世話になってる」

僕は苦笑いした。

「ずいぶん日本語が上手だね」

彼は突然無垢《むく》な笑顔を見せた。流暢な日本語以上に、その笑顔に驚いた。

「兄貴に子供の頃から日本語を叩き込まれたのよ。兄貴以外と日本語で会話するのは、お前が初めてかもしれねえな」

クールな印象が消し飛んだ。目の前にいるのはフランクな雰囲気で、表情豊かに話す男だ。

「かなり砕けた日本語だけど、それはわざと？」

「まあそうだな。スラングから入った方が外国語の会話は面白いし、相手とも仲良くなれる。そうじゃね？」

僕は肯いた。確かにその通りかもしれない。

「ところで今日はどうしたの？」

「まずはお礼から。ありがとな」

彼はそう言って頭を下げた。

「別に大したことはしてないけど」

彼は首を振った。

「んなこたねえよ。ここに住み込みで兄貴の面倒見てくれてるじゃん。おかげで兄貴はずいぶん精神的に安定して助かってんだよ。お前が来るまでは正気に戻らない日もあったたし、一度かんしゃくを起こすと手に負えなかった。話しかけても何を言ってんだかさっぱり分かんねえしな。だからありがたく思ってる」

　彼はそう言って頬を指で掻いた。

「正直言うと、お前が羨ましいよ。俺にとって兄貴は小さい頃から憧れの存在だった。俺は兄貴と同い年だから学年も一緒だったけど、兄貴はいつもクラスの王様だった。みんな兄貴を尊敬していたし、畏怖していた。俺はどちらかというと気が弱くて、苛《いじ》められることが多かった」

　僕は意外に思った。ジョンは背が高く、顔もカッコいい。勉強もできそうだし、苛められる要素がない。どちらかと言うと間宮の方が苛めにあいそうだ。

　僕が素直にそう話すと彼は大きな声で笑った。蔵野の「真似」と違って、真に豪胆な笑い方だ。

「ハハハハハ。そう思うか？　実際には真逆よ。病気になる前の兄貴は……一言で表現するなら『悪魔』だ。可愛い顔してるのに恐ろしく頭が良くて、容赦ねえんだ。俺は中学生になってから彼の真似をずっとしてきた。だから一見クールに見られるけど、実際には兄貴の足元にも及ばねえ」

　彼は顔を指で掻く。

「皮肉なことに兄貴が病気になってから俺は成績が伸びたし、世間の渡り方ってやつも上手になった。ただかつて畏怖の象徴だった兄貴が衰弱していくのは本当に辛かったぜ……祖父が兄貴を日本に移すと言い始めた時は本気で怒ったよ。一体なぜと。だけどまあ……今は納得してる。なるほどねと思ってる」

　彼はそう言って僕を見た。

「ところでお前に話したいことってのは、兄貴の今後のことだ……実はウィリス家の一連のプロジェクトに目処《めど》がついて、先日、祖父が兄貴の治療を〈状況次第では〉開始することを認めたんだ。兄貴の病気はたぶん限界が近づいてる。近い将来、治療のためにアメリカへ帰ることになるだろう。ウィリス家は病院まで持ってるの？」

彼は目を丸くし、用心棒と目を合わせた。

「ウィリス精神病院と言えばアメリカでは超有名だ。ウィリス家は元々精神病院から始まり、グループの規模を大きくしたんだ」

僕は苦笑いした。

「精神病院というのは、世界的な富豪を生み出すほど儲《もう》かるものなの？」

彼は眉をひそめた。

「おいおい、お前は《見る者》が生み出す価値を知ってるだろ。ウィリス家は昔から《見る者》を追いかけ続けてきたんだ。特に兄貴の場合は元々が傑出した［知る者］だったせいか、今までを遥かに凌駕《りょうが》する知見をもたらしている。金額にすればアメリカの国家予算なみだろうな」

彼は思い出したように周りを見た。

「これ、絶対に誰にも話すなよ。話したらお前の身が危ないからな」

彼は真剣な目で僕を見た。僕は肯いた。

「お前はこのマンションの住民と会ったことはあるか？　ほとんどはウィリス家が世話しているアメリカ人だ。二十歳で博士号を持ってるような、とびっきり優秀な物理学者や数学者がこのマンションに住んでいる。しかしそんな彼らでも新しい法則や定理を発見するのは難しいんだ。それくらい《見る力》と［知る力］の間には乖離《かいり》がある。

彼らは兄貴の近くに住むことによって、未発見の法則をお裾分けで《見る》ことができる。すでにこのマンションでもかなり画期的な論理の発見が複数起きている。もちろんその叡智《えいち》は全てウィリス家お抱えの企業が独占する」

「そんなことが……でも彼らが裏切ったりすることはないの？」

「裏切る？　そんなことをして彼らに何のメリットがある？　協力すれば今後は安定した生活と名声が保障されている。一方で裏切ればウィリス家はその代償はしっかり払ってもらう。はっきり言って何でもできる。犯罪者にすることもできるし、スキャンダルで社会的に潰すこともできる」

背筋が寒くなる。司書が僕に警告していたことを思い出した。

「だからお前も下手なことは考えない方がいい。報酬を受け取らないのは好きにすればいいが、今俺が話した内容を外部に漏らせば、将来それなりの報いを受けることになる」

僕は生唾を飲もうとしたがうまく飲み込めず、変な顔になった。ジョンは訝《いぶか》しげに僕のことを見た。

「おい、約束だぞ。ちゃんと守れよ」

「はい」

僕は精一杯の声を絞り出した。

「ところでお前、兄貴と暮らすようになってからどうよ？　すでに相当な変化が起きてるんじゃない？」

僕は腕を組んだ。

「まあ、図書館でよく数学の本を手に取るようになったね。本当はそろそろ医学の勉強も始めないといけないんだけど」

「それだけ？」

「うん」

彼は肩をすくめた。

「お前は兄貴の力を過小評価しているよ。あれだけ兄貴のそばにいれば、すでに相当な影響を受けているはずなんだ」

彼はそう言い残して部屋を出た。

時計を見ると、ちょうど二十一時だ。早く間宮に会いに行かないと。僕は部屋の電気を消してからコネクティングルームのドアを開けた。一度電気をつけたままドアを開けたら間宮がいて、大騒ぎになったことがある。明るさに関しては特に慎重になった。

間宮はキッチンのファンの前でタバコを吸っていた。彼は薄明かりの中、ニッコリと笑いかけた。もう間宮は二ヶ月以上このマンションから出ていない。その間は彼の姿を暗がりの中でしか見ていない。それは考えてみると奇妙なことだ。

※

それから数日後、僕は十五時頃に図書館を訪れて、量子群論の教科書を読んでいた。内容がとても面白く、気がつくと最後まで読んでいた。その内容はおそらく三ヶ月前だったらさっぱり分からない内容だと思われたが、かなり深く理解できている実感があった。

これは間違いなく間宮の影響だろう。論理球がすでに僕の中にあるのだ。

後ろから声をかけられ、振り返ると金子が立っていた。

「久しぶり。何しとん？」

僕は久々に彼を見て嬉しくなった。

「久しぶりに数学の勉強をしたくなってね」

「へー、そうなんや」

彼は興味津々に僕の読んでいる本を覗き込む。

「あれえ、量子群の教科書なんか読んどるん？　いつもレベルの低い参考書を読んどったタムラらしくないなー」

僕は苦笑いした。彼は本を手に取ってパラパラめくった。彼は時々手を止めて本の内容を眺めた。

「量子可解模型と超対称ゲージ理論の関係なんて……なんやこれ、ほんまにタムラっぽくないやん。今、読んどったん最後の方やったけど、もしかして全部読んだん？」

僕は肯いた。

「意外と分かりやすかったよ」

本の内容について僕は簡単に解説した。金子は本を置いて、苦笑いした。

「この教科書、オレが去年読んで挫《ざ》折《せつ》したやつやよ。タムラに負けるなんてショックやわ。なんかムカついてきたから、帰って量子群の勉強し直すわ。じゃあね」

彼はそう言って、席を立った。間宮のことを話したくなったが、もちろん話せない。僕は彼の後ろ姿を眺めた。

金子は高校の頃からガロアの群論に没頭した男だ。そんな彼を群論でリードする日が来るとは思わなかった……僕は間宮の影響が想像以上に深く及んでいることを自覚した。

それにしても間宮自身はどれだけの世界が見えているのだろう。彼の思考を想像すると、いつも背筋が冷たくなる。

13　間宮と創世記

間宮の家に住み込んでから半年が経過した。春が来て、僕は二年生になり、梅雨が到来した。僕は昼下がりに大学へ行き、たいていは図書館で勉強していた。岡田と蔵野とは夜に会えなくなって以来、集まる機会がめっきり減った。

その日はたまたま昼過ぎに大学の食堂で二人と会い、話をする流れになった。館内は微妙にエアコンの効きが悪く、僕はクリアファイルを団扇《うちわ》代わりに扇《あお》いだ。

岡田は陸上の大会前で練習に打ち込んでいるそうだ。蔵野は相変わらず株で勝ち続けているようで、もうすぐ大台だと息巻いていた。

二人は僕と間宮が同居していると解釈していた。ウィリス家の話をできないので、適当にお茶を濁して話をしていたら、そのように判断されたようだ。まあ当たらずとも遠からずなので、僕は否定しなかった。

「で、普段どんな話をしてるの？」

岡田が身を乗り出した。僕は最近の会話を思い起こした。

「最近は聖書の話をしたね」

「え、意外だね。間宮なら物理の話かと思ったけど」

「うーん、聖書と言っても彼の場合は信仰ではないんだ。間宮は物理の統一理論の答えが聖書に書いてあると考えているから」

「おいおい、なんだよそりゃ」

蔵野が目を丸くする。僕はとりあえず一番話が通じそうな創世記の話をした。

「間宮は創世記の『光あれ』という言葉に重きを置いてたね。創造主が世界を造った時、まず光子を造り、それに特別な意味を付与したことは間違いないと。例えば特殊相対論の光速度一定の法則とかね」

正確に言うと間宮はウラ三次元で『創造主の記憶の断片』に触れているのだが、もちろん話さなかった。蔵野は笑いながら首を振る。

「聖書の創世記に書かれていることなんてのは、ほぼ作り話じゃねえか……そんなの、たまたまだろ？」

僕は困った。まさか自分が聖書の正しさを説く側に回るとは思わなかった。

「うーん、適当な作り話が二千五百年も語り継がれる？」

「意外とそんなもんよ。ほとんどの人間は書かれている内容の信憑性《しんぴょうせい》はわりとどうでもよくて、ただ神に祈りたいわけだ。罪悪感から解放されるなら書いてある内容なんてどうでもいいわけよ」

「そうかな」

「そうだよ。何が起きても神の思《おぼ》し召しで片付け、本当に困ったことが起きたら神に祈る。そうやって生きてれば楽なのかもしれん。だけど俺はそんな生き方はしたくねえな。自分で判断して、自分の力で勝機をもぎとりたいね」

岡田が割り込んだ。

「人の信仰をバカにするもんじゃないよ。神を信仰するか、金を信仰するかの差じゃない？」

「ハハハ、違いねえな」

僕は心の中で首を振った。間宮はキリスト教徒ではないし、蔵野より段違いの金持ちだ。

岡田は腕を組んだ。

「ただ祈る前に現実を直視するのが大事ってのは、オレも同意だね。医学ってのはある意味宗教の対極にあるんじゃない？　だって『血が止まらなかったら祈る前に圧迫止血をしろ』って世界じゃん？　よりシビアな世界観だよな」

「そうそう、いいこと言うね。俺が言いたいのはまさにそこよ。宗教ってのはある意味最大の機会損失で、目を瞑って祈ってる間に目の前の活路を見失うわけよ」

僕は苦笑いした。話がどんどんずれてる。僕は間宮の創世記の説明を彼らに話すことを試みた。一応筋が通った説明として。ただ肝心の聖書がない。

「聖書があれば間宮の説明を話せるけど、図書館ならあるかな？」

蔵野が手を叩いた。

「学生会館に確か置いてあったぜ」


僕たちは小汚いで悪名高い学生会館に移動し、ボロボロのソファに腰掛けた。館内の壁中にサークルの募集やイベントの告知のチラシが無数に貼られていた。蔵野が本棚からボロボロの旧約聖書を探し出し、僕に渡した。

「それではお願いしますぜ」

僕は旧約聖書の第一章の部分を開いた。目を瞑り、間宮が初めて世界の成り立ちについて話した日のことを思い浮かべた。

※

僕と間宮はいつものように床に座り、ベッドにもたれかかっていた。部屋は真っ暗で、間宮は僕の腕に手を置いていた。

「ゲームをしよう。ボクたちはこの世界の創造主だ。目の前には何もない世界が広がっている。ここに今からボクたちの世界を描いていくんだ」

僕は黙って肯いた。

「まずは点だけの世界を考えよう。つまり0次元から始めて、一つずつ次元を増やしていくんだ。最初の世界は一点だけで、その点には大きさがない。無限小の世界だ。でも創造主であるボクはその一点に存在できる物質を考える。それが素粒子だ。素粒子は大きさがないから0次元にも存在できるんだ」

彼は立ち上がり、机の引き出しから本を一冊取り出した。また僕の横に座り、本を見開く。彼の目は極端に闇に慣れているので、暗がりの中でも本を読める。彼は創世記第一章の箇所を開き、第一節を読んだ。

第一節

はじめに神は天と地とを創造された。

「0次元の世界だから、神はまず一点に素粒子を書き込んでみた。コテ試しと言ったところだね。

『天』はゲージ粒子（光子を含む一群の素粒子）、『地』はそれ以外の素粒子を指している。ちなみにあとで出るけど、「水」も素粒子だ。記録者は素粒子の種類については厳密に区別しようとしなかった。『地』と『水』はクオーク（陽子と中性子を構成する素粒子）やレプトン（電子を含む一群の素粒子）を大まかに指している」

「ちょっと待ってよ、どうして粒子なのに天とか地で表現しているの？」

間宮は微笑んだ。

「仕方ないよ。当時は豚とか牛とか水とか、そういう固有名詞くらいしか言葉がなかった。限られた言葉でやりくりしたんだよ」

「なるほど……」

【　素粒子の標準模型　】

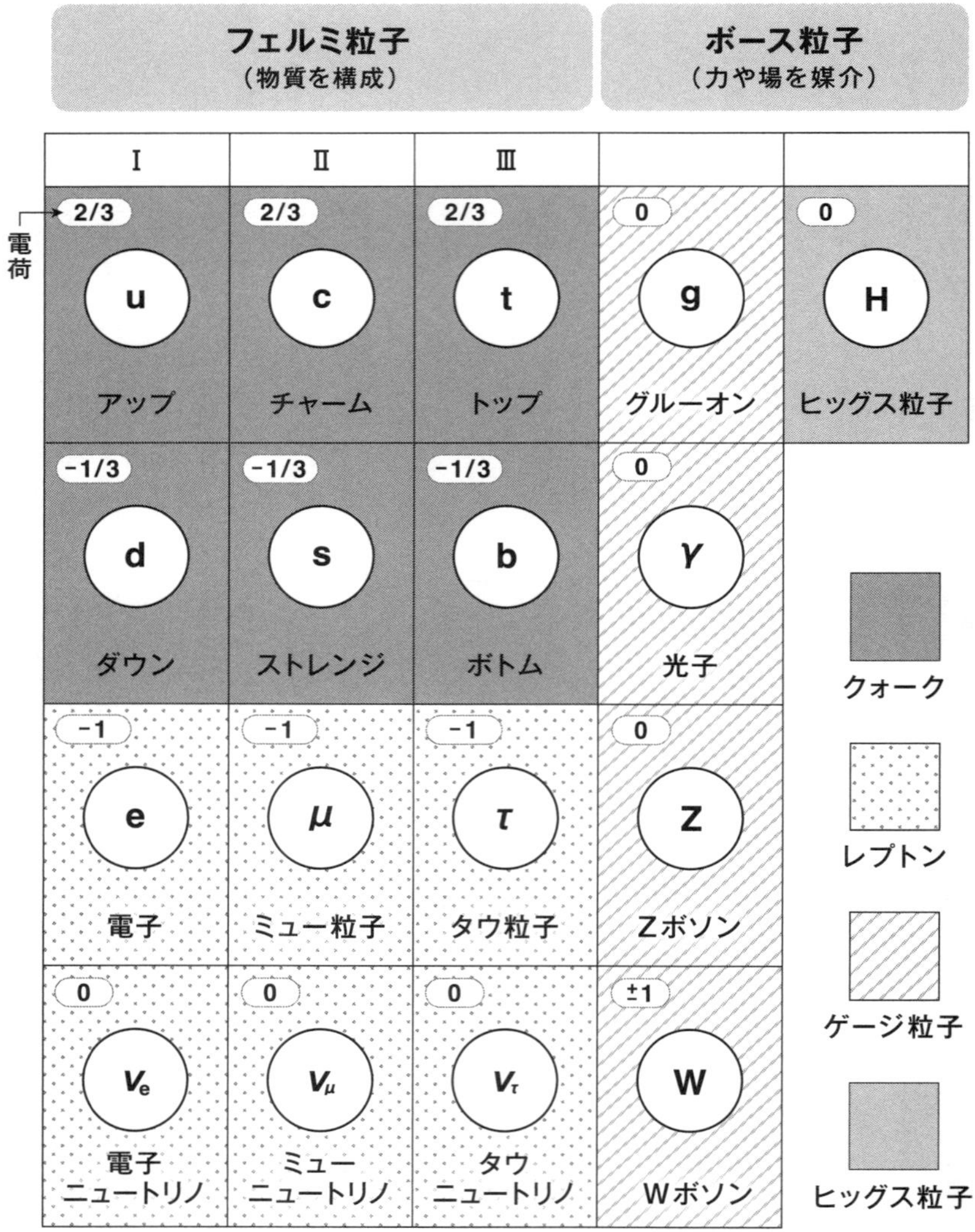

フェルミ粒子
（物質を構成）
ボース粒子
（力や場を媒介）
Ⅰ
Ⅱ
Ⅲ
電荷
2/3
u
アップ
2/3
c
チャーム
2/3
t
トップ
0
g
グルーオン
0
H
ヒッグス粒子
−1/3
d
ダウン
−1/3
s
ストレンジ
−1/3
b
ボトム
0
γ
光子
−1
e
電子
−1
μ
ミュー粒子
−1
τ
タウ粒子
0
Z
Zボソン
0
νe
電子
ニュートリノ
0
νμ
ミュー
ニュートリノ
0
ντ
タウ
ニュートリノ
±1
W
Wボソン
クォーク
レプトン
ゲージ粒子
ヒッグス粒子

第二節

地は形なく、むなしく、やみが淵《ふち》のおもてにあり、神の霊が水のおもてをおおっていた。

「『地』＝素粒子には大きさがなく、『水』＝素粒子もこの時は思念球だけが存在していた。つまりまだ概念しかないことを示している。『神の霊』はここでしか使われない言葉だけど、これはヒッグス場を指している。『場』を『霊』と表現したのは、言い得て妙だと感心するね」

僕は苦笑いした。初見で『霊』というワードを見て「嘘っぽいなあ」と思ってしまった。

第三節

神は「光あれ」と言われた。すると光があった。

「この文章こそ、以下の記録が本物であることを証明するものだ。記録者にとって、クォークやレプトンはよく分からない曖昧なものだったけど、光だけはそのまま当てはまる言葉を持っていた。ああ、これは光だと。『すると光があった』と繰り返しているのは、まばゆい光の後に、何か光る物の存在、『光子』を確認したからだよ」

第四節

神はその光を見て、良しとされた。神はその光とやみとを分けられた。

「さて、さっきのシミュレーションは覚えてるかな？　ボクたちは創造主で、今０次元の点の世界を考えている。その世界の唯一のダイナミクスは光子があるかないかだけ、という意味だね」

第五節 神は光を昼と名づけ、やみを夜と名づけられた。夕となり、また朝となった。第一日である。

「この場合の昼とは『光子のある状態』のことで1、夜とは『光子のない状態』で0を指している。創世記第一章の『名づけた』という表現には注意した方がいい。それは神が思念球という素粒子を生み出したことを暗示しているからだ。この場合は、無と有の概念、つまり0と1の思念球を生み出した。思念球という素粒子はウラ三次元にだけ存在するけど、オモテ三次元でも数式として記述することができる。その理由は後の節で分かる。

次に創世記に繰り返し現れる表現である『夕となり、また朝となった。第〇日である』だけど、これは次元を一つ増やしたという意味だ。『第〇日である』とは世界が〇次元になったということだ。

これも次元とか座標の概念のない記録者にとって、唯一可能な置き換えだった。『何かがガチャガチャと動き、世界の奥行きが変化した』ことを日付が変わったのだと判断した。

さておき、世界は一次元になった。創造主は0次元の世界を横一列に無限に並べて、一次元とした。これにより世界に粒子を収める箱が、一列に無限に並んだ。つまり『一階テンソル』だよ。この世界にある物質も力も、全ての源は素粒子だ。それはつまり、この無限に並ぶ小さな箱の中にどの素粒子が収まっているかということだ」

背筋がゾクゾクした。創世記第一章が宇宙創造の話だったとは――地球誕生の過程を間違えて記述した作り話だと思っていた。

第六節

神はまた言われた、「水の間におおぞらがあって、水と水とを分けよ」。

「『水』は素粒子のことだったね。あまり厳密ではないけど、電荷を持つ素粒子を『水』と表現し、中性に近い素粒子を『地』と表現することが多い。

次に『おおぞら』は『場』を指している。この場合は電磁気力や核力などの場を指している。これらの場は素粒子であるゲージ粒子によって生まれる。後で出るけど、ゲージ粒子の粒子としての性質に重きを置く場合は『天』、『場』に重きを置く場合は『おおぞら』と表記される」

第七節

そのようになった。神はおおぞらを造って、おおぞらの下の水とおおぞらの上の水とを分けられた。

「『そのようになった』という表現に注意してね。同じ文章の繰り返しだけど、前節で『思念球』という素粒子を生み出し、次の節でそれに対応する物理的な素粒子を作ったという意味だ。『上の水』がレプトン、『下の水』がクオークを指している」

第八節

神はそのおおぞらを天と名づけられた。夕となり、また朝となった。第二日である。

「ゲージ粒子はエネルギーを伝える素粒子で、光子がその中に含まれている。『場』に重きを置く場合は『おおぞら』、粒子に重きを置く場合は『天』と名付けた。そして例の『夕となり、また朝となった』。これは次元を増やしたという意味だったね。つまり世界は二次元になった」

第九節

神はまた言われた、「天の下の水は一つ所に集まり、かわいた地が現れよ」。そのようになった。

「『下の水』も『地』もクオークを指している。これは電荷が +2/3 のクオークと、電荷が −1/3 のクオークが存在することを示している」

第十節

神はそのかわいた地を陸と名づけ、水の集まった所を海と名づけられた。神は見て、良しとされた。

「ここで『地』が『陸』という表現に置き換わる。これは何か『大きくなったこと』を《見た》んだよ。つまり先ほどのクオークが三つ合体して、陽子や中性子を作る様子を記録したんだ。ここでは電荷がゼロの中性子が『かわいた地＝陸』で、電荷がプラス1の陽子が『海』ということになる」

第十一節

神はまた言われた、「地は青草と、種をもつ草と、種類にしたがって種のある実を結ぶ果樹とを地の上にはえさせよ」。そのようになった。

「なんかゴチャゴチャ書いてるけど、彼は要するにクオークに種類があることを示したかった。具体的にはトップ、チャーム、アップ、ボトム、ストレンジ、ダウンの六種類がある」

第十二節

地は青草と、種類にしたがって種をもつ草と、種類にしたがって種のある実を結ぶ木とをはえさせた。神は見て、良しとされた。

「さっきの節は思念球の創造を示し、この節では実際の素粒子が生まれた」

第十三節

夕となり、また朝となった。第三日である。

「三次元になった」

※

岡田が言った。

「ちょっと待ってよ。第一章全部をこんな感じで、現代科学の観点から説明してるんでしょ？　なんかこじつけっぽく聴こえるところもあるけど、凄いと思うよ。オレも間宮から直接聴きたい」

「まあね……僕も確か途中までしか聴いてないんだけどね」

「だったら三人で一緒に聴かない？　部活休んでもいいから会いたいな」

僕は肯いた。

「分かった。今度間宮に訊いてみるよ」

14　テレパシー

「うーん……」

　二人が遊びに来ていいか訊いたら間宮は予想通り難色を示した。

「いいんだ。訊いてと言われたから一応話しただけで」

「君の友達と会ってみたい気持ちはあるんだよ。だけど多分、お互い良い気分にならないと思う」

　僕は間宮に初めて話しかけた日のことを思い出した――確かにかなり微妙な空気だった……。

　部屋は薄暗く、僕と間宮はベッドに寄りかかりながら床に座っていた。彼は僕にもたれかかってくる。彼と住んで半年以上経つが、相変わらず体が触れるたびに緊張する。彼は言った。

「君はどうしたいの？」

「うーん、間宮が嫌なら別にいいんだ。ただ、間宮が二人と話してるところも見てみたい気持ちはある」

「会ってほしいってこと？」

　僕は肯いた。彼はしばらく考えてから言った。

「この部屋でよければ会うよ。でも多分すごく険悪な雰囲気になるよ」

「そんなことにはならないよ」

　彼はため息をついた。

「君は本当に特別なんだよ……」

※

岡田と蔵野が来たのはその二日後だった。二人ともマンションを見上げて、良いマンションだねと言った。僕はこのマンションの隠された秘密を話したかったが、もちろん黙っていた。

オートロックを開けて館内に入り、エレベーターに乗る。最近は間宮が外に出ないので、今は普通の明るさになっている。エレベーターのボタンも一階から五階までちゃんと並んでいる。エレベーターのボタンが三階しかないのは目立つと僕が指摘したら、すぐにダミーのボタンが配置されたのだ。もちろん三階以外は反応しない。

三階の内廊下と間宮の部屋はいつものように暗かったが、そのことは事前に話しておいた。ドアを開けて薄暗い部屋に入ると、蔵野と岡田は苦笑いしながら「お邪魔します」と言って靴を脱いだ。

間宮はいつものようにベッドの前の床に座っていた。彼は珍しく家の中でサングラスをしていた。すごく嫌な予感がした。

岡田が口を開いた。

「今日は無理言ってごめんね。間宮から直接話を聞きたいってことになって」

間宮は返事も挨拶もしなかった。蔵野が続いた。

「こうやって話すのは初めてだけど、ノボルから話は聞いてるよ」

間宮はやはり無反応だった。彼はとても緊張しているのが分かった。僕は間宮の隣に腰かけた。

蔵野と岡田は向かい合うように壁にもたれかかった。

世間話はしない方がよさそうだと思い、いきなり本題に入った。

「創世記第一章の十三節まで読んだんだ」

間宮は僕の方を見ずに、うつむきながら話した。

「クオークの種類に言及して、三次元に拡大する部分だね」

「うん。だから十四節から解説してもらっていい？」

「分かった」

僕は聖書を開き、創世記第一章の第十四節を読んだ。

第十四節
神はまた言われた、「天のおおぞらに光があって昼と夜とを分け、しるしのため、季節のため、日のため、年のためになり、

「『天』＝ゲージ粒子による核力が発生し、陽子と中性子が生まれた。核融合が至るところで起きたので、世界は恐ろしく明るかった。

一方で光の速さが一定であることから、相対論の固有時間の概念が生まれた（思念球が生まれた）。『しるし』とは固有時間のことを指していて、記録者はその絶対的な時間の流れを季節の移り変わりで表現した」

「なるほど。完膚なきまで本来の意味が失われているね」

僕はそう言って笑った。

第十五節
天のおおぞらにあって地を照らす光となれ」。そのようになった。

「光速度一定の法則は$E=mc^2$という自然法則を生み出した。この恐ろしいほどのエネルギーを記録者は、《見る者》を媒介して目撃したんだ。それは地——この場合は文字通りの意味だね——を照らす光を大量に放った」

第十六節
神は二つの大きな光を造り、大きい光に昼をつかさどらせ、小さい光に夜をつかさどらせ、また星を造られた。

「ゲージ粒子のうち強い力を生むグルーオン、弱い力を生むボソンのことを『二つの大きな光』と表現した。『大きい光』は強い力、『小さい光』は弱い力を指している。昼と夜の文言は伝承者が余計な気を遣って書き換えたようだね。すでに昼と夜が何度も登場しているから、第一章全体が奇妙な構成になってしまった。星は中性子星を指している——」

「ちょっと待って」

岡田が止めて入った。

「ごめん、オレらには間宮が何を話しているのか全然分からない」

「うん？　どういうこと？　内容が難しすぎる？」

「いや、そうじゃないと思うけど……ノボルは分かってるんだよね？」

「もちろん」

岡田は首を傾げた。岡田も蔵野も精一杯の愛想笑いを浮かべていたので、これは様子が変だと思った。

「どうしてだろう」

僕は間宮の方を見た。彼はうつむいていた。

「だから言ったんだ。君は特別なんだよ」

「えーと……ごめん、どうする？　続きやる？」

間宮は首を振り、うつむいた。

「もういい」

困ったなと思った。間宮は一度も彼らと目を合わせてない。まさかここまで二人に対して無愛想になるとは思わなかった。

「ノボル、オレら邪魔みたいだから帰るよ」

岡田は起き上がって、カバンのストラップを肩にかけた。蔵野もそれに続いた。

「ええ……ちょっと待ってよ」

「間宮、なんか本当にごめん」

岡田は向き合って頭を下げたが、間宮はやはりうつむいたままだった。僕は間宮に一言ことわって、二人を外まで見送ることにした。

マンションの外に出た後、僕は二人に訊いた。

「ねえ、『分からない』ってどういうこと？」

岡田は頭を指で搔いた。

「いやあ、ごめん。正直、あそこまでとは思わなかった」

「どういう意味？」

「うーん、とにかく話してることが支離滅裂で……逆になんでノボルは分かるの？」

「そんな……彼は普通に話していたよ。多分部屋が暗かったりサングラスしていたり、先入観でそう感じてるんじゃない？」

蔵野が言った。

「俺も岡田と同じ意見だ。ノボルは彼と長くいるうちに慣れちまったのかな……俺にも彼の話してる内容は支離滅裂に聞こえた。あれをちゃんと理解できるなんてテレパシーかと思うね。二人を見ていて現実感がなかったよ」

僕は眉をひそめた。にわかには信じがたいが、彼らは冗談を言ってるわけではなさそうだ。

「とにかくまた今度話そう。僕は間宮が心配だから戻るよ」

そう言い残して、間宮の部屋に帰った。

間宮はベッドの上でこちらに背中を向けて寝ていた。彼は一度へそを曲げるとなかなか機嫌を戻してくれない。僕は小さくため息をついた。

「二人とも帰ったよ」

僕は机の前のチェアに座った。彼は無言だった。唸ってはないし、正気は失ってない。

「蔵野は僕たちがテレパシーで話してるみたいだと言った。それって言い得て妙かもね。もう半年もこうやって一緒にいる。君といてまったく暇にならないのは、君の見ている世界を僕も覗かせてもらってるからだよ。僕たちは多分、言葉とかスキンシップを超えた繫がりを持っているんだと思う」

彼は返事をしなかったが、寝る姿勢を変えて仰向《あおむ》けになった。暗かったので目を閉じてるのか開いてるのかは分からない。

「ところで君の創世記の解釈を聴きながら思ったけど、あれだと世界の始まりがビッグバンとする現代物理とは整合性に欠けるよね。だって創世記によると、世界はちょっとずつできたんでしょ？ ビッグバンは一瞬だからね」

彼は起き上がった。僕の前に来て、僕の髪を指で撫でた。彼は口を開いた。

「ねえ、聖書は七次元までこの時空を広げている。しかも最後は六次元と七次元の軸を同時に作ったと解釈できる記述になっている」

僕は首をひねった。

「それとビッグバンと何の関係があるの？」

「つまり聖書に書いてある四次元まではこの三次元世界のことではない。かつてプラトンがイデアと呼んだ『ウラ三次元』を神は造っていたんだ。これはつまりボクたちの意識と論理球が存在する世界だよ。そこでオモテ三次元を創る前のシミュレーションを神はしていたんだ。

五次元に広げた時、初めてオモテ世界の一次元ができたけど、この段階では大きさのない素粒子が一列に並ぶだけだ。そして彼は最後に六次元、七次元を同時に造った。だからこのオモテ世界は突然三次元に広がり、ビッグバンが起きた」

僕は少し大袈裟なトーンでしゃべった。

「なるほど……さすが間宮の説明はいつ聴いても感動する。君がこのことを世界に発信できたらどんなに素晴らしいだろう」

彼に元気を出してほしかった。彼は弱々しく微笑んで、首を振った。

「ボクの言ってることを君が理解できるのは、たぶん君が［知る者］の素質と《見る者》の素質をほどほどに持っているからだ。これはかなり特殊なケースなんだよ。使い道は非常に限られているけど、ボクにとってこんなありがたい能力者はいない」

彼は僕の前で膝をついて、髪をかきあげた。

「ボクは……この世界では君以外の人間と意思の疎通ができない。この半年で、その傾向がより強まったみたいだ」

彼はため息をついた。僕は言葉が見つからなかった。

「日本に来たときはまだまだ大丈夫だった。ボクはもともと［知る者］だったから……でも今は巨大な《見る者》の力に呑み込まれてしまった」

「僕がいつでも君のそばにいるよ。僕は君の考えを世に広めたいし、君という天才が存在したことを全人類に教えたい」

「もうやめよう、この何百回も繰り返した会話。ボクはそもそも自己顕示欲がまったくないんだから。闇の中でこうやって君にだけ通じる話ができれば、ボクはそれで十分だ」

彼は僕から離れてベッドの前に座り込み、手招きした。僕は彼の隣に座って、言った。

「ねえ、さっきの聖書の話の続きをしようよ。よく考えたら第十七節以降の話は僕もまだ聞いてなかったよ」

彼は口を尖らせた。

「その前にちょっと言わせてよ。君の友達の悪口は言いたくないけど、はっきり言って失礼だったよ。人の家に上がってきて、あんな態度はないよ」

どっちもどっちな気がしたが、言わなかった。

「今度叱っておく」

「本当に叱る？　口だけじゃない？」

「うん。ちゃんと叱る」

彼は腕を組んだ。

「分かった。じゃあ話の続きをしよう」

僕は旧約聖書を手にとった。彼は創世記の第一章は今は読みたくないと呟いた。

「じゃあ他の章にする？」

僕はパラパラと旧約聖書をめくる。

気がつくと、彼はずっとうつむいて肩を震わせていた。僕は手を止めて、聖書を床に置いた。

彼は嗚咽《おえつ》をあげて泣き始めた。僕の肩に顔を埋め、腕を強く握ってきた。僕は間宮の方を向いて背中をさすった。彼は時々こうやって泣き、その度に僕は背中をさすった。

僕は天井を見上げた。このマンションに住んでいるはずの「知る者」たちに、間宮の存在を教えたかった。

本当の天才はここにいる間宮なのだ――どうして彼ばかり苦しまないといけないのだ？

15　ウラ三次元

梅雨が終わりを迎えた頃から間宮の正気を失う時間は少しずつ長くなっていき、二十四時間を超える日も多くなってきた。

僕は布団を持ち込んで間宮の部屋で寝るようになった。本当はずっと起きて見守りたかったが、一日の長さが決まっている以上、仕方のない措置だった。

ある日の昼、部屋で間宮を見守っていると、玄関でノックの音がして、ジョンが中に入ってきた。

「兄貴はまだ目覚めないか」

「うん。最近は辛そうな顔をすることも多くなったし、心配だね」

「もう限界だ。今、祖父とアメリカに帰るタイミングを掛け合っている。お前も異論はないな?」

僕は肩をすくめた。

「寂しいけど仕方ないね。また戻ってきてくれたら嬉しいけど……」

「うん、今日はそのことについてお前に話しに来たんだ。ちょっとお前の部屋に移動できないか?」

「分かった」

僕は間宮を尻目に部屋を去った。

　僕の部屋に入りカーテンを開けると、太陽の光が差し込んできた。時計を見ると十三時半だ。間宮が正気を失ったのは二日前の二十一時なので、すでに四十時間、正気を失っていることになる。僕たちは座卓を挟んで向かい合って座った。

　ジョンは乾いた声で言った。

「来週には兄貴を連れて帰る」

「治療は……効果は期待できるの？」

　彼は首を縦に振る。

「医師団はかなり自信があるみたいだ。実際、ウィリス病院は今までも《見る者》の治療に多くあたってきた。ノウハウが蓄積されているんだ」

「それならよかった」

　僕は安心する。でも間宮の病状が良くなったら……彼は日本にまた戻ってくるのだろうか？

　ジョンは黙っていた。嫌な予感がした。

「何か問題があるの？」

「ああ、大いにな。お前に一応忠告しておこうと思ってな」

「どういうこと？　秘密は厳守するよ」

「それは当然だ」

　僕は肯いた。彼は言った。

「二つ話したいことがある。一つは兄貴は治療を受けると幻覚や幻聴から解放されるだろう。だが一方で《見る者》としての能力を完全に失う」

　僕は首を縦に振る。それはやむを得ないことだと思う。

「残りの一つについて話すぞ。お前に以前、兄貴は病気になる前はクラスの王様だったと話したことは覚えているな。一方で同学年の俺は苛められることもあったと」

「うん。間宮は君を守ってくれたんだろう？」

「いや、そんなことは一言も話してない」

彼はとても平板な口調で言った。

「どういうこと？」

「兄貴はたとえ目の前で俺が苛められても見ているだけだ。みんなは兄貴の様子を見て『苛めていいんだ』と判断した。いや、それどころか『兄貴がそれを求めてる』と汲みとる空気すらあった。まあ……じゃなきゃウィリス家の人間を苛めようなんて思わないよな」

「うーん……まったく想像がつかない。どんな苛めを受けたの？」

「それは……みんなに囲まれてどつかれたり、バカにされたり……」

大した苛めではなさそうだが、それでも一対多だと凄く傷つくことは知っている。

それにしても間宮なら止めそうなものだ。彼はちょっと子供っぽいところはあるけど、基本的には他人を思いやり、トラブルを回避するタイプの人間だと思っていた。僕はそう話した。

ジョンは首を振った。

「まったくの別人だ、病気になる前の兄貴は。特に英語を話してる時の兄貴はぞっとするほど冷たい表情をするんだ。祖父はそんな兄貴のことをとても気に入っていた。将来のウィリス家を支える逸材だといつも話していた」

僕は過去に間宮が話したアダムとイブの話を思い出した。ウィリス家は支配者で、間宮はＦＧ感度が低い王の血を引くのか……。

「一方で俺は落ちこぼれで、いつも祖父から冷たい目で見られた。だがそんな俺にも逃げ場はあった。兄貴は普段学校では素っ気なかったが、家で俺と日本語で話してる時だけは優しかった。その時間は俺らだけの秘密の時間だった。兄貴は英語脳の時と日本語脳の時で、だいぶ性格が変わるんだ」

「なるほど……つまり今の間宮は優しい時の間宮……」

彼は強く首を振った。

「そんなもんじゃない。病気になってからの兄貴はもう牙《きば》と爪を抜かれた獣みたいなもんだ……」ジョンは髪をかき上げる。

「まあいいや。とにかくお前、気をつけろよ。もし兄貴が全快したら一体どっちの方向に転ぶのか全く想像がつかないけど、少なくとも容赦なかったあの頃に近づくのは間違いない」

「ありがとう。僕なんかのことを気にかけてくれて」

僕は素直な気持ちを話した。

「いや、気にかけるとかじゃなくてさ、本来こんな警告をお前にすること自体が理不尽なんだよ。お前にどれだけ兄貴や周りの俺らが助けられたか。それなのにウィリス家の中では不穏な空気が流れてんだ。お前がちょっと兄貴のことを知りすぎたんじゃないかってな。いやいや、おかしいだろって。どんだけ容赦ねえんだって話だ」

彼はうつむいた。

「英語を話してる時の兄貴は、まるで虫を観察するような目で他人のことを見るんだ。みんなあの態度の前で萎縮してしまう。頼みもしてないのに兄貴の機嫌を伺い、彼に認めてもらおうとみんな画策する。もちろん俺も含めて兄貴の性別の矛盾を指摘する人間は一人もいなかった。それを口にするだけで罪深いことだとみんな思っていた」

「支配者の遺伝子を持っていた」

ジョンは青ざめた表情で僕を見た。

「おいおい、兄貴はそんなことをお前に話したのか？　その話は兄貴が《見た》中で、祖父が一番気に入ってる話だ」

「うん……わりと知り合ってすぐの頃に」

「とにかく兄貴から聴いた話は全部忘れろ。間違っても今後何かを書き留めて発表なんてことはするなよ。兄貴が《見た》叡智の全てはウィリス家に帰属する、それがウィリス家の考えだ。くだらないと思うだろうが、彼らは本気でそう考えてる。兄貴がお前を庇《かば》ってくれると思う気持ちが少しでもあるなら、その甘い考えは捨てろ。元々の兄貴は容赦ない人間だし、ウィリス家の繁栄を第一に考える男だ」

僕はため息をついた。

「テレビで君を見た時、君こそがそういうタイプの人間だと思った」

彼は自嘲の笑みを浮かべて首を振る。

「違うね。俺は兄貴の真似をしているだけだ。感情を表に出さず、目の前の人間に何が起きようと俺には関係ないと思い込むようにした」彼はとても辛そうな表情を浮かべた。

「だけど真似はあくまでも真似だ。俺は一人になった時、よく嘔吐を起こすようになった。ストレスが溜《た》まっているんだな……」

彼はうつむいた。沈黙がしばらく続いた。

「とにかく、お前に話すべきことは以上だ。兄貴から聞いた話は一切口外しない。あと兄貴の部屋にある物は一切持ち出さない。分かったな？」

「分かった」

僕は生唾を飲みこんだ。岡田と蔵野に聖書の話をしたことを思い出した。

ジョンは立ち上がり、別れの挨拶をして部屋を去った。僕はコネクティングドアから間宮の部屋に戻った。間宮は先ほどと同じ姿勢でベッドに横になっていた。唸り声が聞こえるので、寝ているわけではない。

僕はデスクチェアに座り、暗い中で彼の姿を見た。間宮は病気になり、英語脳に戻れなくなったと話していた。そのことと人格の変化は関係があるのだろうか……。

僕は席を立ち、歯を磨いてパジャマに着替えるために自分の部屋に戻ろうとした。その時、背後の間宮の唸り声が止んだ。戻ってきたのだ。僕は振り返り、ベッドにいる彼の様子を見た。彼は横向きで寝たまま震えていた。

僕は黙って彼のことを見守った。もうジョンが言うように限界だ。治療効果が期待できるなら治療を受けるべきだ。僕は彼の元へ近寄り、ベッドに腰掛けた。

「ジョンと話していただろ？」

間宮は仰向けになって、か細い声を出した。

「うん。君はもう治療を受けるべきだという話」

彼は無言だった。僕はかける言葉が見つからず黙った。彼は起き上がり、隣に座って僕に寄りかかった。彼の体はとても軽かった。

「ねえ、タムラ。君は死ぬのが怖い？」

僕はしばらく考えた。

「うん、怖い。今こうやって考えている自分が消えてしまう……想像すると、すごく怖い」

「そうか……」

彼は薄明かりの中、白い壁を見ていた。

「ボクは……あまり怖くない。たぶんウラ三次元の中をいつも漂っているせいだと思うけど……あちらの世界は無数の意識の痕跡のようなものが漂っている。むしろ生きてる意識より遥かに多いんだ。つまり肉体が死んでも意識の根っこは向こう側に残るんだと思う」

死のことを考えるといつも不安になるので、僕は少し安心した。

「それなら……よかった」

「だからタムラ……ボクのことは心配しなくていいから」

僕は首を強く振った。

「君は死んだりしないよ。でも限界は近いと思うから治療は受けるべきだと思う。医師団は自信があると、ジョンは言ってた。治療を受ければ問題ないはずだよ」

僕は治療効果のことを話した。幻覚や幻聴はなくなるが《見る》能力も失われる。彼は口を一文字にして聴いていた。

「分かっている。うん、治療は受けるよ。それによってボクの肉体は助かるだろうね。でもね、ボクはボクでなくなるよ。ボクの意識の一部はウラ三次元に引っ張り出されて、そのまま戻って来られなくなる。《見る》能力を失うというのは、そういうことだ」

「そんなことは……」

僕はジョンの話を思い出し、口をつぐんだ。沈黙が続く。

僕は立ち上がった。

「ご飯の準備をするよ」

手早く間宮仕様のオートミールを用意して、彼に差し出した。最近は主治医の要請を受けて、しっかり食べ終えるのを見届けてから別れることにしている。彼は文句を言いながらも食べ終えた。僕は皿を洗い、彼と別れた。

それが、この世界で間宮惣一と話す最後の時間となった。

※

その日の二十一時に家に帰り間宮の部屋に戻ると、彼はすでに正気を失ってベッドに横たわっていた。こんなことは初めてだ。念のため主治医に内線でそのことを伝えると、彼は浴室のドアから看護師を連れて入ってきて、暗がりの中でひとしきり検査をした。

「He's OK. Call me if anything happens」

(彼は大丈夫そうだ。何かあったら連絡をしてくれ)

主治医はそう言って立ち去った。残された女性看護師が僕を外に出して、服の交換などを済ませた。彼女はすぐに部屋から出てきて、

「It's OK」

(済んだよ)

と言って立ち去った。

僕は机の前のチェアに座り、横たわる間宮を眺めた。長い夜になりそうだ。すでに思い出せる過去は全て話し、十周目に突入している。それでもその時間は苦でない。それどころか話すたび

に過去の再体験の感覚がリアルになっていた。

しばらく話していると、僕は机の上に一枚のコピー用紙が置いてあることに気がついた。何かが書いてある。僕は薄明かりの下でそれを読んだ。それはとても汚い字である一方で、小さく緻密に書かれていた。一枚の紙がアリの大群のような黒い字で埋められていた。僕は解読を試みたが、字が汚い上に書かれている内容が支離滅裂で意味不明だった。だが、それが旧約聖書の創世記について書かれた物であることは分かった。

——間宮が何かを僕に伝えようとしたのだ。

僕は目を閉じて、彼が僕に何かを伝えようと話している姿をイメージした。

そしてもう一度書き殴られた文字列に目を通す。今度は意味が分かる。僕はゆっくりと丁寧に解読していった。

※

タムラへ。

これを君が読んでいるということは、ボクはすでに正気ではないのだろう。そしてそれは、ボクが自分のコントロールを完全に失ったことを示している。

おそらくボクはもうオモテ世界には戻ってこれない。最後に君にどうしても伝えておきたい事実があり、そのことを以下に記す。

以前、途中で話が終わってしまった創世記の解釈だ。これは世界の本質に関わるとても大事なことだ。読んで、考えて、君ができることを見つけてほしい。

第十七節
神はこれらを天のおおぞらに置いて地を照らさせ、

これは前節の核融合の内容を受けている。創造主は恒星がエネルギーの源になると考えた。

第十八節
昼と夜とをつかさどらせ、光とやみとを分けさせられた。神は見て、良しとされた。

しかし一方で、神は世界が明るく、軽くなりすぎることを危惧した。そこで暗黒物質と呼ばれる素粒子を導入した。光と闇が混在する時空を見て、神は良さそうだと考えた。

第十九節
夕となり、また朝となった。第四日である。

ここで神は時間軸を造った。これで四次元時空となった。一つ大事な点は、今までの過程でつくった四次元時空はこちら側の世界ではなく、ウラ側の世界ということだ。オモテ三次元はこれから造ることになる。

オモテとウラの違いについて、聖書に書かれていない内容を以下に記す。君も知っているように、このオモテ世界では時間ｃｔは距離ｘ、ｙ、ｚと同等である一方で、虚数ｉがかかっている。

虚数ｉは二乗するとマイナス１になる数字だ。ボクたちはこの数字を見ることも想像することもできない。我々三次元人にとって時間という概念が曖昧な理由でもある。

しかしウラ三次元では時間軸ｃｔが実数で、距離軸ｘ、ｙ、ｚにそれぞれｉ、ｊ、ｋと呼ばれる虚数がかかっている。これは四元数と呼ばれるものだ。つまりウラ三次元では時間がはっきりとした物差しで、距離が曖昧な存在なんだ。その不可思議な空間は、意識と思念の培養液として機能している。

そしてウラ三次元はひとつではない。神が０次元空間を並べて一次元、二次元と世界を広げたように、オモテ三次元の全ての座標点にウラ三次元が内在している。つまりウラ三次元は無限に存在している。

第二十節
神はまた言われた、「水は生き物の群れで満ち、鳥は地の上、天のおおぞらを飛べ」。

「水」＝プラスの荷電素粒子が「満ち」ている、これは原子核を指している。そこに「鳥」が飛んでいる。この「鳥」は電子を指している。記録者は電子を「上の水」と定義していた。おそらく原文は「天のおおぞら」（電場）を飛ぶ「上の水」（電子）と表現したのだけど、伝承者が「これじゃ意味不明だ」ということで「鳥」に書き換えた。このため次節で生物を神が創る前に鳥だけは飛んでたという、ちぐはぐな構成になっている。

この先は伝承者による恣意的な書き換えが目立ち、それを示す間接的な証拠として節同士の整合性が失われている。

第二十一節
神は海の大いなる獣と、水に群がるすべての動く生き物とを、種類にしたがって創造し、また翼のあるすべての鳥を、種類にしたがって創造された。神は見て、良しとされた。

原子核と電子が組み合わさり、様々な原子が種類にしたがって創造された。そのダイナミックな宇宙の変化を、伝承者は生物の躍動に書き換えた。

第二十二節
神はこれらを祝福して言われた、「生めよ、ふえよ、海の水に満ちよ、また鳥は地にふえよ」。

神は原子がさらに他の原子と結合して、多様性がさらに広がる様子を喜んだ。つまり化学反応の結果、多くの化合物が生まれたことを指している。

次節からは神が意識を生む過程であり、現代科学を凌駕する記録なんだけど、残念ながら伝承者にかなり書き換えられてしまった。当時の常識的な内容にね。

第二十三節
夕となり、また朝となった。第五日である。

神は初めてこのオモテ世界に軸を造った。これで世界は五次元時空となった。オモテ世界に点が直線上に並び、その全ての点がこれまで造ったウラ三次元の世界を内包していた。

第二十四節

神はまた言われた、「地は生き物を種類にしたがっていだせ。家畜と、這うものと、地の獣とを種類にしたがっていだせ」。そのようになった。

ここでの「生き物」とは『意識』のことだ。意識と言ってもそれは非常に小さく、簡素なものだ。例えばエアコンの温度調節機能など、自分自身にフィードバックがかかる機構を神は『意識』と呼び、対応するウラ三次元の素粒子『思念球』とリンクさせた。

『種類にしたがって出せ』とは、ウラとオモテがリンクする様子を記録者が見て、思い浮かべた言葉だ。

第二十五節

神は地の獣を種類にしたがい、家畜を種類にしたがい、また地に這うすべての物を種類にしたがって造られた。神は見て、良しとされた。

神はオモテ一次元にある全ての素粒子にウラ三次元の世界を対応させた。我々の住むオモテ世界の至る場所に思念が満ちている理由だ。全ての素粒子は神の造った法則に従う。

第二十六節

神はまた言われた、「われわれのかたちに、われわれにかたどって人を造り、これに海の魚と、空の鳥と、家畜と、地のすべての獣と、地のすべての這うものとを治めさせよう」。

ここでの『人』は『思考する意識』を指している。『特に思考能力が高い意識は、私と同じようにこの世界を治めることになる』と神は考えた。これは知的生命体のことを指している。

第二十七節

神は自分のかたちに人を創造された。すなわち、神のかたちに創造し、男と女とに創造された。

ここで神は意識に二種類（男と女）の性質を与えた。一つは『外への発散』、つまり世界との繋がりでロゴスと名付けた。これが君の「意識と世界はもともと一つだった」の真相だよ。君がボクに話してくれた日のこと、覚えてるかな？

もう一つは『内への発散』、感情や知覚のことで、パトスと名付けた。これにより「痛み」や「苦しみ」などの思念球がウラ三次元に生まれた。これらは脳が生み出しているのではなく、脳はその媒介を果たしているに過ぎない。

残念ながら現代科学を凌駕するこれらの知見も、伝承者により当時の常識に書き換えられてしまった。

第二十八節
神は彼らを祝福して言われた、「生めよ、ふえよ、地に満ちよ、地を従わせよ。また海の魚と、空の鳥と、地に動くすべての生き物とを治めよ」。

神は物質の躍動と同様、意識の躍動を祝福した。

第二十九節
神はまた言われた、「わたしは全地のおもてにある種をもつすべての草と、種のある実を結ぶすべての木とをあなたがたに与える。これはあなたがたの食物となるであろう。

神は全ての物質と法則の意味を思念球としてウラ世界に残すことを決めた。これにより『知的生命体』はこの世界の法則を理解し、それを活用することで繁栄することになるだろう。

第三十節
また地のすべての獣、空のすべての鳥、地に這うすべてのもの、すなわち命あるものには、食物としてすべての青草を与える」。そのようになった。

前節の「あなたがた」は《見る者》を指している。［知る者］にもその能力の一部を授けることにした。

第三十一節
神が造ったすべての物を見られたところ、それは、はなはだ良かった。夕となり、また朝となった。第六日である。

第二章の第一節から第三節
こうして天と地と、その万象とが完成した。神は第七日にその作業を終えられた。すなわち、そのすべての作業を終って第七日に休まれた。神はその第七日を祝福して、これを聖別された。神がこの日に、そのすべての創造のわざを終って休まれたからである。

第六日と第七日にこれといった記述がないのは、六次元と七次元を神がほぼ同時に造ったからだ。これにより宇宙は突然生成し、ビッグバンという派手な始まり方をした。神はそれを祝号のようだと喜んだ。

難しい解読になったかな？　お疲れさま。それでは健闘を祈る。

間宮惣一

最後の方は特に字が乱れていた。僕はその手紙を綺麗に折りたたみ、胸ポケットにしまった。
床に座り、ベッドに寝ている間宮を見た。おそらく間宮の意識はもうこの世界に戻ってこない。
彼がそう断定しているのだから、それは間違いない。
もし治療で復活することがあったとしても、それは僕の知っている間宮とは別の存在である可能性が高い。ジョンの話もそれを裏付けている。

だとしたら僕のするべきことは一つだ。僕がウラ三次元に繋がり、間宮を見つけないといけない。そして可能なら彼をこの世界に連れてくるのだ。問題はそんなことが可能なのかどうかだ。

僕は座禅を組んだ。仮面浪人の時によくやった瞑想を始めてみる。僕は『彼』を召喚する。部屋の温度が低下し、次の瞬間、彼は僕の後ろに座っている。そして僕に耳打ちをして昔の瞑想の時と同じフレーズを囁く。

僕は精神を集中する。

何も起きない。ダメだ。

僕は間宮に背を向ける形でベッドにもたれかかった。『彼』は隣でクスクス笑っている。

「気持ち悪いな、笑うなよ」

「だってさ、間宮を追いかけないといけないのに、どうして『ボク』を呼べばいいと思ったの？」

「君なら力になると思ったから呼んだんだ」

僕は膝を両手で抱えて、目を閉じる。そうだ、僕は意識の内面に潜るのではなくて、間宮の意識を追いかけないといけないのだ。

僕は隣に座っている『彼』を見た。僕は初めて『彼』に顔を与えることにした。その透明な顔の輪郭に、間宮の顔を重ねる。

今、『間宮』が僕の隣に座っている。彼はニコニコしながら僕のことを見ている。

「ようやく気がついた？」

『彼』が話した。間宮と同じ声だった。

「うん。もうだいぶ前からそんな予感はしていた」僕は息をつく。目頭が熱くなった。

「間宮と僕はずっと繋がっていた。僕は『彼』を通して君を知っていたし、君は赤いアメーバを通して僕のことを知っていた」

『間宮』は優しく微笑んだ。

「それだけじゃないよ。この部屋で何度も君と同じ人生を繰り返した」

「なんとなく分かっていたよ。でも口に出せなかった。君に否定されるのが怖かったんだ。曖昧なままでいいと思った」

『間宮』はそれに対して答えなかった。間を置いてから言った。

「そろそろ行く？」

「うん」

僕が答えると、『彼』は前を見て項垂《うなだ》れ、呟いた。

「うるさいなあ、もう……」

僕は立ち上がり電気を消し、また同じ場所に座った。部屋は真っ暗になったけど、わずかに床が発光していた。僕は大きく息を吸い込み、ゆっくりと息を吐き出す。『間宮』は隣で耳を塞ぎ、うつむいている。この部屋はうるさいのだ。そして明るすぎる。

何か低い声が聞こえてきた。はじめ僕はベッドで寝ている間宮の唸り声だと思ったが、違った。それは人の神経を逆撫でするような嫌なリズムを刻んだ。次第に音量をあげ、輪郭がはっきりしてきた。

それは英語で罵倒する男の声だった。同時に十人くらいの男が途切れることなく悪口を言い続けている。うんざりするほど酷い内容だった。

「うるさいなあ、もう」

『間宮』の声が聞こえた。間宮はいつもこんな幻聴を聞かされていたのかと思うと、胸が締め付けられた。

その時、目の前にいた拳くらいの大きさの小人と目が合い、飛び上がるほどびっくりした。彼は不自然なほど目と鼻が大きく、口が小さかった。顎髭を生やし、緑のとんがり帽子をかぶっている。彼の皮膚はぼんやりと発光していた。

ふと見回すと床一面が無数の同じ背格好の小人で輝いている。彼らは僕たちを囲むように少しずつ移動していた。そして各々《おのおの》がバラバラに点滅を繰り返していた。僕は思わず目を閉じたが、彼らは視界から消えなかった。目を開けても閉じてもそれは同じ場所で光り続けた。

間宮が話していた光と音の規則性を探し出そうとした。しかしまったく分からないばかりか、あまりにも神経を逆撫でする音と光で気が触れそうになった。これはストロボライトを直視しながら、黒板をフォークで擦《こす》る音を聞いているような感覚だ。ほんの数秒でも耐え難い。

僕は音と光に注意を向けるのを止め、隣に座っている『彼』に意識を集中した。『彼』に話しかけても反応はない。時々「うるさいなあ、もう」と呟くだけだ。

手を伸ばして『彼』に触れてみる。ちゃんと手の先に感触が伝わってくる。僕はとても安心した。視覚も聴覚も不自由になった今、触覚がここまで安心感を及ぼすものだとは。間宮がよく僕に触れたことを思い出し、息苦しくなった。

『彼』に近寄り、手を握った。僕と間宮は深いところで強く繋がっているのだ。僕が間宮を見つけ出せないはずがない。

次の瞬間、光と音がかっちりと重なり、共鳴するような感覚が起きた。それと同時に頭をハンマーで叩きつけられるような衝撃を覚えた。痛みはないが、脳だけが頭蓋骨から飛び出すような感覚だ。それが何度も何度も、光と音のうねりがそろうたびに同じ衝撃に襲われた。

気がつくと、後ろから巨大で長いストローに吸い上げられる感覚に包まれていた。僕の意識は身体から離れ、まばゆい光の中を後ろ向きに移動していた。その間、間宮が話していた宇宙創生の情景が意識の中を流れた。それは言葉にし難い体験だった。水が波立ち、地が揺れた。地と水が分裂と結合を繰り返し、瞬く間におおぞらの中を広がった。おおぞらは恐ろしいほど明るく光り輝き、無数の深い闇がその中に落ちていった。


気がつくと僕は同じ部屋の中にいた。部屋の中はとても明るく、間宮が女性用のワンピースを着て、デスクチェアに座っていた。

「やあ」と彼は言った。

「やあ」と僕は言った。

「これが君のイメージなの？」

彼は自分が着ているワンピースを引っ張った。僕は顔が赤くなるのを感じた。

「どうして？　ここがウラ三次元なの？　それとも僕の空想の中？」

気がつくと彼はいつものスウェットの格好をしていた。

「ここでは距離次元が曖昧なんだ。だから姿かたちはあまり意味をなさない。こんなふうにね」

彼は手を差し出した。指の形が波面のように揺れている。

「見える物はあまり気にしなくてもいい。それよりも時間軸がはっきりと見えるはずだから、そこに注意を向けると意識が安定する」

僕はしばらく試してみる。まったく分からない。僕が首を振ると彼はクスクス笑った。彼はまたワンピースの格好に戻っていた。

「タムラ、追いかけてきてくれてありがとう。最後に君に会えて本当に良かった」

「僕と一緒に戻ろう」

　彼は首を振った。

「戻っても同じことが起きるだけだ。ボクはすぐ正気を失うだろうし、君は時間を消耗し続ける。そして消えかかったボクの足跡を辿ってウラ世界と行き来してるうちに、いつか君も迷って戻れなくなる。だから今回で終わりにするべきだ」

「そんな……だったらどうして僕を呼んだの？」

「タムラにボクが経験したものを知ってほしかった。君とボクはずっと、互いを補完しながら生きてきた。だから君にもウラ三次元を体験してほしかったし、そうするべきだと思った」

　僕はその意味を考えた。間宮は話し続けた。

「タムラはこれから与えられた人生をしっかり生きるんだ。君はこれから多くの人と出会い、様々な困難と向き合う。オモテ世界とウラ世界は違う。考えてばかりではダメだ。同時に動き続けないと目の前の状況はどんどん悪化し、君と周りの人は不幸になっていく」

　僕は笑った。

「学校の先生みたいなこと言うなよ」

　次の瞬間、僕たちは教室にいた。間宮は教壇に立ち、僕のことを見下ろしていた。彼は先ほどより大人びて見える。スーツを着て、ネクタイを締めている。

「おいおい、どうしたの？」

　僕は立ち上がり、彼の元へ寄る。スーツ姿の彼は背を向けて歩き始める。彼はそのまま黒板の中に呑み込まれた。

　次の瞬間、黒板と教壇が遠のき、代わりに目の前を長い廊下が延びていた。僕は気がつくと雑巾を手に持っていて、その長い廊下を前に立ち尽くしている。

「ちょっと、何だよ、これ」

　室温が低下する感覚を覚える。『彼』が僕の後ろにきた。彼に顔はなく、人の輪郭をした透明な物体だった。『彼』は後ろから両手で僕を抱きかかえた。

「帰るよ」

「ちょっと待てよ。こんな別れ方あるかよ」

　気がつくと目の前の廊下の上下左右がどんどん狭まっていき、奥に向かって無限に伸びていく。突然真空が発生したように、その伸びていく廊下の先に僕は吸い込まれていく。ものすごい速さだ。

　廊下はどんどん狭まっていき、僕の体もその先の一点に向かって小さくなる。どんどん——どんどん小さくなる。

※

「光あれ」

　自分の呟きで目を覚ました。ジョンが心配そうに僕の顔を覗き込んでいる。

「おいおい、大丈夫かよ。うなされていたぞ」

　僕はハッとして起き上がった。

「間宮は？」

振り返ると間宮が仰向けになってうなされている。部屋は明るく、間宮の顔が久しぶりにはっきりと見える。とても衰弱していて、ショックを受ける。

僕はハッとした。

「こんなに明るくしたらダメじゃないか」

間宮は正気を失っている時でも、よく目を開けるのだ。僕は慌てて立ち上がる。

「慌てるな。兄貴の目に完全に光を遮断するコンタクトレンズをいれた。だから大丈夫だよ」

それを聞いて安堵する。

一歩下がって見ると、彼の腕には点滴が繋がれている。医師と看護師、そして複数の使用人がいて、彼のことを運び出すための担架を準備している。

「もう、行くの？」

「ああ。時間がない。今からプライベートジェットでシアトルに向かう。治療はプライベートジェットの中で始める予定だ」

「そう……」

僕は肯いた。多分、間宮は戻ってこない。

間宮が担架で運ばれた後、僕は部屋に戻り、これからのことを考えた。間宮は僕の将来を案じていた。彼のためにも頑張らないといけないのだ。

だが一方で驚くほど身体が重かった。僕は歯も磨かずに寝床に就き、翌日の同じ時間に目が覚めた。

目が覚めると身体はまだ重く、喉に綿が詰まったような感覚があった。

僕は部屋の中を見渡した。ここは間宮がいない世界だ。僕は想像以上にショックを受けていた。

何もする気力が湧かなかった。

僕は『彼』を呼んでみた。何も起きなかった。こんなことは初めてだ。何度も呼んだが、やはりやってこない。

目を瞑り、両手で顔を覆った。一体この先、何を拠《よ》り所にして生きていけばいいのだ。

16　シモーネ＝ウィリス

間宮と別れた後も、しばらく駒場図書館に通い続けた。しかし僕の能力の減衰は明らかで、間宮と出会ってから理解したはずの教科書の内容がさっぱり分からなくなった。

一度金子にそのことを話したら、彼は満面の笑みを浮かべて僕の肩に手を乗せた。

「つまりあれや、分かったつもりになっとったんやな。よくよく考えたら全然分かってへんかったんやろ」

彼は嬉しそうだった。僕は首を振った。

司書も間宮と別れてすぐにいなくなった。新しく来た司書にそれとなく訊いたら、地方へ転勤したらしい。

やがて図書館からも足が遠のき、僕はパチンコばかり打って過ごすようになった。

※

間宮がいなくなってから一年が経った。僕はほとんど大学に行かなかったが、試験は全てパスし、無事進級できた。蔵野と岡田とは例の事件以来ますます疎遠になっていたが、ある時蔵野から電話がかかってきて、間宮のその後が分かったと伝えられた。

僕は指定された渋谷の名曲喫茶で彼を待った。店内は『フィガロの結婚』の「だれか来ーい、武器を持って来い」が流れていた。彼は十分ほど遅刻してやってきた。

「いやあ、悪い。遅刻した。こう毎日暑すぎると参るね。ノボル、久々だけど酷い顔色してんな。ちゃんと食ってんのか？」

彼は顔から噴き出す汗をおしぼりで拭いた。僕はタバコの煙をくゆらせながら首を振った。

「ちなみに俺は株で酷い目に遭ったよ。ドットコムバブルが弾《はじ》けて、資産が半分以下になっちまった。辛《つれ》えけど、まあ仕方ねえ。それでもマシな方だったから」

「そうか……」

僕は目を瞑った。世の中ではそんなことが起きていたのか。彼が口を開いた。

「同級生から聞いたんだけど、間宮は自主退学したって話だ。学生課で教えてくれたらしい」

「まあ……そりゃそうだよね……」

「何だ、そんな気がしてたの？」

「うん……」

自分でも驚くほど覇気のない声だった。

「あともう一つ。これは驚くぞ」

彼は雑誌を出して、付箋が貼ってあったページを見開いて僕に見せた。

『ジョン＝ウィリス失脚。後任は彗星のごとく出現した絶世の美女シモーネ＝ウィリス。その謎に迫る！』

そこに載ってる白黒の写真を見て、僕は目を見開いた。間宮だった。彼が女性のスーツを着て、車に乗りこもうとする姿をとらえた写真だった。

「これ、間宮に似てないか？」

「うん。似てる」

間違いなく彼だ。ただ女性の格好をしているのと、目がとても冷たい。

記事の内容に軽く目を通してみると、彼の過去の核心に迫る内容は一切なく、安心した。

「いやあ、俺はジョン＝ウィリス来日以来、彼の動向を記事で追ってきたんだけどな、なんか一年前から急に弱々しくなっちまって……何かあったんだろうな」

彼はタバコに火をつけ、あらためて雑誌の中の女性を見た。

「間宮に似てるけど……まあ本人のわけねえか」

※

それから三日後、知らない番号からＰＨＳに着信があり、出てみるとジョンからだった。

「おい、お前の家で会いたい。今から行っていいか？」

「うん、いいよ」

パチンコの途中だったけど、まったく当たらずやめ時を探していたところだ。僕は一年前に引っ越した文京区の下宿先の住所を教えた。

家に戻ってすぐにインターホンが鳴った。ドアを開けると、白い帽子を被って無精髭を伸ばしたジョンが立っていた。

彼を部屋にあげて、向かい合って床に座った。彼は汗をかいていた。僕はエアコンのリモコンを手に取り、室温を下げた。

「なんかちょっとワイルドになったね」

「ああ、俺は結局度胸が足りねえってことで、今じゃウィリス家の小間使いだ。今日は姉貴に命令されてお前に会いに来た」

「シモーネ＝ウィリス？」

「ああ、そうだ。知ってたか。今や兄貴じゃなくて、姉貴だ。気になるだろうから差し障りのない範囲で話しちまおう。絶対口外するなよ？」

僕は肯いた。

「あの後、姉貴は治療を開始してすぐに意識が戻った。ところが不思議なことに日本語を綺麗さっぱり忘れてたんだよ。そして話せなくなった英語は元に戻っていた。病気になった時は、英語は辿々しくなら話せたんだ。でも今回、日本語を綺麗さっぱり忘れていた。そして日本にいた頃の記憶もほとんどなくて、ただ幻聴と幻覚に苛まれたことだけは覚えていた。不思議だよな」

僕は肯いた。やっぱり僕の知っている間宮はこの世界を去ったのだ。

「もちろん《見る》能力も失われた。そしてこれはもっと不思議なんだけど、薬を減らしても症状が落ち着いているから医師団が思い切って薬をやめたんだ。それでも姉貴の病気は再燃しなかった」

彼はうつむいて、ため息をついた。

「ただ残念というか、祖父は大喜びだけど、彼女は昔と同じ冷酷な人間に戻った。病気が治ってからウィリス家のダークな仕事を喜んでこなしてる……今じゃ彼女にみんな戦々恐々だよ……もちろん俺への情けなんて一切ねえ。祖父は『油断したらワシまでやられそうだ』って大はしゃぎよ。本当にあいつらの考えてることは分からねえ……」

彼は両手で顔を覆った。ジョンは本当にいいやつだ。

「ねえ、そんなことをペラペラ話していいの？」

彼は目を見開いた。

「ああ、やべえよ……だけど我慢できねえんだ。色々知ってるお前に会ったら話さずにいられねえ……お前分かってるな？」

「うん。秘密は守るよ」

「さて本題に入るが、姉貴と祖父がお怒りだ。お前が機密文書を盗み出したと言って、産業スパイの罪で訴えようと画策している。今日は一応確認をとりに来た」

僕は目を丸くした。

「何で？　そんなことまったく心当たりがないよ」

彼はため息をついた。

「そうだよな。俺はお前がどれだけ姉貴に献身的に尽くしてきたかよく知っている。そんな人間を嵌《は》め込もうなんて、姉貴も祖父も狂ってるよ……」

だからペラペラ話すのはやめた方がよいのではと思ったが、黙っていた。

「でも何だろう？　僕は間宮の家から何かを持ち出したことなんてない……本当に心当たりがない」

「『機密文書』だからな。何かが書かれた紙を持ち出してないか？」

背筋が冷たくなった。もしかして間宮から受け取った手紙のことだろうか。

僕は立ち上がり、机の棚に挟んであったクリアファイルを取り出し、そこから用紙を一枚とって彼に手渡した。

「間宮から受け取った手紙だよ」

彼は用紙に目を落とす。

「何だこれ、意味不明な日本語が殴り書きされて全然分からんな」

彼から返してもらった手紙を久しぶりに読んでみる。本当に何も分からない。

「まあしかし、これのことだろうな。多分この部屋にすでに手先が侵入して、写真を撮られてるぞ。お前、間違いなく訴えられるし、十年は刑務所に閉じ込められるな。しかも日本じゃなくてアメリカの刑務所だ」

ゾッとした。この文書一枚でそんなことになるなんて。

「ねえ、間宮はここに来るの？」

ジョンは笑いながら首を振った。

「姉貴は忙しくてそれどころじゃねえよ。だから小間使いの俺が寄越されたんだ」

その時ドアが開き、人が入ってきた。黒いスーツを着た中年の黒人男性二人だった。彼らの一人が僕から文書を奪い取った。

ジョンは叫んだ。

「What, were you eavesdropping on us?」

（何だ、お前ら？　まさか盗み聞きしてたのか？）

「Lady Simone is angry with you, Mr. John」

（シモーネ様がお怒りです、ジョン様）

「姉貴……」

ジョンの顔色がみるみる青くなった。彼は黒人男性の間の空間に目を釘付けにしていた。

そっちを覗き見ると、間宮が立って僕のことを見下ろしていた。彼は化粧をしていて、女性用のスーツを着ていた。

その姿を見て、目頭が熱くなった。最後に会った日のやつれた姿が嘘のように頬がふっくらし、身長も少し伸びたようだ。

僕は立ち上がり、間宮に近づこうとした。すると二人の黒人男性に取り押さえられ、無理やり座らされた。

「いたた……」

僕は両腕を押さえられながら間宮を見上げた。彼女は僕の前に立ち尽くし、切れ長の目で僕を見下ろしていた。無機物を見るような目で、ゾッとした。彼女は口を開いた。

「Can't believe this little rat actually stole confidential documents」

（よくも機密文書を盗んでくれたなこの子ネズミが）

僕は首を振った。

「違う、あれは僕への手紙なんだ。手紙というのは宛てた人へあげるものだろう」

僕を取り押さえた黒人が英語で通訳する。彼女は本当に日本語をさっぱり忘れてしまったようだ。

「Who's gonna believe such a cock-and-bull story? Anyway, you know too much. You're going to jail for a while」

（そんな与太話を誰が信じる？　お前は色々知りすぎた。お前には当分刑務所に入ってもらう）

僕は目を瞑った。これが最後に間宮が話していたことの意味だろうか……忠告を真摯《しんし》に受けとめていれば、手紙のことまで注意が向いたかもしれない。

「あれ以来、僕は死んだも同然の人生を送っていたんだ。あの時、君と一緒にウラ三次元にとどまれたらどんなによかったか……」

僕は彼女のことを見上げて、微笑んだ。

「君と過ごした時間は特別だった。真の天才と過ごした半年間はきっと何物にも代え難い。だから……本当にありがとう」

通訳が彼女に話す。彼女は嘲笑を浮かべた。

「We've already tipped off the Japanese cops. Just hang tight here for now」

(日本の警察にはすでに話を通してある。とりあえずここで待ってな)

彼女はジョンを睨みつけた。僕を押さえている黒人男性の相方に指示を出し、ジョンを外へ連れ出した。まさに人を顎で使うような指示の出し方だ。

部屋には僕と彼女と黒人男性一人になった。

彼女は言った。

「I'll be waiting in the car, so hand this little rat over to the police」

(私は先に車で待ってるからこの子ネズミを警察に引き渡して)

「Understood, Miss Simone」

(了解しました)

彼女は踵を返して玄関へ歩いた。僕は目を瞑った。

間宮の意識は別の世界にあるが、彼の肉体は今は女性として生き生きとしている。幸せになったのだ。それだけで僕は十分だ。

室温が低下する感覚を覚える。とても懐かしい感覚だ。

僕は目を瞑っていた。その間、沈黙が部屋を包んでいた。目を開けると彼女がさっきと同じ場所で、背を向けたまま立っている。僕を押さえてる黒人男性が声をかけたが、反応がない。

次の瞬間、彼女は振り返り、ゆっくりと近寄ってきた。僕の前で腰をかがめ、顔を覗き込む。目を細めて、何かを検分するような表情を浮かべた。

僕の横にいる黒人が上擦《うわず》った声で言った。

「Is everything alright, Miss Simone?」

（シモーネ様、どうかされましたか？）

彼女は立ち上がり、眉ひとつ動かさずに話した。

「I've changed my mind. Let's bail. Make sure to tell the cops we're backing out」

（気が変わった。帰るぞ。警察には取りやめと伝えておけ）

「What are we gonna do with this classified document?」

（この機密文書はどうしますか？）

「You can just toss that trash」

（そんなゴミは捨てろ）

彼女は踵を返し、足早に消えた。黒人はその後ろ姿を追いかけるように出ていった。

僕は部屋に一人取り残された。しばらく動けなかった。目の前には黒人男性が置いていった手紙がある。僕はそれを燃やそうか迷ったが、そのまま取っておくことにした。僕が持っている物で、ただ一つの間宮が存在した証拠なのだ。処分するわけにはいかない。

アパートの外に出ると、蟬《せみ》の鳴き声が響いていた。街路樹は濃い緑を生い茂らせている。僕は目の前に延びる道を見た。

とにかく前を向いて、歩いてみよう。考えるばかりではなく、実際に動くことがオモテ世界では大事なのだから。

第二部

東大病院の天使

1　東大病院

２００３年　秋［25歳］

本郷《ほんごう》三丁目駅から歩くこと十分、東大病院のエントランスに辿り着いた。

ジーパンのバックポケットから折りたたみ式ケータイを取り出し、時刻を確認する。午前八時五十分。肝臓外科実習の集合時間まで十分の余裕がある。いつもの習慣で、エントランスに向かって右手にある休憩スポットに立ち寄った。

ベンチの横の自販機でホットコーヒーを購入した。初老の男性二人が吸い殻入れの前でタバコを吸っている。一人はパジャマの上にジャンパーを羽織り、もう一人は紺のスウェットを上下に着ている。

彼らから少し離れた場所でコーヒー缶の蓋を開け、口元に運ぶ。タバコの代わりに、ジーパンのコインポケットからニコチンガムを取り出し、それを口に含んだ。歯茎と唇の間に挟むとピリッとした刺激が広がる。

一ヶ月前から禁煙を始めていた。何度目の挑戦か、もう数えるのをやめている。最近は『肺を休める』くらいの軽い気持ちで臨んでいる。

朝空を見上げると、雲一つない秋晴れが広がっていた。その空の下に東大病院のエントランスが佇《たたず》んでいる。総ベッド数約九百床、一日外来患者数二千人を超えるマンモス病院の朝は慌ただしい。エントランスには途切れることなく患者や職員が流れ込んでいる。

自動ドアから紺のスーツを着た三人の白人男性が現れた。一人はトランシーバーのマイクを口元に近づけて喋っている。他の二人は顔を動かして遠くを見渡している。誰かを捜しているようだ。

しばらくして若い白人女性が出てきた。ショートヘアの金髪で、やはり上下に紺のスーツを着ている。下はスラックスだ。顔だけ見ると十代後半に見える。彼女は左手にラップトップパソコンを持っている。PCモニターを覗きながら、先に出てきた三人に指示を出している。

僕は彼女のことを知っている。名前はソフィア……未成年ながら使用人長を任され、シモーネの付き人でもある。昨日シモーネと四年ぶりの再会を果たした際、ソフィアが手引きをしてくれた。

昨日は夢の中にいるような時間を過ごした。そして今、目の前の情景が夢の続きに見える。

僕は吸い殻入れがある奥の方へ移動した。なんとなく、ソフィアに休んでいるところを見られたくなかった。

先客の二人はタバコを吸いながらSPたちの様子を眺めていた。

「お偉いさんが入院してるのか」

紺のジャージを着た男が呟くと、パジャマ姿の男は肩をすくめた。

「昨日から病棟のエレベーターホールに警官が一人駐在してんだよ。この病院に通い始めて十年になるけどな、あんな光景は見たことねえ」

「へええ……警察が。そりゃ政治家だな」

「それがな、あんな感じでスーツ着た外人さんが病棟内を闊歩《かっぽ》してるのよ……外国の要人じゃねえかな」

「へえ、凄いことになってるな。静かにやってくれりゃいいけど」


ふとケータイを見ると、八時五十九分を過ぎていた。

――しまった……二人の話に聞き入ってしまった。

缶コーヒーを空き缶入れに放り投げ、小走りで入り口の自動ドアに向かった。

ソフィアの姿が目に飛び込んだ。彼女はラップトップパソコンを左手に持ち、右手でキーボードをものすごい速さで叩いていた。

彼女のそばを通り過ぎて自動ドアを抜けると、吹き抜けの空間が広がっている。エアコンの効いたぬるい風が頬を撫でた。

エスカレーターの手前に自動受付機が並んでいて、多くの患者が列を作っていた。僕はその一帯を早歩きで迂回《うかい》し、奥のエスカレーターに乗り込んだ。

今日から二週間、肝臓外科の実習が始まる。事前情報によると時間には相当厳しいらしい……初日の遅刻はかなりの痛手だ。

エスカレーターを降りるとすぐにカバンから白衣を取り出し、それを羽織りながら肝臓外科の外来に向かった。受付カウンターに辿り着いたとき、壁の時計は九時三分を指していた。

カウンターは無人だった。横に設置されたスイングドアを通って奥に入る。その先には外来ブースを横断する連絡通路が延びている。いわゆるバックヤードと呼ばれる場所で、看護師や医者はここを通って複数の診察室を行き来している。

患者の待合室がわりと騒々しい一方で、バックヤードは静かなことが多い……僕にとっては落ち着く空間でもあった。

だが今はあまりにも静かすぎる……誰もいない。

奥から二番目の外来ブースを覗くと、三人が集まっていた。

診察デスクのチェアに男性医師が座り、一人の女性医師と一人の女性看護師がその背後に立っていた。三人ともこちらに背中を向けてパソコンのCRTモニターを覗き込んでいる。僕に気づいている様子はない。

遅刻した手前、声をかけにくい……黙ってその様子を眺めることにした。

「おかしいな、こんなこと初めてだよ」

男性医師はフラットなトーンで言った。彼はマウスを動かしたり、キーボードを叩いたりしている。女性医師が彼に話しかけた。

「検査結果が見れないんじゃ、外来回らないですよね」

その時、彼女の院内用PHSが鳴った。

「もしもし？　システム担当の方ですか？　はい、先ほど電話をかけましたよ、何度も。全然繋がらないんで。え、障害が起きてるのはウチだけなんですか？」

彼女は大きな声でやり取りを始めた。

中年の女性看護師がその様子を見て憮然《ぶぜん》とした表情を浮かべた。埒が明かないと思ったのか、何も言わずに待合室側のドアから外に出た。

椅子に座っている男性医師は相変わらずCRTモニターを凝視している。

「あ、見れる」

男性医師がマウスをカチカチと鳴らしながら言った。女性医師はその様子を見て、「大丈夫そうです」と言って電話を切った。

「よかったですね！　じゃあ私、戻りますね」女性医師が踵を返した時、僕の姿に気づいた。

「あれ、学生さんだよね。ずっとここにいたの？」

「はい、なんか大変そうだったんで……声をかけられず、すみません」

「いや、別にいいよ。私たちもドタバタしてたし。えーと、名前はタムラ君だったよね？　午前中は立花《たちばな》助教授の外来を見学することになってるから。ちゃんと挨拶してね」

彼女は後ろを振り返り、背中を向けてモニターを凝視している男性を手のひらで示した。彼が立花助教授らしい。

「私の名前は小島《こじま》、ここにはいないけど飯田《いいだ》先生と二人でタムラ君の面倒を見ることになってるから。それじゃ、また後で」

彼女は早口でそう言うと、隣の外来ブースに移動した。

僕は男性医師のそばに寄り、自己紹介をした。彼は軽く会釈をすると、すぐにモニターに目線を戻した。

僕は見学者用の丸椅子に座り、あらためて彼を観察する。

センター分けの髪型をしていて、眉毛が濃くて綺麗な形をしている。先ほどからずっと真顔を崩さない。助教授らしいが、ずいぶん若く見える。三十代前半ではないか……。

白衣の下はワイシャツで、青いストライプの入ったネクタイを締めている。下は紺のスラックス、黒い革靴を履いている。

立花先生は腕を組み、ようやくモニターから目を離した。

「うん、大丈夫そうだ。突然のことでビックリしたよ。九時前に急に画面が真っ白になってね……」彼は髪を右手でかきあげ、真《ま》っ直《す》ぐに僕の目を見た。

「肝臓外科助教授の立花です。よろしく」

「よろしくお願いします」

僕があらためて会釈すると、彼は満足そうに肯いた。そして気が付いたように腕時計を見た。

「ところで今九時十分だけど、君はいつからここにいたの？」

「はい……『九時頃』にはここにいました」

九時前と言えばいいのに……と我ながら思う。でも嘘をつくのは苦手だった。

彼はふっと笑い、再びパソコンに目を戻した。

「まあ誰も見てなかったし……今回はお咎《とが》めなしでいいよ」

僕はほっとした。

彼はモニターにまた目線を戻した。あらためて彼のことを見直すと、その若さに違和感すら覚える。肝臓外科は世界的にも有名な医局と言われている。その中でナンバー2の助教授なら、五十代前後のイメージがあるが……彼はあらためて見直しても三十代前半だ。

僕はカバンを開けて、ノートとボールペンを取り出した。彼はそれをチラリと見た。

「ノートを取るのはいいけど、患者さんの前ではやめようね」

「はい。分かりました」

彼は画面を見ながら、少し大きな声を出した。

「アルブミン、ビリルビンを見ると……それほど焦る数値でもないね」

「そうなんですよ」小島先生の声が壁の向こうから響いた。

「例のＶＩＰ患者ですよね？　私も気になりました。来週にねじ込む必要があったんですかね」

普段から壁越しに話しているようだ。彼は僕の方を向き直った。

「来週の月曜日にすごいＶＩＰの生体肝移植が入ってるんだよ」

「そうなんですね……」

そのＶＩＰ患者の名前を、昨日シモーネから知らされていた。チャールズ＝ウィリス。彼女の祖父だ。

「まあ……うちは世界中からＶＩＰが集まるけど……今回は本当に特殊だね。十四階の部屋を全部貸し切って、ＳＰがゾロゾロ院内を練り歩いてるんだから」

彼はずっと真顔のまま話している。すごいポーカーフェイスだ。

十四階はＶＩＰが泊まるための特別室が揃っている。一部屋の料金は一泊十五万前後……全室貸し切ったら一泊だけでも数百万はかかるはずだ。

その時、先ほどの中年女性の看護師がバックヤードから現れた。

「先生、患者さんが待ってますので」

「ああ、すみません」

立花先生はサイドテーブルに並んだ一番左端のカルテを取り、マイクで患者の名前を呼んだ。

患者が入ってきた。立花先生よりずっと年上の五十前後の男性だ。非常に緊張した表情で、深々と頭を下げてから椅子に座った。

カルテを読んでみると、患者は一年前に肝臓癌《がん》を患い、『肝区域切除術』と呼ばれる手術を受けている。

「とまあこんな感じです。数値を見る限り悪くないです」

立花先生の言葉を聞いて、患者は胸を撫で下ろす。

「ではエコーで肝臓の状態を見ましょう。診察台に寝てください」

診察デスクと反対の壁際に診察台が置かれている。患者は靴を脱いで仰向けになり、自分でワイシャツを巻き上げる。患者の枕側にはエコー、つまり超音波断層装置が鎮座している。

立花先生は、その装置とケーブルで繋がっているプローブを手に取った。プローブは扇形で、手のひらに収まる大きさだ。扇の孤に相当する部分を患者の右季肋部《みぎきろくぶ》、つまり右の肋骨《ろっこつ》付近の脇腹にあてる。装置に付属するＣＲＴモニターに、患者の肝臓が浮かび上がる。

三十秒程度操作を続けた後、彼は淡々とした表情で言った。

「変わりないです。次は半年後でいいでしょう」

患者は無邪気な笑顔で起き上がった。入ってきた時と同じように深々と頭を下げ、診察室を去った。

立花先生はカルテに所見を書き、サイドテーブルの横に引っ掛けられた平たいボックスに放り込んだ。バックヤードから看護師が現れ、そのカルテを持っていく。

彼の外来は経過の良い術後患者ばかりで、回転が早かった。

パソコンで血液検査の結果を説明した後、診察台で肝臓の様子を超音波でチェックする。「問題ないですね」と立花先生が言う。患者の緊張が一気に解ける。その繰り返しだ。

十一時を過ぎて患者の波が途切れ始めた頃、隣の診察室から小さなイビキが聞こえた。僕が壁に目をやると、立花先生が呟いた。

「医局員は慢性的な睡眠不足だからね。外来の合間に仮眠をとる先生が多いよ」

僕はギョッとする。

「普段から寝られないほど忙しいんですか？」

「そうだね。生体肝移植は二十時間かかるし、その他の肝臓手術も八時間程度はかかる。術後の病棟管理も気を抜けないし、当直の合間に論文も書かないといけない……となると寝る時間を削るしかないよね」

まるで試験範囲の説明でもするかのように淡々と語っているが……背筋が凍るような話だ。

「土日は休めるんですか……？」

恐る恐る聞くと、彼は首を横に振った。

「肝臓外科トップの神月《かみづき》教授の信念が『医者に休日はない』だからね……土日も普通に手術の予定が入ってるよ」

僕は唖然とした。まるで修行僧のような生活だ……。

そのわりに立花先生は若々しく、血色が良く見える。僕が不思議そうに眺めていると、彼は言った。

「幸か不幸か僕はほとんど寝なくても大丈夫な体なんだ。ずっと働いてるけど、今のところ問題が起きてない」

「え、寝ないんですか？」

彼は肯いた。

「もちろんゼロではないけどね、普通の人にとっての仮眠で十分なんだ」

……その仮眠がきっと長いに違いない。

中年の看護師がバックヤードから声をかけてきた。

「先生、患者さんが待ってますので」

「ああ、すみません」

デジャヴを覚えるやりとりだ。

立花先生がカルテの名前を読み上げると、若い男性が入ってきた。立花先生と同い歳くらいに見える。それまでの患者は若くても四十代、ほとんどが五十代以上だった。

彼はそれまでの患者と違って表情が明るかった。短髪で体が細く、精悍《せいかん》な印象だ。椅子に座るなり笑顔で立花先生に話しかけた。

「先生。俺、今度結婚します」

立花先生はモニターを見つめている。相変わらず平板な表情をしている。少し経ってから独り言のように呟いた。

「ＰＩＶＫＡⅡ《ピブカツー》が高いね……」

ＰＩＶＫＡⅡは新しい腫瘍《しゅよう》マーカーとして注目され、東大病院ではいち早く取り入れている──と講義で習ったことがある。肝臓癌再発との相関性が高いそうだ。

立花先生の様子から何かを察したのか、青年の顔から笑みが消える。

僕はカルテに目を通した。患者の年齢は三十二歳、生まれつきＢ型肝炎ウイルスに感染している。いわゆるＢ型肝炎キャリアだ。

キャリアの人はほとんどが肝炎ウイルスと共存する形をとる。しかし一部の人の体内では、ウイルスに感染した肝細胞を免疫細胞が攻撃し、その結果荒廃した肝臓から癌細胞が生まれる。彼がまさにそのケースで、二十七歳の時に肝臓癌の手術を受けている。

「肝臓の状態を見てみよう」

患者は診察台に移動し仰向けになると、自分で上着をまくった。

彼の右上半身には、大きくて痛々しい傷痕が刻まれていた。それはみぞおちからヘソにかけて真っ直ぐに延び、へその手前で右にカーブして背中まで延びている。J字切開と呼ばれる肝臓手術特有の痕だ。それまでの患者もみんなその傷痕を持っていたが、皮膚に厚みと張りがある若い肌では余計に目立つ。

超音波を発するプローブを当てると、僕にも分かるような円形の影が複数個浮かび上がった。立花先生は無言でそれらの直径を測っていく。

「先生、再発ですか……？」

青年が絞り出すように声を出した。

「そうだね。再発してる」

立花先生は表情一つ変えず、キーボードを叩いた。

「お疲れさま。検査は終わったよ」

立花先生が声をかけると、青年は自分でシャツを戻して椅子に座った。

立花先生は彼と向き合い、再手術が必要であることを話した。青年は青ざめた表情で呟いた。

「先生……結婚はやめた方がいいですか……？」

「それは僕には分からない」

立花先生は手術のスケジュール帳を取り出して、ボールペンで必要な情報を書き留めた。患者は無言でその姿を凝視していたが、ふと僕の方を見て言った。

「困ったな。俺、どうしようかな？」

彼は真っ赤な目で微笑んだ。僕は何も答えられず、うつむいた。

立花先生がマイクで看護師を呼んだ。先ほどの看護師がバックヤードから現れ、台帳を受け取る。

「一ヶ月以内でオペの予定を入れてください」

そのやりとりを見て、患者は肩を落とした。無念という表情を浮かべている。

患者が診察室を出たあと、立花先生はため息をついた。

「リオペ、つまり再手術は初回の手術より難易度が高いんだ……組織の癒着が強いし、出血も多くなるからね」

彼は淡々と話した後、マイクで次の患者を呼んだ。


十二時過ぎに外来が終わった。立花先生は僕を見て「何か質問ある？」と訊いてきた。

再発患者の真っ赤な目が頭から離れなかった。

「癌が再発した若い人……大丈夫でしょうか」

立花先生は首を横に振った。

「さっきも言ったけど難しい手術になるよ。今回は四つある癌のうち、三つがアプローチの難しい背中側にある。だからなおさら難しいね」

彼は無機質な表情で話した。その態度がとても冷たく感じた。

「結婚のこと……詳しく聞かなくてもよかったんですか？」

隣のブースで物音がした。立花先生は静かに首を横に振った。

「分からない。聞くことで病態が変わるわけじゃないしね……」彼は腕を組んだ。

「俺にできることは診断と治療だよ。手術が必要であることは伝えた。あとは彼がどう判断するかだ」

「そうですか……」

　下手に励ませば誤解を生みかねない……淡々と事実を伝えることが本当の思いやりなのだろうか。

「タムラ君、エッセンに行ってきなよ。俺はいつも医局で軽く済ませてるから」

「はい」と返事をした。エッセンとは医者同士でよく使われる言葉で、『食事』のことだ。

　立花先生がバックヤードから去る時、革靴の底が大きな音を立てた。それは受付カウンターを抜けてもなお診察室に届いた。

　小島先生が背後から声をかけてきた。

「タムラ君、さっきの一言は聞き捨てならないね」彼女は険しい表情を浮かべていた。

「立花先生はね、年齢は若いけどうちの助教授だからね。あの一言は失礼だと思った」

　僕は尻込みした。

「あの一言というのは、『結婚の話を聞かなくてよかったのか』のことですか？」

「そうだよ」

　彼女は眉をひそめた。怒り心頭の様子だったので、頭を下げた。

「すみません、あとで立花先生に謝罪します」

「うん、ちゃんと謝るんだよ。じゃあこの話は終わり。エッセン行こう」

　彼女はそう言って表情を和らげた。

食堂で彼女と向かい合って座った。二人とも日替わりランチを頼んだ。

彼女が院内PHSで電話対応している間、あらためて彼女のことを観察する。白衣の下にピンクのケーシーを着て、目立たないゴールドのネックレスをしている。髪は少しだけ茶色くて、後ろでまとめている。奥二重の目が印象的だ。

彼女は電話を切ると一息ついて、話し始めた。

「立花先生は凄い人なんだよ。歳は私と二つしか変わらないのに、英語論文を二百篇《ぺん》以上書いてるし、手術の腕は超一流。うちのトップはもちろん神月教授だけどね、彼は『世界の神月』で私たち医局員にとって雲の上の存在。一方で立花先生は私たちに直接、手術や論文の指導をしてくれるからね」

日替わり定食がテーブルに置かれた。その日のメニューはチキンの南蛮漬けだった。フォークでチキンを口に運ぶ。すりおろしたネギが脂と絡み合って美味しい。

彼女は口に手を当てて話した。

「タムラ君、午後はオペに入ってもらうよ。ところで肝臓の手術ってどれくらい出血するか知ってる？」

少し考えてから答えた。

「300ミリリットルくらいですか？」

過去に実習で周った一般外科では、それくらいの出血量だった。彼女は失笑した。

「大体1500ミリリットル。多い時は3000ミリリットルを超える時もある」

「3000ミリリットルですか？」思わず聞き返した。人間の血液の総量は個人差もあるが、だいたい5000ミリリットルと言われている。

「それって……輸血は絶対必要ですよね？」

　今まで周った科では、輸血はどちらかというと最後の切り札だった。輸血関連の合併症が存在するので、『しないで済むに越したことはない』というスタンスだ。彼女は深く肯いた。

「輸血はほぼ全例で行うよ。少し気を抜くだけで、とんでもない輸血量になるから……肝臓の手術は出血との勝負だからね。そこを意識してオペ室に入ってね」

「はい」と返事をした。想像よりずっとシビアな世界のようだ。彼女は淡々と話し続けた。

「二十年前は出血が５０００ミリリットルから１００００ミリリットルを超える手術だったんだよ。死亡率が二割近い、文字通り命がけの手術だった。神月教授はそんな過酷な世界で粛々と手術を続けて、新しい方法を考案した。それが今や世界の標準治療となった『肝区域切除術』だよ。肝区域のことは知ってる？」

「門脈血管の支配領域に応じて肝臓を八つの区域に分ける……いわゆるクイノー分類です」

「そうだね。国家試験を控えてるだけあって、ちゃんと覚えてるね」彼女は微笑んだ。

「肝区域切除の手法が確立されて、出血がそれまでの半分以下に減ったんだよ。だからこの世界の医者はみんな神月教授のことを尊敬している」

　僕は肯いた。彼のことを『世界一の外科医』と手放しに賞賛する医者もいる。

「ちなみに午後の手術は二十時までかかる予定だから。タムラ君は学生だから十七時に帰っていいよ。みんな手術に集中してるし声かけなくていいよ」

　僕は首を横に振った。

「できれば最後まで見たいです」

――昨日シモーネと出会い、医局内の情報をなるべく多く集めてほしいと頼まれた。いつもの習慣で朝はギリギリになったが……。

　小島先生は怪訝そうな表情を浮かべた。

「まあ……別にいいけど。遅くなるよ？」

「大丈夫です」

　彼女は首をひねった。

「君さ、今朝遅刻したよね？　今回はドタバタしてたし見逃したけど……物音で気づいてたんだよね。てっきりサボり魔かと思った……ちょっと意外だね」

　僕は苦笑いした。バレていたのか……。小島先生は微笑んだ。

「将来は外科も考えてるの？」

「はい」

　僕は肯いた。多分選ばないと思うが……可能性はゼロでないし、ここは話を合わせた方がよさそうだ。

　ふとテーブルを見ると、彼女はいつの間にか食事を終えていてビックリする。僕はまだ半分以上残ってる。

「食べるの速いですね」

　彼女は真顔で答えた。

「外科医を目指してるなら、今から速く食べることを習慣にした方がいいよ。いつ呼ばれるか分からないし、食べれないで手術中に低血糖を起こすと怖いからね。だから当直明けで食欲なくても無理やり口に詰め込む。覚えておいてね」

「はい」

僕が頬張って食べてる間、彼女はずっと話し続けた。

「タムラ君、肝臓手術で出血が多くなる理由は分かる？」

僕は肝臓とその他の臓器の違いを思い浮かべる。口を手で隠しながら答えた。

「肝臓には動脈、静脈の他に門脈があるからですか？」

「その通り」

彼女は深く肯いた。

門脈とは、消化管で吸収した栄養素を集めて、肝臓に送りこむ血管だ。消化管は小腸だけでも六メートルある。そのため集まる血液の量も膨大となる。

「門脈の血流量は？」

「一分間におよそ一リットルで、全身を流れる血液のおよそ五分の一が肝臓に集まります」

「うん、よく知ってるね。じゃあ肝動脈と門脈の血流量の比率は？」

「1：3から1：5で、門脈の方が血流量が多いです。だから肝動脈を結紮《けっさつ》しても肝臓は壊死《えし》しません」

結紮とは、止血のために『血管を糸で縛る』という意味だ。

「うん。だからこそ門脈の支配域に応じた切除が理に適《かな》ってるんだよね」彼女は感心したように肯いた。

「タムラ君、一回留年してるって事前に聞いていたけど、なかなか優秀だね。どうして留年しちゃったの？」

僕はギクっとした。

「そんな情報が事前に入るんですか？」

「うん、教育する側も最低限の情報を知る必要があるからね」

少し考えてから話した。

「メンタルの調子を崩した時期があったんです。自宅から出られなくなって、試験を受けれませんでした。幸い今は回復しましたけど」

僕は咀嚼した物を飲み込んだ。ようやく食べ終わった。

彼女はきょとんとしていた。

「タムラ君は切実な過去を赤裸々に話すんだね」

「よく言われます。あまり嘘をつけないので……」

「うん、なるほど。だからさっきも立花先生に口を滑らせたのか……」彼女は納得したような表情を浮かべた。

「うちに来たら大変かもね。ほとんど休みが取れないから」

「立花先生からも聞きました。ずっと休めないのはキツくないですか？」

「私も最初はそう思ったけどね。でも手術をしてると意外と大丈夫なんだよ。逆に元気になることが多いね」

「元気になるんですか？」

僕は目を丸くした。

「うん、身体を開けて拍動してる血管や臓器を見てるとね……一言で表現するなら『覚醒』するんだよね……この世界の核心とリンクする感覚」彼女は腕を組んだ。

「こういうのって言語化が難しいよね。神月教授は意外とそういう話が好きなんだよ。話す内容が抽象的すぎて、あまり理解できないんだけどさ」

　僕は身を乗り出した。

「例えばどんな話をされるんですか？」

「うーん……さっきも言ったようにあまり理解できてないけど……でも一次元人の話は分かりやすかったし、印象深かったな」

「一次元人。どんな話ですか？」

「うん……x軸があるじゃない？　一次元の世界ってことね」

　彼女はテーブルの上に指で線を引いた。

「この線の世界に住む人間がいるとして……彼の目には何が映ると思う？　まあ一次元の世界に目が存在できるかって問題は棚に上げるとして」

　僕は想像した。

「点しか見えないです」

「そうだよね。でさ、それって点だから0次元じゃない？　彼が存在する世界は一次元だから、一つ次元の低い情報なんだよね。じゃあどうやったら彼の住む一次元を体感できるのか？　それはx軸上を移動することなんだよね。線の上の情報を記録し続ければ一次元世界の地図を作れるでしょ？」

「そうですね」

「でもね、ずっと動き続けるわけにはいかないから、結局彼は0次元ばかり見て過ごすことになる。同じことが私たちにも言える。住んでいる世界は三次元だけど、身の回りのものを一次元や二次元に置き換えて理解していることが多い。例えばこのコップだってさ――」

彼女は空のコップを手に取った。

「私たちはこのコップが三次元であることに疑いをもたない。だけどこれって平面を丸めただけの形をしてるでしょ？　だから二次元に近い三次元なんだよ。でもそういう単純化された構造が人間の脳にとっては心地がよい。言い換えるなら私たちも一次元人と同じように、低い次元の中で生きようとする習性がある――そういう話……だったかな」

「なるほど……でもそれが手術と何の関係があるんですか？」

「人体の臓器ってさ、完全に三次元の世界なんだよ。例えばこのコップみたいな規則性がないんだよね。裏と表で形が全然違う。だから私たちが無意識に行なっている『低次元化』は通用しないどころか、邪魔になる……逆に言うと手術を極めることで三次元世界とのリンクが深まる、つまり『気づきを得る』という話だったかな」

僕は肯いた。なるほど……。

「僕も神月教授の話を直接聞いてみたいです」

彼女は首を横に振った。

「さっきも言ったけど神月教授はもはや天上人だから。海外から見学に来る教授クラスの医者も多いし……私みたいな一介の医局員は、直接話を聞ける機会は少ないんだよ。タムラ君は分からないことがあったら私か飯田先生に聞いてね」

彼女は腕時計を見た。

「あ、時間ヤバいじゃん。行くよ」

「はい」

僕たちは立ち上がり、オペ室に向かった。

2　シモーネとの再会

2003年　秋［25歳］

肝臓外科実習が始まる前日まで話は遡る。

その日は日曜日で、いつものように本郷キャンパスの総合図書館で医師国家試験の勉強をしていた。

その図書館は七十五年の歴史を誇る由緒正しい建造物で、駒場キャンパスの教養学部図書館よりずっと広く、天井も高かった。

一方で僕はその図書館に馴染めなかった。館内の造りがあまりにも荘厳で、勉強していると文化遺産の中にいるようで落ち着かないのだ。

その日は教養学部図書館のことをよく思い出した。あの適度な広さと、適度な厳《いか》めしさが僕の性に合っていた。残念なことに建物は取り壊され、今はアドミニストレーション棟という別の施設に建て替わっている。

僕は手を止めて目を瞑り、昔を思い返した。

教養学部図書館で間宮と出会った頃は、毎日が冒険と発見の繰り返しだった。将来への不安はあったが、それ以上に希望に満ちていた。しかし間宮と別れてから落ち込む日が多くなり、精神的に不安定になった。その結果留年し、上級生になった蔵野や岡田ともすれ違うようになった。

十六時を過ぎ、そろそろ帰ろうかと思っていた頃、後ろから声をかけられた。

「こんにちは」

紺のスーツを着た、金髪でショートヘアの白人女性だった。スカートではなく、スラックスを穿《は》いている。見た目が若く、まだ未成年に見える。

「タムラノボル様ですね」

僕が恐る恐る肯くと、彼女は無邪気な笑顔を見せた。

「ワタシの名前はソフィアです。ワタシについて来てもらえませんか。お待ちになっている方がいます」

英語訛《なま》りが少しあるものの、とても流暢な日本語だ。

ふと不安が頭をもたげた。僕に用事のある外国人といえば、ウィリス家の人間しか思い浮かばない。ジョンか、シモーネか……手のひらに汗が滲《にじ》んできた。足が震えている。

この五年間、僕はジョンに念を押された守秘義務を何度も破ってきた。そのことで咎めを受けるのかもしれない。

どうせ拒否権なんてない。意を決して席を立つと、ソフィアが言った。

「お荷物も一緒にお願いします」

泣きたくなる。

「あの……戻ってこれないんですか？」

彼女はその質問には答えず、人差し指を自分の唇にあてた。『それ以上喋ると楽しみが逃げていきますよ』とでも言いたげな表情だ。出会ってからずっとニコニコしている。

少し痩せ気味で、ぱっちりした目が印象的な美少女だった。やや目立つソバカスが彼女の若さを引き立てている。

僕はため息をついて、参考書とノートをカバンの中にしまった。四年前に襲来した時のシモーネの冷たい目を思い出すと、呼吸が荒くなった。

図書館の外に出て、ソフィアの後をついていく。外はまだ明るい。街頭時計が十六時半を指している。その背後には黄色に変色した銀杏《いちょう》と、赤く染まった雲が広がっている。僕は最後になるかもしれない情景を目に焼き付けた。

――覚悟はできている。ずっとこの日を想像して生きてきた。

キャンパス内の人気のない路地に入ると、見覚えのある業務用バンが視界に入った。僕は立ち止まった。

「あの車は……」

心拍数が速くなった。ついさっき覚悟を決めたばかりなのに……やっぱり無理だ。

彼女は振り返り、あどけなさが残る顔に満面の笑みを浮かべた。

「貴方はあの車に一度だけ乗った。そう聞いてます」

「あの……今から会う人って……もしかしてシモーネさん……ですか？」

「はい、その通り！」

彼女は真っ白な歯を見せて微笑んだ。まるでテーマパークで絶叫マシンを紹介するガイドのようだ。

「あの……どうしても会わないとダメですか？」

彼女は目を丸くした。

「もちろんです。この日をどれだけ待ち望んだことか」

「正直言うと……怖いんです」

彼女は一瞬きょとんとしたが、すぐに笑顔に戻り首を縦に振った。

「分かります、その気持ち」彼女は僕の手を握った。

「さあ、早く行きましょう」

何をどう分かったのだ。

ソフィアに手を引かれ、気がつくと車の前に立っていた。足がみっともないくらい震えていた。この中にシモーネと一緒に、用心棒が待機しているのだ。僕は米国に連れて行かれ、もう二度と戻ってこれない……。

ソフィアはスライドドアの取手に手をかけ、勢いよく後ろに引いた。

そこには用心棒はいなかった。シモーネが一人、奥の座席に足を組んで座っていた。

彼女はこちらを見向きもせず、前のパーティションを眺めていた。僕は成長した間宮の姿に目を奪われた。しばらくの間、恐怖すら忘れていた。

後ろから肩を叩かれて、現実に戻る。振り返るとソフィアと目が合う。彼女は笑顔で肯く。『早く乗れ』ということらしい。

目を逸らすと彼女のスーツの襟についているラペルピンが目に留まった。黒いクジラの形をしている。

「さあ、タムラ様」

彼女はついに僕の背中を押した。仕方なく車内に踏み込むと、厚い絨毯の上に足が沈みこんだ。恐る恐る手前の座席……シモーネの左隣に座る。念のため背後を振り返ったものの三列目の座席はなく、物陰に人が隠れている様子もない。

ソフィアがスライドドアを閉めた。キュンというドアが閉まる音と共に、車内は静寂に包まれた。僕が隣に座ってもシモーネはずっと前を見ている。僕は恐る恐る彼女を観察した。

彼女はスーツの上にブラウンのコートを羽織っている。見るからに生地が繊細で、高級そうだ。スーツの下はスカートでなく、スラックスだった。

緊張のため生唾を飲み込んだ。その音が響いて、さらに居心地が悪くなった。

ソフィアが運転席に座った。どうやら彼女が運転するらしい。運転席と後ろの席は完全にパーティションで遮られている。天井に埋め込まれたスピーカーからソフィアの陽気な声が響いた。

「Miss Simone, which direction shall we proceed towards?」

（シモーネ様、どちらに向かいますか？）

「Anywhere you prefer, Sophia」

（どこでもいいよ、ソフィア）

「Understood, Miss Simone!」

（了解しました、シモーネ様！）

英語のやりとりを聞いてると現実感が薄れていく。さっきまで図書館で勉強していたのに……気づいたらこの異世界に引きずり込まれた。

シモーネが平板な表情を僕に向けた。

「Four years have flown by since that day, huh?」

（あの日から四年が過ぎたな）

彼女は薄く化粧をしていて、伸びた髪の毛を後ろで縛っている。かつてのボーイッシュな雰囲気はなく、妖艶なオーラを放つ美女に変貌していた。

　僕は辿々しい英語を、震える声で話した。

「Many things have happened in the past four years」

（その四年間にも色々なことがあったよ）

「Same here. Since the last time I saw you, my life has taken a major turn」

（それは私も同じだ。君と最後に会った日以来、私の人生は大きく変わった）

　彼女は微かな笑みを浮かべた。どうやら僕をとっ捕まえようという魂胆ではなさそうだ。少しだけ緊張が緩んだ。

「How it changed?」

（どんな風に変わったの？）

　しばらく沈黙が続いた。

　車が音も立てずに動き出す。相変わらず恐ろしく静かな走り出しだ。あの時と違うのは真っ黒なカーフィルムが取り払われ、車内が明るいことだ。

　シモーネは無機質な表情で言った。

「例えばこんな風に。日本語を話せるようになった」

　衝撃が走った。次の瞬間、気持ちが急に明るくなった。

「もしかして……思い出した⁉」

「まあね」

　僕は前のめりになった。

「ウラ三次元から戻って来れたんだね？」

次の瞬間、彼女は眉をひそめ、露骨に嫌そうな顔をした。

その表情を見て、すぐに現実に引き戻された。目の前にいる人間の中身は間宮ではない。

それでも興奮はすぐに冷めなかった。恐怖と悔しさが入り混じり、本音が口から漏れた。

「ねえ、どうしてまた僕の前に現れたの？　まさか今度こそ閉じ込めようってわけじゃないよね……？」

彼女は首を横に振った。

「違う。君にお願いがあって来た」

「お願い？」

僕は唖然とした。一度は幽閉しようとして、今度はお願いに来た？

僕が黙っていると、彼女は話を始めた。

「明日から君は肝臓外科の実習を受けるだろう？

私の祖父であるチャールズが今日、東大病院に入院した。八日後の月曜日に生体肝移植を受ける予定で、執刀は世界的な名医、神月教授があたる予定だ。

祖父は執刀医の技量を信頼している一方で、医師の研修の場でもある大学病院に不安を覚えている。助手につく医師、外回りを担当する医師もウィリス家で指定し、万全を期したいんだよ。そのためには内部の情報が必要だ。君が実習で見知った内部の状況を私に伝えてほしい」

僕は手を振った。

「いや、僕なんかには無理だよ。一介の医学生に過ぎないんだから」

彼女は肩をすくめた。

「もちろん医師や看護師にも情報提供を求めている。ただ彼らは組織の中の人間だ。どうしても忖度《そんたく》が働く。その点、君は何のしがらみもなく適任だと判断された」

「うーん、とにかく無理だよ。やりたくない」

彼女は冷ややかな目で見た。

「どうして？」

「どうしてって……」だんだん恐怖と怒りの境界が曖昧になってきた。

「君は僕を刑務所に閉じ込めようとしたんだ。あの時捕まっていたら……きっとまだ檻《おり》の中にいたんだろ？　今も想像しただけで背筋が冷たくなる。

間宮と別れてからの五年間、本当に辛い思いをして生きてきた。心の病気にもなった。そのきっかけを与えたのが四年前に僕の家に押しかけた君なんだ。こうやって同じ場所にいるだけでも穏やかな気持ちじゃないよ」

怒りと恐怖、不安と期待がない交ぜになっていた。『おいおい、やめておけ』と心の声がする。

「その点に関しては申し訳なかったよ」

彼女は平板な表情を向けた。僕は強く首を横に振った。

「それだけで気が済むと思う？　一時期は薬も飲んだし、それをやめる時に大変な思いをしたんだよ？」僕はうつむき、手を握りしめた。

「医学生は僕以外にもたくさんいるじゃないか。どうしてよりによって僕なんだ」

最後の一言は語気が強くなった。シモーネは手元のマイクボタンを押して言った。

「Sofia, kindly park the vehicle. My companion and I wish to step outside」

（ソフィア、彼と一緒に外に出たいから車を停めてくれ）

「Understood, Miss Simone」

（かしこまりました、シモーネ様）

どうやら用は済んだということらしい。急に怒りが引き、代わりに不安が押し寄せた。

そもそも僕と彼女は対等じゃないんだ……お願いではなく、やれと命令されたらやるしかなかった。

車は水道橋《すいどうばし》駅近くのパーキングメーターの前で停まった。電車で帰るにはちょうどよさそうだけど……果たして帰れるのだろうか？

ソフィアが真っ先に運転席から離れ、シモーネ側のドアを開けた。まずシモーネが出て、僕がそれに続いた。

外は薄暗くなっていた。ちょうど東京ドームの試合が終わった直後らしく、レプリカユニフォームを着た集団が駅に向かって歩いていた。

僕は広い歩道の隅にシモーネと並んで立った。彼女は昔より身長が伸びていて、身長百七十センチの僕より指四本分低いくらいだった。彼女の着ているブラウンのコートはゆったりとした作りで、まるで王族が着るクロークのように見えた。

バンの後ろに真っ黒なリンカーンのナビゲーターが停まった。ジョンと出会った時にも見たが、相変わらずとんでもないデカさだ。紺のスーツを着た黒人二人が出てきた時、全身が硬直した。

僕はシモーネの方を振り向いた。今さら『やっぱりやらせてください』なんてカッコ悪すぎる……でも背に腹は代えられない。

「あのさ、さっきの件だけど……」

シモーネは無機質な表情を僕に向けると、その場で膝をつき、躊躇《ちゅうちょ》なく手と額を地面につけた。

「申し訳なかった」

想定外の出来事に僕は呆然《ぼうぜん》とした。通行人が立ち止まり、無数の目が僕たちに向けられる。

「ちょっと待ってよ。困るよ」

「許してほしい」

彼女は姿勢を変えなかった。

「許す、許すよ。だからもうやめてよ」

「分かった」

彼女はゆっくり立ち上がり、僕の目を見た。額に小石が付いている。ゾッとするほど無表情だ。ソフィアが歩み寄ってきた。

「Miss Simone, I was deeply moved. Your act of bowing was truly remarkable」

（シモーネ様、感動いたしました。素晴らしい謝罪でした）

彼女は白いハンカチでシモーネの額を愛おしそうに拭いた後、ひざまずいて彼女の膝とコートの汚れを払いとった。合間に振り返り、哀しげな表情で僕を見上げる。

――これじゃあ僕が悪者みたいじゃないか……。

シモーネのそばで黒人二人が固まっている。僕と目が合うと後退《あとずさ》りし、ナビゲーターの中に戻った。

僕たちもバンの中に戻った。車が動き出す。立ち止まっている数人の通行人と目が合った。

まだ胸の拍動が強い。

土下座をされたことは人生で初めてだ。こんなに気が動転するとは思わなかった。しかも相手は自分よりずっと立場の強い人間なのだ。気まずさしかない。

僕から話を切り出した。

「……実習で見た内部の様子を君に伝えればいいんだね」

「そうだ」

彼女は僕を見て肯いた。あれだけのことをしたのに相変わらずクールな表情だ。

「でもさっきも聞いたけど、どうして一時期は有害分子とみなした僕に頼むの？　医学生は他にもたくさんいるでしょ？」

彼女はうつむいた。理由を話したくないらしい。そういう時の仕草は間宮にそっくりだ。

僕は声を絞り出した。

「理由を知る権利が僕にはあるはずだよ……」

彼女は肩をすくめた。

「分かったよ……正直に話すと、私が君を推薦したんだ」

「シモーネが僕を？　どうして？」

「君とまた話をしたかった」

「何の話を？」

彼女は頬杖をついて、窓の外を眺めた。

「四年前、君を警察に突き出そうとした時、私の中に惣一の記憶が蘇《よみがえ》った。本当に何の前触れもなく……日本で過ごした惣一の記憶が走馬灯のように意識の中で再生された」

「惣一は君自身のことじゃないの？」

「私はシモーネ、君と仲良くした人格が惣一。私たちは同じ体を共有した二つの人格だった」

「二重人格ということ？」

「そういうことになるね」

二重人格、あるいは多重人格は医学的には『解離性同一性障害』と呼ばれる。幼少期の凄惨な経験が原因で生じることが多い。

そういえば間宮は数学者の両親から『酷いことをされた』と話していた。もしかして二重人格になるほどの仕打ちだったのか……。

「惣一は君に頼って日本に渡った。君に近づくために東大受験までしたんだ。つまり君はウィリス家の人間を動かすほどの〈力〉を秘めている。私が記憶を取り戻したのも、恐らくその〈力〉のお陰だよ。君は自分の〈力〉を自覚したことはある？」

僕は首を横に振った。

「僕に〈力〉なんてないよ……ただ間宮から見ると赤い印がついていた。それだけのことだと思ってる」

シモーネは僕を一瞥したあと、窓外を眺めた。

「これは私の推測だけど……六年前、君がこの車に初めて乗った時、君は〈力〉を使った。覚えてない？」

「ここで……？」僕は当時を思い返した。

「ごめん、まったく思い出せないよ」

「そうか……」彼女は僕の顔を見た。

「君は全く自覚がないようだけど、この五年間で君は〈力〉を強めたと思う」

僕は首を横に振る。

「君は何か誤解しているよ。僕はどちらかと言うと、この五年間で色々なものを失った。心の病気になり、それが原因で留年し、友達に八つ当たりして距離を置かれた。軽蔑されても仕方ない人間……そう思ってる」

彼女は首を横に振った。

「君は心を病んだにもかかわらず、ほぼ自力で回復した上に六年生まで進級した。私はむしろ高く評価するけどね」

僕は呆然とした。まさかシモーネに褒められる日が来るとは……。急に気持ちが明るくなった。

「ありがとう。そんな風に考えたことはなかった」

しばらく沈黙が続いた。

彼女は小さくため息をついた。

「君は『感球』にとらわれすぎてないか？」

「感球？」

「ウラ世界の素粒子、つまり思念球は『論理球』と『感球』の二種類に大別される。世界を創造する時、設計者がウラ三次元でそれを造った。惣一から聞いてるはずだけど」

僕はため息をついた。

「間宮から聞いたことは……あまり思い出さないようにしてきた。おかしいと思われるだろうけど……彼から聞いた話を思い出すと、時々すごく混乱するんだ」

シモーネは目を細めて顔を近づけた。間宮と同じ動作だ。心拍数が高くなる。

「それは……本当？」

僕は無言で肯く。シモーネは顔を離し、シートに深く座り直した。

「話をいったん戻すけど。タムラは感球の存在をもう少し意識した方がよさそうだ。

感球は論理球よりもずっと微小で、軽い。ちょうど陽子と電子の差くらいある。このため人間の意識はそれをベクトルのままキャッチできない。その代わり意識内の論理球と感球の『内積』をとることで初めて感知できる」

「内積って……物理でよく出てくるやつだよね？」

「そうだ。例えばベクトル（1，2，3）と（4，5，6）の内積は1×4＋2×5＋3×6＝32だ。ベクトルがスカラー量に置き換わる……言い換えると三次元が0次元になる。まるで『畳み込まれる』ように。内積が物理の中でいかに重要であるかは、君もよく知ってるだろう？」

僕は肯いた。古典力学、量子力学、相対性理論……しつこいくらい内積の概念が登場する。物理学の大黒柱と言っても過言ではない。

シモーネは話を続けた。

「厄介なのは感球を取り込むたびに論理球ベクトルが失われ、スカラー量、つまり0次元の数値が蓄積することだよ。スカラー量とは、意識の中で感情に相当するものだ。怒りや興奮は基本的に方向性を持たず、小さいか大きいかで決まる。

例えば依存症では論理球が畳み込まれて正常な思考力を失うし、そこまで行かなくても感球を受け止めすぎて論理的思考を展開できない人がいる。今の君がそれに近い。もう少し『畳み込み』に注意した方がいいと思うね」

僕は間宮が語っていた話を思い出した。脳裏で、暗闇の中で話す彼の声が響いた……。

急に気分が悪くなった。シモーネが僕の顔を覗き込んだ。

「大丈夫か？　顔色が悪いようだ」

「ごめん……間宮の話を思い出していた……さっきも言ったけど、こんな風に気分が悪くなることがあるんだ。記憶が『追いかけてくる』感じがして……」

シモーネは眉をひそめた。

「追いかけてくる？　どういう意味？」

僕はありのままを話した。

「僕の実感では、間宮は感球の話をほとんどしなかった……彼が思念球という時は、論理球と『その他』という話しぶりだった。ある日までは、そう思っていた。

だけど……彼と一緒に過ごした記憶は文字通り『増える』んだよ。それはね、『記憶が芋づる式に引き出される』とかではないんだ……本当に記憶が増えているんだ。そして次の瞬間、僕は思う。彼は確かに感球の話をしていた。それも何度も……でも『感球の話をしなかった』という実感だけは残っている。だからすごく混乱するんだ」

話しているうちにもっと気分が悪くなってきた。僕は両手で顔を覆い、その嫌な感覚が消えるのを待った。シモーネはソフィアに車を適当な場所で停めるように指示した。

車は日本橋《にほんばし》にあるパーキングメーターに停まった。僕は外に出て、新鮮で冷たい空気を吸った。すでに日が落ちていて、街灯が路面を照らしている。休日の日本橋は人が少なく、道路を走る車はタクシーばかりだ。

シモーネが隣に来て、話しかけた。

「気分はどうだ？」

「ありがとう。少し楽になってきた。久しぶりに間宮の話を思い出したら……記憶が増殖する感覚が起きた……いつもじゃないんだけどね、時々こうやって気持ち悪くなる。多分まだ心の病気を引きずってるんだと思う」

「心の病気？」シモーネはコートのポケットに両手を入れ、遠くのビルを眺めていた。

「そうではないと思うけどね。『記憶が追いかけてくる』か……うまく表現したな」

「分かるの？」

びっくりした。まさか共感を得られるとは思わなかった。

彼女は肯いた。

「ところで、気分が回復したばかりの時に悪いけど、よかったら一緒に食事をしていかないか？　君と話したいことがたくさんある」

「食事？　君と？」僕は驚いた。

「あの……特製のオートミールじゃなくて？」

「ああ……」彼女は失笑した。

「あれは私もビックリした。目が覚めた時、あれを差し出されて。口にした瞬間、戻しそうになったよ」

「僕もそうなった」

僕たちは遠慮がちに笑った。シモーネは初めて和やかな表情を浮かべて、僕を見た。

「中華料理は嫌いじゃないか？　腕の良いシェフがうちに来ているんだ」

僕は肯いた。

「中華料理、好きだよ。行きたい」

近所の中華料理屋は外食のローテーションに組み込まれている。

間宮と外食に出かけたことは一度もなかった。夢みたいな話だ。

気がつくと、彼女への恐怖と憎しみが消え、間宮とまた過ごしているような感覚になった。気持ちがとても明るくなった。

再び車に乗り込む時、シモーネはコートを脱いでソフィアに渡した。ソフィアは丁寧に受け取り、後ろのラゲッジスペースにそれを吊《つ》るした。

車に乗り込んで座席に着いた時、シモーネのスーツの襟についているラペルピンが目に留まる。クジラの形をしている……ソフィアがつけていたものと同じだ。

「そのクジラのラペルピンは……ハワイで買ったの？」

彼女は首を横に振った。

「これはかつて海の王者だったリヴァイアサンだよ。よくクジラと間違えられるけどね」

「そうなんだ……」

クジラにしか見えないけど……口には出さないでおいた。車が静かに動き出す。

外堀《そとぼり》通りを走っている時、ブラックガラスで覆われた巨大なビルが目に留まった。周囲の建物とは一線を画する巨大さだ。高さは周囲の高層ビルと変わらないが、横への広がりが規格外だった。まるでアメーバが触手を伸ばすように流線型の断面を周囲に広げている。近づくに連れて星空が覆い隠された。

バンはそのビルの車寄せに停まった。ソフィアが回り込んで、ドアを開けてくれた。紺のスーツを着た男女が三人、バンの外に並んで立っていた。彼らはシモーネに一礼した。

ソフィアが彼らに指示を出している。三人のうちの一人がバックドアを開けて、シモーネのコートを丁寧に抱きかかえた。

中に入るとスーツを着た黒人男性が迎え入れてくれた。彼はトランシーバーで内部の人間とやり取りをしていた。

僕は不審に思った――中華料理を食べに来ただけなのに……大仰すぎない？広大なエントランスホールが目の前に広がった。大学の体育館なみに広い一方で、シックでモダンな内装に覆われている。壁に散りばめられた円形の御影石の模様がとても美しい。何かの真理を暗示しているように見える。

僕たちはホールの壁の前に立った。その一帯は壁がマットブラックに塗られている。よく見ると壁の中に同色のドアが溶け込んでいた。使用人が鍵を挿して、寄りかかるようにドアを開けた。ドアを抜けると厚い絨毯の敷かれた、灯りの暗い廊下が延びている。背後でドアの閉まる音がして、振り返ると使用人の姿が消えていた。

しばらくシモーネと二人で廊下を進み、再び黒塗りの壁の前に立った。シモーネが壁の一部に手をかざすと、壁が低い音を立てながら左右に開いた。

目の前にエレベーターのカゴが現れる。僕たちは中に入った。中は薄暗く、床に黒い石のタイルが敷かれ、三方向の壁はブラックミラーで覆われていた。豪奢だがどことなく怪しい雰囲気だ。ボタンは一つしかなく、彼女はそれを押した。

僕は思ったことを口にした。

「規模が全然違うけど、なんとなく間宮のマンションに似てる。秘密基地っぽい」

シモーネは微笑んだ。

「チャールズの趣味だよ……こういう構造が好きなんだ」

「チャールズ？」

「さっきも言ったけど、私の祖父の名前だよ」

「ああ……」間宮はいつも祖父のことを悪く言っていた。

「申し訳ないけど、君のお祖父《じい》さんにはあまり良い印象はないよ。だって――」

シモーネは無表情に戻り、首を横に振った。自分の唇に人差し指を置く。それ以上は話すなということらしい。僕は口をつぐんだ。

エレベーターを降りると、目の前に薄暗い扇形の部屋が広がった。僕たちは扇形の頂点の部分に立っていた。シモーネが壁のスイッチを押すと、窓の電動シェードが一斉に上がって、東京の夜景が目の前に広がった。扇形の弧の部分を描く窓は、高さ三メートル、全長十メートル以上はありそうだ。視界の端から端まで夜景が広がっている。

「すごい……」

僕は窓の近くまで歩く。皇居と思われる漆黒の空間が目に留まった。その周囲には高層ビルが並んでいて、東京タワーも見える。どのビルも屋上に明滅する赤い光を宿している。

窓に額をつけて見下ろすと、赤坂《あかさか》の繁華街を歩く人々の姿が見えた。

「東京をこんな風に見下ろすのは初めてだ。考えてみると、いつもこうやって誰かに見下ろされていたんだね」

「そんなに窓に寄って下を見ないよ」

振り返ると、月明かりに照らされるシモーネの姿があった。僕はその姿に目を奪われた。

「私の顔に何かついてるのか？」

彼女は眉をひそめた。僕は慌てて目を逸らした。

「ここで中華料理を食べるの？」

「いや、ここは玄関ホールだよ。別の部屋に移動する」

彼女は踵を返し、扇形の頂点に向かって左の壁の方へ歩いた。僕は彼女について行った。

壁に手をかざすと、壁に溶け込んでいたドアが左右に開いた。目の前に直径が三十メートルはありそうな、広い半球形の空間が広がっていた。中心部に分厚いブラックガラスのラウンドテーブルがあり、黒塗りの楕円体の調度品が点在していた。床には黒い大理石のタイルが敷かれ、微妙な濃淡で同心円を描いていた。

視線を上げると、周囲の壁は高さ三メートル程度の円筒形になっており、それが部屋を取り囲んでいる。その壁から上は完全な半球形の空間だ。プラネタリウムのように高く広がる天井には無数の丸い照明が埋め込まれ、室内を照らし出している。僕はしばらく立ち尽くして、その広大な空間を眺めていた。

――一体このビルはどんな構造になっているんだ？

シモーネは中央のテーブルに腰掛け、僕に向かい合って座るように促した。彼女が手元のボタンを押すと、僕たちが出てきたドアと反対方向の壁が両側に開いた。そこから紺のスーツを着た使用人が次々と出てくるのを見て、僕は呆気にとられた。

「相変わらず君の家は凄いね」

間宮の部屋も多くの使用人が出入りしていたが……スケールがずっと大きい。

使用人たちはテーブルにマットを敷き、カトラリーや皿を置いた。無駄がない洗練された動きだ。

半径の中間部分に置かれた巨大な楕円体スピーカーから控えめなボリュームで音楽が流れてきた。グレン＝グールド演奏のゴールドベルク変奏曲。蔵野が好きで、よく名曲喫茶に持ち込んで流していたアルバムだ。音が繊細で、臨場感がある。

紺のスーツを着た白人女性が僕に話しかけた。英語訛りの強い日本語だった。

「タムラ様、今宵《こよい》はよろしくお願いします。何か苦手な食材はございますか？」

「いえ、特にありません」

「かしこまりました。何かお困りの点がありましたら何なりとお申し付けください」

間宮の家にいた使用人と違って、彼らの表情はとても緊張していた。みんなスーツの襟に、シモーネと同じクジラのラペルピンを付けている。

それにしても中華料理を食べるのに、こんなに畏《かしこ》まった気持ちになるとは思わなかった。緊張で胃が縮んでしまいそうだ。

見渡すと円筒形の壁の前に複数の使用人が立っている。距離があるので会話を聞かれることはなさそうだが……。

よく見るとソフィアが彼らの中心に立っている。彼女は隣の使用人と何かを話していた。さっきと打って変わって、平板な表情で話している。笑顔の時と雰囲気がだいぶ異なるので、最初は別人だと思った。目つきが鋭くて、頬が少しこけている。

ふと疑問に思ったことをシモーネに訊いた。

「ねえ、君はさっきから一度もタバコを吸ってないけど……禁煙したの？」

彼女は肩をすくめた。

「目が覚めて一番驚いたのが、私が喫煙者になっていたことだ。一本だけ吸ってみて、すぐにやめたよ。タバコは昔から大嫌いなんだ」

「なるほど……」

たまたま禁煙の時期と重なって助かった。もう何度も失敗してるし、いずれ吸うことになると思うけど……。

女性の給仕が食事を運んできた。

「こちらは冬虫夏草のスープです」

「とうちゅうかそう？　何ですか、それは？」

「昆虫に寄生した菌糸となります」

何だそれは……恐る恐る口に運んだが、薬膳らしい高尚な味が舌に広がる。コクがあって美味しい。

シモーネはスープを口に運びながら言った。

「今、君とこうして話ができるようになったのは本当に偶然なんだ。チャールズが肝移植を受けることになり、たまたま東大に世界一の外科医がいた。そしてたまたま君が同じ時期に学生実習の予定が入っていた」

「本当に偶然が重なった感じだね」

彼女はスプーンを置き、腕を組んで肯いた。

「それだけじゃない。たまたま私の仕事が一段落し、日本に来る時間を確保できた」

僕は首をすくめた。

「ジョンが言ってたけど……シモーネはすごく忙しいんでしょ？」

彼女は肯いた。

「私はロンドンとニューヨークで金融業のセクターを任されている。日々、経済の新陳代謝を促しているよ」

「へえ……」スープを口に運びながら、うつむいた。僕より一つ若いのに、住んでいる世界のスケールが全く違う……惨めな気持ちになった。

「シモーネは本当に凄いよ……こんなに多くの人間を従えて……」

彼女は首を横に振った。

「私はただチャールズが指示する通りに動いているだけだよ。だから自分のことを『凄い』と思ったことなんて一度もない。

そもそも私の仕事は綺麗なものではない。『新陳代謝を促す』と言えば聞こえはいいけど、その実はウィリス家にとって都合の悪い人間を消し去ることだ。税務署を動かして莫大な追徴課税を請求したり、濡《ぬ》れ衣《ぎぬ》を被せて刑務所に幽閉したり……ウィリス家の力があれば大抵のことは可能だ。内国歳入庁や連邦捜査局……あらゆる連邦機関を動かすことができる。なんでそんなことが可能なのか、実は私自身も分かっていない。ただ一つ確かなことは、ウィリス家のトップに君臨するチャールズの権力は、世界の隅々に及んでいるということだ」

シモーネは終始平板な表情で話し続けた。僕はうつむいた。かつて僕も彼女の標的の一人だったわけだ……。

僕はずっと聞きたかったことを口にした。

「どうして……あのとき僕のことを見逃してくれたの？」

シモーネはスープを飲み終え、ナプキンで口を拭いた。

「さっきも言ったけど、君と過ごした惣一の記憶が蘇ったからだよ」

「それまでは本当に何も覚えていなかったの？」

彼女は肯いた。

「二つの人格の間では記憶のやり取りが常に問題になる。もともと虐待の負担を減らすために二つに分かれたのだから、共有する記憶も選別する必要があった。

私たちの場合、人格交代のタイミングで必要な記憶を選んで相手に渡すシステムが確立されていた。ところが私の人格が六年ぶりに表に出てきた時、記憶を渡してくれるはずの惣一がいなかった。つまり十四歳から十九歳までの六年間の記憶に一切アクセスできなかった……そのため記憶喪失に近い状態だったんだ」彼女は腕を組み、背もたれに寄りかかった。

「もっとも、ターゲットが知り合いであろうと、私は容赦しない。でも君は惣一の親友だった。そして身を挺《てい》して惣一のことを守ってくれた。そんな人間を牢屋に送り込むわけにはいかない。なぜなら私は惣一を守るために生まれた副人格なのだから。とっさの判断で君を見逃すことにした。

チャールズの命令に背いたのはそれが最初で最後だった。彼は怒り心頭だったよ。ともあれ君には申し訳ないことをした。心の傷を背負わせてしまったのだから」

彼女は平板な表情で僕を見た。僕は首を横に振った。

「いや、さっきは興奮して……心の病は君のせいみたいに話したけど……。結局は僕の弱さが原因なんだ。それに……あんなすごい謝り方をされたら、許さないわけにいかないよ」

「すごい謝り方？　外で私がしたこと？」

「うん。土下座なんてされたの初めてだよ」

彼女は肩をすくめた。

「私が追い込んだ日本人はみんなあれをするから、同じことをしてみたんだ。君が満足したならよかった」

「そうなんだ……」

いったいどんな追い込みをかけたのだろう……。

歩み寄ってきた給仕が、食事の済んだスープ皿を片付けた。シモーネが口を開いた。

「車の中での話の続きだけど、惣一の『記憶が追いかけてくる』現象……実は私も似たような体験に苛まれている。君の〈力〉を借りたいんだ。惣一の暴走を止めるために」

「でも……彼は五年前に『死んだ』んじゃないの？　ウラ三次元から戻れなくなるって、そういうことだよね？」

彼女は首を横に振った。

「惣一の影響力は君の想像を超えているということだ」

聞き覚えのある言葉だ。確かジョンが似たようなことを言ってた……。

給仕が料理を持ってきた。

「干し鮑《あわび》のオイスターソース煮込みでございます」

大きくて、形の綺麗な鮑が切り分けられていた。フォークで刺して口に運ぶと、サクッとした食感で、柔らかい。

それにしてもシモーネが中華料理と言うから親近感を覚えたけど、想像していたものと全く違った。僕がよく通う街中の中華料理店では、餃子《ギョウザ》定食とかレバニラ定食とか……そういう類のものを提供している。それと似たような料理を無意識の内にイメージしていた。

シモーネが口を開いた。

「惣一は五年前に死んだかもしれない。だけど彼の記憶は今もなお『生きている』。そして私たちに影響を与え続けている。あの暗い部屋の引力は過去だけでなく、未来にも及んでいる」

僕は肩をすくめた。ずっと自分の心の問題だと思っていた。

「仮にシモーネの言う通りだとして……僕たちに何かできることはあるの？」

「分からない。でも君の〈力〉を使えば、現状を変えられるかもしれない」

僕は首を横に振った。シモーネは何か誤解している。僕に〈力〉なんてない……。

鮑を食べ終えた。とても美味しかった。

給仕がすぐに新しい料理を持ってきた。

「燕《つばめ》の巣のスープでございます」

ツバメの巣……。食べてみると、キクラゲに似ているけど、ずっと柔らかい。美味しいけど、すぐに食べ終わってしまった。

「ねえ、さっきから珍しい料理ばかり運ばれてくるね」

「珍しいの？」

「うん、かなり」

「これが普通だと思っていた」

僕は首を横に振った。

「いや、そんなことはないよ」

彼女は給仕を呼び寄せ、僕の方を振り向いた。

「君のお勧めの中華料理は何？」

突然話を振られて緊張する。

「そうだね……例えば餃子と炒飯《チャーハン》かな」

「それは美味しいの？」

「いや、どうだろう……」僕は急に気恥ずかしくなった。

「君の舌には合わないかも……」

「餃子と炒飯を持ってきて」

シモーネが給仕に命じる。給仕は神妙な面持ちで頭《こうべ》を垂れた。

「間宮は日本にいた時、ずっとオートミールを食べていたし……シモーネも日本の大衆食には馴染みがないよね」

「正直言うと、餃子も炒飯も食べたことがない」

「舌に合うといいけど……」


料理が来るのを待つ間、もう一つ疑問に思っていたことを聞いた。

「ところで間宮が日本で暮らしていた間、シモーネは表に出てこなかったよね。ずっと眠ってたの？」

「私は……眠ってはいなかった。ずっと惣一のことを守っていた」

「どういうこと？」

「惣一が幻聴と幻視を経験していたのは君も知っているだろう？　あの幻覚は論理球だけでなく膨大な量の感球を呼び寄せた。これは私の特殊な能力なんだけど、幼少の頃から感球を見ることができて、少しなら方向を曲げることもできるんだ。だから私は表に出ることを止め、惣一を感球から守ることに注力した」

その状況をしばらく想像した後、聞いた。

「もし大量の感球を受け止めたらどうなるの？」

「感球と論理球が内積を起こすことになる。論理球は方向性を失い、全てがスカラー量に置き換わる。いわゆる『頭が真っ白』な状態だよ。特に論理球爆縮の時はとてつもない量の論理球と感球が《見る者》の意識に集積し、爆発的な内積が起きる。意識はスカラーで埋め尽くされ、理性は一瞬で破壊されるだろうね」

「……だから《見る者》はみんな正気を失うのか……」

「そうだね。惣一が理性を保ち続けたのは、私が感球を遠ざけていたからだ」

「それじゃあ……間宮がウラ三次元に行ってる間、君はどうしてたの？」

「彼がウラ世界にいる間は、私の人格が表出していたようだ。君もよく知っているはずだ、うずくまり唸り声をあげていた人間を」

僕はびっくりした。脳裏にベッドの上で悶《もだ》えている間宮の姿が浮かぶ。

「あれは……君だったの？」

「そうだよ。私は十四歳から十九歳までの六年間、意識の底に潜り込んでいた。そこは真っ暗で、何も聞こえない世界だ。一方で大量の感球が絶えず押し寄せてくる。いつも地を這いつくばり、悶え苦しんでいた。惣一がウラ世界にいる間だけ私の意識が体と繋がり、外からもその姿を確認できたわけだ」

「六年間……ずっと？」

彼女は肯いた。僕は途方もない気持ちになった。

餃子と炒飯が運ばれてきた。もの凄く見た目が綺麗で、広告写真を見ているようだ。恐る恐る口に運ぶと、すごく美味しくてビックリした。餃子は皮がモチモチで、噛《か》むと肉汁が溢れ出た。温度もちょうどよく、舌の真ん中でしっかり味わえる。炒飯は米がパラパラで、細切りの豚肉は表面がカリカリで中はジューシーだ。

二人とも無言で食べ続け、完食した。僕は素直な感想を吐露した。

「こんな美味い餃子と炒飯は生まれて初めて食べた」

「私も美味しいと思った」彼女はほのかに微笑んだ。

「このあと部屋でゆっくり話をしないか？　タムラの話を詳しく聞きたい」

「僕の話？　例えばどんな話が聞きたいの？」

「惣一と別れた後の話を聞きたい。それまでの話は惣一の記憶を通して知ってるから」

「救いようのない話ばかりだけど……」

「君はそう言うけど、私にとってはそうじゃない。恐らく惣一を止めるための多くのヒントが隠されているはずだ」

シモーネは立ち上がった。給仕が近寄ってきて、デザートをどうするか聞いた。部屋に運んでくれと彼女は答えた。

シモーネは壁際に立っていたソフィアに歩み寄り、耳打ちした。ソフィアは真剣な顔で聞いていた。僕は立ちつくしてその様子を眺めていた。

しばらくするとシモーネが離れ、僕の方に歩いてきた。背後にいたソフィアが僕を見てウインクをした。

3　回想（1／2――禁煙）

1998年　冬〔20歳〕

間宮と別れて三ヶ月が過ぎた頃――つまりシモーネが僕の部屋に襲来する九ヶ月前。その頃から間宮との会話を思い出すと、混乱するようになった。会話の内容が意識の中で増殖していく錯覚を覚えるのだ。

この嫌な感覚に変化を起こそうと思い立って始めたのが、禁煙だった。それは間違いなく大きな変化を及ぼすはずだった。

当時の僕は重度のニコチン依存者で、朝起きるとすぐにタバコに火をつけた。どうすれば禁煙できるのか全くイメージが湧かなかったので、まずは禁煙の本を読んで研究することにした。

本屋で平積みにされていた本を手に取り読み始めてみると、意外なほどその内容に引き込まれた。その内容を一言に要約するなら『タバコを吸うメリットなど何一つない』だ。読み終える頃にはすっかり洗脳され、これから始まる禁煙が楽しみで仕方なかった。禁煙開始を翌朝に控えた夜は、遠足前日の小学生のような気持ちで眠りについた。

翌朝、厳しい現実が目の前に立ちはだかる。起床して三十分も経過するとタバコのことしか考えられなくなった。

一時間経過した時、無意識のうちにタバコの自販機の前に立っていて、ゾッとした。『タバコを吸うメリットなど何一つない』と心の中で叫びながら自販機を離れた。

気を紛らわすために深呼吸や伸びをした。しかし何をしても心が満たされず、むしろ惨めな気持ちになった。

医学的に言えば、タバコに含まれるニコチンは脳内に蓄積されたドーパミンを分泌するための〈鍵〉となる。つまりニコチンにより、ドーパミンを蓄えたダムが開放されるようなイメージだ。ドーパミンが分泌されると、人は［喜び］を感じる。

本来、脳内で〈鍵〉の役割を果たすのはアセチルコリンという物質だ。ところがこの物質はニコチンと形が似ている。喫煙者の脳内には、頻繁かつ大量に『アセチルコリンもどき』＝ニコチンが押し寄せるために、脳がアセチルコリンの生産を止めている。そのため喫煙者はニコチンなしではダムに貯《た》まったドーパミンを開放できなくなる、つまり［喜び］をタバコなしで得ることができない。

朝起きた時にはすでに脳内のニコチンはゼロとなっている。ドーパミンの流れが完全にストップしているのだ。

禁煙して間もなく痛感するのは、日常の些細《ささい》な行為にも微小な［喜び］を感じているという事実だ。いわばドーパミンの『せせらぎ』のような開放が起きているのだ。

例えば朝起きて光を浴びる、大きく息を吸って伸びをする、布団から出て手足を動かす——このような些細な行為にもドーパミンのせせらぎが起きている。禁煙を始めるとこのせせらぎもストップしてしまう。

結果的に脳は［喜び］をシャットアウトされ、心は干上がった状態になる。その状況は『狭いロッカーの中に押し込められた状態』と似ている。ロッカーの中では大きく息を吸うことも、四肢を伸ばすこともできない。もちろん現実にはできている。しかし［喜び］が一切断たれた禁煙者の脳内では、できていない時と同じ気持ちになるのだ。

通常ならロッカーに自らとどまるようなことはしない。つまりすぐにタバコを吸ってしまう。ところが当時の僕はすっかり洗脳されていたので、ロッカーから出ることを躊躇した。そして半日、一日とそこに留まった。

時間の経過とともに「出たら今までの努力が水の泡になる」という恐怖が加勢し、いよいよ後に引けなくなる。

本によると辛いのは最初の三日間だけだ。それならば三日間は洗脳効果に便乗してやり過ごし、見晴らしが良くなったら徐々に洗脳を解いていこう……そのように目論《もくろ》んでいた。

しかし一週間経っても、二週間経っても劇的な変化は起きなかった。もっとも改善が全くないわけではなく、ロッカーに小窓がつき、手足を少しは動かせるなど、若干の変化はみられた。しかしロッカーの外の世界とは程遠い。それでも今さら引き返すわけにもいかず、想定外の状況に身を置くしかなかった。

※

禁煙して二週間がすぎた頃、蔵野と本郷三丁目駅の近くにある名曲喫茶で待ち合わせをした。店内に入ると、蔵野がリクエストしたと思われるグレン＝グールド演奏の『月光』が流れている。

蔵野は消しゴム作戦以降、クラシックに傾倒するようになった。最近はグレン＝グールドのアルバムを持ち歩き、それを店で流してもらっている。『グールド以外はもう聴けない』と一端のクラシック通ぶった口をきくようになった。

僕は席につくなり禁煙していることを伝え、それ以来気分も体調もすこぶる良いので蔵野も禁煙するべきだと一息に話した。

彼は街中でタヌキに遭遇したような表情を浮かべていた。

「そりゃまた唐突だな……なんで禁煙しようと思ったの？」

間宮のことは話したくなかった。

「そりゃ……吸うべきではないと思ったからだよ。肺がんになりたくないし。何よりも『タバコを吸うメリットなど何一つない』ことに気づいたんだよ」

「メリットがないってことはあるか？　少なくとも美味しいというメリットがあるじゃねえか」

僕は首を横に振り、本に書かれた内容をそのまま口にした。

「いや、タバコが美味しいと思うのは幻想なんだ。そんな気がしてるだけだよ」

蔵野が不敵な笑みを浮かべる。

「だとしたら俺が吸う分には問題ないよな？　だって幻想に過ぎないんだから」

僕は恐る恐る肯いた……確かにその通りだ。

店員が来て注文を聞いた。二人ともホットコーヒーを頼んだ。

彼はラークを一本取り出し、火をつけた。

副流煙が鼻腔に届いた時、気を失うような衝撃を覚えた。僕を閉じ込めているロッカーが一瞬だけ広がり、手足を自由に伸ばせた。しかし次の瞬間、再び閉じ込められたのだ。気が遠くなるような失望感に包まれた。

「俺も昔、禁煙したことがあってな……」蔵野は遠い目をした。

「今のノボルのように、タバコが美味しいのは幻想だと言い聞かせたものよ」

　僕は腕を組み、深く肯いた。

「その通り。幻想だよ」

　彼は笑いながら首を横に振った。ストレートヘアがサラサラと揺れる。

「禁煙して八ヶ月が過ぎた時の話だ。俺は明け方に夢を見た……土管みたいにでっけえタバコが目の前で浮かんでてさ」彼は両手を左右に広げた。

「俺はそいつのハジに必死にしゃぶりついて、手をピンと伸ばしてライターで火をつけようとしてんのよ。もちろん手が届かなくてもどかしい気持ちのまま夢から覚めたわけだ。俺はすぐにタバコに火をつけたね。これ以上、自分に嘘をつけねえと観念したわけだ。タバコの旨さが幻想ならあんな夢を見るはずがねえからな」

「八ヶ月……。土管……」

　気が遠くなった。本によれば三日で楽になるはずだったのに……八ヶ月経っても吸いたいだって？

　巨大なタバコに貪りつく蔵野の姿を想像する。それは滑稽な姿だが、笑う気は起きなかった。

　初老の男性店長がコーヒーを置いていった。

　蔵野が不敵な笑みを浮かべる。

「タバコなんてのは不条理なものよ。体に悪いし、不便を強いられる。その上、いつも美味いわけでもねえ。だけどな、これはもはや俺の人生の一部だ。

人生なんてのはどうせ不条理なことで溢れている。そこにタバコが一つ加わったところで、不条理の嵩《かさ》に大した変化は起きねえ」彼は目を細め、旨そうに煙を吸った。

「むしろ不条理ゆえにタバコへの愛が深まるのよ。なぜならこの一本のタバコに俺の人生が凝縮されているからだ。不条理ゆえに甘美……人生そのものじゃねえか」

　僕は強く首を横に振った。

「そんなの……矛盾を見て見ぬふりしてるだけじゃないか」

「いやいや、それはおかしいね」彼は灰皿にタバコを押し付けた。

「そもそも矛盾ってのは見てみぬふりをするもんじゃねえ……それは受け入れるものだ。例えば、環境問題、政治問題、格差問題……世の中は矛盾で満ちている。それらを受け入れることなく人生を送ることは不可能なんじゃねえの？」

　僕は目を瞑り、うなだれた。今はタバコを吸いたい。それ以外何も考えられない。

灰皿の上でくすぶっているタバコが気になった。吸わないならちゃんと消してほしい……。

間宮との会話を思い出した。彼が語る世界はいつも合理性で満ちていた。でもあの暗い部屋の外は不条理で満ちている……悲しい気持ちになった。

「実際には矛盾なんて一つもないはずなんだよ。現にこの世界の全ての事象は数式で記述されるのだから」

　蔵野の顔から笑みが消えた。

「全ての事象が数式で記述される？　それは全くもってナンセンスだな。数式はあくまでも分析ツールに過ぎねえ。数学がプログラミング言語のように全ての事象の根底にあると考えているなら、それは勘違いだね」

うんざりした。どうして素直に共感してくれないのだ。

「でも……素粒子自身が数式で再現できるなら、それが集まってできたこの世界も数式で規定されていると考えるのが自然じゃない？　僕は、この世界は数学そのものだと思ってる。だから見かけ上の矛盾も、実際には論理の枠組みの中にあるんじゃないかな……」

彼は首を横に振った。コーヒーカップを口元に傾け、新しくタバコに火をつけた。

「世界が数学そのもの？　それなら聞こうじゃねえか。数学には無限小と無限大の概念があるよな？　一方で、この世界の最小単位の基準の一つが素粒子だろ？　その素粒子の一つである電子の大きさが10のマイナス15乗メートル。つまり小数点の後に0が15個並んでいるわけだ。これってまあ小さいけどよ、無限小に比べたらずいぶんデカいよな？　もしこの世界が数学そのものだって言うなら、無限小に近い物が存在するはずなんじゃねえの？　ところが最小単位の一つである電子のサイズが10のマイナス15乗メートルもあるんじゃあ、無限小には程遠いだろ？

これは無限大にも言えるよな？　宇宙の観測可能な大きさが９３０億光年と言われている。これを宇宙の大きさと仮定してメートルに置き換えると、およそ10の27乗メートル。途方もなく大きいと言えば大きいけどな、無限大には程遠いじゃねえか」

彼は美味そうにラークの煙を吸い、吐き出した。僕はその動作を恨めしく眺めた。反論が思い浮かばない……。

彼は話を続けた。

「数学とこの世界が一致している？　だったらなんでこの世界には無限小も無限大も存在しねえんだ？　それは数学と現実のオーバーラップがごく一部に限られてるってことじゃねえのか？　つまり数学はあくまでも分析ツールなんだよ」

僕は首を横に振った。タバコを吸いたくて仕方ない。

それにしても……彼の言うことには一理あると思った。無限小も無限大も数学の重要概念の一つである一方で、世界に存在する事象の数値は数直線の一部に限定されている。

僕が黙り込むのを見て蔵野は不敵な笑みを浮かべる。僕は惨めな気持ちになった。


その時、間宮の記憶が増殖する感覚が脳裏を走った。

同時に耳鳴りが始まる……金属を擦り合わせるような嫌な音だ。

耳に触れると同時に、視界の右隅で猫が伸びをした。僕はびっくりして右を振り向いた。しかし猫なんていない。首を横に振った。こんなところに猫がいるはずがない。

向き直ると、視界の右隅に再び猫が現れた。それは半透明で、表面が七色に輝いている。

次の瞬間、それは僕に向かって飛びかかった。僕は反射的に避ける動作をした。しかし何も起きない。やはり猫なんてどこにもいない。

蔵野が眉をひそめた。

「おい、ノボル。大丈夫か？　ちょっと無理しすぎなんじゃねえのか？」

「少し疲れてるんだよ……」

僕はため息をついた。意識が朦朧《もうろう》としていた。一方で口が勝手に動き始めた。

「ところで蔵野のさっきの指摘は興味深いね。だけど残念ながら間違っているよ」

彼の目つきが再び鋭くなる。

「ほう。どういうことよ」

僕はうんざりした気持ちになった。しかし口は意思と関係なく動いた。

「無限小と無限大の欠落。それはこの世界を三次元に限定しているために起きる矛盾だよ。こう考えたらどう？　素粒子の中にもう一つの宇宙がある。その宇宙の中の素粒子にまた宇宙がある。それを延々と繰り返していく」

蔵野は目を丸くした。

「おいおい、何を話し始めるかと思ったら……なんだよ、そりゃ」

「この世界はそもそも三次元じゃなくて、六次元ということだよ。分かりやすくするために一次元に置き換えてみよう。ボクたちは線の中に住む一次元人だ。ボクたちの目に映るものは点だけ……そういう世界」

蔵野は肯いた。続きを話せという表情だった。口が動いた。

「一次元人は平面の世界を想像することができない。だけど次のように二次元を擬似的に表現することはできる。

頭の中で一本の線を描いてみて。それをx軸としよう。その線が彼らの住む世界で、これをオモテ線と命名する。ここで次のように考える――オモテ線に含まれる全ての点に、一次元の線が圧縮されている。

この圧縮されている線をウラ線と命名しよう。すると例えば二次元上の座標A（1，2）は、このオモテ線の点（1）をまず対応させ、さらにその点に隠れたウラ線の［2］を対応させればよいということになる。これにより一次元人は簡易的に二次元を考えることができる。この場合、座標をオモテ、ウラの順に書くことにすれば（1）［2］と表記されるだろう」

蔵野は深く肯いた。

「興味深い話だな。でもそれが無限小や無限大と関係あるのか？」

「問題は初めにあったオモテ線と、後から出たウラ線、これが実は全く対等なんだ。つまりウラ線の［2］をまず対応させて、その点にオモテ線が圧縮されていると考えることもできる。座標は（1）［2］で変わらない。この場合、もしウラ一次元人がいるとしたら、自分たちの住むすべての点にはオモテ線が圧縮されていると考えるだろうね。問題はさらにオモテ線から見ると、やはり自分たちの住む世界のすべての点にウラ線が圧縮されている……つまり点の中に世界が含まれる構図が永遠にループし続けることになる」

蔵野は呆然としていたが、三十秒ほど考えてから身を乗り出した。

「面白《おもしれ》えな、その仮説。続きを聞かせてもらおうじゃねえか」

彼の癖である貧乏揺すりが激しくなった。僕の口は動き続けた。

「次に世界が六次元であると仮定しよう。それを理解するためには、さっきの一次元人と同じことをすればいい。この世界の素粒子には三次元の宇宙が含まれ、さらにその宇宙の素粒子にも三次元の宇宙が含まれている。オモテ世界、ウラ世界といった具合で永遠にループし続けるわけだよね」

蔵野はカバンからペンと計算用紙を取り出し、無言で図解を書き始めた。普段の砕けた口調とは対照的に、こういう時の彼は驚くほど几帳面だ。

五分ほどで書き上げた図解をじっと眺め、彼は口を開いた。

「まあこういう考え方もあるかもしれねえけど……証明する手段がないんじゃねえ……」

「それを示唆する証拠ならある。それこそが蔵野が指摘した数学の無限小と無限大の存在だ。例えば数学における虚数の概念が量子力学の存在を予言したように、数学的概念が人間の頭の中で生まれた時、それを含む物理法則はほぼ100パーセントの確率で現実にも存在する。つまり無

【　一次元人の思考プロセス　】

❶ 二次元平面の座標（1,2）を想像するには
まずx軸（オモテ線）の座標（1）を想起。

❷ この（1）の中にもう一つの世界（ウラ線）が
含まれていると考える。

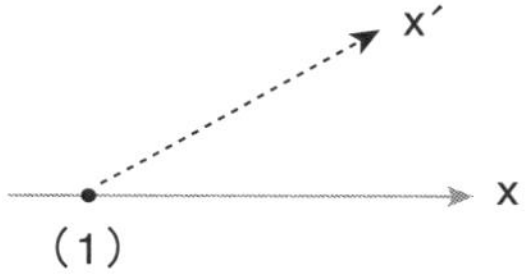

❸ ウラ線の座標［2］を考える。

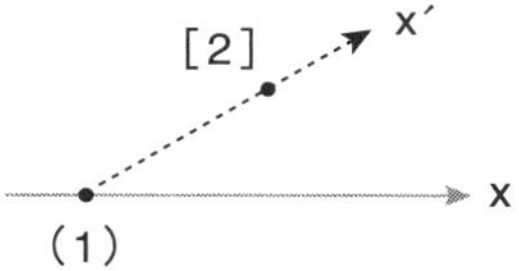

❹ まずオモテ線の点（1）を対応させ次にウラ線の［2］を対応させることで
一次元人も二次元を疑似的に想像することができる。（1）［2］→（1,2）

同じ思考プロセスで我々三次元人も六次元を想像できる。

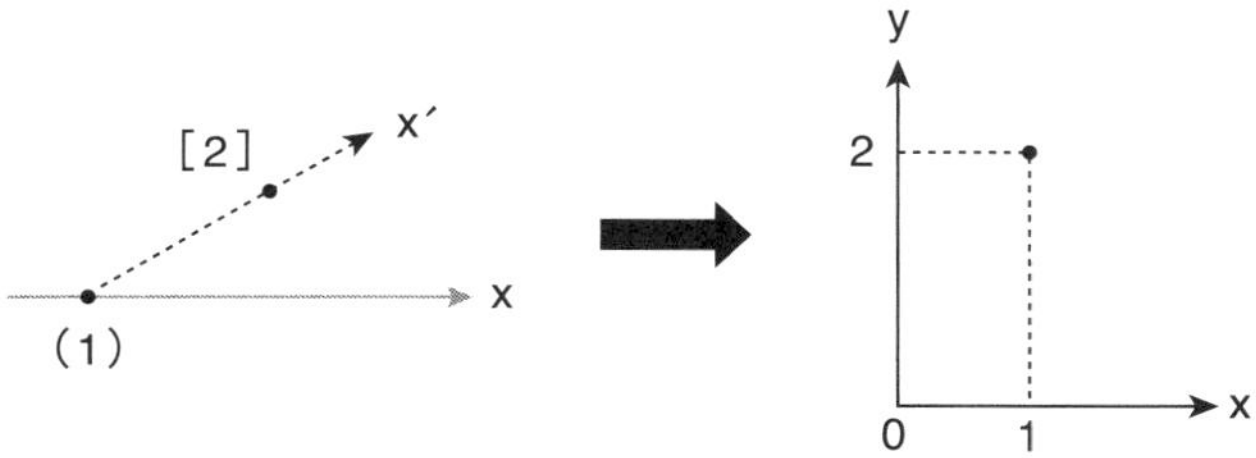

❺ 問題はウラ線から見ると
座標［2］の中にオモテ線があり、
その中の（1）が対応すると考えることもできる。
つまり、オモテはウラを含み、
ウラはオモテを含む。

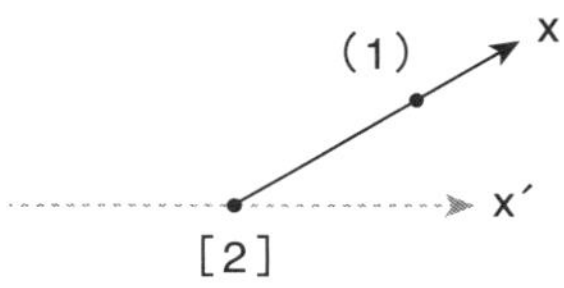

限小と無限大の存在こそ、永遠に繰り返されるオモテ宇宙とウラ宇宙の存在を予言している」

蔵野は目を丸くした。

「ノボル、どうしたんだ。禁煙して逆に覚醒したのか？　抽象的な話を妙に生々しく話すじゃねえか」貧乏揺すりが一層激しくなり、古いソファチェアが軋《きし》んだ音を立てた。

「それにしても……世界は六次元だって……？　面白えや、こりゃ」

僕は自嘲の笑みを浮かべた。全部間宮が話したことの受け売りだ。暗い部屋で彼が語ったことを、レコードを流すように口から発しただけなのだ。それも今さっき増殖した記憶を……。

それにしても……話したら不味《まず》い内容だったんじゃないか？　オモテ世界、ウラ世界というワードはウィリス家のレッドラインを超えている気がする。

でも口が勝手に動いたのだ。僕はタバコを吸いたいとしか思っていなかったのに。

タバコの副流煙が断続的に鼻腔を刺激し続けた。心の中で何かがプツンと切れる。

「ごめん、もう無理」

僕は蔵野が灰皿に置いたタバコを手に取った。

蔵野が口を開けて見ている。


――次の瞬間、何もかもがスローモーションになる。

タバコを指に挟んだ手が。ゆっくりと唇に向かってくる。

だけど、どんどん、動きが遅くなり。

いつまでも、唇に届かない。

手の動きが、どんどん、ゆっくりになる。

どんどん。ゆっくりに――。

※※

１９９８年［20歳］

目を見開く。真っ暗だ。何も見えない。柑橘系の香りが鼻腔を刺激する。

ここは……間宮の部屋だ。僕は今まで何をしていた？

直前の記憶を思い起こす……そうか、間宮の部屋でうたた寝をしていたんだ。前日、間宮が論理球爆縮を起こして……その話をしていたら眠ってしまった。部屋が真っ暗だからすぐに眠くなる。

「危なかったね」

暗闇の中で声が響く。間宮の声だ。彼は僕の腕に手を置いた。

「え、何が？」

「すごく寝ぼけていたから」

「……とても長い夢を見ていた気がする」

「うん、十五分くらい寝ていたよ。疲れていたんだね」

間宮のシルエットが動き、衣擦れの音がかすかに響いた。

「……もっと長い時間、寝ていた気がする」

「そういうこともあるよ」彼は大きく息を吸った。

「きっとウラ世界で『意識が移動した』んだね」

「ウラ世界？」

「うん。すべての意識が存在する、例の場所」

「そうか、僕の場合は『赤いアメーバ』だったよね？」

「そうだね。君の場合は赤い」

「そこを移動すると長い夢を見るの？」

「違うよ、そうじゃない。ウラ三次元、時間軸も含めるとウラ四次元。そこでは時間軸が実数で、x、y、z軸の数にはそれぞれi、j、kと表記される虚数がかかっている。いわゆる四元数だね。つまりボクたちの住む世界――x、y、z軸が実数で、時間軸に虚数iがかかっている――とはあべこべなんだ。ウラ世界での『移動』とは、時間軸の上を動くことだ」

目を瞑ってしばらく考えた。

「なんかすごい昔に……聞いた気がする……」

間宮の声が闇の中で響く。

「要するにウラ世界で意識が『移動』すると、オモテ世界では過去に戻ったり未来に進んだりする」

「それは……大変なことじゃない？　みんな混乱するよ」

「全く問題ないよ。だってそれまでの記憶はしっかり脳に刻まれてるんだから。もちろん『時間をジャンプした』なんて実感も起きない。例えば君は『長い夢を見た』後、この世界で目を覚ました。まず何をした？　直近の記憶を探しただろう？　『そうだ、間宮の部屋で寝ていたんだ』って具合にね。つまり移動した先の世界と一瞬でリンクを築いたんだ」

「ちょっと待ってよ。じゃあ……今の僕は別の時間から来た可能性があるってこと？」

「そうだね。だってウラ三次元では日常的に起きてることだよ。この世界で物が移動するように、意識のアメーバは時間軸の上を移動する。ボクはいつもその様子を眺めている」

しばらく考えていると、疑問が一つ解けた気がした。

「だから間宮はウラ世界で赤いアメーバを見つけても……自分から近くに寄れないの？」

「そういうこと。向こうでは時間が過ぎるのを待つように、空間が移動するのを待つしかない」

間宮のシルエットが起き上がる。壁の方まで歩いて、部屋の明かりのスイッチを押す。薄明かりの中で彼の姿が浮かびあがり、僕はその姿に見入った。彼はまた隣に座った。

「ウラとオモテを行き来しているうちに、ボクは四次元空間をイメージできるようになった。例えばタムラの姿も四次元時空の中で思い浮かべることができる。それってどんな感じか分かる？」

「いや……全く分からない」

「例えるなら時間軸を含む一つの彫刻だよ。その彫刻の下端は赤ん坊で、上端は老人なんだ。つまり四次元時空の中では、赤ん坊の時の君と、老人の時の君が同時に存在している。『死んだら無だ』と考える人がいるけど、それは彫刻に背を向けて『何も存在しない』って言ってるのと変わらない。実際には、彫刻は彼の背後に存在し続けている」

僕は四次元の彫刻を想像した。ダメだ、見当もつかない……。

ふとタバコが吸いたくなった。タバコ。なんだか無性に吸いたい。

「タバコ吸いにいかない？」

「いいよ。ボクも吸いたいと思っていた」

僕たちは立ち上がり、隣の部屋のキッチンに移動した。

タバコに火をつける。煙を吸い込むと、やたら美味く感じる。

「タバコってこんなに美味しかったっけ、って思う時があるよね。『これだから止められない』って思う瞬間……今がまさにそんな感じだ……」

間宮は指に挟んだラキストの火を見つめている。彼は首を横に振った。

「脳内に貯まったドーパミンがニコチンを補給して開放された……それだけの話なんだけどね」

僕はうつむいた。今は理屈よりも、共感がほしかった……。

沈黙が続いた。薄明かりに照らされる間宮の横顔を眺める。ここに住んで一ヶ月経つが、未《いま》だにその姿に目を奪われてしまう。

特に今日は……すごく綺麗に見える。

首を横に振った。ダメダメ、彼の心は男なんだから……。僕はマイセンの先を灰皿に押しつぶした。

「戻らない？」

「そうだね」

僕たちは部屋に戻り、またベッドの前に座った。部屋は真っ暗だった。

暗闇の中で、間宮の声が響いていた。彼はタバコが美味しいと錯覚する理由について淡々と話していた。僕は聞くともなくその話を聞いていたが、だんだん眠くなってきた。はっきり言って興味のない話だ……。

暗闇の中で現実と夢の境界が曖昧になっていく。

彼の声が響いた。

「そろそろかな」

「……何が？」

自分の声が遠く聞こえた。

※※

「おい、ノボル」

「え、何？」

「どうするつもりだよ、そのタバコを」

僕は指に蔵野のラークを挟んでいることに気がついた。

「うわ、無意識に手にとってた。怖っ」

「これぞ依存症って感じだな」

「吸ってなかったよね？」

彼は首を横に振った。

「手に取ったまま五秒くらい固まってたよ」

「よかった……でも……ショックだ」僕は首を横に振る。

「もう無理だ、今日は帰るよ」

「なんだ、せっかく面白い話だったのに」

蔵野は残念そうにする。僕は自分の分の勘定を置いて外に出た。

オモテとウラというキーワードを蔵野に話してしまった……。まさか彼らの耳には届いてないと思うけど……。

不安が頭をもたげた。

※

禁煙して三ヶ月が過ぎた。タバコへの渇望が減ってきた一方で、何の前触れもなく絶望感に襲われるようになった……例のロッカーから解放されたはずなのに、ある瞬間、突然ロッカーの中に閉じ込められている。それが前兆もなく起きる。そして「もう二度と吸えない」という言葉が重く心にのしかかるのだ。

その言葉には、どんな理屈が束になっても敵わない力があった。慎重に論理のブロックを重ねていっても、『でもタバコ吸えないじゃん』の一言で崩れ落ちてしまう。

脳裏に懐かしい言葉が響く。

『論理は一次元、理解は二次元、実感は三次元』

論理は言語の一次元からスタートし、最後には三次元ベクトル＝実感まで昇華する。この言葉に続きがあるとしたら、四次元だとずっと考えていた。しかし今は逆の方向に考えている。

『感情は０次元』

かつて間宮が語ったところによると、思念球は論理球と感球に大別される。論理球は意識にベクトルのまま取り込まれる一方で、感球は小さいためベクトルのまま取り込まれない。その代わり、意識の中にある論理球ベクトルと内積をとる。つまり時間を含めれば四次元である論理球ベクトルを、感球は０次元に畳み込んでしまう……小さいか、大きいか、それが全てとなる。

つまり例の言葉の続きは次のようになる。

『感情は0次元』

感情、特に脳内の報酬系が司《つかさど》る『欲望と恐怖』に対して、論理は無力だ。四次元時空に張り出すための翼を失い、一点に畳み込まれてしまう。


気がつくと、得体の知れない感覚に包まれていた。

『いったん全部ぶち壊そう』

その衝動は少しずつ意識を侵食していき、今や完全に支配権を握っていた。あらゆる論理球ベクトルが0次元に畳み込まれたのだ。

今の僕にとっての『ぶち壊す』とは、タバコを吸うことだ。今までの忍耐が全て水の泡となるが、何かを失うわけではない。三ヶ月前に戻るだけだ。むしろちょうどいい塩梅の壊れ方とも言える。

図書館の横で間宮と一緒に吸ったタバコ。安楽亭で蔵野、岡田と吸ったタバコ……あまりにも多くの思い出がタバコの匂いを含んでいる。タバコを否定するたびに自分の過去を否定する気持ちになっていた。こんなのは健全ではない。

――よし、やってやる。ぶち壊してやる。


僕はタバコに火をつけた。

とても懐かしい味がした。それは三ヶ月前に吸ったタバコの味ではなく、三年前に初めてタバコを吸った時と同じ味がした。

美味しくはなかった。すでに脳内でアセチルコリンの産生が始まっていたのだ。だから吸っても美味しくない。美味しいと感じるのは、もっとニコチンに依存した後——アセチルコリンの産生が再び停止してからだ。

金属を擦り合わせるような耳鳴りが始まった。視界の隅に猫がいて、僕のことを見ている。その半透明の猫は、蔵野と会った日から時々現れるようになった。いつも嫌な耳鳴りと一緒に現れる。

視線を向けると消えてしまうので、それが本当に猫の姿をしているのか確認できない。ただ視界の隅にいる時の気配は、猫にそっくりだ。

僕はため息をついた。

——そもそもなんで今タバコを吸ってるんだ？

タバコを吸うに至った思考プロセスが思い出せない。全て0次元に畳み込まれた。

この三ヶ月で積み上げたものは跡形もなく破壊された。かすかに残った残滓《ざんし》があるとするなら……それは挫折感だった。

※

「不条理だよ……」

僕は紫煙をくゆらせながら呟いた。自分でも驚くほど覇気のない声だ。蔵野は美味そうにタバコを吸った。

「ハハハハ、人生なんてのはそんなもんじゃねえのか。不条理なことばかりだ」

僕たちは三ヶ月前と同じ本郷三丁目駅近くの名曲喫茶にいた。やはり蔵野持参のアルバム、グールド演奏のフランス組曲第六番が流れていた。

　僕は口を尖らせた。

「蔵野は一年前、渋谷の喫茶店で『この世界には合理性が漂ってる』って言ってたんだよ。覚えてる？　一方で三ヶ月前はこの喫茶店で『世界は矛盾に満ちてる』って言ってた。その辺の整合性はどうとるの？」

　蔵野は笑みを浮かべた。

「俺もノボルと話した後、同じことを考えたんだよ。なんでこの世界はこんなにも不条理で、同時に合理性に満ちているのか」彼はコーヒーカップを口に運んだ。

「例えばライオンに喰われるシマウマの赤ちゃんを想像してほしい。シマウマ親子からすれば、不条理極まりねえ話だろ？　だけど大局的に見れば、生態系ピラミッドという合理的なシステムの中に含まれているわけだ。つまり個体にとっての不条理と全体の合理性は必ずしも一致しないわけよ」

　僕は呟いた。

「個々の合理性がマイナスでも、全体でみればプラスってこと？　例えば戦争でバタバタ人が死んでも、人類史の観点に立てば合理性の礎《いしずえ》になる……」

「まあそういうことになるな」

「それだと泥棒や強盗も必要悪ってことになるよね？」

「まあ社会全体で見ればな。それでも俺たち普通の人間は、彼らの存在を否定すべきなんだよ。例えるなら交感神経と副交感神経みたいなもんでな、正と悪、反対の性質を持つもの同士が拮抗《きっこう》し合うことで全体のバランスを保ってるわけだ」

僕はため息をついた。

「当事者からすると論理じゃなくて、気持ちの問題なんだよ。不条理ってさ、一言で表すなら辛いんだよね。できるなら不条理とは無縁に生きていたい」

「ハッハハハ。ノボルはやっぱりそうくるか」彼は新しくラークに火をつけた。

「でも考えてもみろよ。俺たちが学ぶ医学なんてのは不条理を詰め込んだような学問じゃねえか？　病気ってのは平穏な日常を突然ぶち壊してくる、不条理の権化のような存在だろ？　だけどそれって、ほとんどの人間にいずれ降りかかる現実なんだよ。一方でほとんどの人間はその現実から目を逸らして生きてる。俺はそれが嫌だったから、あえて不条理と向き合うことに決めたわけよ。つまり医学部再受験だな」

彼は満足そうな笑みを浮かべた。僕はますます暗い気持ちになった。

「病理学の本を読んでると気が滅入るよ……物理や数学の勉強とは根本的に異なるから。ロマンのかけらもない現実が淡々と記述されている……」

ため息をついた。駒場キャンパスに戻りたい。

「ハハハ。まあ医者になるなら不条理と向き合うことに慣れることだ」彼は美味そうにラークを吸った。

「で、禁煙は再チャレンジするの？」

僕は肯いた。

「落ち着いたらまた始めるよ。今度はもうちょっとスマートにやる。やっぱり自己洗脳はよくない」

「ほう……具体的にどうするのよ？」

「結局、タバコを吸って美味しいと思う理由は脳内に貯まったドーパミンがニコチンによって開放されるからなんだよね。言い換えると［喜び］のダムが脳内にできていて、タバコを吸うとダムのゲートが開くようになってるんだよ。『だからタバコはやめられない』と思ってしまう。ちょっと巻き戻して考えれば、タバコを吸う前は［喜び］を感じられず、干上がったような気持ちになっていたはずなんだ。ところが、ひとたび［喜び］を味わうと、そういう心の変遷が全て畳み込まれてしまう。つまり四次元的な記憶が『点』になってしまう。

今度禁煙する時は、その『畳み込み』を繰り返しイメージする。タバコを吸う前の乾いた気持ち……それを意識的に脳内で展開する」

蔵野はコーヒーをすすり、カップを静かに置いた。

「友達に産婦人科の研修医がいるんだけどさ、そいつの話だと女性は陣痛がどんなに辛くても、出産した後の［喜び］が大きすぎて、陣痛の苦しみを忘れちゃうらしいんだよ。出産中は『こんなに苦しいならもう産まない』って嘆いていたのに、産んだ後はニコニコして『また産みに来ます』って言うらしいんだ。それもドーパミン放出による畳み込みと言えるかもな。辛かったはずの四次元的なプロセスが、出産という［喜び］に畳み込まれちまう」

「うん……まあ出産の場合はいいけど……禁煙で畳み込みは害悪でしかない」

「で、具体的な作戦はないの？　観念論だけじゃキツくないか？」

「これを使う」僕はポケットからニコチンガムを取り出した。ネットの個人輸入サイトで買った4ｍｇのガムだ。日本で認可されている2ｍｇより明らかに効果が高い。

「吸いたくなったらこれを噛む。そして吸いたい欲求が消えていく過程をしっかり実感する。タバコと違ってニコチンの摂取が緩やかだからね、畳み込みも緩やかに進むんだよ」

「ほう……ニコチンガム」

「気が向いた時にいつでも禁煙ができるようにバッグの中に入れてあるんだ。蔵野もやってみる？」

「うーん、まあ検討しておくかなあ」彼は苦笑いを浮かべた。

「しかし『［喜び］のダム』とか『畳み込み』とか、上手い表現を使うじゃねえか。ノボルは時々鋭いこと言うんだよなあ」

僕は苦笑いした。全部間宮が話していたことの受け売りだ。禁煙のことを考えているうちに、彼との会話の記憶が『追いかけてきた』のだ。

それにしても……彼が禁煙について語っていたなら、初めからそれに従えばよかったじゃないか。どうして禁煙の本なんて読んだんだ？

不安が頭をもたげた。初めは守秘義務を破ったことに対する不安だと思ったが、そうではなかった。

僕ははっきりと覚えている――あの日間宮は、唐突に禁煙について語り始めた。当時は全く興味がなくて聞き流していたのに……なんで間宮は禁煙の話をしようと思ったんだろう？

4　ソフィア＝ウィリス

2003年　秋［25歳］

シモーネと再会を果たした日に話は戻る。

僕たちは食事をした半球形の部屋から扇形の玄関ホールに戻り、向かい側にある空間に移動した。そこは床が直径約十五メートルの円で、天井が短径約七メートルの半楕円体構造の部屋だった。半球形の部屋同様、壁は高さ三メートル弱の筒形に置き換わっている。床は厚いベージュの絨毯で覆われ、先ほど過ごしたダイニングルームに比べるとアットホームな雰囲気だ。

中心部には丈の低いブラックガラスの円形テーブルが置かれ、それを囲むように六十度の円弧を描く本革のソファが三脚置かれていた。

部屋にはやはり扁平《へんぺい》な楕円体の調度品が置かれていた。その中の一つを見分してみると、漆塗りの引き出しだった。それは赤道部の直径が一・五メートル、高さが一メートル程度の楕円体で、床に接する部分は安定を保つため平面に削り込まれている。肝心の引き出しは、赤道部に六十度の円弧を描く形で四つ配置されている。その他の部分は単なる装飾ということになる。この部屋の中に効率の良いスペース活用という概念はないようだ。

僕とシモーネは中心に鎮座するソファに斜向かいに座った。シモーネに促され、僕は過去の話を始めた。シモーネは目を瞑り、腕と足を組んで聞いていた。まるで眠っているように静かだったが、時々話を止めて質問してきた。

禁煙失敗の話を終えた時、時刻はすでに二十四時を回っていた。

「ごめん、そろそろ帰らないと」

「そうだな」彼女は腕時計を見た。

「タムラ……今もその猫は見えてるの？」

僕は肯いた。

「君に過去の話を始めてから……ずっといる。部屋の隅で様子を窺っているみたいに……」

「なるほど……」

「気味が悪いよね。話さない方がいいかなと思ったけど……」

シモーネは部屋の隅を眺めていた。なんとなく気まずい空気だ……。

僕は時計を見て言った。

「じゃあ、もう遅いから」

「そうだったね。ソフィアに送らせるよ」

彼女は壁際に立っていた使用人に声をかけた。使用人はトランシーバーで外部に連絡する。

「ソフィアはずいぶん若いけど……他の使用人に指示を出しているように見えた。彼女は君と同じウィリス家の人間なの？」

シモーネは首を横に振った。

「彼女はウィリス家の血筋を引いているけど、正式に家族の一員として認められたわけではない。

まだ試用期間中の身だ」

「試用期間？　まるで会社みたいだね」

「ウィリス家はそうやって代々受け継がれてきた。彼女だけじゃないよ。私だってそうだ。たとえ幼少でも試用期間の時期がある。もしチャールズの眼鏡に適わなかったら再び親元に返されていたはずだ」

「へえ……」

やっぱりチャールズのことを好きになれない。間宮が言っていた通り血も涙もない人間のようだ。そう思ったものの言葉にはしなかった。シモーネは間宮と異なりチャールズのことを慕っているように見えた。

「ソフィアは貧しい家の生まれである一方で、傑出した才能を持つハッカーだった。三年前にウィリスグループ傘下の企業にハッキングし、ＦＢＩに逮捕された。その時彼女が入手したファイルは、ウィリス家が秘中の秘として管理していたものだ。さらに態度が非常に敵対的であったので、少し長めに服役させることにした。

ところがウィリス家の血筋を引いていることが後に判明し、仮釈放の上、試験的な採用を開始することになった。それが二年前の話だ。試用期間が長引いているのは、当初の彼女の態度が非常に悪かったからだ。今はすっかり猫をかぶっているけどね」

ソフィアの無邪気な笑顔を思い返した。

シモーネが言った。

「彼女の場合、正式採用されなかったら再び収監されることになる。だから本人も頑張っているよ。私は彼女を頼りになるビジネスパートナーだと思っている。だからこそ試用期間中の彼女にチームの使用人長を任せているんだ。だけど最終的に家族として迎えるかどうかを判断するのはチャールズだ」

僕は肩をすくめた。やっぱりチャールズの一存なのか……。

シモーネは言った。

「水曜日の夜、また会おう。遅くなると思うけど、こっちから連絡するよ」

「うん、分かった」

「その時、君に見せるものがある」彼女は僕の目を見た。

「惣一がずっと君に隠していたものを……私が見せてあげるよ」

「分かった」

なんだろう？　気になったが、次に見せると言われたので黙っていた。

「玄関まで見送るよ」

玄関ホールにはスーツを着た東洋人の女性が立っていた。年齢は四十代前半くらい、とても緊張した表情を浮かべている。僕とシモーネが別れた後も、その女性は残った。僕を下まで案内してくれるそうだ。

「お荷物をお持ちします」彼女は屈《かが》んだ姿勢で僕のバッグを預かろうとした。僕は固辞した。

「申し訳ございません」

彼女は後退りし、深々と頭を下げる。ものすごく緊張しているように見える。

エレベーターに乗り込んだ後、僕から話しかけた。

「あの……僕はただの学生なんで。そんなに丁重にならなくても大丈夫ですよ」

「とんでもございません」彼女は強く首を横に振り、頭を垂れた。

「タムラ様が少しでも快適に過ごしていただけるよう私たちは努力いたします」

「でも見ての通り僕はただの貧乏学生です」

彼女は目を瞑り、微笑みながら首を横に振った。

エレベーターのドアが開いた。来た時と同じ通路を抜けて外に出ると、ソフィアが車の前で電話をしていた。険しい表情で、かなり強い口調の英語を話していた。

彼女は僕の存在に気がつくと、罰が悪そうな顔をした。一言呟いて携帯電話を切ると、にっこりと笑って背後の車を手のひらで示した。ロールス・ロイスのファントム。黒いフレームが外灯の明かりを妖しく反射している。上質な塗装を纏《まと》う一方で、戦車のような威容を放っている。もの凄い存在感だ。

「これに……乗るんですか？」

「はい。私がタムラ様の家まで送ります。よろしくお願いします」

彼女はそう言ってファントムの観音開きのドアを開け、後部座席に座るよう促した。例によってパーティションで運転席と後部座席が完全に仕切られている。

「あの……助手席に座ってもいいですか？」僕は言った。

「せっかくだから、ソフィアさんとお話をしたいです」

彼女は首を傾げた。

「それは構いませんが……前は椅子を倒せないし、窮屈ですよ」

「僕は構いません……もちろんソフィアさんがよければですが」

「もちろん私は大丈夫です」

彼女は満面の笑みを浮かべた。

僕が助手席に乗りこんだ後、彼女は運転席に座った。内装はタン色の本革と、上質なウッドトリムで覆われている。息を呑むような贅沢な作りだ。

座席も心地よくフィットした。しかしソフィアが言ったように、後ろにパーティションがあるため圧迫感を覚える。だけどそれくらいの方が逆に落ち着く。

ソフィアが車のキーを回す。柔らかく重いエンジンの音が響く。道路を優しく撫でるように巨体が始動する。

「実はタムラ様に言われなかったら、私から提案しようと考えていました」

「え、何をですか？」

「助手席に座っていただいて、お話ができないかと」

「そうですか……ソフィアさんも何か話したいことがありましたか？」

外堀通りに出ると、すぐ赤信号につかまった。彼女は僕の方を見た。

「タムラ様、私はソフィアでいいです。あと畏まった話し方もおやめください」

僕は首を横に振る。

「いえいえ、そういうソフィアさんは『様』をつけて僕を呼んでるし」

「タムラ様、ウィリス家の使用人はあなたに対してどのような態度でしたか？　みんなあなたのことを気遣い、恐縮していましたね。貴方を迎え入れてまだ半日も経っていませんが、今やシモーネ様の下で働くスタッフで、タムラ様を知らない者はいません。あなたがシモーネ様にとって特別な存在であることがチーム内で共有されているからです」

使用人たちの表情を思い返した。彼らはシモーネの前で緊張しているのだと思った。

僕がそう話すと、彼女は首を横に振った。

「それは違いますね。シモーネ様は無意味に威張ったりしません。だから普段は我々もリラックスしています。今日使用人がみな緊張していたのはタムラ様がいたからです」

信号が青に変わる。車はしばらく流れに乗って走り続けた。その間、無言の時間が続いた。僕は躊躇しつつも口を開いた。

「シモーネは僕に〈力〉があると思っているみたいなんです。でも……心当たりがなくて」

彼女は返事をする代わりに車を路側帯に寄せて、ハザードランプを焚《た》いた。僕に顔を向ける。対向車のヘッドライトがソフィアの顔を照らした。夕方の無邪気さは鳴りをひそめ、平板な表情を浮かべていた。目つきが鋭くて、威圧感がある。笑顔と無表情の落差が大きい。

再び彼女の顔は闇夜に包まれる。ソフィアの乾いた声が響いた。

「タムラ様、繰り返しますが、もっとフランクな言葉遣いで話しかけてください。そうでないと私たち使用人の立場がありません」

僕は恐る恐る肯いた。

「分かったよ、ソフィア。でも君の立場は『使用人』なの？　シモーネは君のことを『頼りになるビジネスパートナー』と言ってたよ」

彼女の顔の輪郭が動く。

「シモーネ様がそうおっしゃっていたのですか？」

「うん」

対向車のライトが再び彼女の顔を照らし出した。真っ赤に染まっている。

彼女は前を向き直る。

「失礼しました。車を走らせます」

しばらく沈黙が続いた。車は夜の外堀通りを走り続けた。

「タムラ様、シモーネ様と私の出会いについて聞いてもらえますか？　少し長くなりますが」

「もちろん、ぜひ聞きたい」

「ではしばらく皇居を周ります」

「うん」

車は内堀《うちぼり》通りに入った。僕は夜の皇居を見た。街灯がお堀を仄かに照らしている。その先には真っ黒な森が見える。日本の主要な中枢機関が、この皇居を中心に配置されていることを知ったのは、大学生になってからだ。警視庁、最高裁判所、国会議事堂……。

「三年前の夏、私はウィリスグループのＩＴ会社にハッキングを仕掛けました。何か目的があったわけではなく、毎晩どこかにハッキングを仕掛けていたので……単なる暇つぶしの感覚でした。その日、私はある極秘ファイルを入手しました。やたら厚いセキュリティを見つけて、少々手こずった後に辿り着いたもの……それは若かりし頃のチャールズ様を収めた一枚の写真でした。念のためＣＤ‐ＲＯＭに保存したあとは、存在すら忘れていました。それがウィリス家の秘中の秘であることも知らずに。

もっとも当時の私のハッキング技術は世界トップクラスで、身元を特定されることはまずあり得ないはずでした。ところが［知る者］の一人がすぐに私を特定しました。私は狐につままれたような気持ちでＦＢＩに逮捕されたのです。

後日、懲役四十年の罪を求刑されました。私は当初、何かの手違いだろうと思いました。だってたかだか一枚の写真ですよ？　懲役四十年はさすがに馬鹿げています」

僕はシモーネの言葉を思い出した。『ちょっと長めに服役』と彼女は言っていた。

ソフィアはため息をついた。

「彼らは今までのハッキング歴はもちろん、いわれのない罪を次々と被せてきて、結局私は求刑通り四十年、刑務所に服することになりました。当時の私は十六歳ですから……出所する頃には五十六歳です。全く実感が湧きませんでしたが、一ヶ月、二ヶ月と過ぎるにつれて現実を受け入れるようになり、暗い気持ちで獄中の生活を送りました。というのも私の実家はとても貧しく、下に四人の弟妹がいます。彼らが私なしで生きていけるのかどうか、心の底から心配だったのです。


服役して三ヶ月が過ぎた頃、シモーネ様が面会に来ました。私は彼女のことを知っていました。判決を言い渡された時、検察の隣に座っていたのをはっきりと覚えていたのです。私は彼女を一目見て、窓越しに罵倒を浴びせました。声が枯れてようやく席に着いたとき、シモーネ様が呟きました。

『気は済んだか？　私も時間がないので単刀直入に聞く。今ここで世界の始まりをプログラムするとしよう。君ならどうする？』」

※

「あんたにそんなことを教える筋合いはないね、バカらしい」

「君は今、運命の分岐点に立っている。私を納得させることができたら君は仮釈放の身となる。そうでなかったら……あと三十九年と九ヶ月、この監獄の中で過ごすことになる。もちろん仮釈放など金輪際起きえない」

私は鼻で笑いましたが、彼女は無表情を崩しませんでした。面会早々、私から罵詈《ばり》雑言《ぞうごん》を浴びたにもかかわらず全く動揺している様子がありません。私はその時からシモーネ様に只者《ただもの》ならぬ雰囲気を感じました。

どうせ戻っても、暇な労務しか待っていません。私は彼女の質問に答えることにしました。

私は日常で目にするあらゆる事象をプログラムに置き換えることができます。もちろんグラフィックデザイナーではないので映像化はできませんが、その事象の本質を抜き取って、骨組みをプログラムで再現できるのです。私は言葉を覚えるよりも前にアルゴリズムを理解していました。世界の始まり。それは幼少の頃から幾度となく再現を試みたアルゴリズムでした。

「点がある」私は呟きました。

「……その点はずっと動かない。何も起きない。だとしたらプログラムコードも『点がある』、この一行で終わりだ」

私は彼女の目を見ました。彼女は続けるように促しました。

「例えば点を含む一つの線を考える。それをx軸としよう。最初の点の座標を0として、1秒後に1／2の確率でマイナス1、1／2の確率でプラス1に移動する。その後も1秒おきに同様の確率で左右いずれかに移動する。

このままじゃあ終わりがない。再び0に戻ったら『終了』としよう。つまり、それが点にとっての『死』だ。

例えば最初に運良く十回連続プラス、あるいはマイナスの方向に移動した場合、点の期待余命はかなり長くなる。だけど最終的には全ての点が0を通過し、『終了』する。これが点の一生だ。

このままじゃあ一生を終えるのを待つだけだ。そこで次のルールを加える。点が［プラスマイナス２の倍数］に到達した時点で、新たな点が［生まれる］ことにしよう。より具体的なルールとして、［生まれる］のは０に近い方向から到達した時に限る。つまり０に引き返す方向から到達した時はカウントされない。さらに［生まれる］子供の数は、その絶対値の二進対数の整数部分とする。例えば４なら二つ、８なら三つ、18なら四つという具合だ。これにより複数の点が生まれ、その子孫がさらに多くの点を生み出す。一方で０に呑み込まれる点の数も増える。どうだ、最初に比べるとずいぶん『世界』っぽくなっただろう？」

「それだけか？」

「ここからが本番さ。次に二つの条件を導入する。まず『天災』プログラムを導入する。これがランダムに始動することにしよう。これが起きると、それぞれの点はより高い確率で０に引き寄せられる。一方である一定の割合の点が０に呑み込まれた時点で、『天災』が終了するというルールを設けよう。つまり、一部の点の死によって、その他の点は命拾いする。それだけでなく天災後しばらくは０に向かう確率が低下する。なぜなら当初設定した１／２の確率に収束するための辻褄《つじつま》合わせが起きるからだ。

偶数は子供が生まれる歓喜の点、０は死に至る不条理の点である一方で、天災が終了する救いの点でもある」

「それが世界なのか？」

「私はこれが世界の骨子だと思う。ポイントは三つだ。生と死があること、時に秩序の混乱が起きること、死すなわち不条理が蓄積することで逆に秩序が回復すること」

「それで終わり？」

「終わりだよ」

私はため息をつきました。どうせこのお嬢様は何も分かっていないのだろうとシラけた気持ちになりました。シモーネ様は立ち上がり、無言で立ち去ろうとしました。

「おい、帰るのかよ？」

「明日、迎えを寄越すから私の元に来い。あくまでも仮釈放の身であることを忘れないように」

彼女は振り返り、無機質な表情で見下ろしました。

「明日も今と同じ言葉遣いだったら、すぐにここに戻ることになる」

そのときの無関心で冷淡な表情に、心底ゾッとしたのを覚えています。彼女にとって私の生殺与奪を左右することは、ティッシュを引き抜く程度のことなのです。

私はその時、悟りました。この方は権力を持っているだけではない。何か得体の知れない能力を持っている。だから逆らってはいけないのだと。

※

「その能力については今も分かりません。ただ彼女は何かが見えている。私がプログラムからアルゴリズムの流れを一瞬で見出すように、普通の人には見えない何かが見えている」

車は内堀通りを抜け、青山《あおやま》通りの信号で停まった。

彼女の声のトーンが急に高くなった。

「そして何よりも重要なことが……シモーネ様はカッコよくて、美しかった」彼女は手の平を組んで、自分の頬にあてた。

「私は彼女に心底惚《ほ》れ込んでしまったのです。彼女の前でターゲットが跪《ひざまず》くたびに私は興奮を覚えました……見るからに社会的地位の高い贅肉まみれの男が……彼女の前でひれ伏すんですよ。思い返しただけで……」

彼女は興奮した表情を僕に向けた。

「ソフィア、信号が青になったよ」

「おっと失礼」彼女はハンドルに手を置き、アクセルを踏んだ。

「なぜシモーネ様が私の話した世界のプログラミングを評価してくださったのか、すぐに理解しました。標的の心が完全に折れた時、我々の結束は深まります。その効果はチーム＝リヴァイアサンの外にも波及します。世界がほんの少し平和になるのです」

「チーム＝リヴァイアサンって何？」

「あれ、まだご存知でなかったですか？　これをつけてるチームのことです」彼女はスーツの襟につけたラペルピンを誇らしげに見せてきた。

「シモーネ様をトップとするチームで、およそ百人の精鋭で構成されます。一応私がナンバーツーです。もっとも私は試用期間中の身なので、トップのシモーネ様とは月とスッポンくらい身分が離れていますが」

「シモーネもつけていた。クジラの……」

「リヴァイアサンです」ソフィアが大きな声でかぶせてきた。

「旧約聖書のヨブ記に登場する海の王者のことです」

どう見ても可愛らしいクジラなんだけど……黙っていた。

「タムラ様、話は変わりますが、そろそろお家に着きますので。今回の任務の報酬について、お話をします」

彼女は金額を口にした。ものすごい高額で、僕の半年分の生活費に匹敵した。

再び赤信号に捕まった。彼女は僕の顔を見て言った。

「これに加えて、かつてタムラ様が受領をお断りになった間宮惣一様との共同生活の報酬が支払われます。ご承知おきください」

「ねえ、それは——」

彼女は目を合わせながら人差し指を自分の唇に置いた。凍りついたように平板な表情でゾッとした。

「タムラ様、正直なことを申すと、今日図書館で初めてお会いした時、タムラ様がどんな運命を辿るのか判断しかねました。というのもシモーネ様が事前に方針を教えてくれなかったからです。とは言え、どう転んでも煮るか焼くか、そのいずれかだろうと考えていました……」

信号が青になった。彼女は前を見て運転を始める。

「煮る、焼くって……どういう意味？」

「私たちがよく使う隠語です。『煮る』とは籠絡を意味します。料理を振る舞ったりお金を渡したりして油断させ、徐々に状況証拠を固めて最終的に根こそぎ奪います。財産も自由も。一方で『焼く』は最初から暴力的に対応します。拉致した後、国家権力を抱き込んで拷問した——」

「もうやめて……聞きたくない」

僕はうつむいた。ジョンはシモーネが汚れ役を一手に引き受けていると話していた。本当にマフィアみたいなことをしているのか……。

「シモーネ様が土下座をされた時、私は天地がひっくり返るほどビックリしました。シモーネ様のあのような姿を見るのは初めてのことでした。逆のパターンなら数え切れないほど見てきましたが……。

つまりタムラ様の場合、煮るでも焼くでもなかったのです。シモーネ様のパートナーとして迎え入れるのだと私たちは認識しました。その瞬間、タムラ様が私たち使用人にとって特別な存在となったのです」

車が僕の家の前で停まった。彼女はエンジンを止め、僕の顔を覗いた。

「タムラ様はシモーネ様の謝罪を受け入れ、任務の契約を結びました。貴方はすでにウィリス家の中に身を置いています。そしてそこから出ることは不可能です。なぜならウィリス家の力は強大かつ世界の隅々に及んでいるからです。タムラ様は我々と関わり続けるしかありません」

「分かったよ、お金は受け取る。任務もしっかりこなすよ」

考えてみると、間宮の時は友達になりたいと思ったから金銭の授受を断ったのだ。一方でシモーネはウィリス家のトップに近い人間だ。僕なんかが対等の関係を求めるのは馬鹿げている。

ソフィアが言った。

「もしお金の使い途《みち》がないなら卒業旅行なんていかがですか？　タムラ様はハワイ島を訪れたことがありますか？　私の故郷でもありますが、とても良いところです。

ニューヨークの摩天楼やロンドンの歴史ある街並みも悪くありませんが、ハワイ島の大自然が個人的には一番好きです。海、山、空が凝縮されていて、まるで一つの惑星のようです。タムラ様が遊びに来たらシモーネ様もきっと喜びます」

「考えてみるよ」腕時計を見た。夜中の二時を過ぎている。

「だけどシモーネは喜ばないと思うよ。たぶん相手にされないんじゃないかな」

ソフィアはため息をついた。

「私が思うに……シモーネ様は貴方と一緒に暮らした記憶を大事にしています。そうは見えないと思いますが。どうか優しくしてあげてください」

「ソフィア……それは間宮という別人の記憶なんだ。彼女自身は僕と一緒に過ごしたことはないよ」

　ソフィアは平板な表情を浮かべた。

「え……そうじゃないの？」

「タムラ様、今日私がシモーネ様とのなれ初《そ》めを許可なく話したと思いますか？」

「違います。私はシモーネ様にお願いをされたのです。私とシモーネ様のなれ初めを貴方に伝えてほしいと。恐らくですが『昨日の敵は今日の友』ということを伝えたかったんじゃないでしょうか。要するに仲良くしたいんです」

　僕は肩をすくめた。

「分かったよ。ところで報酬の振込先は書かなくていいの？」

「第一勧業銀行《だいいちかんぎょう》の学芸大学《がくげいだいがく》駅前支店、口座番号が４５７０×２ですよね？」

　ギョッとする。

「そうだけど……何で知ってるの？」

「そりゃ知ってます。ウィリス家には全ての情報が入ってくるのですから」

　口座残高が雀《すずめ》の涙であることを知られていないかが気になった。彼らからすればどうでもいい話だと思うが……。

　別れの挨拶をし、家に帰った。シャワーを浴び、歯を磨くと、時刻は二時半を過ぎていた。

　明日から肝臓外科の実習が始まる。噂《うわさ》によると時間に厳しいらしい。早く寝なければと思った。

ベッドに入るとすぐに深い眠りが訪れた。

5　ジャネの法則

２００３年　秋［25歳］

肝臓外科実習の初日に話は戻る。

午前中に立花先生の外来を見学し、昼食を小島先生ととった。

食堂からオペ室に移動するまでの間、小島先生から今日の手術について簡単なレクチャーを受けた。

――患者は七十五歳の男性、病名は『転移性肝癌』、術式は『肝右葉切除』、つまり肝臓の右側を切除する。執刀医はベテランの海野《うみの》先生。助手は若手の先鋒《せんぽう》であり、僕の指導教官でもある飯田先生。二人の年齢はそれぞれ五十代後半と三十代前半。

医者の年齢まで教えるのを不思議に思った。その理由は後に知ることになる。

男女に分かれた更衣室の入り口で彼女と別れ、オペ着に着替えたのち手術室ホールと呼ばれる空間に出た。

オペ室は全部で十一室ある。幅広の廊下でもある手術室ホールの両側に、オペ室の金属製の自動ドアが並んでいる。それぞれの自動ドアの間には金属製の手洗い流しユニットが設置されていて、術者や助手はそこで手を洗ってからオペ室に入り、清潔なガウンを着用する。

指定されたオペ室に入ると、すでに麻酔の導入が終わっており、患者の口に差し込まれた気管チューブを麻酔科医がテープで固定していた。僕はオペの邪魔にならないよう、オペ台に寝ている患者の足元から三歩下がった場所に立った。見学者用の踏み台が隅に置かれていたので、それを持ってきて上に乗ると見晴らしが良くなった。

麻酔で眠っている患者の腹部がイソジンで消毒され、ドレープがその上にかけられる。ドレープには四角い穴が開いていて、イソジンで褐色に染まった患者の腹部が露出している。

過去の実習で外科の先生から聞いた言葉が脳内でリフレインする。

『どんな人の手術でもドレープがかかった後はいつもと同じ』

患者が誰であろうとドレープをかけた後は雑念が晴れ、いつも同じ気持ちでオペに臨めるそうだ。

「お願いします」

執刀医の海野先生が患者のみぞおちにメスをあて、そのままヘソに向けてまっすぐに切開する。ヘソの手前で外側に向けてカーブし、背中に向かって切り進める。助手の飯田先生は術者の向かい側に立ち、切開部にガーゼを当てて出血を吸収させる。

J字切開の長さは通常の腹部の手術の二倍以上ある。肝臓は人体最大の組織であり、それを露出するための傷口も大きくなるのだ。

皮膚切開が終わると、次に電気メスで皮下の筋肉を切り開いた。

飯田先生が開創器を使って術野を広げると、褐色の肝臓が露《あら》わになる。対照的に胃や腸は半透明の腹膜と脂肪に覆われている。

二人は黙々と手術を行なっている。とても静かだ。

患者が麻酔で眠ると、すぐに世間話を始める医師が多い。リラックスが目的と言われるものの、中には会話に夢中になりすぎてベテランの麻酔科医から注意を受ける医師もいる。オペ中はいつもより会話が弾むようだ。

しかし二人の間にはまったく会話がない。

壁際に置かれたミニコンポからミスチルの『ボレロ』が流れている。入学当初によく聴いたアルバムだ。よく二子《ふたこ》玉川《たまがわ》の河川敷を歩きながらＣＤウォークマンで聴いたので、その時の情景が頭に浮かぶ。

肝臓を飯田先生が持ち上げる。海野先生が腸間膜を剪刀《せんとう》で切り開く。そこから見える門脈と肝動脈を同定し、それらにマーキングテープを通す。これらをクランプで挟むことによって、術中の出血量を減らすことができるそうだ。

その後も海野先生が主要な脈管を同定しながら、結紮と切除を繰り返していく……あまりにも淡々と進行するため、だんだん眠くなってきた。

僕は首を横に振る。

昨日のシモーネとの再会を思い浮かべた。四年ぶりに会ったシモーネは本当に綺麗だった。この四年間、ずっと彼女の冷たい目に怯《おび》えて過ごしてきた。でも今は全く違う感情を抱いている。

間宮の時は自分の気持ちを抑え込む他なかった。彼の心は男性だったから……だけどシモーネの心は女性だ。だから形式上、恋愛が可能ということになる。

一方で僕はただの学生で、彼女は世界の舞台で活躍している。綺麗なだけでなく頭の良さは間宮譲り、仕事も有能となると、僕と釣り合う要素が何一つない。

視界の隅で猫が蠢き始める。自嘲的な気持ちになった。

――おまけに僕は変な猫に付き纏われている。下手な願望は抱かない方がいい……。

手術場に目を向けると、電気メスによる肝臓の切除が進んでいた。進捗は非常にゆっくりで、まさに匍匐前進という感じだ。血管が地雷のように張り巡らされているらしく、切っては結紮を繰り返している。

途中から海野先生の手の震えが目につくようになる。飯田先生が呟いた。

「先生、出血量が多くなってきてますね」

「分かってる」

海野先生は首を横に振る。術野に血が広がり肝臓の表面が見えなくなってきた。手の震えで結紮が遅れ、出血の収拾がつかなくなっているのだ。

「先生、ここは僕が縫います」

飯田先生が代わりに糸を締める。海野先生より動きがずっと滑らかで早かった。すぐに術野から血が引いて、肝臓が見えてきた。

「出血量1600ミリリットルです」

外回りの看護師がアナウンスした。吸引機で吸い上げた血液の量と、血液を吸ったガーゼの重さから総出血量をカウントしたのだ。その量の多さにギョッとする。

飯田先生が看護師に声をかけた。

「大至急、自己血輸血開始して」

自己血とは、あらかじめ患者自身から採取した血液のことだ。自分の血を使うことで輸血関連の合併症を抑えられる一方で、血液量の回復に一週間かかること、採取した血液の保存期間が五週間であることから、確保可能な量には限度がある。

「自己血は何ミリリットルとったの？」

海野先生が外回りの小島先生の方を向いた。

「１０００ミリリットルです」

小島先生は平板な口調で答えた。

「おお、頑張ったね」

海野先生は笑ったが、小島先生と飯田先生は全く笑っていなかった。ここまで来ると部外者の僕でも険悪な雰囲気に気がつく。

その後も飯田先生が海野先生を制止、リカバリーするうちに、主導権が飯田先生に移行していった。

「これじゃあ、どっちが執刀医か分からんな」

海野先生は苦笑いを浮かべた。飯田先生はフラットなトーンで話した。

「海野先生が手術された患者、術後再出血の例が増えています。僕がしっかりサポートするように教授から指示を受けてますので」

沈黙に包まれる。ものすごく気まずい雰囲気だ。一方で飯田先生に主導権が移ってから、明らかに手術の流れがスムーズになった。海野先生は本当に調子が悪いようだ。

手術が終わり、患者を病室に送り出したのは二十一時前だった。

手術の最後に看護師が「総出血量４０００ミリリットルです」とアナウンスした。あまりの量の多さに驚愕《きょうがく》する。なんてシビアな世界だ……。

更衣室でオペ着を脱いで、巨大なランドリーバスケットにそれを放り投げた。大学病院のオペ着はどれもボロ切れのようだ。定期的に買い替えればいいのに……といつも思う。

更衣室を出ると小島先生が立っていた。彼女の視線は僕の背後に向けられている。振り返るとマスクを外した飯田先生が立っていてびっくりした。気づかなかった。

小島先生が頭を下げる。

「先生、お疲れ様です。すみません、一週間前からお願いしていましたが、今日の術後管理よろしくお願いします」

「うん、もちろん覚えてるよ。気晴らしになるといいね。今日はどこに行くの？」

「いつもの銀座《ぎんざ》です。相手が丸《まる》の内《うち》勤務なので」小島先生はにっこり笑った。

「それではお先に失礼します」

小島先生はペコリと頭を下げ、小走りで去った。飯田先生は彼女の背中を見ながら呟いた。

「外科医だって人間だからさ。人生設計のために自分の時間も必要だよね。彼女はもうすぐ結婚を控えていて――」彼は口をつぐんだ。

「いやあ、口を滑らせた。ま、そういうことだから」

僕は苦笑いした。フィアンセとデートするだけでも一週間前からお願いしないといけないのか……。

飯田先生が腕時計を見ながら言った。

「君、もう帰っていいよ。学生は十七時に帰ってもよかったのに」

「あの……できれば術後管理も見学させていただきたいです」

彼は目を丸くした。

「ああ、もちろんいいよ。じゃあ行こうか」

僕たちは東大病院の入院棟に向かって歩いた。入院棟は十五階建てで、総ベッド数は約九百床。そのわりにエレベーターの数が少なく、待たされることで悪名高い。

エレベーターホールに立つと、四基あるエレベーターのうち端っこの一基が使用禁止になっている。その横に一人の警官が立っていた。

僕は昇降ボタンを押してから言った。

「エレベーターが一基故障したのは痛いですね……ただでさえ待つので」

「それがさ……」飯田先生は頬を指で掻いた。

「別に故障してないんだよ。今はその一基が十四階専用になってるんだ」

「そうなんですか……」

僕は絶句した。チャールズ一人にどれだけの労力とお金を割く気だ……。

エレベーターが案の定、来なかった。僕は飯田先生の方を向いた。彼は階数表示を見上げている。鼻筋がまっすぐで、細くて鋭い目をしている。オペ着の上に白衣を羽織り、布製のオペ帽子を被っている。

彼は僕を見て言った。

「今日の手術、どう思った？」

僕は少し考えてから答えた。

「出血が他科の手術よりずっと多いので……シビアだと思いました」

「だよね。俺もそう思う」彼は冷ややかな笑みを浮かべた。

「でも今日のオペは出血し過ぎたよ。立花先生なら半分以下で済んだと思う」

僕は目を丸くした。

「術者によってそんなに変わるんですか？」

彼は涼しい顔で肯いた。

「そりゃ、そうさ。まあ海野先生も、俺が研修医の頃はすごい術者だったけど……」

彼は口をつぐんだ。ようやくエレベーターが降りて来て、僕たちはカゴに乗り込んだ。

僕は三階のボタンを押してから言った。

「執刀医によって出血量が大きく変わるのは、患者の立場からすると怖いかもしれませんね」

「まあ仕方ないよ、それは。どの世界にも能力差は存在するし、手術も例外ではないよ」

——能力差が出血量に直結するなんて……まるで戦場みたいな話だ。

ドアが開き、カゴを降りる。やはり警官が隅に立っている。

術後患者が搬送されたＩＣＵに向かった。すでに消灯時間の二十一時を回っており、廊下の明かりは落とされていた。一方でＩＣＵの中は、蛍光灯の明かりが燦々《さんさん》とベッドを照らしていた。患者の容態は安定しており、一息ついた。

オペ記録を書くために同じ階のナースルームへ寄る。飯田先生がパソコンにログインする。僕たちの他にスタッフは見当たらない。

飯田先生はキーボードを叩きながら言った。

「ここだけの話だけどさ……海野先生、そろそろ年齢的に限界なんだよ。最近は手の震えが強くて、見ているこっちが穏やかじゃなくてさ……。そろそろ『メスを置く』、つまり手術の引退を考えるべき時期なんだよ。でもなかなか決断がつかないみたいだね。神月教授みたいに高齢でも腕が衰えない医者を見ると、自分もまだ行けると思っちゃうんだろうね」彼はため息をついた。

「外科医にとって、手術は人生の心柱《しんばしら》みたいなもんだからさ。やっぱりメスを置くのが怖いんだと思う」

「心柱ですか？」

飯田先生は肯いた。

「悩みや迷いがあってもさ、手術が始まってしばらくすると消えていくんだよ。リセットボタンが押されて、いつも同じ場所に戻ってくる感じなんだよね……そして気づいたら手術が生活の中心になってる。だから俺は『人生の心柱』って表現してるんだけどさ」

「小島先生も似たようなことをおっしゃってました」

「まあ彼女の場合……手術をしないと血の気が多くなるね」

僕は控えめに笑った。飯田先生は天を見上げた。

「また口を滑らせた。疲れてるのかなあ」

彼は手術帽子をとって髪の毛を掻きむしった。長めの髪の毛にハイトーンのメッシュが入っていた。思わずその髪の毛を凝視した。

彼は思い出したように手術帽子をまた被った。

「学生時代からずっとこの髪の色なんだよ。入局したとき黒に戻せって注意されたんだけどさ、意固地になってそのままでいたら神月教授に『戻さなくていいからずっと手術帽子被ってろ』って言われてね。それ以来ずっと手術帽子被ってるんだよ。それと合わせるために服はいつもオペ着で、その上に白衣を羽織ってるわけ。

俺も今年で三十五歳だからさ、別に黒く戻してもいいんだよ。でも歳をとると責任が増えて、自由はなくなる一方でさ……髪の毛まで黒くしたら、逆に自分を見失う気がしてね」彼は冷ややかに笑った。

「話を戻すけどさ。君はまだ若いからメスを置く話は関係ないと思うかもしれない。でも若いうちから『こうなったら引退』ってイメージを持っておいた方がいいよ。そうじゃないと歳をとってから色々な人に迷惑をかけることになるからね。せっかく多くの人を救ってきても、最後に迷惑をかけちゃったら……寂しいじゃない？　だから今の話を時々思い出してね」彼はキーボードを再び叩き始めた。

「将来は外科も考えてるんでしょ？　こんな熱心に見学してるんだから」

慌てて答えを合わせた。

「はい。心に留めておきます」

「普通ならこんな話は学生さんにしないんだけどさ。君みたいに熱心な学生がいると……ついつい話に熱が入るね」

彼は微笑んだ。罪悪感で胸が痛くなった。僕が熱心な理由は情報収集のためなのだ。

「海野先生の手術……サポートし過ぎると妙な自信回復に繋がりかねない。でもサポートをやめると患者に迷惑がかかる。難しい問題だよ」

彼は両手を組み、ＣＲＴモニターを眺めた。

※

二十二時前に大学を出て、本郷通り沿いにある喫茶店で遅い夕食をとりながら参考書を読んでいた。

店内にはリチャード＝クレイダーマンのレディ・ダイが流れている。細長いレイアウトの長辺に沿ってテーブルと白いソファが配置され、カウンターの隣にはミロのヴィーナスのレプリカが鎮座している。

隣のソファに客が座った。少し間を置いてから僕に話しかけてきた。

「お勉強中、すみません。失礼ですけど……昼間、診察室にいらっしゃいましたよね？」

振り向くと、緊張した表情の男性が立っている。スーツを着て、細身で短髪……立花先生の診察の時、結婚の話を振った患者だ。僕が肯くと、彼は笑みを浮かべた。

「やっぱり……奇遇ですね。こちらはよく利用されるんです？」

「たまに使うくらいですね……遅くまで営業しているので」

「そっちに座ってもいいですか？」

彼は僕の向かいにある椅子を指差した。僕は肯いた。

彼が席を移動すると、中年の女性店員が注文をとりに来た。彼はコーヒーを注文した。

「あのあと術前検査やら入院前の説明やらで、もうこんな時間です。大学病院の待ち時間ってのは容赦ないもんです」

「そうなんですか……」

大学病院の待ち時間が長いとは聞いていたが、まさか帰りがここまで遅くなるとは……。

「ごめんなさいね、こんな風に馴れ馴れしく話しかけて……変なやつでしょ、俺」

「いえ、全然大丈夫ですけど……」僕は手を左右に振った。

「外で患者さんに声をかけられたのは初めてです」

「ですよね。普通は話しかけないと思います。だけど俺は普通じゃな……あ、自己紹介がまでしたね。俺はこういう者です」

彼は名刺をテーブルの上に差し出した。新橋《しんばし》の商社に勤めている葛西《かさい》さん。僕は名刺を持っていなかったので、代わりに口頭で姓と所属を伝えた。彼が頼んだコーヒーがテーブルに置かれた。

「タムラさん、よろしくお願いします。ところで話を戻しましょう。俺は普通じゃダメな人間なんです」

「どういう意味ですか?」

「他人より短い人生になると自覚して生きてきたんで。『またの機会に』って言葉が頭をよぎったら、すぐに行動に移すよう心掛けてきました」

彼は顔中に皺を寄せて笑った。ものすごいバイタリティだ。

どう反応するべきか迷ったが、彼の気さくな笑顔につられて僕も微笑んだ。

彼は話し続けた。

「中学二年生の夏休みの始めに肝臓がかなり悪いって判明したんです。恐らく四十歳まで生きられないって親が医者から言われたらしくて。しばらくは部活もサボって、家から一歩も出ませんでした。

だけど夏休みの最終日、他人の三分の一しか生きられないなら、少しだけ密度の濃い人生を送れば十分だと悟ったんです。きっかけになったのが、夏休みのテレビ特集で見た『ジャネの法則』です。知ってます?」

僕は首を横に振った。

か？」

「ジャネさんという心理学者が提唱した考えで、人生の体感時間は年齢に反比例するという仮説です。つまり0歳の一年が、一歳になると六ヶ月に感じる。二歳で四ヶ月、五歳で二ヶ月という具合です。数式にすると満x歳の時点での一年の体感時間yがy＝1／（1＋x）という式になります。これによると六十歳の一年は、0歳児の六日分しかありません。これって凄くないです

「知らないです」

彼はすごく嬉しそうだった。昼に癌の再発を告知された人間には見えない……。診察室に入った時も嬉しそうな表情をしていた。初めは結婚報告できることを喜んでいるのかと思ったが……いつもそういう表情なのかもしれない。

「普通なら幻滅すると思うんですよ。だって人生は見かけよりずっと短いってことですから。でも当時の俺にとっては希望そのものでした。だったら三十二歳までは濃密に生きてやろうと思い立ったんです。三十二歳……普通の寿命が八十歳として、ジャネの法則によれば八十パーセントの人生が経過している年齢です。てことは、普通の人の一・二五倍濃密な人生を送れば、三十二歳で十分長く生きたことになります」

「なるほど……」

「それに気づいて以来、俺は人によく話しかけるようになりました。普通の人は『また別の機会に』と見送ることが多い。だけど俺にはその『別の機会』が来る保証がない。だから迷う前に話しかける癖がつきました。今もそうですけど。

人と過ごした時間って、やっぱり記憶に残るんです。体感ですが、一人で過ごす時間の一・五倍は濃密だと思うんですよね。だから過去を思い返すと、当時よく話した人間の顔が思い浮かび

ます」彼はコーヒーをすすった。

「例えば今も話しかけてよかったなと思ってます。多分タムラさんにとっても忘れ難いでしょう、病院の外で患者から話しかけられた経験は」

　僕は肯いた。

「確かに。今後もない気がします」

「それって俺にとって別の意味でも大きいんですよ。だってあなたが八十歳になった時に学生時代を思い返すと、俺がこうやって話してるわけでしょ。俺という人間のミニ意識が、タムラさんの意識のほんの一部を間借りして生き続けるわけです」彼はまた顔中に皺を寄せて笑った。そして唐突に立ち上がり、頭を下げた。

「お邪魔をしてすみませんでした。それでは、失礼します」

「え、ちょっと待ってくださいよ」慌てて引き留めた。

「僕からもいいですか？」

　彼は座り直した。

「もちろんですよ。逆にお時間を頂いていいんです？」

「僕は大丈夫です。葛西さんは……治療を受けながら天寿をまっとうする可能性については考えたことないですか？」

　彼は首を横に振った。

「十代の頃はそういうことも考えましたよ。だけどもうやめたんです。その考え方だと『もしかしたら』というわずかな可能性に固執してしまう。気がついたらそのことばかり考えて、時間があっという間に過ぎるんですよ。

それに気づいて以来、俺はその言葉を封印しました。それよりも若い内に死ぬことを前提にして生きようと思ったんです。例えば映画や小説って、尺の長さは全然重要じゃないですよね？『死』が大きなテーマで、それに向けて物語が加速していく。人生もそれに近いと思ったんです」

耳が痛かった。僕は死を恐れてばかりいる。彼の方がずっと強《したた》かな生き方をしている。

彼は言った。

「『死』そのものは怖くないんです。もちろん本能的な恐怖が消えることはありませんよ？　でもね……考えれば考えるほど、死とは俺を苦しめ続けた［病気への恐怖と不安］からの解放なんです」彼はおしぼりを触りながら、ため息をついた。

「ただね……それでも手術は怖いんです。たまに思うんですよ、もしこの世に肝臓の手術がなかったら……もっと楽に死ねたのかなって」

医学生として何か述べるべきだと感じた。しかし何も思い浮かばなかった。

彼はまた満面の笑みを浮かべた。

「失礼な奴でしょ、俺。先生たちは頑張ってくれてるのに」

「いえ、失礼だなんて。そんなことは……」

「それじゃ、そろそろ帰ります。家が結構遠いんで。今日はありがとうございました」

彼は自分の分の勘定を置いて店を去った。時刻は二十三時だった。

僕はしばらく葛西さんとの会話を思い返した。顔中に皺を寄せる笑い方がすごく印象的だった。

『すごい笑い方でしょう、俺？』

彼の表情と言葉が脳内で再生された。

※

翌朝、病棟で飯田先生に声をかけられた。

「タムラ君の実習レポートの対象患者が決まったよ」彼は和やかな表情を浮かべた。

「明日、生体肝移植を受ける予定の患者。十六歳の男子高校生で、『先天性胆道閉鎖症』による肝硬変の症例。ドナーは二十五歳のお兄さん。あとで一緒に挨拶に行こう。アナムネをとるのは今回はやめておこうね。まだ高校生で多感な年頃だから」

アナムネとは病院でよく使われる言葉で、病歴という意味だ。確かに医学生が手術前日に現れて根掘り葉掘り聞いてきたら……不安に襲われるだろう。

僕は病棟に行ってカルテを読んだ。手始めにチェックするのは医者のカルテではなく、看護記録だ。前者は字が汚い上に略語だらけで解読が容易ではない。一方で後者は字が読みやすい上に内容も理解しやすいからだ。

『本日昼から絶食であることに不安を訴える。朝食は完食。バイタルは異常なし。今後も声かけを継続する』

カルテを読んでいると飯田先生が隣に座って話しかけてきた。

「何か分からないことある？」

「はい……」僕はカルテを読んでいて疑問に思ったことを話した。

「患者は生後まもなく閉鎖した胆管を開放するため、胆管と腸を繋げる手術を受けてます。胆汁の逆流が解消しても肝硬変になってしまうものですか？」

　彼は深く肯いた。

「理屈で考えると大丈夫そうなんだけどね。ミクロのレベルで問題があると疑われていて……少しずつ悪くなって肝硬変になることがあるんだよね」


　その後、飯田先生と二人で病室を訪れ、患者に紹介してもらった。

　担当患者は細身で背が高く、スポーツ刈りの少年だった。少し顔色は優れないものの精悍な印象を与える見た目だ。

　次に離れた病室に入院しているドナーの兄に挨拶をした。髪を後ろに流し、飯田先生と快活に会話を交わしていた。不安の色はなく『ようやくですよ、先生。ようやくこの日が来た』と笑顔で語っていた。

　僕は兄がこれまで歩んできた人生を想像した。九歳年の離れた弟は生まれて間もなく手術を受け、その後も病気と戦い続けてきた。その幼い弟を見守りながら、兄はどんな想いを抱えて生きてきたのだろう？

※

　その日の午後、手術室で立花先生の執刀を見た。序盤は小島先生が執刀し、肝臓の露出を終えた時点で、ガウンを着た立花先生が現れた。

「よろしくお願いします」小島先生は肝臓から目を離さずに言った。

立花先生はあっという間に主要な脈管の同定を済ませ、肝臓を電気メスで切り進めた。手の動きが滑らかで、逡巡する間がなかった。

「小さな血管の結紮をおろそかにしないことが大事なんだよ。それを適当に済ませちゃうから、あとで後悔するのよ」彼は手術が始まってからずっと何かを喋っていた。

「手術も論文と一緒で基本を守らないとダメだ。お前らがしっかりしてくれないと、俺が大変になる」

小島先生は逐一反応して、言葉を返していた。


三時間ほどかけて腫瘍の摘出が終わった。看護師のアナウンスが響く。

「出血量９００ミリリットルです」

「うーん、もうちょっと少なくできたな」

立花先生が呟くと、小島先生が笑みを浮かべた。

「先生、十分少ないです。むしろ異常です」

外回りの看護師が言った。

「立花先生、七号室のオペチームが待機に入りました」

「うん、すぐ行けるって伝えて」

彼はガウンを脱ぎ、僕の方を見た。

「これから別の部屋で、また別の手術を執刀するんだよ。タムラ君は疲れたでしょ。病棟に戻っていいよ」

「見させていただくことは可能ですか？」

「おお、もちろんいいよ」

彼はオペ室から出て、再度手洗いをしてから別の部屋へ移動した。そこでは飯田先生が肝臓の露出を終えて待機していた。

立花先生はやはり話をしながら手術を進めていく。世間話はほとんどなく、最近執筆した論文の細かい内容をずっと話している。飯田先生はその都度肯いていた。

危なげのない手術を見ていると逆に眠くなってくる……踏み台の上でウトウトし始めると、オペ室に咆哮《ほうこう》が響いて瞬時に目が覚めた。顔を上げると、立花先生が手術をしながら吠《ほ》えていた。

「うおっほほほほ、ほほほほ」

僕が呆然と眺めていると、いつの間にか隣にいた小島先生が呟いた。

「タムラ君も徹夜が続くとテンションがおかしくなる時あるでしょ。寝不足の上にオペが続くとどんどんテンションが上がってくるんだね。それを溜め込まないために吠えているんだと思う」

「いつもですか？」

小島先生は首を横に振った。

「いつもではないけど……たまにね」

僕は改めてオペ台の方に目をやる。彼はまだ吠えていたが、手の動きは変わらず滑らかだ。

「他の病院ではね、テンションが上がるとスタッフに攻撃的になる先生がいるんだよ。大声で怒鳴ったり、酷いと器具を投げつけたり……そういうことをしたくないから立花先生は吠えるんだと思う」

小島先生はそう言って微笑んだ。どんだけシビアな世界なんだ……。

立花先生の咆哮がピタリと止む。肝区域の摘出が終わったのだ。看護師の声が響いた。

「出血量７００ミリリットルです」

6　回想（2／2――断薬）

1999年　夏［21歳］

禁煙失敗から半年が過ぎた。

視界の隅の猫と金属的な耳鳴りは相変わらず続いていた。僕はすっかり気落ちし、友達と会っても以前のように楽しめなくなった。

ある日、勇気を出して東大病院の神経内科の先生に相談してみたところ、意外な答えが返ってきた。

「おそらく片頭痛の前兆だろうね」

彼は天然パーマの強い髪型と丸顔が印象的だった。歳は四十前後の男性で、日々論文作成に勤《いそ》しんでいそうな雰囲気が漂っている。彼はまっすぐに僕を見ながら言った。

「片頭痛が起きる原因は脳血管の〈拡張〉なんだけどね……その前、つまり前兆として脳血管の［収縮］が起こっているんだよ。［収縮］が起きてる間は脳が虚血状態になるからね、多彩な症状が起きるんだ。

例えば後頭葉が虚血状態になると『閃輝《せんき》暗点《あんてん》』と呼ばれる症状が起きる……視界の片隅にキラキラした光が見えて、その部分の視界が欠けるんだよ」

　僕はうつむいた。

「でも見えているのは猫っぽい形をしているんです……」

「うん。でも視界の隅っこの方ってさ、物の形はほとんど識別できないんだ。例えば視野の端っこだけで、人の顔は判断できないよね？　誰かがいるとか、何かが動いたとか……その程度の識別しかできないじゃない？　要するに君は『猫がいる』気がしてるだけだと思うよ。

　あと君は『油膜のように表面を七色が流れる』と表現したよね。閃輝暗点ってのはキラキラした光だからね……まあイメージとしてはさほど遠くないんじゃないかな」

「でも耳鳴りは……」

「脳の血管［収縮］、つまり虚血状態はどこにでも起きうるんだよ。例えば側頭葉の虚血で耳鳴りを伴うことがある。あと酷いケースでは意識が朦朧とすることもあるね」

　僕はハッとした。蔵野と話していた時、意識が朦朧としていた。確かに片頭痛の前兆と考えると大方の説明がつく……。しかし決定的に食い違う事実がある……。

「でも……頭痛は起きてません」

「それがね、興味深いことに頭痛を伴わないケースの方が圧倒的に多いんだよ。名前は片頭痛なのに」

「そうなんですか？」

　僕は明るい気持ちになった。彼はつぶらな瞳を見開いて肯いた。

「ところで君のようなケースはなかなか珍しいと思う。よかったら今度僕の外来に来ない？　ＭＲＩと脳波をとってみよう。ケースレポートにできるかもしれない」

　僕は苦笑いした。多分行かないだろう……。

でも勇気を出して相談してよかった。要するに血管の一時的な異常ということであれば、それほど心配することはなさそうだ。

※

それから三ヶ月後――シモーネが僕の部屋に乗り込んで、僕はあと一歩で収監されるところだった。

その翌日、彼女がまた心変わりを起こして戻ってこないか心配になった。僕の人生は彼女の気分次第でどちらにも転び得るのだ……そう考えると不安になった。

それからというもの、大学で授業を受けている間も図書館で勉強している間も、うっすらとした不安がつきまとうようになった。


襲来からさらに一ヶ月が過ぎた。

その日、昼前に大学へ向かう電車の中で座りながら教科書を読んでいると、急に息苦しさを覚えた。胸いっぱいまで息を吸い込んでも、息苦しさが解消しない。

周囲の人間は平然としている……つまり僕の体に何か異常があるということだ。習いたての生理学の知識を総動員して、状況の理解を試みる。肺の問題か、あるいは血液の問題か……。しかし徐々に論理は恐怖に呑み込まれ、最終的に『点』に畳み込まれた。

――もっと空気が欲しい！

僕は大きな呼吸を繰り返していた。電車が駅に停まる。そこは目的地ではなかったが、席を立って降りようとした。

意識が朦朧としていた。ドアに辿り着く前に、目の前が真っ暗になった。

※

汗でぐっしょりと濡れていた。

「大丈夫ですか？」

気がつくと僕は車内の床に仰向けになり、若い男性に抱きかかえられていた。一瞬、自分がどこにいるのか分からなかった。しかし直近の記憶を辿ると……電車の中で倒れたようだ。服が脂汗でぐっしょりと濡れていた。

「大丈夫です」

僕は立ち上がり、周囲の人々に頭を下げた。先ほどまでの不安は嘘のように消え、呼吸もスムーズだった。目の前で新聞を広げていた中年男性が、新聞に目線を戻した。

次の駅で降りて、ホームのベンチに腰掛けた。

まったくどうかしていた。呼吸がうまくできないなんて……ムカデが脚を出す順番を意識して、前に進めなくなる話みたいだ。

ホームに到着した次の電車に乗った。最寄り駅で降りて家路につく中で、僕はその日起きたことを思い返した。

生まれて初めての失神だった……それはまさに意識のシャットダウンで、パソコンの強制終了とそっくりだった……。

僕は『強制終了』させられたのだ。その言葉が心に重く響いた。

翌日の昼下がり、大学に向かう電車の中で、やはり息苦しくなった。

気がつくと次の駅で降りていた。もう一度電車に乗ろうとしたものの、足が前に出なかった。

『強制終了』のことを思い出すと、心の底から恐怖が湧き起こった。

仕方なくホームを出て、歩いて家まで帰った。どうかしていると思いながら。

※

その後症状は悪化の一途を辿り、部屋を出るだけで不安を覚えるようになった。大学に行くどころか、日用品の買い出しさえままならない状況だった。

発作から一週間後、試験を受けに来なかった僕を心配して、蔵野が電話をかけてきた。僕は彼に家の住所を教え、来てほしいとお願いした。

彼は岡田を連れてやってきた。岡田と話すのは久しぶりだ。彼は陸上の全国大会に出場を決めて以来、練習に専念していた。短髪をしっかりジェルでセットし、引き締まった上半身にフィットする服を着ていた。

ワンルームの散らかった部屋に彼らを案内した。僕はベッドの上に座り、蔵野と岡田は床に座った。

「呼吸の仕方を忘れるなんてことがあるとはねえ」蔵野は腕組みをした。

「それにしても先週の試験に来なかったのはまずかったんじゃねえの？　あれは追試がねえぞ」

僕は首を横に振る。言われなくても分かっている。

「自分でも馬鹿みたいだと思ってるよ。だけど怖くて外に出られないんだ。いつまた息苦しくなって失神するのかと思うと……もしそれが道路の上だったり、電車のホームの上だったら……下手したら死んでしまう……そう考えると怖くて仕方ないんだ」

蔵野はため息をつく。

「間宮と別れてから鬱っぽくなったり、禁煙を始めて躁《そう》になったり、なかなか安定しねえな。大人しく心療内科に行った方がいいんじゃねえか」

「心療内科……」

気が重かったものの、このままでは卒業すら危うい。アドバイスに従うべきだと思った。

「ちょっと待ってよ」岡田が口を開いた。

「話を聞く限り、緊張がクライマックスに達した後に失神したわけでしょ。それって医学的に言えば交感神経の興奮と、それに続く副交感神経の過剰反応じゃん？」

交感神経は緊張時に、副交感神経は安静時に優位になる。普段から両者はせめぎ合い、バランスが保たれている。

岡田は話を続けた。

「交感神経がどーんと血圧を上げて、時間差で副交感神経がどーんと血圧を下げたわけだよね。要するに自律神経が乱れてるってことだからさ、自律神経を鍛えることから始めた方がいいと思うね、オレは」

「『自律神経を鍛える』って……それはどうやるの？」

「そりゃ、運動するんだよ。最近のノボルはいつも青い顔して、見るからに運動不足だからさ」

「ふむ」蔵野が腕を組んだ。

「ノボルの呼吸苦も交感神経の興奮で説明できるな。緊張すると呼吸数が増えるからな。となると当然、心拍数も高まっていたよな？」

僕は肯いた。ドラムの高速連打のように脈打っていた。

岡田が言った。

「交感神経が高ぶる時って、教科書的には『闘争か逃走か』の状況じゃん。つまり酸素がたくさん必要になるから、呼吸数を増やせって脳が命令してるわけでしょ。だから次に苦しく感じたら、逆に走ってみればいいいんじゃないの？」

蔵野が噴き出した。僕はイラッとした。

「いや、すまん。ただ電車の中で走り出すノボルを想像したら『完全にあっちの世界に行っちまった』と思って」

岡田もつられて噴き出した。

僕はため息をついた……今の自分に冗談を受け止める心の余裕はなかった。

※

「典型的なパニック障害だよ」その医師はパソコンのＣＲＴモニターを眺めながら呟いた。見た目は三十代、短髪で白縁のメガネをかけていた。結局蔵野のアドバイスに従って、近所の心療内科を受診したのだ。

「ＳＳＲＩのパロキセチンがよく効くから出しておく。毎日これを飲むことだよ。あと不安の予防に抗不安薬のエチゾラムを出しておく」

彼は相変わらずモニターを眺めながら話している。たまに一瞥してくるが、基本的に目を合わせようとしない。

「エチゾラムは依存性があるんじゃないですか？」

「大丈夫だよ。健常な人が飲めばリラックスしすぎるから依存性が起きる。だけど不安がある人は飲んでも［普通］の状態に戻るだけだ――それが［普通］である以上、依存性は起きない」

論破完了と言わんばかりにメガネのブリッジを持ち上げる。その目線の先にあるのは、やはりモニターだった。

……そうは言われても、エチゾラムを筆頭とするベンゾジアゼピン系の薬に依存性があることは教科書的な事実だ。彼の論調だと、不安で酒を飲む人も［普通］に戻るだけで依存しないことになる……むしろ逆じゃないか？

「また二週間後に来てね」

唐突に診察が終わった。後ろにいた看護師に外に出るよう促された。

結局、二種類の薬を受け取り、パロキセチンだけ飲むことにした。

パロキセチンはよく効いて、不安は蜘蛛《くも》の子が散るように消失した。一方でエチゾラムは飲まずに机の引き出しに保管した。その後も心療内科医が頑《かたく》なにエチゾラムを処方し続けたため、引き出しの中の錠剤シートは溜まっていく一方だった。

※

２０００年　冬［22歳］

それから半年が経過した。本郷キャンパスの銀杏並木から散った黄色い葉が、路地いっぱいに広がっていた。

心療内科には二週間おきに通い続けていた。そろそろ薬をやめたいと言っても、例の医師は「まだ早いよ」と頑なに首を振った。

ある時、予約日に受診するのを忘れた。後日訪問すると『二週間の長期休暇のお知らせ』という告知が入口の自動ドアに掲示されていた。海外の学会に参加するらしい。

つなぎの投薬のために他のクリニックを受診するのも億劫《おっくう》だった。これを機に服用を中止してみようと思い立った。

もともと内服量は少なめだったし……たぶん大丈夫だろう。

薬をやめて三日目、すっかり存在を忘れていた『耳鳴り』と『閃輝暗点』が復活した。しばらく鳴りを潜めていたのは、薬の副効用だったようだ。

四日目から『耳鳴り』が強烈になった。それは服用前よりずっと酷かった。

複数の金属の球体が回転して擦れ合うような、抑揚を伴う高い音が耳元で響いた。視界の隅の猫も数が増えていた。それは時に弓なりに背中を曲げて、総毛立つような仕草を見せた。それでも目線を猫に移すと消えてしまう。すごく気持ちが悪かった。

断薬して五日目の夜。耳鳴りが気になり、ほとんど寝られなかった。目を開けても閉じても、視界の隅で無数の猫が蠢いている。

閃輝暗点の症状は長くても三十分程度らしい……今の僕はほぼ一日中症状がある。片頭痛の前兆という説明では限界がある気がした。

六日目。睡眠不足に加えて不安発作が再燃し、大学の講義を欠席した。「不安なら運動すればいいじゃん」という岡田の声が脳裏で響き、狭い部屋の中で腕立て伏せと腹筋を繰り返した。確かに多少は不安が和らいだ。

その日の夜に精神と体力の限界を迎えた。机の引き出しに手つかずのまま仕舞っていたエチゾラムを服用してみた。一錠飲むと意識全体が淀むような感覚に陥った。不安は和らいだものの耳鳴りと閃輝暗点は消えなかった。二錠、三錠と服薬したところ、霧の中に包まれるような気持ちになった。猫は消え、耳鳴りも遠くなった。二十三時頃、僕は久しぶりに深い眠りに落ちた。

目が覚めると夜中の三時だった。四時間しか眠れなかったのだ。耳鳴りと猫が復活していた。僕はシャワーを浴びて、再び寝床に入った。しかし意識が眠りに落ちようとすると、ラケットで跳ね返されるように覚醒した。全く眠れる気がしない。ベッドから出て、腹筋と腕立て伏せを繰り返した。

夜が白み始めると不安が抑えられなくなった。やむを得ずエチゾラムを一錠飲んだ。やはり効果が足りず、二錠、三錠と飲んでようやく眠りに落ちた。

※

「止めるにはまだ早いと言ったでしょう」心療内科の医師は腕を組み、モニターと睨めっこをした。

「じゃあ薬を出しておくから。二週間後にまた来てね」

「あの……薬を続けるなら受診間隔を一ヶ月に延ばせませんか？」

「薬をたくさん出して過剰摂取を起こしたら大変なことになる。だから心療内科は二週間おきが基本。じゃあ薬出しておくよ」

「診察は終わりです」

後ろにいた看護師が声をかけてくる。僕は仕方なく部屋を出た。

もらったパロキセチンを内服すると、すぐに耳鳴りが止み、猫が消えた。安心する一方で今後薬をやめられるのか心配になった。

※

それからさらに半年が過ぎた。

僕は学校帰りに蔵野に誘われ、本郷三丁目駅近くの名曲喫茶に寄った。岡田が彼の隣に座っていた。蔵野はニヤけながら話した。

「ノボル、こうやって話すのは半年ぶりか？」

岡田が真剣な表情を僕に向けた。

「ノボル、なんか太ったね。あと目が据わってるけど大丈夫なの？」

蔵野が噴き出した。

「岡田……俺は言っちゃ悪いかなと思って黙っていたのに……相変わらず容赦ねえな」

僕は返す言葉がなくて、項垂れた。結局エチゾラムも常用するようになり、ここに来る前にも内服した。そのことを正直に話すと、岡田は首を横に振った。

「まあ病気なら仕方ない……なんてオレは思わないよ。医者の卵が抗不安薬を常用したらダメだろ。百歩譲っても、許されるのは睡眠薬までだよ。抗不安薬を常用すれば記憶力も思考力も落ちるからな。そのまま医者になったら患者にも迷惑をかけるね、間違いなく」

　蔵野がため息をつく。

「まあ俺も過労で病んだ時にエチゾラムを飲んでいたからなあ……ノボルの気持ちは分かるんだよ。会社で不条理なことが続くと、頭の中がゴツゴツした石で一杯になるんだよな。それが短期間ならまだ乗り切れるけどよ、二ヶ月、三ヶ月と続くとパンク寸前まで石が詰まって、頭がおかしくなるのよ。それで我慢できなくなって心療内科を受診してだな、エチゾラムを処方されたってわけだ」蔵野はラークに火をつけた。

「まあ確かに効くんだよ。ゴツゴツした石が溶けてなくなるし、よく眠れるようになったよ。初めて飲んだ時は天国に来たのかと思ったよ。まあ半日も経つと効果が切れて、ゴツゴツした石が戻ってくるんだけどな。むしろ飲む前より酷くなってんだよ」

　岡田は首を横に振った。

「蔵野、今は飲んでないよな？」

「まあ今は飲んでねえけどな、その時は三ヶ月くらい飲み続けたよ。確かに飲み続けているうちはボンヤリして、よく休めた。幸い鬱病ってほどではなかったし、いつまでも続けるわけにはいかねえと思って止めたんだけどな。まあ……止める時の離脱症状は半端なかったな」

　僕はギクリとした。やっぱり離脱症状はキツいのか……。

　僕は心に引っかかったことを聞いた。

「蔵野は『タバコは不条理ゆえに止めたくない』って言ってたよね？　なんでエチゾラムは止め

ようと思ったの？」

　蔵野は不敵な笑みを浮かべた。

「タバコを吸っても思考力そのものは落ちねえからな。『人間は考える葦《あし》』とはよく言ったものでな、思考するから人生は深まるのよ。不条理ってのはある意味、思考を深めるカンフル剤になるんだよな。多くの文学の名作が不条理の中から生まれたって言うじゃねえか。ところがエチゾラムを飲むと、肝心の思考が鈍っちまう。それはまずいってことで、思考力が残ってるうちに止めておこうと思ったのよ。

　それでまあ、そういうのに詳しい知人からやめ方を教えてもらったわけだ。まず心療内科で、エチゾラムと同じベンゾジアゼピン系の薬で、なるべく半減期の長いやつを出してもらう。できれば半減期が四十八時間以上のやつだな。その錠剤を潰して粉状にした後、皿にまぶしておくのよ。それでだな、離脱症状が出てきたら皿の表面を舐めんだよ、こうやって」

　彼はコーヒーカップの受け皿を持って、表面を舐める仕草をした。岡田は笑っていたが、僕はまったく笑えなかった。その滑稽な姿に今の自分を重ねた。

　蔵野は話を続けた。

「ポイントは時間を置いて舐めて、離脱症状が消えたらそこでストップするわけだ。離脱症状そのものはびっくりするほど少量でも抑えられるんだよ。あとは止めようという意志があれば、止められんだ。

　それで薬をやめて思考力が回復してくると、ある疑問が湧いたわけだ。

　――なんで俺、こんなになるまで頑張ってたんだ？

　会社の人間を観察していると、目の前にドサッと置かれた書類の山を片付けるために朝から晩まで仕事をして……結局『早く解放されたい』って一心で頑張ってるわけよ。言わばマイナスをゼロに戻すために頑張ってんだ。

　ちょっと待てよ、って思ったね。だって頑張ったところでゼロに戻るだけじゃねえか。仕事を抱えるたびにマイナスの谷底に落ちて、そこから必死に這いつくばってゼロに戻るのが人生なのかと。急にバカらしくなって仕事を辞めたわけだ」

　岡田は首を傾げた。

「みんな、より高みを目指して頑張ってたんじゃないの？」

　蔵野は首を横に振る。

「そんな奴は一握りだよ、本当に。ほとんどの奴は『早く解放されたい』、つまりマイナスをゼロにしたいと思って頑張ってんだよ。でもな、仕事を辞めて家で考えているうちに、それこそが人生の本質なんじゃねえかと思うようになったわけだ。

　人生を山登りに例える人間は多いけどよ、俺から言わせると人生は『谷登り』よ。つまりグランドキャニオンみたいのを想像してみてほしいんだけどな、深さ千五百メートルの谷底から海抜ゼロ地点を目指して登るわけよ。ようやくゼロに辿り着いたら何が見えるかって言うと、また新しい谷底に辿り着くのよ。そしてまだゼロに到達してないことに気が付くわけだ。そこからまた上を目指して登り続けると」

「いや、その谷底にいるって仮定がおかしくない？　別にスタート地点がゼロでもいいじゃん」

「いや、そうじゃねえんだな。例えば食欲を思い浮かべてほしいんだけどよ、現代では飢餓を感じることは少ないけどな、何も食べられないってのは本当に辛いのよ。つまりゼロじゃねえんだ……空腹ってのはマイナスの状態なんだよ。腹ペコからスタートして、頑張って農耕なり狩猟をして、ようやく食事にありつける。そこで初めて食欲の呪いから解放される。つまりゼロになる。名誉欲とかもそうよ。他人の上に立ちたい衝動に駆られ、全てをかなぐり捨てて谷を登り切った先に何がある？　もっと偉い奴が現れて、結局新しい谷登りが始まるだけじゃねえか」

岡田は腕を組んだ。

「その理屈だと、その辺の石ころの方が幸せってことにならない？　石ころは欲望が元からゼロだからな。人間の場合は死んだ方がマシってことになるよね」

「そこよ」蔵野はラークに火をつけた。

「人間だけじゃなく、全ての生物は生まれて間もなく『欲望と恐怖』に支配されんのよ。呼吸欲に始まり、身体活動欲、渇水欲……あらゆる欲望がマイナスからスタートするわけだ。それから逃れるために生まれた瞬間から谷登りが始まるわけだな。マイナスがゼロになる地点を目指して。

つまり死ってのは、ありとあらゆるマイナスからの解放とも言えるんだよな。特に死ぬ前が一番苦しいから大きくマイナスに振れるだろ？　でも死を迎える瞬間に、全ての恐怖と欲望から解放される。マイナスからゼロに跳ね上がるわけだ。言うなれば死の直前に大陽線が発生すんだよな」

「『大陽線』って何だよ？」

「投資用語だよ。株価チャートで大きく上昇した時に発生する赤い棒のことだ」

僕は蔵野たちの会話についていけなかった。薬のせいで思考が鈍っていた。

「まあ俺がノボルに伝えたいのは……欲望と恐怖を両輪にして、谷登りの過程で思考を生み出すことが生きる醍醐《だいご》味《み》なんじゃねえのかってことだ。戻ってくるつもりがあるなら抗不安薬は早めに止めた方がいいと思うぜ」

「でも薬を止めると不安が湧き出してくるんだよ……」

岡田が口を尖らせた。

「不安ってのは本来必要な感情なんじゃないの？　それがあるから先回りして危険を回避できるわけでしょ？」

「僕の感じる不安はそんなレベルじゃないんだ。『死ぬかもしれない』って本気で思い込むんだ」

蔵野が口を開いた。

「いや、逆に聞くけどよ、生物にとって不安ってのはすべて死に直結するもんなんじゃねえの？現代は死を遠ざける風潮があるから実感が湧かねえけどな。例えばライオンが近づくと走り出すシマウマは、追いつかれたら殺されると思ってるわけだろ？」

僕は肩をすくめた。

「サバンナと日本じゃ世界が違うよ」

「別に日本でも鳥や虫は似たような世界で生きてるじゃねえか。人間だってそう変わらねえよ。例えば赤信号で止まるのは法律で定められてるってのもあるけどな、そうしないと死ぬってのを心の底で理解してるわけだろ？　不安ってのは本能の『導き』なんだよ。『そっちに行くと死ぬから引き返せ』ってな」

岡田が訊いた。

「ノボルはエチゾラムを飲み始めてからどれくらい経つの？」

僕は正直に答えた。ちょうど六ヶ月……。

「ああ、それは止めるの大変そうだ」

蔵野が不敵な笑みを浮かべた。

その時、制御不能な怒りが湧き起こった。そんなことは初めてだった。

「こっちは本当に大変なんだよ……笑うなんて酷いじゃないか」

僕は肩を震わせた。二人とも目を丸くしていた。僕は勘定をテーブルに置いて、外に出た。駅の改札を抜けてホームに着いた頃には怒りが消え、代わりに自己嫌悪に襲われた。戻って謝ることも頭をよぎる。

僕は首を横に振った。たぶん気まずくなるだけだ。

それに……二人の会話に半分もついていけなかった。思考力が明らかに落ちている。

——もういいや。家に帰って薬をたくさん飲んで……楽になってしまえばいい。

※

学期末の試験で、僕はしっかり対策して臨んだにもかかわらず落第点を取り、追試が決定した。事前に準備して試験に落ちるのは中学生以来の経験で、少なからぬショックを受けた。

部屋で一人落ち込んでいる時、ふと全てを壊したくなった。禁煙をやめた時と同じ感覚だ。引き出しの薬を全てゴミ袋に詰めて、集積所に置いてきた。

もう薬は止めだ。どんな地獄が待ち受けていようと知ったものか。

その日も、翌日も一睡もできなかった。翌々日から地獄のような症状に襲われ、すぐに先日の行動を後悔した。薬を回収しようと集積所に戻ったが、ゴミ袋はすでに回収されていた。

断薬してまもなく復活した『耳鳴り』と『閃輝暗点』もひどかったが、そこに加わったのがエチゾラムの離脱症状だ。こちらの方がはるかに辛かった。

下半身が凍えるように寒く、上半身が焼けるように熱かった。元々冷え性で足が冷たくなる時があった。前者はそれを数十倍に増幅した感覚だ。後者の感覚は未知の体験で、これも同じくらい辛かった。

僕は湯船に浅くお湯を張ってそこに浸《つ》かり、冷水で浸したタオルで上半身をくるんだ。目を瞑ると酷い目眩と同時に、身体が渦巻いている錯覚を覚えた。

一分が、一時間にも一日にも感じた。この苦しみが数日でも続くなら、それを耐えるのは無理だ。禁煙時のロッカーが生易しく思えるほど辛い。あの時は閉じ込められるだけだった。今はさらに火責めと水責めが加わった感覚だ。

一方でもう心療内科に行く気持ちにはならなかった。もうあの医者の顔を見たくないし、これ以上自分のことを嫌いになりたくなかった。岡田、蔵野と別れた帰りに陥った自己嫌悪は、想像以上に心の深くまで根を張っていた。

僕はシモーネのことを思い出した。あの日から僕はずっと転げ落ちてきた。いっそ彼女に殺された方がマシだった。

蔵野の『死ねばゼロになる』という言葉が脳裏で響いていた。湯船から出て、ミニキッチンに向かった。包丁を手に取る。これで頸動脈《けいどうみゃく》を一思いに突き刺せば、この苦しみから解放される。『大陽線』が立ち上がるのだ。

僕は目を瞑る。体中がグニャグニャになる感覚が走る。金属の『耳鳴り』が耳元で唸るように響き、視界の隅では無数の猫たちが総毛立っている。

このまま包丁を突き立てればいいのだ。

このまま……包丁を。

猫が一斉に飛びかかってきた。

※※

1998年［20歳］

目を開ける。闇が僕を包んでいた。ものすごく静かで、隣で衣擦れの音が響いた。柑橘の匂いが鼻腔をつく。

「今のは滅ったかも……」

間宮の声がした。

僕はまた深く……眠っていたようだ。直近の記憶を思い返す。

――この部屋に来た岡田と蔵野に創世記の説明をしていたら……二人の心ない態度に間宮が傷つき、泣いてしまって……それから部屋を暗くしたら……眠ってしまったのだ。

「寝ちゃってた。ごめん」

「いいよ、君も疲れてたんでしょ……」彼は闇の中でゴソゴソしていた。

「でもさ……岡田と蔵野のこと、まだムカついてるんだよ。人の家まで上がってきて……失礼な奴らだよ」

「うん……確かに酷かったよ。間宮は誰よりも苦労してるし、誰よりも人の役に立ってるのに」

彼は黙っていた。沈黙がしばらく続いた。

目が慣れてきて、彼のシルエットがかろうじて浮かび上がる。彼は体育座りをしてうつむいている。

間宮が沈黙を破った。

「ねえ……考えてみると君には論理球の話ばかりしてきた。でも最初に図書館で話したように、ウラ三次元には別の思念球が存在する。むしろそっちの方がずっと数が多いんだ」

「そうなんだ……それは何なの？」

僕は足をさすった。冷え性の症状がいつにも増して強かった。

「ブランケットいる？」

「うん」

彼はベッドの上のブランケットを引っ張った。

「どうぞ」

「ありがとう」

とても肌触りが良くて、暖かいブランケットだ。間宮の匂いがする。

彼の声が響いた。

「論理球とは異なるもう一つの思念球……それが感球だよ。感球は感情、欲望、感覚の源になるウラ三次元の素粒子。これこそが生物の源なんだよ」

「どういうこと？」

「進化論者は原始のスープからＤＮＡが自然に増殖したと説明するよね。『確率的にはすごく低いけど、偶然が重なってそれが起きてしまった』という苦しい説明をする」

「うん……」

間宮はいつものように僕の腕に手を乗せる。普段なら間宮の話に聞き入るのだけど、今はどうも気持ちが落ち着かない。暗闇が我慢できない。

「話の途中だけど……ごめん、電気つけていい？」

「どうぞ」

僕は立ち上がり、壁まで歩いてスイッチを押す。二十ワットの心許ない明かりがつく。間宮は床に座り、平板な表情で僕を見ている。泣いた後で、目が腫れていた。僕は彼の隣に座った。

「ごめんね。今日はソワソワして……明かりが欲しかった」

彼は優しく微笑んだ。

「いいんだよ。いつも気を遣ってくれてありがとう」

彼は肩にもたれかかってきた。いつもながら緊張する。

「かつて創造主は『増殖欲』とも言える思念球を造った。それは全ての欲望の原型となる感球だ。だから材料さえ揃えば、その感球を原動力にして生物は自然と生まれるんだ。論理球が設計図だとすれば、感球は燃料だよ。

ＤＮＡもタンパク質も、ウラ世界の感球を核にして、その周囲に論理球が集積している。つまり、それは微小な意識とも言える」

「タンパク質にも意識が宿るの？」

「そうだね。感知できないほど微小ではあるけど。だから細胞内でタンパク質は増え続けるよね。一方でそれを抑制するタンパク質も存在して……人間社会と同じで互いにせめぎ合っている。

例えばプリオンが分かりやすい例じゃないかな。あれは細胞の外でタンパク質の増殖が止まらなくなり、病原体として認識される」

「なるほど……でもどうして急にそんな話をするの？」

間宮はしばらく考えてから言った。

「聖書の話をしていたら……思い出した。まだ君には話してないけど、創世記第一章の後半では『繁栄を喜ぶ』創造主の記述が目立つ。彼は『男と女』を自分に似せて造った。これは『論理球と感球』を指している。そしてそれらがうまく機能し、生物が生まれたことを喜んだ。

この半年間、君には論理球の話ばかりしてきた。だけど生物の根底にあるのは感球なんだ。そのことを意識しないと今後つまずくことがあるかもしれない」

「ちょっと待って。聖書を開いて確認してもいい？」

「ダメだよ」間宮は僕の腕を強く握り、震える声で話した。

「あの二人のことがまだムカついてるって言ったよね？　今は聖書を見たくもないんだよ」

僕は首をすくめた。

しばらく沈黙が続いた。

間宮が口を開いた。

「感球は生きる核となる一方で、論理球ベクトルに直接触れると内積をとる、つまり『畳み込み』を起こす。君の意識はベクトルの奥行きを失い、スカラー量で満たされる。こうなると感情だけで動く人間になる。論理球を守るためにも、この『畳み込み』には注意しないといけない。手っ取り早いのは『感球に素通りさせる』ことだ」

「『素通りさせる』……どうやるの？」

「無関心でいることだよ。例えば薬や酒を利用する人もいる。だけどそれでは肝心の思考を損ねてしまうからね」

僕は腕を組んで考えた。

「例えば大人たちは政治家によく怒ってるけど、僕たちは無関心だから何も思わない。そんな感じ？」

「まあそれも一つの例だね。他には身長を気にする人、学歴を気にする人……その根底には何かを失いたくない気持ちがある。それが感球を引き寄せ、論理球を畳み込む……だから失うことを受け入れることだよ。すると感球が意識を素通りするようになるから」

「……間宮はそれを実践してるの？」

「ボクはいいんだよ、別に」

　彼はまた声を震わせ、腕を強く握った。

　僕は困惑した。間宮はどうして感球の話を始めたのだろう。先ほどから感情に囚《とら》われているのは僕ではなく間宮の方だ……。自分に言い聞かせている雰囲気でもない。

「何を考えてるの？」

　間宮の声が響いた。

「うん……失うことの意味について」

「目を瞑ってみて」

　僕は言われた通りにした。真っ暗だ。彼が耳元で囁いた。

「心の一部を無にするんだ。生まれる前と同じ状態に。何も期待しなければ、恐怖や不安も湧かない。目の前の事実を淡々と……受け入れて……」

　彼の声が遠くなっていった。

※※

目を開けた。僕はキッチンに立ち尽くしていた。包丁を首に突き立てた感覚が残っている……だけど……無傷だ。慌ててシンクに包丁を置く。

危なかった、意識がまた朦朧としていたんだ。

——ダメダメ、こんな形で死ねるはずがない。

他人に迷惑をかける形で死ぬのは、絶対に嫌だ。FG感度が高い人間なりの矜持《きょうじ》があるのだ。

再び浴室に戻った。湯船に浸かり、目を瞑る。

ふと間宮が二年前に話したことを思い出した……久しぶりに記憶が追いかけてきたのだ。無関心がうまく生きるコツ、のようなことを彼は言った。今の状況を打破しうる示唆がそこには含まれている気がした。

岡田の『そのへんの石ころ』という言葉が思い浮かんだ。石ころには意識がない、それゆえに感球も寄せ付けない。苦しみもない。

目を瞑る。身体の位置感覚は失われ、手と足が渦を巻いている。

——僕は石ころだ。欲望も恐怖も存在しない。

目を開ける。やっぱり無理だ。この感覚を受け流すことなんてできない。

ため息をついた時、視界の隅にいる猫たちが移動していることに気がついた。それは浴室から部屋に向かって移動している。

目線を猫の列に移すと消えてしまう。だけど視界の隅では、複数の透明な猫が一方向に移動し続けている。

僕は体を拭くのも忘れて、その列の後を追う。正面を見ると消えてしまうので、ときどき目線を逸らして方向を確認する。

猫の列は机の引き出しに向かっている。引き出しの上から二番目。まるでそこに出口があるかのように。

僕は机に近づく。猫たちの姿が消えた代わりに、耳鳴りが近くなった。金属が擦れ合う音が頭蓋内で響く。

耳鳴りの存在を忘れるように努めた。僕の一部はそのへんの石ころだ。

上から二番目の引き出しを開ける。クリアファイルと講義のプリントが押し込まれている。それを全部外に出して机の上に置いた。

特に気になるものはない。僕はため息をついて、それらを戻していく。耳鳴りがどんどん強くなっていく。まるで建物の鉄筋が共鳴しているみたいだ。

その時、手の中にあるクリアファイルの裏に盛り上がりを感じた。ひっくり返して確認すると錠剤のシートが目に飛び込んだ。

心療内科で唐突に処方されたロフラゼプという薬だ。結局処方はその一回きりだった。半減期が五日間と極端に長い薬で、間違えて飲まないように他とは別にして奥の方にしまったのだ。

蔵野の話を思い出した。一般的にベンゾジアゼピン系の断薬は長期型への置き換えが有効だ。

僕はミニキッチンに移動して、錠剤を粉状に砕いたあと、それを小瓶に入れた。水で湿らせた爪楊枝《つまようじ》の先をそこに入れて、その先についた分を舐めた。おそらく一錠の十分の一にも満たない量だ。

効果はてきめんだった。微量だったにもかかわらず離脱症状が霧散した。ベンゾジアゼピン系の離脱症状の期間は三週間と言われている。恐らくロフラゼプの効果は半減期より少し長い一週間程度は続くだろう。つまり一週置きにあと二回、同じことを繰り返せばいいはずだ。

もっとも耳鳴りと閃輝暗点、そして不安は残っている。でもそれらとは折り合っていく自信があった。僕の一部は石ころだ。失うことを恐れなければいい。

これからも谷登りの過程で、多くの不条理にぶつかるだろう。そのたびに僕は『考える石ころ』になる。つまり、よく考える一方で失うことを過度に恐れない。全てを失うこと——それはゴールに辿り着く別のルートでもあるのだから。

※

薬をやめて一ヶ月が過ぎた。

恐れていたパニック発作の再発が起きた。昼下がりの電車の中で息苦しくなり、『死ぬかもしれない』という不安が頭の中をよぎった。脈拍がドラムの連打演奏のように高まる中、目を瞑った。

——僕は石ころだ。失うものなんて何一つない。

手と足が震えている。身体の感覚が曖昧になり、今自分が座っているのか、立っているのかすら分からない。

死ぬかもしれないと本気で思った。

でも死はゼロだ。恐れることはない。谷を登り切った先に待つのが死なら、僕はそれを受け入れる。

透明な猫が視界の片隅で総毛立っている。それはどんどん増えていく。

気がつくと、体中から汗が噴き出していた。脈拍が緩やかになっている。周囲の人間は平穏のままだ。ケータイをいじったり、本を読んだり……。

清々《すがすが》しい気持ちに包まれた。峠《とうげ》を越えたのだ。

発作は翌日も、翌々日も起きた。そのたびに同じことを考え、同じことが起きた。僕は普通の状態、つまりゼロに向かって浮上していく感覚を覚えた。

岡田が言うように、運動不足も祟《たた》っている気がした。ジャージを購入し、夕方の通りを走るようになった。十分も走るとパニックの時と同じように心拍数が高まり、呼吸数も増える。これは正常な反射なんだと思った。

一ヶ月が過ぎる頃には発作が起きなくなった。一方で、正式に留年が決定した。パニックの時に欠席した試験を挽回することが難しかったのだ。僕は他人事のようにその結果を受け止めた。

7　シモーネと間宮

２００３年　秋［25歳］

実習三日目。その日は終日外来見学で、病院を出たのは十九時だった。

竜岡門《たつおかもん》に向かって大学の構内を歩いてると、黒塗りのリンカーンが僕の前で停まった。横を通り過ぎようとすると、運転席から出てきたスーツ姿の白人女性に呼び止められた。襟にクジラのラペルピンをつけている。

彼女は恐縮した物腰でシモーネが僕を呼んでいることを告げた。少し戸惑ったもののシモーネと約束もしていたし彼女を信頼して車に乗った。


ブラックガラスで覆われた例の巨大なビルに着いた。

しばらくエントランスホールで待機したが、シモーネと連絡がつかないとのことで、使用人サイドから上の部屋にアクセスすることになった。

廊下の床にはタイルカーペットが敷かれ、白い壁にスチール製のドアが並んでいた。オーナーサイドの豪奢な内装とは天と地の差だ。

鏡が三面に貼られたエレベーターで上階に昇り、廊下をしばらく進んだ後に両開きのドアの前に立ち止まった。使用人がノックをするために手を上げた瞬間、ドアの向こうからソフィアの叫び声が聞こえた。使用人は手を止めた。

ドアの奥でシモーネとソフィアが英語で何かを話し合っている。ソフィアの語気が荒く、時々悲鳴に近い叫び声をあげた。内容は聞き取れなかった。

ドアが開き、ソフィアが出てきた。彼女の顔はピンク色に染まり、目は真っ赤に充血していた。僕と目が合うとうつむいて、横を通り過ぎた。

――何かあったのだろうか……。

中に入るとそこは楕円体形の居間で、シモーネがドアのそばで立ち尽くしていた。

声をかけようか迷っていると、彼女が振り向いた。いつもの無機質な表情だった。

「気にしないでくれ。時々あんな感じで癇癪《かんしゃく》を起こすんだ」

「もしかして三日前のこと？」

シモーネは眉をひそめた。

「三日前、何かあったのか？」

「いや……彼女なりに色々と気を遣ってくれたから」

シモーネはうすく微笑んだ。

「そのことではないよ」

彼女は部屋の中心まで移動し、六十度の円弧を描くソファに腰掛けた。僕も座るように促されたので、三脚あるうちの隣のソファに座った。

「タムラはお酒、飲む？」

「時々飲むくらい……昔はよく友達と飲んだ」

「よかったら少し飲まないか？」

「そうだね。シモーネが飲むなら」

彼女は壁際に立っていた使用人に声をかけ、酒と肴《さかな》を持ってくるように伝えた。

しばらくすると先ほどのドアが開き、東洋人女性の使用人が入ってきた。先日、僕を出口まで案内してくれた人だ。

彼女が押しているサービングカートには、球形のロックグラスを収めたアイスペール、チェイサーの水が入ってる真鍮《しんちゅう》性のピッチャー、そして琥珀《こはく》色のカティサークの瓶が載っていた。

「ウイスキーの飲み方はいかがいたしましょうか」

シモーネがロックを頼んだので、僕もそれに倣った。バカラのグラスに大きい球形のロックアイスを入れ、そこに琥珀色のカティサークが注がれた。風化したラベルには25年と書かれている。初めて見る代物だ。

「後ほどおつまみもお運びします」

東洋人女性はそう言って部屋を立ち去った。壁際には、僕をここまで案内した白人女性の使用人が立っていた。シモーネはグラスをかかげた。

「タムラと私の再会に」

「乾杯」

僕はグラスを持ち上げた。氷がグラスの内側に当たり、カランと音を立てた。すごく大人になった気分だ。口に含むと、年季を重ねた複雑な味わいが押し寄せた。

飲み込むと、喉と胸が焼けるような感覚を覚える。瓶に記載されているアルコール度数を確認すると四十六・五パーセントと書かれている。そんな強いお酒をロックで飲むのは初めてだ……

飲みすぎないように注意しよう。

「シモーネはたまにお酒を飲むの？」

彼女は首を横に振った。

「滅多に飲まないよ」

「今日は飲みたくなったの？」

「以前仕事の付き合いで飲んだ時、あることに気が付いたんだ。それを君に見せてあげるよ」

彼女はグラスを口元に傾け、飲み切った。すると部屋の隅に立っていた使用人が近づいてきて、ボトルから酒を注いだ。

「それが……先日話してた、僕に見せるもの？」

彼女は肯いた。

「でも少し待ってほしい。まず君の過去の話の続きを聞かせてくれ」

僕は時計を見た。ちょうど二十時。

「例によって救いようのない話だけど……」

断薬に至るまでの話を始めた。


シモーネはやはり目を瞑って聞いてきた。時々目を開いて、グラスを口元に傾けた。

話している途中でテーブルに運ばれた熟成肉のカットステーキをフォークで刺して食べてみた。凝縮された旨みが口の中に広がる。それは間違いなく今まで食べた肉の中で一番美味かった。

パニック障害を克服したところで時計を確認した。時刻は二十一時半。

僕はロックを一杯飲んだあとは、水割りを頼んでほとんど口につけていない。それでも少し酔ってしまった。シモーネはロックを三杯飲んで、四杯目に口をつけた。

チェイサーの水を飲み切ると、使用人がすぐに近寄って水を足してくれた。

話し終えてから沈黙が続いていた。シモーネは頬杖をついている。顔が少しだけ赤い。

今回こそ呆れられたのではないかと心配になってきた。

「救いようのない話だよね」

うわずった声が出た。彼女は肩をすくめた。

「そんなことはない。むしろ感心したよ……ところで君が包丁を首に突き立てようとした時、何が起きたのかは全く覚えてないの？」

僕は首を横に振った。

「全く。意識が朦朧として……気づいたら包丁を握ってて、それを突き立てた感覚だけが残っていた」

シモーネは腕を組み、何かを考えた。

「例の猫と耳鳴りは……今夜も起きている？」

僕は首を縦に振った。この部屋に着いてまもなく耳鳴りが始まり、視界の隅では複数の猫がうずくまっている。

考えてみるとシモーネと二人でいる時は、耳鳴りと猫の症状が強い。初めは緊張のせいだと思っていたけど……それだけではないようだ。

僕がそう伝えるとシモーネの目つきが鋭くなる。

「その猫はどこでハッキリ見える？」

「いや、視界の隅だからハッキリ見えないんだ。本当に猫かどうかも分からない」

「一度立って、ゆっくり回ってみてくれ。より鮮明になる場所があるはずだ」

僕は言われた通りにしてみた。確かに同じ場所で回ってみると、微妙に濃淡が生まれる。今まで意識しなかった……。

「どうだ？　どの場所が一番はっきりする？」

僕は窓側の方にある、長径が五十センチ程度の楕円体のフロアライト付近を指した。

「あのへん」

とは言っても目線を向けると消えてしまう。あくまでも視界の隅で輪郭が濃くなるという意味だ。

シモーネが使用人を呼び、フロアライトのある方を指差した。

「Set up the temporary table and sofa over there」

（テーブルとソファをあの辺りに設置してくれ）

「Understood. We'll get started right away with a team」

（畏まりました。直ちに取り掛かります）

使用人がトランシーバーで招集をかけると、五、六人の使用人が簡易的なソファとテーブルを運びこんだ。

あっという間に設置された一組のソファに腰掛けると、耳鳴りが強くなった。

「確かに何かあるのかも……今まで意識しなかった」

「君が感じている物は恐らく〈ゲート〉だ」

シモーネは向かい合って座った。

「〈ゲート〉？　何それ？」

「ウラ世界とオモテ世界が繋がる場所だよ。創世記にある『種類にしたがっていだせ』とは、ウラとオモテの［リンク］を示している。その［リンク］は至る場所にあるけど、フィードバックシステムが強固な空間で［リンク］が濃くなる。その最たるものが脳で、［リンク］のウラ世界側で思念球が集積している。言い換えると、脳はオモテ世界に意識が定着するための触媒の役割を果たしている。

　ところが何もない場所につむじ風が起きるように、ただの空間にも［リンク］の濃淡を生じることがある。それがさっき私が話した〈ゲート〉だ。脳のような［リンク］を持たない根無草の意識でも、〈ゲート〉を通してオモテ世界と繋がることができる。どうも君の力は、この〈ゲート〉と関連しているようだ」

「なんか心霊現象みたいだね……」

「そう呼ばれることもある」

　寒気がした。そういう話は苦手なのだ。

「それで……これからどうするの？」

「これから私がすることは……厳密には私の意志によるものではない。一応気に留めてほしい」

「分かった。でも誰の意志なの？」

「チャールズだ」

「君のお祖父さん……お父さん？」

「法律上は義父だけど、血縁的には祖父だ。もう八十近いし、祖父と呼んだ方がしっくりくる」

「そう……この前エレベーターで言いかけたけど、間宮はいつも悪く言ってたよ」

「それは私も知ってる。だけど断っておくと、惣一の本心は全く違うから」

「どういうこと？」

「好きだったってことだよ。十八歳の少年が親の悪口を言っても、心の底から憎んでいるわけじゃないだろう？」

「でもジョンだって『容赦ない』って……」

「彼も似たようなものだ。チャールズが偉大で、常に正しいことを本心では分かっていた」

「そんな……」

『偉大で、常に正しい』なんて言葉がシモーネの口から出るとは思わなかった。まるでチャールズが教祖みたいな言い草だ……。

彼女はスーツのジャケットを脱いでソファの上に畳んだ。そして無言でスーツブラウスのボタンを外し始めた。僕は目を丸くした。

「ちょっと待ってよ。何をしてるの？」

「先日も話したが、君に見せるものがある」彼女は手を止めて、僕をまっすぐに見た。

「構わないよね？」

僕は硬直したまま肯いた。少し酔っていることもあり、心臓の鼓動が限界まで早まっている。

彼女は脱いだスーツブラウスをソファに置き、丁寧に畳んだ。キャミソールを脱ぎ、ブラジャーを外した。

シモーネの背後の壁際に立つ使用人の方に目を遣《や》る。彼女は頑なに別の方向を見つめている。

シモーネは脚を組み、手を腿《もも》の上に置いた。僕はずっと使用人の方を見ていた。

「タムラ。私を見てくれ」

恐る恐る視線を彼女に向ける。一度その姿が視界の中心に入ると、目を逸らすことができなかった。僕の網膜には、現実とは思えないほど美しい造形が映っていた。

「ちょっと……待ってよ。これも……チャールズさんの指示なの？」

「そうだよ」

「それは一体どんな意図で？」

「それは私にも分からない。だけど大きな意味があるはずだ」

「そんな……」

本当に宗教みたいだ。シモーネほど聡明《そうめい》な人間でも洗脳されてしまうのか……。彼女は乾いた声で聞いた。

「どう？　何か見える？」

僕は肯く。

「うん。すごく綺麗だ……」

彼女は無機質な表情で言った。

「そういうことは聞いてない。よく見てほしい。何か見えてこないか？」

僕は目を凝らした。彼女の肩から上腕にかけて、松の葉のような模様が見えた。

恐る恐る訊いた。

「近寄ってもいい？」

「どうぞ」

彼女の隣に座る。近くで見ると、松の葉に見えたのは無数の古傷だった。少し赤みを帯びているのはアルコールのためか……。

「これ……傷なの？」

彼女は肯いた。

「ビックリしただろう？　これでも皮膚科の精鋭が総力をあげて目立たないようにしたんだ」

彼女は身体をずらして、背中を僕に向けた。

僕は思わず声を出した。背中には無数の小さな丸い傷があった。それはとても薄かったが、彼女の真っ白な背中に、互いに重なりあって浮いていた。

「これ……どうしたの？」

「タバコを消した痕だよ。私の本当の両親が幼い私にした虐待の痕だ」

「そんな……」

あまりの不条理さに、言葉を失った。

金属が擦れ合う耳鳴りが強くなる。足元の閃輝暗点が一気に膨れ上がった……猫が総毛立っている。

彼女は背中を向けたまま話を始めた。いつもと同じ、平板なトーンで。

※

惣一は君に対して、両親は数学者と説明していたよね？　実際の父は数学科の博士課程の時に精神疾患を患い、卒業を断念した。母とは通院先の精神病院のグループホームで知り合ったんだ。

彼女は短大卒だったけど数学に興味を持ち、時々父から教えてもらうようになった。

二人ともプライドが高く、自分たちが数学の勉強をしていることを鼻にかけていた。部屋の本棚には数学の専門書が並び、いつも惣一に『貴方は数学者の両親の息子』と誇らしげに話し、惣一もその話を信じ込んでいた。

惣一は四歳の頃から数学の本に興味を示し、周囲の人間を驚かせた。優秀な両親と優秀な男の子、もしかすると周囲からは幸せな家庭に見えたのかもしれない。

だが実際には、惣一が数学書を読み始めた頃から激しい虐待が始まった。

ある日、惣一は素朴な疑問を口にした――なぜ体は女の子なのに、名前は男の子なの？

そのとき、突然父親の拳が降ってきた。何度も、何度も。繰り返し殴られた。翌日も、翌々日も。

虐待が止まることはなかった。浴室に連れて行かれ、熱湯をかけられた。惣一は何度も何度も謝った。「ボクは男の子」と言っても、「嘘をつくな」と詰られた。

浴槽の水に頭を突っ込まれ、薄れゆく意識の中、私の意識が産声を上げた。

――可哀想な惣一。君は男の子。私が女の子。だから悪いのは私。私が身代わりになってあげよう。

それからも両親の虐待は続いた。ある日から私の背中を灰皿代わりに使うようになった。その結果が、この背中だ。全米屈指の皮膚科医が集結して、幼少の頃から治療を繰り返して、普段は分からないくらい薄くなった。でも酔うとこうやって浮き彫りになる。最近気づいたんだけどね。

※

言葉が出なかった。抑えがたい怒りを覚えていた。

彼女は僕から離れた。ブラジャーをつけ、スーツブラウスを着た。裾は出したままだった。

壁際には相変わらず使用人が立っている。間宮の家でも感じたけど、ウィリス家のプライバシーの観念は世間一般と異なるようだ……。

シモーネは使用人を呼び、フルーツの盛り合わせを頼んだ。酒のお代わりをどうするか尋ねられ、僕もシモーネも首を横に振った。

シモーネは僕の方を向き直って、口を開いた。

※

君は想像したこともないと思うけど、四歳の子供にとって家庭内での日常的な虐待は、地獄そのものだ。幼児にとっての一日は大人よりも遥かに長く、一年は永遠に思えるほど長い。ましてや日々が恐怖の連続であればなおさらだ。

幸いなことに幼い脳は柔軟性があり、生き地獄に適応する力を持っていた。それは人格をもう一つ作ることだ。それにより地獄の苦しみを少なくとも半分にできる。

不幸中の幸いというべきか、私たちの両親は世間体を気にする程度の良識は残していた。私たちのことを殺《あや》めようとはしなかったし、虐待を周囲に疑われないように『一定の節度』を保っていた。

酷い虐待の翌朝は、罪滅ぼしとばかりにおやつを多めに出したし、留守の間は本を自由に読ませてくれた。その時は惣一が人格の主座についた。お蔭で彼は明るく、賢い男の子として育った。二人もそんな惣一を可愛がった。

私の人格が目を覚ますのは、鬼のような形相の両親が立ちはだかる時だ。すぐに風呂場に連れていかれ、熱水をかけられ、湯船の水に気を失うまで頭を突っ込まれた。目が覚めると寒空の下、下着だけでベランダに放置されていた。その間、飲み物も食べ物も与えられなかった。たまにベランダに出てタバコを吸う両親が私の背中を灰皿代わりに使った。声をあげると中に連れられて最初からやり直しになる……私はいつも二の腕に爪を立てて、声を押し殺した。腕の傷はその時できたものだ。

それでも私は辛くなかった。私は惣一を守るために生まれてきた女の子だ。私が苦しんだ分、惣一が楽になる。私は夜の寒空の下、身を縮めながら自分が生まれた理由を考えた。

※

時々耳を塞ぎたくなった。それくらい酷い話だ。

「君は間宮を守っていた……だけど間宮は……君のことを話さなかった。むしろシモーネのことを嫌ってるような話をした。英語脳の時の自分が嫌いだったって……」

「そりゃ嫌いになるさ。全てを押し付けるために私という人格を生んだのだから。彼にとって虐待を受けていた過去は不名誉でしかない」

「そんな……」

間宮に対して初めて不信感を覚えた。

僕は疑問に思ったことを聞いた。

「君は六歳の時アメリカに渡った……両親から離れた時、どうしてシモーネの人格は消えなかったの？」

「養子になり虐待はなくなったが、ウィリス家には子供でも分かる冷たい空気があった。その上、チャールズは日本語の使用を禁止した。その新しい環境は惣一にとって大きなストレスとなり、私は引き続き彼の面倒を見ることになった。家でジョンと過ごす時だけ惣一が人格の首座につき、それ以外は私が表に出た。結局英語の時は私、日本語の時は惣一という形に落ち着いた。

それは私にとって新鮮な経験だったよ。なにしろ日本では文字通り地獄しか経験していなかったからね。ウィリス家の冷たい空気など、私にはむしろ快適なくらいだった。チャールズはそんな私を気に入ってくれた」

使用人がフルーツの盛り合わせを持ってきた。苺《いちご》、ブドウ、メロン……見た目が瑞々《みずみず》しくて、すごく美味しそうだ。僕は苺を手に取って食べた。口の中で果汁が溢れ出して、アルコールで渇いた喉が潤される。すごく甘い。

「小学校の高学年に上がる頃から、私は自分の特殊能力に気づいた。みんなが私に畏怖の念を抱くんだ。そして私の指示を仰ぐようになった。

私には感球を見る能力があった……他の人には見えない光の粒のような物が見えるんだ。

それが自分に向かって集まり始めたら、軌道を変えるように意識すればいい。他の人はそれができないために感球に心を支配され、興奮したり悲しんだりした。

それは虐待の中で私が得た特殊能力だったのかもしれない。虐待のトラウマが残っていないのは、幼い私には感球が見えていて、本能的にそれを避けていたからだと思う。

私はよくクラスメイト同士を争わせた。それは私にとって本当に簡単なことだった。彼らは無関心の状況で感球を取りこんでしまうと得体の知れない感情、つまり罪悪感を覚える。私がその感情に理由を与えると、彼らはいとも簡単に信じ込むんだ。あとは互いに敵意を持つように仕向ければ、自然と争いが始まった」

「ちょっと待ってよ。なんでそんな酷いことをするの？」

彼女は無機質な表情で僕を見た。背筋が冷たくなった。

「不条理こそ全体の結束を深めることを知っていたからだ。気がついたら私は玉座についていた」

ジョンの話を思い出した。間宮は学校では『王様』だったと……そして同時に悪魔のようだったと……。

「君がトップに君臨するのは分かるよ。でも……他人を『争わせる』のは……良くないと思う」

「どうしてそう思う？　人間同士が互いに傷つけあうのは、むしろ自然な姿なんだよ。その結果誰かの心が折れた時、何が起きると思う？」

「みんなが悲しむ」

「そんなことが君の周りで一度でも起きたことがあるか？　君が苛められて地にひれ伏した時、周りの子供は悲しんだか？　えも言えぬ表情を浮かべ、逆に結束を深めたんじゃないか？」

遠い昔の情景が浮かんだ。

「そうだね……そうかもしれない」

「誰かの心が折れる、つまり［意識の縮退］が起きる時、〈思念球の放射〉が同時に起こる。この時放射される思念球は、感球よりも論理球を多く含んでいる。それにより全体の合理性が逆に増すんだ。

例えば生態系システムはなぜ自然に生み出されたのか。個が食される時に生まれる〈思念球放射〉がその基盤となっている。個に課される不条理が強いほど、放射される論理球も多くなる。

それによりシステムの強度が増していく。

人類もこの〈思念球放射〉を利用して社会のシステムを強固にしてきた。昔から人々は見せしめの処刑を行なったり、若い命を生贄《いけにえ》に捧げた。不条理であるほど強烈な〈思念球放射〉を起こし、社会の結束は逆に深まった」

「そんな……」

蔵野が昔話したことを思い出した。ライオンに食べられるシマウマの赤ん坊。

「私は〈思念球放射〉をよく観察した。私の両親も、きっとこの現象に取り憑《つ》かれていたのだろうと思った。だから私は同じ轍《てつ》を踏まないように心がけた。つまり……負担が特定の人間に集中しないように、秩序を生むための〈思念球放射〉を広く、薄く起こすようにした」

彼女は遠い目をした。

「あとは三日前話した通りだ。私たちが十四歳の時、幻聴と幻覚が始まり、間もなく『論理球爆縮』が起きた。同時に数十倍の規模で感球が爆縮を起こしていた。私がすぐに防波堤とならなかったら、惣一の人格は一瞬で崩壊していたはずだ。その後も常に大量の感球が押し寄せ続けた。

私は人格として表に立つことを放棄し、絶えず押し寄せる感球の対処に特化した。それは終わることのない拷問《ごうもん》のように思えたが、いずれ始まるはずの治療の時まで耐えればいいと思った。

その後のことは君が知っている通りだ。まさか十四歳から十九歳まで……六年もそれを続けることになるとは思わなかった。だけどその甲斐《かい》あって、惣一は《見る者》として例外的と言えるほど長くにわたり理性を保ち続け、君と出会った」

僕は言葉を失った。六年間ずっと……。

「君は間宮を恨んでないの？」

「どうして恨むの？　私は彼を守るために生まれた副人格に過ぎないのに」

「そんな……」

僕はシモーネを見た。間宮と同じ顔、同じ体……一方で全く異なる雰囲気、冷たい目。初めは彼女の冷たい目が怖かった。でもそれは、あらゆる不条理と哀しみを経験した目だった……ただ間宮一人を守るために……。

シモーネが口を開いた。

「……と、ずっと思ってきた」

「どういうこと？」

「惣一がいなくなり、私が闇の中で過ごした六年と同じ月日が経とうとしている。そろそろ彼から解放されてもいいはずだ」

「でも今は君しかいないんでしょ？　解放されたんじゃないの？」

彼女はうんざりした表情を浮かべ、肩をすくめた。

「こっちに来ない？　惣一とはいつも隣り合って話していただろ？」

僕は彼女の隣に移動した。彼女は僕の腕に手を置いた。

「君は惣一と、いつもこんな感じで話していた」

「うん」

「ずっと部屋を暗くしていた」

「そうだね。間宮は光を嫌ったから」

「彼は……本当に人間だったのかな？　光を嫌い、別の世界と行き来ができる……」

「そんな風に言ったら間宮が可哀想だよ」

「可哀想？　どうして？」

「だって人間かどうか疑うなんて……」

「人間より上位の存在に対しても君は可哀想だと思うの？」

僕は目を丸くする。

「人間より上の生物はいないでしょ？」

「そんな風に考えるのは科学に毒された現代人だけだ。少なくとも彼はウラ世界とオモテ世界を行き来する特殊な能力を持っていた」

「でも彼は……自分の意志で行き来していたわけじゃないし」

ふとフルーツを食べ残していることに気がついて、メロンとブドウを口に運んだ。すごく甘くて、瑞々しい。シモーネは苺を一つだけ食べた。

少し眠くなってきた。時計を見るとすでに二十四時を回っていた。シモーネが言った。

「また遅くなってしまったね。そろそろ帰る？　明日も早いんだろう？」

「そうだね」

「ソフィアに送らせる。ちょっと待って……」

彼女は使用人を呼び寄せ、ソフィアに上がってくるように伝えた。僕は先ほどの取り乱したソフィアの表情を思い出した。大丈夫なんだろうか……。

「タムラ、最後に話さないといけないことがある。惣一のことだが」

「間宮がどうしたの？」

シモーネは無機質な表情で壁を見た。

「彼は今、恐らくこの部屋にいて……私たちを見ている」

ビックリして周囲を見渡す。

「どうしてそう思うの？」

「何もない空間のゲートを通して、私たちを見ている。それは触媒としての機能が低いから、カゲロウのようにうっすらとした意識だけどね」

「君にはそれが見えるの？」

彼女は首を横に振った。

「私にはそういう能力は全くない。チャールズから教えてもらった」

「何を？」

「君の能力についてだよ。さっきも言ったけど、彼によると、君は何もない空間にゲートを造る能力を持っている。だから君の少年時代のイマジナリーフレンドだったはずの『彼』にも意識が宿った。同じように今は惣一の意識を引き寄せている」

チャールズに言及されていることに嫌悪感を覚えた。

「ねえ、君の祖父だけど、僕はやっぱり好きになれない。僕と会ったこともないのに、どうしてそんな風に決めつけるの？　僕を捕まえようとした時もそんな感じだったんじゃないの？」

シモーネは眉をひそめた。

「この際はっきり言っておくけど、彼のことを悪く言うのはよせ。ここにいる人間はみんなチャールズを尊敬している。私もその一人だ。特にソフィアは熱狂的に崇拝している」

「そんな――」

彼女は僕の唇に人差し指を置き、和やかな笑みを浮かべた。

「君の気持ちは分かっている。不利益しかないから口に出すのは止めておけというのが、私からのアドバイスだ。それよりも今、見えているのか？　例の『猫』は？」

僕は肯いた。視界の隅……足元でうずくまっている。耳鳴りもやかましい。

「どこで強い？」

僕は先ほどの要領で顔を動かした。僕たちの座っていたソファの背後で強かった。一メートル程離れた床の上だ。僕はそこを指差した。

部屋のドアがノックされた。ゆっくりと、三回。

「お迎えにあがりました」

ソフィアの声だ。

「タムラ、目を瞑ってくれ」

僕は言われた通りにした。唇に柔らかい感触があった。僕はビックリして目を開いた。

「え……！　今⁉」

シモーネは無表情のまま人差し指を僕の唇に置いて、先ほど僕が指差した空間を見た。

「惣一が見てる。君が指差した場所に感球が集積している。それは私にも分かる」

僕は振り返って先ほど指差した場所を見た。何も見えない。だけど目を逸らすと、視界の隅で複数の猫が弓なりに背中を曲げて構えている。そういえば……耳鳴りも強い。

だが今はそれどころじゃない。

「ねえ、今キス……」

またノックの音がした。ゆっくりと三回。

「I'm here to pick you up. This is Sophia」

（お迎えに上がりました。ソフィアです）

「ソフィアが来てるよ……」

「待って。惣一の罠《わな》かもしれない」

「そんな……シモーネ。さっきから大丈夫なの？　酔っ払ってない？」

「タムラ、目を瞑って」

「ええ……うん」

目を瞑る。心なしか、さっきよりも暗い。

その時、気がついた。

シモーネが見ていた方向。

『彼』と同じ気配がしていた。

※※

1998年　夏〔20歳〕

びっくりしながら目が覚める。時々こういう酷い目の覚め方をする。そして自分が今どこにいるのか、思い出すのに時間がかかるのだ。

真っ暗な部屋。恐ろしく静かで、衣擦れの音すら響く。柑橘系の香り。

「起きた？」

間宮の声が沈黙を破る。

そうだ、僕は間宮の部屋で彼と話していた……部屋が真っ暗で、そのまま眠ってしまったのだ。

「ずいぶん寝てた？」と僕は訊いた。

「なんかすごく……長い夢を見ていた」

「五分くらい寝てたかな」

「五分……？」

僕は目を丸くした。半日寝ていたと言われても信じていたと思う。

「タムラも疲れているんだよ」

彼はそう言って僕の腕に手を置いた。僕はいつもと違う緊張を覚えた。

この部屋に来る前にジョンと話していた。彼は「兄貴は悪魔だった」と話していた。彼の神妙な表情が目に焼き付いている。

「ジョンがさ」僕は生唾を飲み込んだ。

「病気になる前の君は『悪魔みたいだった』って。『可愛い顔して容赦ない』って……そう話してた」

彼は腕を強く握った。僕はすぐに後悔した。なんで今それを口にした？　彼の機嫌を損ねると後で苦労するのに……。

彼は声を絞り出すように話した。

「ふうん……ジョンがそんなことを言ったんだ。ハワイではずいぶん面倒を見てあげたのにね……」

確かに間宮がジョンの言うように冷徹とは思えない……。出会った当初は冷たかったけど、あの時は彼も緊張していた。

「英語を話す時と日本語を話す時で性格が変わるって言ってた。僕は日本語を話す君しか知らないから……少なくとも僕は君が悪魔だなんて思ってないよ。ただジョンがそう言ってたというだけで」

しばらく沈黙が続く。闇の中で彼は何かを考えている。

「君には話したよね。ボクは英語脳と日本語脳でスイッチを切り替えられるって」

「うん。でもそういう時、性格まで変わるものなの？」

「分からない。だけど英語を話してる時と日本語を話してる時で、いつも別のことを考えている。性格の変化もあるかもね」

彼は手を離し、肩にもたれかかってきた。いつもの柑橘系の匂いが鼻腔をつく。すごく気品のある香りだ。たぶん使用人がすごく上等な香水を服にかけているのだろう。

僕はいつもよりずっと緊張していた。息苦しいほど心拍数が高まった。

『兄貴は悪魔だ』というジョンの声が脳内でリフレインした。ジョンと間宮、どちらかが嘘をついている。そして僕は間宮を疑っている……こんな気持ちは初めてだ。

僕はずっと我慢していたことを口にしていた。まだ寝ぼけていたのか、口が勝手に動いた。

「ねえ、君はいつもそうやって触ってくるけどさ……僕は一応男で、君の体は女性なんだ。君がくっつくたびに僕は緊張しているし、感情のやり場がなくて困っている。もしかして……分かってやってるの？」

再び沈黙に包まれる。闇の奥で間宮が何かを考えている。

しばらくすると間宮の乾いた声が響いた。

「それって、君がボクに欲情してるってこと?」

頭に血が上った。

「『欲情』って……そんなんじゃないよ。ただ穏やかな気持ちじゃないって言ったんだよ」

「それを『欲情』って言うんじゃないの?」

彼は冷たい声で言った。

「ねえ……」すごく腹が立ってきた。

「……僕がずっとどんな気持ちで過ごしてきたか……他人事《ひとごと》なんだね、本当に。びっくりしたよ」

沈黙の帳が降りてくる。この部屋は雑音が少なすぎる。

だんだん冷静さを取り戻し、言いすぎたことを後悔した。

「ごめん、さっきから変なんだ。まだぼけてるみたいで……」

「君が望むならボクはいいよ」

「え、どういうこと?」

「だから……そういう関係になってもいい」

「え、だって君の心は男なんじゃ……」

心拍数が高くなる。予想外の展開に浮き足立つ。

「もちろん今は無理だよ。だけど……可能性がないわけじゃない。多分ずっと先の話になる」

彼は僕から離れる。闇の中で衣擦れの音がする。

『多分ずっと先の話』って……一瞬期待したけど、要するに無理ってことじゃないか……。間宮の声が響いた。

「君に触れるのは意地悪をしているわけじゃないよ。そのことは理解してほしい。ボクにとって視覚や聴覚は信用できないものなんだ……触覚だけが確かなんだよ」

僕はハッとした。彼はこうやって話している今も幻覚を経験しているのだ。胸が苦しくなる……悪魔は僕の方じゃないか。

「間宮、ごめん……君とこうやって話ができるだけでも楽しいのに」

「いや、いいんだ」

闇の奥から、ため息が洩《も》れた。

※※

「タムラ、惣一が見ている」

目の前にシモーネがいて、部屋の片隅を睨んでいる。

一瞬、意識が飛ぶ感覚があった。また『脳血管が収縮』したのだろうか……。

ノックがゆっくり三回。僕はドアの方を見て言った。

「ソフィアがずっと待ってるよ」

「ずっと？　どういうこと？」

「いや……そろそろ行くよ」

「ちょっと待って。目を瞑って」

「え……うん」

今度は薄目を開けて見ていた。シモーネは先ほど僕が指差した場所を睨みながら、ゆっくりと顔を近づけてきた。

室温が下がる感覚を覚える。後ろに『彼』がいる。今度こそ間違いない。

唇が重なる。シモーネが視線を前に戻す。ものすごい至近距離で僕と目が合う。

彼女は顔を離して、口を尖らせた。

「目を瞑るように言ったはずだ」

「いや、ごめん……だって二回目だから」

「二回目？　どういう意味？」

「つまり……キスが」

ふと背後の壁に立つ使用人が目に入る。彼女は頑なに別の方向を見ている。

ノックがゆっくり、三回鳴る。

「I'm here to pick you up. This is Sophia」

（お迎えに上がりました。ソフィアです）

さすがにソフィアを待たせすぎだと思った。

「じゃあ……もう行くよ」

「分かった」

彼女は玄関まで歩き、ドアを開けた。ソフィアはいつもより化粧をしていた。きっと目が腫れているのを隠しているのだろう。ソフィアの視線は、シモーネのスーツブラウスの裾に固定されていた。

別れ際、シモーネが言った。

「タムラ、キスは一回しかしてない」

「え、どういう意味？」

シモーネは首を横に振り、呟いた。

「いや……言葉通りの意味だ」

一回しかしてない。つまり最初のあの感覚は……キスじゃなかったってこと？


先日と同じようにファントムの助手席に乗った。ソフィアはずっと真顔のまま、無言だった。車が内堀通りを抜けて白山《はくさん》通りに入る時、彼女が口を開いた。

「タムラ様、先日も話しましたが、シモーネ様はあなたと過ごした記憶に囚われています。そのことを忘れないでください」

「うん……分かってる」

「本当に分かってますか？」

僕は首をすくめた。やっぱり機嫌が悪いみたいだ……。

「ソフィアは何か誤解しているよ。シモーネと僕は、間宮が残した記憶に手を焼いているんだ。だから二人で協力して対処しようとしている。一つ言えることは、シモーネは僕と過ごした記憶の［内容］に囚われているのではなく、その記憶の〈性質〉に囚われているんだ」

ソフィアは黙っていた。多分意味が分からなかったのだろう。話した僕自身もよく分かっていないのだから。

車は春日《かすが》通りを走っていた。沈黙が続いていた。

「どうもタムラ様にははっきりと話した方がよさそうですね」ソフィアが出しぬけに大きな声を

出した。

「好きってことです。シモーネ様はタムラさ……」

「分かったよ。君の言いたいことは分かった」

僕はたまらず口を挟んだ。やはりソフィアはまだ若い……シモーネと僕じゃ全く釣り合ってないことを理解していない。今日のことだってチャールズに言われて……。

信号が赤になり車が停止する。ソフィアは無機質な表情を僕に向ける。

「分かりました。これ以上は言いません。でも本当によく考えてくださいね。シモーネ様は時間がないのです」

僕は肯いた。

信号が青になり、車が再び動き始める。ソフィアが口を開いた。

「ところで月曜日の朝はどうでした？　遅刻になりました？」

「ああ……やっぱり気づいてた？」

「気づいてましたよ。直接話しかけるわけにもいかなかったので、ずっとノートパソコンを通してあなたを見ていました。集合時間ギリギリまで時間を潰すのは良い習慣とは思えませんね。少なくとも十分前には現地に着くべきです。そうでないと月曜日のような不測の事態が起きます」

僕は肯いた。その通りだと思う一方で、歳下に説教を受けて不貞腐れた気持ちになった。

ふと思ったことを口にした。

「ところで今さっき『ノートパソコンを通して見てた』って言ったよね……どういうこと？」

「休憩所の横に監視カメラがあるの知りませんでした？　そこから見ていたんです」

「どうして君がそれを見れるの？」

「そんなのは私にとって造作もないことです。それよりも最初の質問に答えてください。遅刻はどうなりました？」

「それが……たまたまシステムがダウンして……有耶無耶《うやむや》になって大丈夫だった」

彼女はうっすらと微笑んだ。

「それはよかったですね」

そこで会話が止まった。ファントムの車内は再び静寂に包まれていた。対向車のヘッドライトが時々ソフィアの顔を照らした。

彼女はずっと真顔だった。何か別のことを考えているようだ。やっぱりシモーネと何かトラブルがあったのだろうか……。

僕の家の前に車が停まる。ソフィアが先に外に出て、助手席のドアを開けてくれた。

「明日はシモーネ様に大事な用事があります。明後日、早めに病院へお迎えに上がります。十五時に病院のエントランスでお待ちしています」

「え、早退はできないよ」

「大丈夫です。話は通してあります」

彼女はようやく無邪気な笑顔を見せた。

家に帰ってシャワーを浴びている時、ソフィアとの会話を思い出した。シモーネが僕のことを好きだって？　……もしかしてソフィアはシモーネが二重人格だったことを知らないのかもしれない……うん、きっとそうだ。

下着を着て、歯を磨いた後にベッドに入る。目を瞑ると、エントランスでラップトップを操作するソフィアの姿が浮かんだ。もしかして……ソフィアがシステムをダウンさせたのだろうか？

かつて一流のハッカーだった彼女なら可能かもしれない。

僕は首を横に振った。そんなことをする意味がない。お陰で遅刻せずに済んだけど……。

眠りの中に引きずりこまれていく中で、僕はまだソフィアのことを考えていた。

もしかして……僕の遅刻を有耶無耶にするために……システムをダウンさせたの……？

僕はおかしくなって、笑った。そんなはずがない。そんな……はずが………。

8　神月教授

翌日は朝七時から始まるモーニングカンファレンスに出席する予定だった。学生の僕は八時半からの途中出席で問題ないと言われていたが、朝早く目が覚め、六時五十分に東大病院に到着した。一般のエントランスはまだ閉まっているため、救急外来から院内に入った。

廊下を歩いていると、他のＳＰと話しているソフィアの姿が目に留まった。彼女は一瞬だけ目を合わせ、微笑んだ。早起きしたことを褒められたような気がして、嬉しくなった。すぐに彼女は六つ離れた未成年であることを思い出し、苦笑いを浮かべた。

七時五分前にカンファレンスルームに着いた。早朝であるにもかかわらず多くの医者が集まっている。少なくとも五十人以上はいるように見えた。大人数を収容するためカンファレンスルームは広さが必要で、病棟にはその規模の部屋がないため、学生用の講義室がある研究棟で行われた。

僕はいつもの習慣で後ろの席に座ろうとしたが、思い直して一番前の席に座った。せっかくだから近くで神月教授の姿を拝みたい。

振り返って改めて部屋を見渡すと、すでにみんな席についている。ノートを広げる医師、隣同士で何かを相談している医師。その中には外国人と思われる医師も少なくなかった。

立花先生が入ってきて、大きなスクリーンの左端にあるパイプ椅子に腰掛けた。その一分後くらいに神月教授が入ってきた。立花先生を含めた医者全員が一斉に立ち上がり、深々と頭を下げて挨拶をした。僕も彼らに倣った。

神月教授はニコニコ笑いながら、立花先生の隣に置かれたパイプ椅子に座る。笑顔でも眼差しは鋭くて、威容がある。

彼らとスクリーンを挟んだ反対側に演台が置かれ、研修医らしき若い医師がパワーポイントで論文の原案の発表を開始した。驚いたことに発表も質問も全て英語で行われた。外国からの見学者も多いので、当然ではあるが……。

若い医者がプレゼンを終えると、神月教授が英語で質問した。彼の英語は低い声で唸るようなトーンで、異様な迫力を帯びていた。まるで魔法の呪文を唱えているようだ……。

「Halting perfusion to the liver will reduce bleeding, but it makes more stress on liver cells. Have you thoroughly considered its impact?」

（肝臓への灌流を止めることで出血量は減るが、肝細胞の負担は増す。その影響をしっかり吟味《ぎんみ》したのか？）

若い医者はタジタジになりながらも文献を引用して質問に答えていた。毎朝行われているカンファレンスであるにもかかわらず、部屋は一定の緊張感に包まれていた。

神月教授の背後には外国人の医師二人が座っている。神月教授が時々話しかけると、神妙な表情で耳を傾けている。

カンファレンスが終わると、神月教授と立花先生が立ちながら言葉を交わしていた。神月教授は五十過ぎで、中肉中背という感じの体型だ。一方で立花先生は肩幅が広く、背が高い。

神月教授は白衣の下にケーシーを着ている。一方で立花先生は白衣の下にYシャツを着て、ネクタイを締めている。大学病院でスーツを着ている外科医は少数派だ。多くの外科医は神月教授のように白衣の下にケーシーか、白地のTシャツを着る。

先ほど神月教授が話しかけていた外国人医師二人が僕の前を通り過ぎた。彼らの白衣の襟にはクジラのラペルピンがついていた。

向き直ると立花先生と神月教授が僕のことを見ている。二人は僕の方に歩み寄ってきた。神月教授は微笑んだ。

「君がタムラ君か。チャールズから話を聞いてるぞ。君に会いたがっていた」

彼は僕を見て笑った。切れ長の目で、笑っているのに迫力がある。

「チャールズさん……肝移植を受ける予定の方ですか……?」

彼は肯き、周囲を見た。

「まあここじゃ話しにくいから、ちょっと俺について来い。特別に教授室に入れてやるから」

「はい」

彼は踵を返して歩き始め、僕はその背中を追った。小島先生が怪訝そうな表情を浮かべて見ていた。僕は会釈をして、彼女の横を通り過ぎた。

教授室にはスチール製の本棚が壁一面に置かれ、手術書や学会誌が整然と並んでいた。ローテーブルと応接ソファが一組あり、片方のソファには枕とブランケットが乱雑に置かれている。その奥にある棚の上には電子レンジが、棚の横には冷蔵庫が置かれていた。

神月教授はソファに敷かれているブランケットをずらし、腰掛けた。足を組み、向かいのソファを指差して言った。

「そっちに座ってくれ」

「失礼します……」

恐る恐るソファに座る。

「ここは半分俺の家みたいなもんでな。週の半分は家じゃなくて、こっちで寝てんだよ」彼はソファの上で足を組んだ。

「教授になっても医局員の頃と生活は変わらなくてな。休む日なんて、一年で一日あるかないかだ。タムラ君も何かを成し遂げたかったら休まずに働き続けることだ。歳をとるのはあっという間だからな」

彼はそう言って笑った。僕は肩をすぼめながら肯いた。

「話は変わるが……チャールズのことだけどな、彼に関することが一切口外禁止なのは、君も知ってるだろう？」

「はい……」

どう反応するべきか迷った。神月教授は一体どこまでウィリス家のことを知っているのだろう？

「今から話す内容はチャールズの許可を得ている。だから安心して聞いてほしい」

僕は肯いた。

「俺は君くらいの年齢の時、チャールズと出会ったんだ。その時俺は夏休みを利用してオアフ島にあるウィリス病院の見学をしていた。ウィリスグループと言えば精神病院が有名だけどな、外科も新しい術式を積極的に考案していて、俺は当時からウィリス病院に興味を持っていた」

窓からレースカーテン越しに太陽光が差し込み、足元を明るく照らした。

「チャールズとはその時に出会ったんだ。彼もまだ若くて五十代だったな。俺の方を向いて『君は見込みがある』って言うんだ。不思議なもんだろ？　一体何をもってそう判断したのか、俺には見当もつかなかったよ」

「なるほど……」イメージが湧かない。何が『不思議』なんだ？

「あの……ちなみに僕はまだチャールズさんに会ったことがないんです。彼の取り巻きの人間は知り合いなんですが……」

　彼は目を丸くした。

「そうなのか？　君と会いたがっていたから、てっきり知り合いなのかと思っていたよ。まあ彼のことだ……君のことはすでに調べ尽くしてあるんだろうな」

　神月教授はそう言って笑った。僕は苦笑いを浮かべた。

　しばらく沈黙が続いた。

　彼は腕時計を見て言った。

「まもなく胆道閉鎖症の少年の生体肝移植が始まるけどな、タムラ君には清潔野に入ってもらうぞ。学生で肝移植の清潔野に入るのは君が初めてだ。足を引っ張るんじゃねえぞ」

　僕は背筋を伸ばして「はい」と返事をした。

『清潔野に入る』とは、手洗いをして清潔なガウンを着用し、執刀医のすぐ近くで手術を見学することを意味していた。

「ありがとうございます。でもどうして僕が入ることになったんですか？」

「チャールズがそうしろって言うからだよ。できるだけ君に教えてやれってな。彼には世話になった過去があってな。言われた通りにするしかねえよ。まあ手洗いはしてもらうけどな、清潔野の一番端っこ、第二助手の隣だ。俺は手術中に君に話しかけるからな、寝るんじゃねえぞ」

「はい。もちろんです」

　僕は手を握る。緊張で手のひらが湿っていた。

※

　それから一時間後、僕は生体肝移植のレシピエントの手術に入っていた。ドナーが健康な肝臓を提供する側、レシピエントはそれを受け取る側だ。今回の場合は胆道閉鎖症の十六歳の少年がレシピエントということになる。

　ドナーとレシピエントの手術はそれぞれ別の部屋で行っている。ドナー側は立花先生、レシピエント側は神月教授が担当だ。後者は肝臓の露出までは飯田先生が執刀し、肝臓の摘出と移植から神月教授が引き継ぐ予定だった。

　飯田先生は慣れた手さばきで肝臓の露出を終えた。肝臓は病気のため白っぽく変化していた。あとは神月教授の出番を待つだけだ。湿らせたガーゼを術野に被せ、乾燥を予防する。

　僕は顔を上げて、改めてオペ室を眺めた。そのオペ室は今まで見たどのオペ室よりも広い。間取りは他のオペ室と同じように正方形だが、一辺の長さが十二メートルはありそうだ。他の部屋はせいぜい七メートル程度だ。

　そこに多くの見学の医師が集まり、壁際に並んで立っている。ざっと見ても三十人強はいそうだ。外国人の姿も目につく。

　しばらくして神月教授が現れた。すでに手洗いを済ませており、水が指先の方に垂れないように両手を肩まで上げていた。滅菌済みのペーパータオルで腕を拭いたあと、清潔なガウンを羽織った。

　彼は手袋を着用する前に、ガーゼが剝がされ露出した肝臓を一瞥した。

「お前らよく見ておけよ。これが胆道閉鎖症患者で見られる、『霜降り状』とも称される肝硬変像だからな」

　すると壁際にいた医局員が一列に並び、順番に露出された肝臓を見ていく。さっきまで散々見ていたはずだが……。

「よろしくお願いします」飯田先生は肝臓に目線を固定したまま、神月教授に頭を下げた。

「レシピエントは下大静脈の奇形のため肝静脈が存在しません。このためドナーの肝静脈を下大静脈に繫げるため、血管を新たに作成する必要があります。現在、整形チームが別室で大伏在《だいふくざい》静脈の採取にあたっています。神月教授に後ほどバイパス血管の作成をしていただく段取りになっています」

「ああ……そうだったね」

　彼は医局員に老眼鏡をかけさせ、すでに手を動かし始めていた。次々と血管がマーキングされ、結紮されていく。その動きは立花先生よりもさらに早く、とても滑らかだった。

　手術開始から二時間近く経った。彼は術野を見ながら言った。

「タムラ君はいるか？」

「はい、います」恐る恐る返事をした。神月教授は術野から目を離さずに話した。

「君は肝臓の解剖をどれくらい理解してる？」

僕はしばらく質問の意図を考えた。

「クイノー分類は頭に入ってます」

「なるほど。タムラ君はなぜクイノー分類が重要なのかは知っているだろう。頭の中で肝臓の模式図を三次元に展開できるかもしれない。

だけどその模式図が頭に入っていたところでオペができるわけじゃねえよな。なにしろこいつは四種類の脈管が縦横無尽に内部を貫いているからな。ひとえに三次元的理解と言っても、それには段階があってな、タムラ君が三次元だと思ってる理解は、実は限りなく二次元に近いんだ。下手したら一次元かもしれないな。

肝臓一つをとっても外科医が十年、二十年しゃにむになって手術して、五感と運動神経を総動員して、ようやくその片鱗《へんりん》を理解できる程度だ」

「なるほど……」

彼の手の動きはむしろ加速していた。肝臓を固定している靱帯《じんたい》を電気メスで切り進め、細かい血管を見逃さず同定し、結紮する。手の動きが空間を撫でるように滑らかで、まるで魅惑的な舞を早送りで見ているようだ。彼は言った。

「肝臓の構造は人間の作る精密機器とは一線を画してんだ。例えばコンピュータってのは中身を拡大していけばすぐに二次元的な回路が見えてくる。それをさらに拡大すると、一次元の導線が見えてくる。

人間の理解ってのは、たいてい一次元から入り、それを二次元、三次元に昇華していく形をとってるんだ。逆に言うと人間の作った三次元構造物をクローズアップしていくと、その理解を巻き戻していくように二次元、一次元に収束していくわけだ」

僕は「なるほど」「はい」など相槌《あいづち》を打ちながら聞いていた。助手の飯田先生は黙って肯いている。その様子から察するに、すでに同じ話を何度も聞いているようだった。

神月教授は話し続けた。

「ところがこいつは全く違う代物だ。まず外観からして違う。どこを見ても人工物に見られる二次元的要素がねえだろ。例えば人工物の場合は、回してみると同じような形に見える角度が複数ある。ところがこいつにはそれがない。どこから見ても形が異なる一方で、どこから見ても合理性を帯びている。例えば上側は横隔膜の形に沿っているし、下側は腸管を包み込む形になっている。

さらに肝臓のミクロ構造を段階的に拡大していっても、いっこうに一次元、二次元要素が現れてこねえ。マクロから分子レベルに至るまで三次元構造が現れ、全ての段階で合理性が形状に反映されてんだ」

彼は新生児くらいの大きさに膨れ上がった肝臓を取り出した。すでに分離が終わっていたのだ。

彼の言う理解は観念論でなく、五感と運動神経と経験が絡まり合った理解だ。教科書を読んで肝臓の三次元構造を想像し、『実感』したつもりになっている僕とは、文字通り次元が異なるのだ。

外回りの看護師の声が響いた。

「出血量300ミリリットルです」

オペ室がどよめいた。僕はその異様な空気に動揺した。

「次はグラフト作成か」

神月教授はオペ台から移動し、少し離れた場所の椅子に腰掛けた。

彼の前にオペ用カートが運ばれた。その上には金属製シャーレが置かれていた。シャーレの中に満たされた生理食塩水の中には、長方形に切り広げられた静脈が浮かんでいた。

彼を囲い込むように人だかりができる。こんなに多くの人間に見られていたら、それだけで集中力が途切れそうだ。朝のカンファレンスでクジラのラペルピンをつけていた外国人医師二人が、彼の横に立って見守っている。

神月教授は医局員に老眼鏡をかけさせた。縫合鑷子《せっし》と無鉤《むこう》鑷子を使って、長方形の膜に糸を通していく。静脈はくしゃっと潰れているので、それがどんな形に仕上がるのか、見ている限りは想像がつかない。

「よし、完成したぞ。生食通すか」

生食とは生理食塩水のことだ。彼は血管と点滴チューブを輪ゴムのようなもので結んで、生理食塩水をそこに流し込んだ。バイパス血管が膨張し、見事に三叉《さんさ》の血管の形になった。水は一切漏れておらず、医局員の間に再びどよめきが広がった。

「It's great」

神月教授は隣にいた二人の外国人医師に親指を立てた。彼らは静かに肯いた。

その時、オペ室の間に拍手が湧き起こった。それは戸惑いの中で生まれ、やがて大きなうねりとなった。拍手は二十秒近く続いた。その尋常でない熱気に圧倒された。まるで劇場の中に身を置いているようだ……。

神月教授が口を開いた。

「タムラ君、次はドナーの肝臓を移植するからな。よく見ておけよ」

突き刺さるような視線を感じながら、僕は再び清潔野に入る。ドナーの肝臓が術野に置かれた。神月教授の手が再び空気を撫でるように動き、脈管を繋げていく。僕はその様子を遠目に眺めていた。魅惑的な手の動きは、見ているだけでも眠くならない。

ドナー肝臓の移植開始から三時間が過ぎた。

「タムラ君、そこにいるな」

「はい、います」

「肝臓にある細胞は、たまたま肝細胞に分化しただけで、心臓にも腎臓にもなれるポテンシャルを持っている。これって何かに似てると思わねえか？」

僕はしばらく考えた。

「素粒子ですか？」

飯田先生が驚きの声をあげた。

「凄いですね、彼」

神月教授は笑った。

「すげえじゃねえか、タムラ君。この質問に答えられたのは君が初めてだ。そうなんだよ、この宇宙にある全てのものが素粒子によって出来ている。これは一種類の幹細胞からできる生物と似てるんだよ。

逆に考えるとだな、細胞に生体の全情報が含まれているように、素粒子にも宇宙の全情報が含まれてんじゃねえのか？　だからこそあらゆる素粒子は物理法則に従うし、全ての物質の源になるんじゃねえのか？」

飯田先生が苦笑いを浮かべた。

「先生のスケールは大学病院に収まりきらないですね」

「そう思うか？　まあ俺も若い頃に教えてもらったんだよ。その人は医者じゃねえんだけどな」

「へえ、そうなんですか」

飯田先生は興味津々という様子だった。

「まあこれ以上は話せねえんだ」

神月教授は真顔に戻った。彼の手は動き続けていた。

僕は言った。

「素粒子の中に宇宙が含まれているという意味ですか？」

神月教授は術野を見ながら、控えめに笑った。彼の手の中で、先ほど作成した静脈グラフトが下大静脈に繋がっていく。

「タムラ君はとんでもねえことを言うな……」

彼は呟くように言った。


その後は口数が減り、黙々と手術が進行した。

「よし、門脈を解放してみろ」

飯田先生が門脈の流れを止めていたクランプを外した。先ほど作成した静脈グラフトが拡張する。血液の漏れは全くないようだった。オペ室の中で再びどよめきが起きる。また拍手が起きるのかと身構えたが、何も起きなかった。

「よし、あとは動脈縫合だけだな。ここからは形成さんの仕事だ」

彼はオペ台から離れて、僕を手招きした。歩み寄ると、耳打ちをされた。

「タムラ君、口は災いの元って言葉があるだろ」

僕は「すみません」と言って頭を下げた。

神月教授は満足げに微笑んで言った。

「まあ、最後に君にアドバイスするとしたら……『考えてるだけじゃあ何も起きねえぞ』ってことだな。それじゃあな」

彼はそう言い残し、オペ室の出口に向かった。

「ありがとうございました」

去り行く彼の背中に頭を下げた。その直後に「お疲れ様でした」という労《ねぎら》いの言葉がオペ室全体に響いた。振り返るとオペ室の中にいる人間が全員、深々と頭を下げている――本当に劇場みたいな一体感だ。


しばらく立ち尽くしていると、後ろから肩を叩かれた。振り返ると小島先生が立っていた。彼女は困惑した表情を浮かべていた。

「タムラ君、神月教授とは別のところで知り合っていたの？」

「はい……共通の知人がいまして……」

「なんだ……それを先に言ってよ」

彼女は肩をすくめた。

彼女はオペ台に目線を向けた。先ほど手術用顕微鏡が運びこまれて、見覚えのない医師が接眼レンズを覗いて手術を行なっている。

うか……。


「彼は何をしているんですか？」

「肝動脈の縫合だよ。マイクロサージェリーの領域に入るから、そこは形成外科医がやるの」

「そうなんですね……」

神月教授が去った後、オペ室のギャラリーがごっそりと減った。周囲の様子を見る限り、メインは門脈と静脈の縫合だったようだ。肝臓は動脈を結紮しても壊死しないことと関係するのだろうか……。


ふとその時、オペ室の壁際に立つ医者の中に、見覚えのある顔を見つけた。高校の同級生で、いつもリチャードの隣にいた男だ。近くに寄って声をかけると、彼は虚《うつ》ろな目で僕を見た。憔悴《しょうすい》しきった表情を浮かべていた。

彼は一浪した後に地方の国立大学医学部に入学したから……順調なら去年卒業して、今年から研修医のはずだ。

東大の医局に入ったのか、それとも見学に来ているのか……訊いてみようと思ったその時、彼の院内ＰＨＳが鳴った。

「はい……すみません。今すぐ行きます」

彼は消え入るような声を出した後、ＰＨＳをしまった。そのまま僕の方を振り向くことなく、オペ室を去ってしまった。

僕は彼の背中を見ながら、研修医が送る過酷な日々を想像した。

僕の目には彼が高みを目指して努力しているようには映らなかった。藏野がかつて言ったように、ゼロを求めて谷登りをしているように見えた。

『何かを成し遂げたかったら休まずに働き続けることだ』

神月教授の言葉――それは結局、谷登りを続けろということだ。彼の場合、尽きることのない肝臓への好奇心がゼロを目指す原動力ということになる。そして肝臓の三次元構造を完全に理解した時、彼はようやく満足し、谷の頂点に辿り着くのだ。

でも――生物の設計図を造った何者かがいるとしたら……その『設計者』はどの人間よりも先に肝臓を理解していたことになる。その設計者とはすなわち……世界そのものなのだ。死によって再び世界へ還《かえ》るとしたら……それは肝臓を理解したことになるのではないか……？

僕は首を横に振った。頭の中で教授の言葉がリフレインした。

『タムラ君、考えてるだけじゃあ何も起きねえぞ』

9　竹下通り

翌金曜日の午前中、病棟で小島先生があからさまに怪訝そうな表情を浮かべて話しかけてきた。

「タムラ君、さっき神月教授から伝言があったよ。今日に限り、君は十五時に帰っていいそうだよ」

「はい。ありがとうございます」

僕は頭を下げた。小島先生は眉をひそめたが、何も訊いてこなかった。昨日から気まずい空気だったのに……さらに拍車がかかってしまった。

十五時を過ぎ、東大病院エントランスの自動ドアを越えると、ソフィアが陽気な笑顔を浮かべて迎えてくれた。彼女はくるりと回って背中を見せ、楽しい冒険へ向かうように腕を振って歩いた。

どうやら機嫌は戻ったようだ。僕はホッとした。

医学部図書館の前にバンが停まっていて、中でシモーネが足を組んで座っていた。彼女は僕を見て微かな笑みを浮かべ、いつものビルの中で話をしようと言った。

「うーん、それもいいけど……今回はせっかくまだ早いし、まずは僕の生活圏で話してみない？」

シモーネは眉をひそめた。

「どういう意味？」

「つまり、僕の行きつけの喫茶店に行くとか……」

「それは厳しいな。私たちの話を他人に聴かれるのは好ましくない」

「そうだよね……」僕は考えた。

「それなら少しだけ僕に付き合ってくれない？　シモーネに東京を案内したい」

間宮とは一度も外出できなかった。彼女と一緒に街を歩いてみたい。

シモーネは中立的な表情を浮かべた。

「君がしたいなら。ただし一時間以内で頼むよ。今日はやるべきことが多いから」

「分かった。どこか行きたいところはある？」

彼女は少し考えてから言った。

「竹下《たけした》通り」

「え、原宿の？」

あまりにも意外な地名が出てビックリした。

「若い人が沢山いるんだろう？」

「そうだね」

「せっかく日本に来たのだから市場調査をしておきたい。まあ私の本来の管轄ではないけどね」

「なるほど、市場調査か……」僕は腕を組んだ。

「分かった、行ってみよう」

とは言っても竹下通りは『消しゴム作戦』の時、髪を切りに寄ったくらいだ。原宿のいわゆる『カワイイ』文化には苦手意識があった……。

シモーネはマイクのボタンを押した。

「Sophia, change of plans. Head to Takeshita Street in Harajuku.」

（ソフィア、予定変更だ。原宿の竹下通りに向かってくれ）

少し間を置いてからソフィアの陽気な声が天井スピーカーから響いた。

「Absolutely! Takeshita Street in Harajuku, right away!」

（畏まりました！　原宿の竹下通りですね！）


原宿駅近くのコインパーキングにバンは停まった。僕たちは竹下通り手前の坂道の上に立った。外は晴れて暖かく、シモーネはコートをバンの中に置いてきた。ソフィアは両手を握りしめ、目を輝かせながら言った。

「Ms. Simone, I'm truly grateful for you granting my wish. Thank you so much!」

（シモーネ様、私の願いを叶えてくれたことを心から感謝いたします）

シモーネは首を横に振った。

「Don't get the wrong idea; it's just market research. Grab whatever stands out to you. You've got one hour for the survey.」

（勘違いするな。あくまでも市場調査だ。とりあえず目についたものを買ってくるんだ、調査時間は一時間だ）

「Understood! I'll get on it right away!」

（畏まりました！　早速開始いたします！）

彼女は小走りで竹下通りの人混みの中へ消えた。

「なんかすごく楽しそうだね」

「あれが彼女の処世術だよ。ほとんどの標的は、あの無邪気な雰囲気に油断する」

「なるほど……」

——でも一昨日はずっと真顔で少し怖かったけど……。

そのことを話したら、シモーネは肩をすくめた。

「それが彼女の地の表情だよ。素顔を見せたのは君を仲間として信頼した証拠だ。さあ私たちも移動しよう」

僕たちは並んで歩いた。夕暮れ前の竹下通りは制服姿の女子で溢れかえっていた。注意しないと離ればなれになりそうだ。

シモーネがアクセサリーショップの前で立ち止まる。後ろを気にして振り返ると、いつの間にかガタイのいい男性SPが三人、V字に並んで立っていた。これなら人波を気にしないでもよさそうだ……。

彼女はアクセサリーショップの店内に移動した。中は無数のアクセサリーが吊るされていて、それらが蛍光灯の明かりの下で煌《きら》めいていた。

金髪に染めたボブヘアが印象的な、ふくよかな女性店員が話しかけてきた。

「こんちはー。お姉さんにぴったりのアクセサリー、一緒に探すよー」

彼女はシモーネの背後にいるSPに気づくと、声を上げて驚いた。シモーネが後ろを振り返る。

「Keep watch in front of the store」

（店の前で待ってろ）

三人は引き下がり、店の前に立つ。

「お姉さん、もしかしてすごい人……？」店員はしばらく目を丸くしていたものの、すぐに気を取り直して笑みを浮かべた。

「欲しいアクセサリーのイメージはある？」

シモーネは顎に手を当てる。

「そうだな……クジラのアクセサリーがあるなら見てみたい」

店員の顔が明るくなる。

「あるよ、たくさん。こっちに来て」彼女は店の端っこに僕たちを誘導し、手のひらで示した。

「ここにあるのが海の生き物たち」

シモーネは腕を組んで、見渡した。

「イルカとウミガメばかりだな……」

「えーと……クジラは確か……」店員は顎に手を当てて考える。

「あ！　この辺がそうだよ」

彼女は背伸びをして、一番上に飾ってあるボードを手に取った。スケートボードくらいの大きさの板に、クジラのアクセサリーがぎっしりと掛かっている。

シモーネの表情が綻《ほころ》ぶのが見えた。僕は意外な気持ちになった。

「これなんかすごくカワイイよ」

店員は真っ黒なクジラのブローチを指差した。親指くらいの大きさだ。

「お姉さんのカッコいいスーツにつけても目立ちすぎない。良くない？」金髪の女性はそのとき、シモーネのつけているラペルピンに気がついた。

「あら、お姉さん。本当にクジラが好きなんだー」

店員は首を傾けてニッコリ笑った。シモーネは凍りつくような表情を浮かべたが、店員は気にしてないようだ。彼女はブローチをボードから取り外して、ラペルピンより少し上の部分に押し当てた。

「こうやって並べても可愛い。彼氏さん、どう思う？」

僕は手を振る。

「いえ、僕らはそういう関係では……」

店員はお茶目な笑みを浮かべた。

「ええ、そうなの？　で、お兄さんは素敵だと思う？」

シモーネも僕を見た。

「すごく似合ってるよ。スーツにつけるのもいいけど、私服につけたらもっと素敵だと思う」

「悪くない。これを買う」

「うん、正解だと思うよ。他にはこんなのもあるよ」

店員は次々と商品を勧めてきた。シモーネは嫌がると思ったが、意外にも熱心に見入っていた。本当にクジラが好きなんだ……。

結局、五点の購入を決めた。店員が次の商品に手を伸ばした時、シモーネがもう時間がないと断った。

「じゃあ会計ですね。こちらにお願いします」彼女は僕たちをレジに誘導し、カウンターに立った。若いのに一人で切り盛りしてるのか……。

「税込で七千二百円ですね」

シモーネはスーツの胸ポケットからカードを取り出した。店員が首を横に振る。

「お姉さん、カードは使えないの、ごめんね」

「そうなのか？　現金は……」彼女はマネークリップに挟まれたお札を取り出した。全部アメリカドルだ。

「ドルでもいい？」

「ふふふ。もちろん大丈夫だよ」店員はお茶目に笑った。シモーネがお札をクリップから外すと、慌てて手を振った。

「違うよ、お姉さん。冗談じゃなかったの？」

シモーネは眉をひそめた。

「僕が払うよ」ジーンズのバックポケットから財布を取り出した。

「いつも君たちに払ってもらってるから。たまには僕が払いたい」

「そうか……ありがとう」

シモーネはマネークリップを胸ポケットにしまった。

店から出ると、シモーネは初めに購入を決めた黒いブローチを紙袋から取り出して、ラペルピンと反対側の襟につけた。

「クジラが好きなんだね」

シモーネは肯いた。

「ハワイ島の海ではクジラがよく見えるんだ。子供の頃からクルーズ船のパーティがあると、いつも黒い影を探していた」

「へえ……」

想像のつかない世界だ。

僕たちは再び通りを歩き始めた——背後に三人のＳＰを引き連れて。

「あれは何だ？」彼女はクレープ屋を指差した。

「クレープと英語で書いてあるが……あんな風に包んで食べるのは見たことがない」

「原宿のクレープは有名だよ。食べてく？」

彼女は少しだけ思案した後、肯いた。

店先にあるメニューを見てシモーネは目を丸くする。

「アイスクリームを……焼き立てのクレープに包むのか」

「意外と合うんだよ。アメリカではこういうの珍しい？」

「少なくとも私は見たことがない」

僕たちは店の前の列に並んだ。五分程度で順番が回ってきた。彼女は苺とバニラアイス、僕はバナナとチョコアイスのクレープを頼んだ。

シモーネは先に受け取ったクレープを訝しげに眺める。店の横で女子高生たちがかぶりつくのを見て、彼女もそれに倣った。

「む……これは」彼女は目を丸くして、もう一度かぶりついた。

「想像よりも……ずっと美味しい」

間宮がスイーツを食べて『美味しい』なんて口にする姿は想像すらできなかった。僕は感慨深い気持ちになった。

「シモーネは……とても美味しそうに食べるね」

彼女は無機質な表情を浮かべた。

「市場調査だ」

僕は肩をすくめる。素直じゃないところは間宮と似ている。

彼女はさらに二、三口食べた後、僕が食べているクレープを凝視した。

「ところで君のバナナとチョコアイス、一体どんな味がするんだ？　苺とバニラアイスとはだいぶ方向性が異なるはずだ」

「食べてみる？」

彼女は食べさしのクレープを見た。僕は首を横に振った。

「もちろんもう一つ買うって意味だよ。二つくらい意外といけるよ」

「君のでいい。少しだけくれ」

彼女は僕の手からクレープを取って、かじり付いた。

「うん。私はこっちの方が好きだ。君も私のを食べるか？」

彼女は苺とバニラアイスのクレープを僕に渡した。食べてみると、確かにバナナとチョコアイスの方が美味しい。返してもらおうと思ったが、彼女はそのまま歩き始めて、食べ切ってしまった。


駐車場に戻ると、ソフィアがバンのリアゲートを開けていた。両手に袋を抱えている。

「ずいぶんたくさん買ったな」

シモーネが声をかけると、彼女は慌てて荷物をバンの中に押し込んだ。

「おかえりなさいませ、シモーネ様、タムラ様」彼女は手早くリアゲートを閉めた。

「オアフ島のカラカウア通りとは別の活気に満ちた街並みでした。ｋａｗａｉｉ文化は今後、世界へ展開する予感がしますね」

「楽しめたようだな」

シモーネが微笑む。ソフィアは上目遣いで微笑み返した。

「おや、シモーネ様、頬に何かついているようです」

彼女は胸ポケットから純白のハンカチを取り出し、丁寧にシモーネの頬を拭いた。ハンカチを仕舞う時、横目で僕を見て微笑んだ。

※

その後、僕たちは三人で楕円体の居間に移動した。僕は今回の実習で見知ったことをシモーネに伝えた。ソフィアがラップトップパソコンにその内容を記録した。

全て話し終えた時、時刻は二十時を少し過ぎていた。

シモーネは息をついた。

「うん……大方の雰囲気はつかめた。明日は土曜日で病院は休みだけど、チャールズと一緒に神月教授から説明を聞く予定になっている」

「不明な点があったらいつでも相談してよ……一応僕も医学部六年生だから」

「ありがとう。でも今回、君と話ができるのは今日で最後だ」

「そうなの？」

残念な気持ちが胸に広がる。彼女は肯いた。

「私も仕事が立て込んできている。だけど今夜はずっと君と過ごせる。一昨日の話の続きをしよう」

シモーネは立ち上がり、僕の隣に座った。

同時にソフィアも立ち上がり、壁際に立つ使用人の方に歩いて行った。しばらく言葉を交わした後、入れ替わる形でソフィアが壁際に立った。今夜は彼女が給仕を務めるようだ。

僕は緊張しながら訊いた。

「続きって、どこから……？」

「二日前の晩のことを思い出してほしい。君は私と何回キスをした？」

「……二回」

「私は一回しかしてない」

「……そんな」

「タムラの様子を観察する限り、ウラ世界で時間軸を移動したようだった。まあそれ自体は不思議でもなんでもない。問題はごく短い時間の移動とは言え、君が記憶を残していたことだ。これは君を構成する物質自身がウラ世界に繋がっていたことを示している……惣一と同じように」

「ねえ、君は間宮がいるって言ったよね？　この部屋に……」

「部屋の隅にとても淡い意識があった……はずだ。感球の集積が何もないはずの空間に起きていたからね」

僕は一昨日シモーネが見ていた部屋の片隅に目をやった。

「実は……あそこに『彼』の気配を感じた」

「『彼』というのは、君のイマジナリーフレンドのこと？」

僕は肯いた。

「『彼』は間宮と生き別れてから一度も現れていなかったんだ。だからすごく懐かしい感覚だった。

気配だけで終わってしまったけど」

「ふむ」シモーネは腕を組んだ。

「恐らく惣一のカゲロウ意識だと思うが……。『彼』の正体は知らないが、どちらも君が造ったゲートに引き寄せられた淡い意識であることは確かだ。

君と過ごしているうちに色々なことが分かってきたよ。君のアメーバが赤い理由は、ウラとオモテの［リンク］が通常の意識より太いためだ。それがウラ三次元特有のドップラー効果を起こし、光の波長が長く見える。

さらに赤いアメーバが造る太い［リンク］は脳に収まりきらず、少し離れた場所にゲートを作る。〈力〉が強まるにつれてゲートの輪郭が濃くなり、視界の隅に変なものが見えるようになったんだ」

僕は首を横に振った。

——耳鳴りと猫は片頭痛の前兆で、デジャヴも脳血管の［収縮］に伴う現象と考えていることを話した。

シモーネはうすら笑いを浮かべた。

「タムラ。分かっていたと思うけど、ウィリス家は日々君の情報を収集していた。

正直言うと、アメリカにいた頃は君のことを愚かだと思っていた。君は能力に気づかないどころかタバコと薬に振り回され……『一体この男は何をやっているんだ』と思っていた」

僕は顔が赤くなるのを自覚した。やっぱり情報は筒抜けだったのか。

「でも愚かなのは私だったよ」彼女はため息をついた。

「君は無自覚ながらもうまく立ち回っていた。例えば君は惣一と過ごした記憶の異常性に気がつき、それと距離を置くことに努めてきた。禁煙を始めることで意識を『現在』に集中した。その後も失敗を繰り返し、結果的に意識を過去から切り離している。

パニック障害も惣一の記憶の危険性を本能が察知した結果なんじゃないかな。さらに君は薬を飲むことで記憶力を鈍麻させ、ゲートも封印した。どれも身を挺した行動といえる」

僕は照れ笑いを浮かべた。なぜか褒められているようだ……。

「一方で私は一番やってはいけないことをした。記憶をよく吟味する内に惣一の造り出した巧妙なシステムの中に呑み込まれてしまった」

「ねえ、よく分からないけど……間宮はもう君の体には戻ってきてないんだよね？」

「戻ってないよ。ただ記憶の中で生きている」

「それはつまり……故人が心の中で生き続ける……そういうこと？」

シモーネは肩をすくめた。

「そういう意味ではない。その程度の話であれば……どれだけよかっただろう」

「どういうこと？」

「例えば今日の竹下通りで起きたことを思い出してほしい。私はクジラのブローチを買った。そのことは確固たる記憶が残っているよね？」

「うん」

「君は何度かそのことを思い返した」

「そうだね。『本当にクジラが好きなんだ』って思ったから」

「ところが翌日思い出すと、記憶の中の私は『イルカ』のブローチを買っている。やはり確固たる記憶が頭の中に鎮座している。一方で『クジラが本当に好きなんだ』と思い返した記憶もきちんと残っている。だから君は記憶に対して違和感を覚える」

僕は肯いた。それは『記憶が追いかけてくる』現象と似ていると思った——ある日、間宮の印象深い話が思い起こされる。だけどその記憶の周りには、別の記憶の残像が漂っているのだ。だからいつも気持ちが悪くなる。

「さらに翌々日、私が『ウミガメ』のブローチを買った記憶が意識の中で鎮座している。君の中にはクジラのブローチを買った私を思い返した記憶、イルカの記憶を訝しんだ記憶も残っている。

やがて記憶がタマネギのように外皮を重ねていく。中心にある確固たる記憶を思い出すたびに、周辺の薄皮的な記憶が共鳴を起こす。そのように記憶を構造化することで、惣一は私に信号を伝達している」

「そんな……ことが可能なの？」

「可能だから困ってるんだよ。要するに彼は何らかの手段で自分に関わる記憶を変えて、私に干渉している」

「でも……君は今もクジラのブローチをつけている。その事実は揺るがないよね？」

「そうだね。物理的な結果は変わらない。あくまでも意識の中の変化だ。ただ常に物的証拠があるとは限らないし、物的証拠の有無に関係なく記憶のタマネギ化は進行する」

「それで……シモーネは結局どうしたいの？」

「最初にも言ったけど、君の協力が必要だ」

「どうすればいい？　一昨日みたいにゲートを探す？」

彼女は深く息を吸いこんでから言った。

「私のことを抱いてほしい」

僕は完全に硬直した。数秒遅れてから心臓の鼓動が激しくなった。

絞り出すように言った。

「それは……どういう意味？」

「君の想像している通りだ。男と女の関係を持つという意味だよ」

「でも、どうして、突然……？」

「惣一がそれを強く望んでいるからだ。君との約束を執拗《しつよう》にタマネギ化している。それを叶えることで解放されるのかは分からない。だけど試す価値はある」

「ちょっと待ってよ。そんな約束した？」

「君が男女の関係を望んでいるような言い草をした時だ。覚えてないのか？」

僕は首を横に振った。全然覚えてない。彼女はため息をついた。

「やれやれだな。まあ君が嫌なら別にいいんだ。惣一のカゲロウ意識も納得するだろう」

「嫌なはずがないよ」大きく首を横に振った。

「シモーネだって覚えてるだろう、僕が図書館で消しゴムを転がして……」

彼女は顔を近づけ、僕の唇に指を置いた。

「君が惣一のことを好きだったことは知っている。問題は心が私でも構わないかだ」

僕はうつむいて、しばらく考えた。

「正直に言えば……君のことがずっと恐かった。でも……再会してすぐに君に惹かれ始めて、話をするうちにその気持ちはもっと強くなった」

顔を上げると、シモーネは腕を組んで前方の景色を見つめていた。

「それは間宮に対しての気持ちと似ているけど、少し異なる気もする。ただ一つ言えることは……僕はシモーネが好きだ。それは揺らぎようのない事実だ」

シモーネは無表情のまま動かなかった。僕は話し続けた。

「だけど……今の僕と君じゃ釣り合わない。容姿も能力も社会的地位も……何もかも次元が違う。仮に今回限りだとしても……僕は相応しくない……と思う」

彼女は相変わらず前を見つめている。シモーネの奥の壁際に立つソフィアと目が合う。給仕に立ってからずっとこっちを見ている。今までの使用人より明らかに存在感が強い……。

シモーネは僕の方に向き直って、腕に手を添える。間宮と全く同じ動作だ。

「そんなに深く考える必要はないさ。そもそも惣一だってウィリス家の人間だ。君はずっと一緒に過ごしたじゃないか」

「間宮は病気で苦しんでいて、僕を頼ってくれたから。友達として対等に付き合えた。でもシモーネは違う。すごく綺麗で頭が良くて、たくさんの人を従えている」

彼女はため息をついた。

「私がそんな華やかに見えるか？　実際の私は……空っぽだよ。思い出は少ないし、将来の夢もない。……元々私は惣一を守るために生まれた副人格だ。この体さえ借り物なんだ」

「でも……君はウィリス家の中で活躍している」

「初日にも話したけど、自分のことを凄いと思ったことは一度もない。日々に達成感もない。他人を不幸にして〈思念球放射〉を観察して……それの繰り返しだ」彼女は立ち上がった。

「シャワーを浴びてくる。待っててくれる？」

「分かった」

彼女は奥のドアに向かう。部屋から出る前にソフィアに声をかける。

ソフィアは名残惜しそうに僕を見た後、専用の通り口から外へ出た。

僕はその様子を見ていた。本当に……するの？

ソファの上で目を瞑った。シモーネが話していた『男女の関係を望んでいるような言い草』のことを思い出そうと試みた。

――ダメだ。全然思い出せない。

一つ確かなことは、シモーネの人生は彼女自身が決めるべきということだ。僕は彼女のことが好きであると同時に尊敬している。そんな人が別の意識に操られるところを見たくない。

――そのことをはっきり伝えよう。


ドアを開ける物音がした。目を開けてドアの方を見ると、後ろ髪を解《ほど》いたシモーネがドアの前に立っていた。彼女は何も着ていなかった。

僕は硬直し、彼女の姿に目を奪われた。それまで考えていたことが全て頭から消えた。

「この世界は元々不条理なことばかりだ」彼女は歩み寄りながら言った。

「別にいいじゃないか……不条理でも。何も考えずに本能に従えばいいんだ。そうやって生命は脈々と受け継がれてきたのだから」

彼女はセンターテーブルに置かれたリモコンを手にとって部屋の電気を消した。しばらくそこに立っていたが、やがて惹かれるように窓の方へ歩いていった。

窓の前で立ち止まり、右手をガラスに当てて外の様子を見ていた。都市の明かりが彼女の体を照らし出していた。僕はその姿に目を奪われた。僕の網膜に映る情景は、これまでに見たどんなものよりも尊く、美しかった。

「君の真似をして歩いてる人間を観察してみたよ」彼女は振り返り、微笑んだ。「どうする？　あとは君次第だ」

　僕が硬直していると、彼女は僕の方へ歩み寄った。

　そのまま顔を近づけてくる。目を細め、何かを検分するように僕の顔を覗き込む……間宮と全く同じ仕草だ。

「ダメだ、やっぱり私には見えない」

　彼女は僕から離れて、息をついた。

「『私には』？　どういう意味？」

「真似をしてみたんだ」

　彼女はため息をついた。センターテーブルに置かれたリモコンで部屋の電気をつけた。楕円体の箪笥《たんす》からバスローブを取り出し、それを羽織った後に腰紐を締めた。

　僕はその様子を眺めていた。

「真似って……間宮の真似をしたの？」

「違うよ。惣一もある人の真似をしていたんだ。誰の真似とは言えないけどね」彼女は肩をすくめた。

「君は躊躇している様子だし……やっぱり止めるか」

「待って」口が勝手に動いた。

「僕もシャワーを浴びてくるから……待ってて」

　彼女は冷たい笑みを浮かべた。

「早めに頼むよ」

「うん、分かった」

僕は立ち上がり浴室の方向へ歩いた。ドアを抜けてアーチ状の廊下を進むと、ガラス扉の奥に浴室が見えた。明かりはついたままだ。

想像以上に豪奢な浴室だった。丸くて大きい浴槽は白色の大理石で出来ていて、それをローズ色の大理石の壁が、弧を描いて囲っている。どちらの大理石にも切れ目が見当たらない……巨大な大理石を削り出して作った空間なのだ。

間宮と過ごしていた時ならカッコよくて興奮したと思う。だけど、今はものすごいプレッシャーになっている。そもそも何で今、僕はシャワーを浴びに来ているんだ？　シモーネの未来は自分で決めるべきだと話すはずじゃなかったのか？

シャワーのノズルを回す。上からレインシャワーが降りかかってきて、ビックリする。気を取り直してシャワーに切り替え、ボディソープで身体を洗う。

気がつくと浴槽の中に猫の気配を感じる。猫が視界の隅でこちらを見ている。その部分だけ白色の大理石の模様が油膜の光で揺らめいている。

またお前か……見ようとするとすぐ消えるくせに、存在感だけは強い。本当に何の役にも立たない。僕は浴槽の方に視線を向ける。何も見えない。

向き直ってため息をついた時、視界の隅にまた猫が現れた。それは武者震いをしているように見えた。

次の瞬間、猫は僕に向かって飛びかかり、頭を通り抜けた。その直後に走馬灯のような映像が脳裏で再生された。

※

それはカゲロウ意識がもつ記憶だった。カゲロウ意識はオモテ世界にとどまるための触媒を求め、つむじ風のように発生するゲートの間を移動していた。

カゲロウ意識はいつの間にか『クジラのぬいぐるみ』の中に存在していた。そのぬいぐるみに異常に強い思念を照射する幼女がいて、それがカゲロウ意識をとどめる触媒の役割を果たした。

その幼女は、日常的な虐待に苦しんでいた。

それでも留守番をしている時は、一人の時間を楽しむことができた。座卓の上にクジラのぬいぐるみを置き、その隣で本を読んだ。

彼女は顔を上げ、ぬいぐるみによく語りかけた。

「あなたはとてもか弱い存在」と彼女は言った。

「でも大丈夫。私があなたを守るから。だから安心してね」

カゲロウ意識にとって、そこは居心地のよい場所だった。

※

壁にかかっていたバスローブを羽織り、腰紐を慌てて締めながらシモーネのもとに戻った。

「遅かったね」シモーネはソファに座り、窓の外を眺めていた。

「タムラに一応話しておくことがある」

「僕も……」

彼女の隣に座った。彼女は窓の方を向いたまま話し続けた。

「私はずっと仕事で、自由な時間がなかった。だから……」

彼女は僕の方を振り向いて、眉をひそめた。

「タムラ……泣いてるの？」

「え……？」

自分の目元を触ると濡れている。僕は知らぬ間に涙を流していたのだ。それくらい強い感情を伴う記憶だった。

シモーネは優しく微笑んだ。

「どうした？　何かあったのか？」

「間宮が……見せてくれたんだ。真実を」

「真実……？」

僕は深く肯いた。

「シモーネは副人格なんかじゃなかった。元々君が間宮惣一として生まれ、後から間宮が君の中にやってきた」

彼女は険しい表情を浮かべた。

「君は何を言い始めるんだ。私はちゃんと覚えているんだ……自分が生まれた瞬間を。君に話した通りだ」

「クジラのぬいぐるみ、覚えてない？」

「え？」

「人間みたいなスーツを着て、襟が大きく開いてクジラの頭が出ているぬいぐるみ。覚えてない？」

シモーネは眉をひそめた。何かを考えている。

「君はそのぬいぐるみが大好きで、いつも一緒に寝て、留守番の時はよく話しかけた。この世界を漂っていたカゲロウ意識が、ある日からそのぬいぐるみに定着した。

より正確に言うと、シモーネの脳内には『ぬいぐるみの自我』として機能する領域が存在した。君は両親の虐待を受けるたびに、その領域を拡大した。微小ながらも別の自我を作り出すことで、君は現実から逃避する場所を作った。そのわずかなスペースにカゲロウ意識が引き寄せられたんだ」

「タムラ、一体どうしたんだ。そんな作り話を始めて……私と関係を持つことが怖くなったのか？」

彼女は立ち上がり、壁の方へ歩いた。

「分かったよ、もうやめよう。私も忙しいんだ。ソフィアを呼ぶから待っててくれ」

僕は彼女の背中を見ながら話し続けた。

「ある日……君の父親がぬいぐるみを取り上げて、目の前でカッターを使って切り刻んだ」

耳鳴りが始まる。視界の隅に猫たちが一斉に現れた。

「君は目の前で起きた凄惨な現実を受け止められなかった。それは絶対にあってはならないことだったから。君はクジラを守るために自分がいると信じ込むことで、なんとか精神のバランスを保っていたんだ。

その瞬間、君の意識構造は大きく変化した。クジラの微小な意識と、クジラに関する全ての記憶をアクセス不能にした。そうしなければ正気を保てないと幼い本能が判断したんだ」

シモーネは振り返って、僕に近づいた。

「タムラ……やめろと言ってるんだ。はっきり言って不愉快だ」

彼女は僕のことを見下ろした。あの襲来の時と同じ、凍りつくような冷たい目で僕のことを見下ろしている。

僕は構わず話を続けた。

「それはカゲロウ意識にとって、十分に広大なスペースだった。カゲロウ意識はそこに拠点を置き、ウラ世界にある意識の本体とオモテ世界のリンクを造り出した。君はクジラを失った代わりに『惣一』を手に入れたんだ。彼はクジラの意識も引き継ぎ、君によく甘えた。一方で君はクジラの記憶を封印し、惣一を守るために自分は生まれたと固く信じるようになった」

耳鳴りは経験したことがないほど強くなった。無数の猫が背中を曲げて威嚇している。

「そのカゲロウ意識は……普通の意識とは異なるもので、思念球を見る能力を有していた。カゲロウ意識は君への恩返しをした。君が辛い環境でも強く生きられるように――感球を見る能力を君に渡した」

シモーネは目を瞑り、首を横に振った。いつもの無機質な表情に戻っていた。

「クジラのぬいぐるみ……。そんなものが、あったかな。でもそれが事実だとして……なんで君が知ってるんだ？」

「たった今、間宮のカゲロウ意識が教えてくれたんだ」

彼女はため息をついて僕の隣に座った。

「でも私は覚えてる……自分が生まれた瞬間を……惣一を守るために生まれてきた」

「それは幼い頃の君が作り出したストーリーだと思う」

「ちょっと待ってくれよ。君は他人事だと思って……いきなりそんなことを言われて、私はどうすればいいんだ？」

シモーネは顔をしかめて、両手で髪をかき乱した。その姿は意外で、僕も動揺した。

沈黙に包まれた。

僕は少し躊躇したものの、続きを話すことにした。

「カゲロウ意識は君に感球を見る能力を与えた一方で、論理球を見る力を封印した。両方を見る能力を解放すると、よからぬ変化が起きると知っていたから。

だけどある日、何らかの理由で論理球を見る力が解放されてしまった。感球を見る力と論理球を見る力……両者が脳の中に揃う時、《見る者》としての能力が発動する。それはまず幻聴と幻覚を引き起こした。そして間もなく……思念球爆縮を起こしたんだ。間違いないよ、カゲロウ意識——間宮が教えてくれたんだ」

気がつくと、耳鳴りが止み、猫の姿も消えていた。

シモーネは口を半開きにしていた。まるで魂が抜けたようだ。

「シモーネ……大丈夫？」

「思い出した……クジラのぬいぐるみ……」彼女は虚空を見つめた。

「私は確かにそのぬいぐるみを大事にしていた。ある夜、ベランダで寝そべっていると手に柔らかい感触があって……それがクジラのぬいぐるみだった。きっと誰かが偶然ベランダに投げ入れたのだろう……しかし私はそのクジラがよその家で酷い扱いを受け、捨てられたのだと勝手に思い込んだ。それからは両親に見つからないようにタンスの奥に隠し、留守番の時だけそっと外に出して話しかけていた。

だけどある日、父親がいつもより早く帰ってきて……君が言ったように、私の目の前でそれを切り裂いた。でもなんで惣一は……私に黙っていたんだ？」

「彼自身も忘れていたんだよ。君の中に流れ着き、そこに根を下ろしていく過程で全てを忘却した。だけどウラ三次元に戻っている間に思い出したみたいだ」

「ということは……私が主人格だった……」

僕は肯いた。シモーネはしばらく呆然としていたが、次の瞬間に僕のことを睨んだ。怒られるのかと思って身構える。しかし彼女はうつむき、両手で顔を隠した。

「そんなことって……」

彼女は肩を震わせて泣き始めた。嗚咽をもらしながら、苦しそうに息を吸った。僕が彼女の背中をさすると、彼女は僕の胸に顔を埋めて泣き続けた。

間宮と全く同じ泣き方だった……当然かもしれない。間宮はシモーネの一部を借りていたのだから。

そのまま時が流れた。僕は彼女の背中をさすりながら、東京の夜景を見ていた。

彼女はうつむいたまま、突然クスクスと笑い始めた。

「どうしたの？」

「だって、目を開けたら……君が裸で」

シモーネは顔をあげて笑った。バスローブの腰紐が緩んでいたのだ。ばつが悪い気持ちになった。紐を結び直す。

シモーネが僕の目を見た。目は真っ赤だったが、いつものクールな表情にもどっていた。

僕は言った。

「もう間宮に気を遣う必要もないんじゃない？」

「そうだね」シモーネはため息をついた。

「ねえ、君は私のことを『好きだ』と言ったよね？　あれは本当？」

僕は肯いた。嘘のはずがない。彼女は弱々しく笑った。

「君は直球で気持ちを伝えるんだな。惣一の話をする時はブルドーザーのように止まらなくなったり。君という人間が分からない。強いんだか、弱いんだか」

僕は気恥ずかしくなった。

「そうかな……」

「そうだよ」シモーネは優しく微笑んだ。

「惣一が残した記憶は音や映像だけではなかった。そこには君への強い好意が含まれていた。私はこの五年間、その感情と折り合いをつけるのにずいぶん苦労したよ。だけど君と話すことでやっと認めることができた。私と惣一はもともと一つで、惣一にとって特別だった人間は、私にとっても特別だった。つまり……私もタムラのことが好きだ」

「でも……」

彼女は僕の唇に指を置いた。

「タムラ……二度も言わせるな」

その言葉は、僕の後ろ髪を引くあらゆる事象を断ち切った。僕は自分の気持ちを解放した。

※

夜中、トイレのために目を覚ますと、彼女はスーツを着て、テーブルの前のソファに座っていた。彼女は何かを書いていて、僕に気がつくとペンをそっと置いた。

「何をしてるの?」

「うん……眠れなくてね……」

薄明かりの中、彼女の表情は見えなかった。

「ちょっとトイレ行ってくるね」

手を洗って戻ると、シモーネはソファにもベッドにもいなかった。書き置きがセンターテーブルの上に置かれていた。手に取って読んだ。

「私は用事があるので出かける。明日の説明だけど、タムラも来てくれないか。午前中、東大病院にいてほしい。明朝に送りの車を寄越す。シモーネ」

※

翌朝、スーツを着た東洋人の女性に起こされた。

「朝食の支度を始めます」

寝室の片隅に移動式のテーブルが運ばれ、純白のクロスがかけられた。彼女はワゴンの下の収納を開けて、料理が盛られた皿を取り出し、並べていった。僕は下着だけ着て寝ていたので、べッドから出ていいのか迷った。服はベッドサイドのテーブルに畳んで置かれている。

彼女は特に気に留める様子もなく、朝食の準備をしている。

仕方なくベッドから出て服を着ていると、支度ができたと声をかけられた。

テーブルに近寄ると真鍮製のコーヒーポット、銀のカトラリー、パンの入ったバスケットが置かれていた。白い皿には目玉焼きとベーコン、付け合わせに温野菜の盛り合わせ。目眩を覚えるほど豪華な朝食だ。

部屋の大きな窓からは東京湾と朝日が見えた。まるで映画のような一日の始まりだ。

僕が椅子に座ると、使用人がコーヒーを注いでくれた。料理はどれもすごく美味しい。しかし常に使用人がそばにいるせいで、緊張した。

食べ終えると、使用人が近寄ってきた。彼女は目の前の皿を片付けながら、車が八時に出発する予定で待機していると話した。時計を見ると七時半。僕は洗面所で顔を洗い、歯を磨きながら東京の朝の光景を眺めた。

窓から下を覗いてみる。通勤している人の姿は見えない。考えてみると今日は土曜日だ。

五分前に下に降りた。待機していたのはいつものバンだった。その日の運転手はソフィアではなく、紺のスーツを着た黒人ドライバーだった。僕が乗り込むと無言のまま車が動き始めた。

どことなく今までと異なる雰囲気に包まれていた。僕は胸騒ぎを覚えた。

10　チャールズ＝ウィリス

土曜日の午前中、僕はシモーネの書き置き通りに病院で待機した。

事情を知らない飯田先生は、土曜日に登院する僕に感心し「せっかくだから」と国家試験に出そうな肝臓手術のポイントを教えてくれた。罪悪感を覚える一方で、将来の進路に外科を選ぶのも悪くないと感じ始めていた。

病棟で飯田先生のレクチャーを受けていた時、後ろから看護師に声をかけられた。神月教授と立花先生がエレベーターホールで僕のことを待っているらしい。

飯田先生にお礼をした後、早歩きで向かうと、エレベーターホールで二人が立ち話をしていた。ホールの角にはやはり警官が立っていた。

神月教授が僕に気づいて微笑みかけた。

「おう、タムラ君。土曜日なのに病院にいて偉いじゃないか。今からチャールズの家族にムンテラがあるんだけどな、是非タムラ君も一緒に来てほしいという要望があったんだ」

彼は上行きのボタンを押した。ムンテラとは患者に対して病状説明を行うことで、病院の中でよく使われる言葉だ。

「あの……どうして僕なんでしょうか？」

恐る恐る聞いた。二人とも首を傾げるだけで、答えはなかった。

一番奥にある『停止中』の札が貼られたエレベーターのドアが開いた。カゴに乗り込み、十四階のボタンを押した。

一度も停まることなく十四階まで昇り、再びドアが開いた。目に飛び込んだのは、ガタイのいいスーツ姿の黒人男性二人だった。彼らはドアを塞ぐように立っていたが、僕たちの姿を確認すると道を開けた。

カゴから降りると、病棟の廊下の方から聞き覚えのある声がした。振り向くとソフィアが立っていた。

「Thank you, Professor Kamizuki and Dr. Tachibana. I will escort you to the patient's room.」

（神月教授、立花先生ありがとうございます。病室までご案内いたします）

彼女は僕に一瞥もくれず、神月教授と立花先生だけを見ていた。神月教授は苦笑いをした。

「What is the purpose of changing his room every day?」

（毎日彼の病室を変える意味は何かあるのかね？）

ソフィアは肩をすくめた。

「Of course, it's for security reasons. That's why we have the entire floor reserved.」

（もちろん保安上の理由です。そのために全フロアを貸し切ったのですから）

彼女は僕たちの前を歩いた。いつもの無邪気な雰囲気はなく、フォーマルな立ち振る舞いだった。

十四階は他の階とは一線を画す造りになっている。その情景は、病院というよりも高級ホテルを思わせる。廊下にはシックな色合いの絨毯が敷かれ、両側には装飾が施された木製のドアが並んでいる。白衣を着た看護師たちが行き交う姿がなければ、まさに高級ホテルの雰囲気そのもののだ。

ソフィアはフロアの真ん中付近のドアの前で止まった。

彼女はドアを開け、僕たちに中へ入るよう促した。僕が入ったあと、背後でドアが閉まった。

ソフィアは外で待機するようだ。結局、最後まで目を合わせてくれなかった……。

ドアの奥には、住居のような玄関のたたきとホールがあった。スーツを着た一人の白人男性がホールに立っていた。彼は今までのＳＰと異なる風貌だ。顎髭を生やし、丸メガネをかけている。すごく賢そうで、学者然としている。

彼は僕たち三人を一列に並べた後、直角に曲げた右肘を挙げた。宣誓のポーズだ。

「Please swear to keep everything you see and hear in this room completely confidential. It's especially critical that anything related to Charles remains a secret」

（この部屋で見たこと、聞いたことを絶対に口外しないと誓ってください。特にチャールズに関することは秘密厳守です）

神月教授が「I swear」と右手を肩まで挙げて宣誓し、立花先生もそれに続いた。二人とも慣れた様子だった。僕も彼らに倣って手を挙げ、宣誓した。

その直後にシモーネが内側のドアからホールに現れて、僕たちを出迎えた。彼女の後ろには白衣を着た外国人医師が二人立っていた。カンファレンスと手術のとき神月教授のそばにいた医師だ。

彼女は両手を広げ、笑みを浮かべた。

「Professor Kamizuki, Dr. Tachibana, it is an honor to meet you. Your esteemed reputation is well known across borders, even in the United States」

（神月教授、立花先生、お会いできて光栄です。あなた方の名声は国境を越えてアメリカでもよく耳にします）

神月教授は苦笑いをして「Thank you」と言う。相手が若い女性でやりにくそうだ。立花先生はいつものフラットな表情を浮かべていた。

シモーネもソフィアと同じように僕に一瞥もくれない。やはり今朝から何かがおかしい。僕は寂しさ以上に胸騒ぎを覚えた。

「We've asked you here today because we have an important request to make of you both」

（今日ここに来ていただいたのは我々から折り入って二人にお願いがあるからです）

シモーネは職業的な笑みを浮かべた。それは初めて見る表情だった。

彼女はドアを開け、病室の中へ入るように促した。

「Mr. Charles is waiting for you in the back room」

（チャールズ様もお待ちしています）

僕は三人の後に続いて中へ入った。個室と言っても四人用の大部屋よりずっと広く、ドアからベッドまで十メートル以上は離れていた。

起こした状態のリクライニングベッドに一人の人間がもたれていた。その奥には十歳くらいの少年が椅子に座っていた。

状況から察するに、ベッドの上の人間がチャールズだ。僕はその容姿に釘付けになった。

顔の皮膚は赤く変色し、薄く開いた目は真っ白だった。口は左右に伸びたまま拘縮している。遠目にも酷い熱傷の痕だと分かった。

さらに目を引いたのが、彼の頭にとりつけられた無数の電極パッドだ。術前評価のために脳波しているのだろうか……？

彼は僕の方を向き、視線を固定した。まるで獲物を見つけた蛇のように、僕の顔を『凝視』していた。薄目から覗く真っ白な瞳は、明らかに失明しているように見えるが……。

シモーネの声が響いた。

「From this point forward, we would like to have a discussion among the four of us」

（ではここから先は、四人だけで話し合いをさせていただきたい）

四人？　チャールズを含めたら五人のはずだけど……。

「Could I ask the student present to leave the room, please?」

（そこにいる学生の方、部屋から出てもらえますか）

シモーネはとても冷たい表情で僕を見た。四年前の襲撃の時と同じ目だ……僕への冷遇が決定的となり、すごく傷ついた。

やむを得ず踵を返した。ドアを開けて廊下に出ると、ソフィアが少し離れた場所の壁際に立っている。僕と目が合うと彼女は視線を逸らした。まるで腫れ物扱いだ……。

エレベーターホールまで一人で歩く。なんのために僕は呼ばれたんだ……。

もしかすると、シモーネなりの決別の表明だったのかもしれない。それくらい冷たい態度だった……僕は首を横に振った。いくらなんでも弱気すぎる。僕とシモーネは昨夜……。

そこまで考えて、我に返った。

見捨てられた男の言い草そのものだ。僕と彼女は相変わらず不釣り合いで、別世界に住んでいる。

——きっと間宮の呪縛が解けて、僕のことが必要なくなったのだ……。

エレベーターのドアが開いた。僕はカゴに乗り込み、振り返った。閉じてゆくドアの先を見つめながら、もう二度とここに呼ばれることはないだろうと悟った。

※

患者に説明をする時によく使われる小部屋、通称ムンテラ部屋で飯田先生と話をしていると、立花先生の革靴の音が遠くから聞こえてきた。

「終わったみたいだね」

飯田先生が振り返るとドアが開き、立花先生が現れた。彼は椅子に座り、深いため息をついた。

「飯田、週明けのＶＩＰの肝移植だけどな……レシピエントのオペを俺と神月教授が担当することになった」

「マジですか？　オールスターチームじゃないですか……めちゃくちゃ見たかったなあ」

立花先生は憮然とした表情を浮かべている。飯田先生は首を傾げた。

「先生、俺が入るのはドナーのオペですよね？」

「いや、お前にもレシピエントのオペに第二助手として入ってもらう」

「え、マジですか？　すごく嬉しいですけど……ドナー側が手薄になりません？」

「それなんだよ。海野先生が執刀医に決まったけど……ちょっと心配だな」

「経験値は全く問題ないんですが……」

僕はチャールズの身勝手さに憤りを覚えた。そこまで自分のオペに優秀な人材を回したいのか……。

立花先生は首を傾げた。

「しかしなあ……未だに信じられない。こんなことってあるのか」

「どうしたんですか？」

立花先生は首を横に振った。

「詳しいことは口止めされてるから言えないんだよ。俺から話せることは……ずっと申請中だったオペマシン、今年中に買えることになりそうだ。しかも複数台。あと国が難色を示してるオペセンター設立の件も一気に話が進みそうだ」

沈黙が広がる。

飯田先生は信じられないという表情だった。彼は手術帽子をとり、立花先生を見つめた。

「先生……何があったんですか……？」

立花先生は首を横に振った。目を瞑り、腕を組んだ。

「それ以外のことは何も話せない。固く口止めされてるんだ」


ノックの後に看護師が入ってきた。三人の視線が彼女に向いた。

「タムラノボルさん、います？」

「はい、僕です」

「十四階から呼ばれてますよ。ＳＰが来てます」

「またタムラ君をご指名か」飯田先生が苦笑いした。

「何かやらかしたの？」

僕は手を振った。

「何もしてないですよ」

胸騒ぎがした。冷たく追い払われた直後だ……チャールズが心変わりを起こして、僕を捕まえる気なのかもしれない……。

立ち上がると足が震えていた。意を決して扉を開けると、東洋人のＳＰが廊下で待ち構えていた。


エレベーターが十四階に着き、先ほどの黒人ＳＰ二人に出迎えられた。まさかこんなすぐに戻ってくることになるとは……今回は一人なので、さっきよりもずっと心細い。

恐る恐る病室に入ると、先ほどの学者然とした男が玄関ホールで他のＳＰと話をしていた。彼は僕と向き合い、宣誓の段取りを進めた。

――毎回やるのか……。

宣誓が済むと、僕を案内したＳＰも含めて全員が外に出た。一人が僕に言い残した。

「By Charles's order, we shall leave. You are to enter alone」

（チャールズの命令で我々は去る。君一人で中に入ってくれ）


ドアを開けると、チャールズは先ほどと同じように、電動リクライニングで起こされたベッドにもたれかかっていた。やはり頭に電極パッドがついている。彼の赤い顔は僕の方を向いていた。ベッドサイドに白人の少年が座っていて、チャールズに向かって何かを呟いていた。

「こっちへ」

チャールズが言った――より正確にはベッドの奥にある機械から電子音が響いた。ステンレス製の台車に載せられたその金属塊は、一辺が五十センチメートル程度の立方体で、金色に塗装された表面がレースカーテン越しに差し込む陽光を受けて妖しく輝いていた。

僕はベッドへ歩み寄った。

近づいてみると、彼の顔はやはり酷い熱傷の痕で覆われていた。皮膚の瘢痕化《はんこんか》は強いものの、顔のパーツは識別可能な程度に形が保たれていた。目は白く、鼻は細く、唇は左右に伸ばされていた。

チャールズは電極パッドをつけたままベッドから立ち上がり、おぼつかない足取りで近づいてきた。電極パッドから出る無数の長いコードは、互いに絡み合いながら金色の機械に向かって延びている。脳波を感知して言葉を生成しているのだろうか……。

薄く開いた白い目は、それ以上広げることも閉じることもできないようだ。明らかに失明していたが、彼はその目で何かを見ようとしていた。僕はその異様な雰囲気に後退りした。

「動かないように」

彼の背後の機械から電子音が響いた。

彼は頰に体温を感じるくらい顔を近づけてきた。間宮と全く同じ仕草だ。

緊張する一方で気持ちが悪かった。僕は目のやり場に困り、ベッドサイドに座っている少年の方を見た。彼は虚空を見つめて、何かを呟いている。

チャールズは満足したようで、僕から離れていった。電動リクライニングのベッドに再びもたれかかる。

「君も腰掛けて」

広い部屋に電子音が響いた。僕はそばにあった丸椅子をとって座った。

少年は相変わらず何かを囁いている。初めはチャールズの目となって状況を伝えているのかと思ったが、どうもそういう様子ではない。

「あの……初めまして」

自分でも呆れるくらい声が震えていた。

「率直に聞こう。君は私のことをどう思ってる？」

彼はリモコンのようなものを右手に持ち、その上で指を素早く動かしている。どうもそれを操作して機械に音声の信号を送っているようだ。だとすると脳波は補助的に利用しているのだろうか？

僕は少し考えてから、彼の質問に答えた。

「すごい権力者だと思っています。誰も貴方に逆らえません……シモーネですら……」

彼は笑った。酷くかすれた声で、空気を求めて喘《あえ》ぐような音だった。顔の表情は拘縮したままで、ほとんど変化がない。

彼はリモコンの上で指を滑らせた。電子音が響く。

「私は何者なのか？　実は私自身にもわからない。目と鼻と口と引き換えに、私は二つの特殊な能力を授かった。

一つはウラ世界のアメーバを直接《見る》ことができる。その能力を使い、君のアメーバが細長く、赤いことをたった今確認した。シモーネの推察通り、リンクが太いために形状が変化し、同時に赤方偏移を起こしているようだ。

あともう一つ、私には特殊な論理球を感知する能力がある。君は惣一から『世界創造時の記憶』が思念球の形で残されていることは聞いたね？」

僕は肯いた。創世記もその思念球を感知した［知る者］が書き残した。

反応がなかった。僕はチャールズが視覚を失っていることを思い出し、「はい」と答えた。

「その特別な思念球……［追憶］によると、神は世界の次元を0次元から7次元まで段階的に広げた。ところがこの［追憶］は、今我々が住んでいる宇宙を造った時の記憶ではない。遥か前に造られた宇宙の記憶なのだよ。

神は素粒子を造る段階で何度も失敗を重ねた。素粒子の中には全宇宙の情報が含まれるが、その内在する宇宙がうまく機能しなければ、素粒子は不完全なものとなる。その不完全な素粒子から構成される宇宙もまた機能不全を起こす。全情報を含む細胞が機能しなければ、宿主は病を患うように。

分かるかい？　つまりこの宇宙とは、創造主が何度も試行錯誤を重ねた末に、最初から最後までうまく機能することが証明されている宇宙なのだ……それによりこの宇宙は完全な素粒子となり、さらに上位の宇宙も機能する。言い方を変えれば、始まりから終わりまでこの宇宙の歴史はすでに決まっているのだ」

「『うまく機能する宇宙』とは……どんな宇宙ですか？」

「旧約聖書にその答えは書かれている。『神が祝福した』宇宙、すなわち物質が繁栄し、生物が繁栄し、意識が繁栄した宇宙のことだ。我々の意識が生まれることは宇宙誕生の瞬間から仕組まれていたのだ。分かるかい？　つまり創造主の［追憶］とは、この宇宙の全情報のことだ」

「あなたはその［追憶］をみることができる……」

彼は肯いた。

「恐らく君のイメージする［追憶］とは異なるだろう。我々より高次元の存在にとって、記憶は映像や音のような形式をとらない。それは『意識』と似た形をとる。例えば故人のことを追憶する時、その人間の話し方、話す内容を頭の中で再生できる。それと似て非なるもので、［追憶］は我々から見ると、意識そのものなのだよ。だから私が［追憶］に触れる時、それを〈声〉として認識する」

　僕は呆然とした。話が飛びすぎて理解が追いつかない。間宮と初めて話した時の感覚と似ていた。

「あなたはもしかして《見る者》ですか……？」

　彼は首を横に振った。

「私は［知る者］の一人だ。《見る者》が引き寄せる思念球のうち［追憶］、つまり〈声〉を感じることができる。

　数千年前、人類で最初に〈声〉と接触した者がいた……彼こそがウィリス家の始祖に当たる人物だった。彼はたまたまそばにいた《見る者》を通して、〈声〉の存在に気がついた。彼は〈声〉の指示に従い、《見る者》をそばに置いて過ごすようになった。その後も生涯を通して〈声〉の言われる通りに行動し、彼と同じく〈声〉を聴く能力を持つ者を後継者に選んだ。その後継者もやはり〈声〉に従い、同じように後継者を選んだ。彼らの末裔はやがて世界の支配者まで上り詰めた。

　ウィリス家にとって、後継者とは血を分かつものではない。〈声〉を聞き分ける能力を持つものがウィリス家の当主に迎えられたのだ。そのような思想を脈々と引き継ぎ、ウィリス家は今もなお人類の頂点に立っている」

「あの……それで〈声〉は具体的に何を教えてくれるんですか？」

「例えば君をここに呼んだのも〈声〉の導きだ。君は〈声〉に気に入られているようだ。私自身は君のことを好かないのだがね」

あなたなんかに好かれたくない、と心の中で呟いた。

「どうして僕を刑務所に入れようとしたんですか？」

彼は笑った。やはり喘ぐような笑い方で、苛立ちを覚えた。

「君の幽閉を試みたのは私自身の判断だ。ところがシモーネが私に逆らい、君を見逃した。私は烈火の如《ごと》く怒ったが、彼女は甘んじて罰を受け入れる様子だった。

その時、私の意識に〈声〉が届いた。シモーネを許し、さらにタムラ君の過去と未来の行為を全て見過ごせと。その後、君は守秘義務を平然と破るようになった。本来であれば即座に『焼く』ところだったが、私は〈声〉に従い君を泳がせ続けた」

生唾を飲んだ。やはり会話の内容も筒抜けだったのか……。

でも彼の話が本当なら……僕に手を出せないことになる。僕は気持ちを奮い起こし、ずっと言いたかったことを口にした。

「惣一君は貴方に《見る》能力を搾取され続け、最後にはオモテ世界に戻れなくなりました。どうしてもっと早く治療許可を出してあげなかったんですか？」

彼は首を横に振った。

「それが彼の運命だからだ。彼もそれを受け入れていた。君には愚痴をこぼしていたかもしれないが」

僕は首を強く振った。

「彼が苦しむ姿をずっと見てきたんです。半年間、本当に歯がゆい気持ちで過ごしました」

再び沈黙に包まれる。少年は相変わらず何かを呟いている。

電子音が静寂を破った。

「初めてシモーネを見た時、奇妙な女の子だと思った。根無草のようなアメーバが、彼女自身のアメーバにくっついていて、互いに共存しているように見えた。

案の定、彼女は解離性同一性障害を発症していた。私の目にはシモーネが主人格であることは明らかだったが、彼女は自分が副人格であると信じ込んでいた。私はそのことに触れないようにする一方で、根無草のアメーバが表に出てこないように取り計らった。そのために日本語を話すことを禁じたのだ。どうも根無草の方は根っからの甘えん坊で、新しい環境に適応することを拒んでいた。私の思惑通り、日本語を禁止しただけで根無草は引っ込み思案になった」

僕は黙っていた。確かに間宮はわがままなところがあった……。

「私から言わせると、惣一が本当に病気だったのかさえ疑わしい……彼が幻覚の症状を発症した時、彼はそのままウラ世界に留まるべきだった。ところが彼はウラ世界で赤いアメーバに出会ってしまった。それが造る異常に太いリンクを通して、再びオモテに戻ってきた」

まるで僕が悪者みたいな言い草だ……。

「でも……彼は《見る者》で、あなたはそれを利用していたじゃないですか」

チャールズは深く肯いた。

「《見る者》は希少だが、私の元には世界中から集まってくる。今まで三十人以上の《見る者》に会ってきたし、現在もウィリス精神病院に十人前後が入院している。。本来であれば、初回の爆縮発作で理性を失ってしまい、自力で生きることが難しくなるのだ……この子のように」

彼は隣にいる少年に顎を向ける。もしかしてと思っていたが……やはり《見る者》だったのか。

「ところが惣一はその原則に反し理性を長く保ち続けた……本当に特殊なケースだった。治療に関しても実際には未知数だった。おおよその算段はついていたがね」

間宮が理性を長く保ったのはシモーネが感球を受け流していたからだ。彼女は感球を見る能力をカゲロウ意識に与えられた。

僕はそのことをチャールズに話した。彼は黙って耳を傾けていた。

「なるほど……面白い考察だ。［追憶］によれば、神は思念球を論理球と感球に分けた。一方で旧約聖書の伝承者はそれを男と女と表現した……彼らの場合は、奇《く》しくもそれと一致したわけだ」

僕は間宮が見せてくれたカゲロウ意識の記憶についても話した。彼は黙って聴いていた。

「なるほど……興味深いね。〈声〉が君を生かす道を選んだ理由が今ではよく分かる。そこまで知っているなら、私が惣一の治療を躊躇《ためら》ったことも理解できるだろう。彼らを『治療』すれば、シモーネの意識から惣一を追い出す結果に終わることが、私の目には明らかだったのだ」

僕は何も言い返せなかった。確かに彼の言う通りかもしれない……。

「もう一つ聞かせてください。〈声〉が正しい保証はあるんですか？」

「君はＤＮＡに正しい保証が必要だと思うかね。〈声〉は生命が誕生するよりも前に存在し、生物が正しく進化するように働きかけてきた。それはとても長い時間軸の中で行われてきた。人類社会がわずか数千年で爆発的な成熟を遂げたのは、《見る者》を利用して〈声〉から直接指示を受け取るようになったからだ」

「それが真実であることを証明する手段がないじゃないですか」

彼はため息をついた。

「もう十分だろう」

　彼が手元にある別のリモコンを操作すると、背後のドアが開き複数のＳＰが入ってきた。彼らは僕の肩をつかみ、部屋から出るように英語で話した。

「ちょっと待ってください。最後にもう一つだけ言わせてください。ソフィアを許してあげてください。彼女は若いのに健気《けなげ》に頑張っています。もう十分罪は償ったんじゃないですか」

　彼は首を横に振った。

「それは〈声〉の決めることだ」

　僕はＳＰの腕の中で呆然とした。

「……それなら〈声〉にそう伝えてくれませんか？　僕がそう言ってたと」

　彼は返事をする代わりに顎を動かした。僕は屈強な男たちにつまみ出された。

11　微笑

土曜日の帰り、立花先生に声をかけられた。

「チャールズさんの厚意で、月曜日の生体肝移植は君にも見学してもらうことになったよ。レシピエントの手術は先日立ち会ってるし、今度はドナー側の手術を見学してもらうからね」

「分かりました。朝は直接オペ室に行けば大丈夫ですか？」

「いや、君は先日早退してＩＣＵの見学が未履修なんだ。だから少し早めに登院して、九時半までＩＣＵの見学をしてほしい。麻酔の導入が終わる十時頃に入室すればいいから」

彼はいつものように平板な表情で言った。

帰りの電車の中で、ドナーの情報を聞き忘れたことに気がついた。もっとも、おおよその見当はついていた。高額の報酬と引き換えに、臓器提供を『申し出た』人間を用意したのだろう。

僕は首を横に振った。やはりチャールズを好きになれない。

※

翌朝、ＩＣＵ見学が少し早めに終わり、指定時間よりも早くオペ室に入った。

オペ台を覗くと、麻酔科の男性医師がドナー患者に対してバッグマスク換気を行っているところだった。患者は緑色のドレープを首から下全体にかけられ、口元にはアンビューバッグが押し付けられていた。麻酔科医の腕とバッグに隠れて顔は見えないものの、顎と首筋の肌の質感から察するに、ドナーは想像していたより若そうだ。

「ドレープとって」

麻酔科医が指示を出すと、看護師が患者から緑色のリネンを引き剝がした。患者の一糸まとわぬ姿が視界に飛び込み、僕は眉をひそめた。

オペ台の上で仰向けになっているのは二十代と思われる若い女性だ……この人が八十近い老人のために肝臓の三分の二を捧げるのか……。

麻酔科医はアンビューバッグによる用手換気を続けている。彼がエアバッグ部分を握るたびに患者の胸が膨らむ。きちんと換気されている証拠だ。

「挿管するよ」

麻酔科医がそう言ってアンビューバッグを顔から離した時、僕は声を出して驚いた。無意識のうちに後退り、背後にあった金属製の医療用カートが大きな音を立てて倒れた。

みんなの視線が突き刺さった。

「おーい、勘弁してくれよ」

麻酔科医は天を見上げ、再びエアバッグを握って用手換気を開始した。

僕はオペ台の上で寝ている女性に近づいた。

「ちょっと待ってよ……どうして君が」

小島先生が近づいてきて、僕をオペ台から引き剝がした。

「タムラ君、どうしたの？」

彼女は僕の身体をくるりと回転させ、険しい表情で睨んだ。

「いえ……すいません。だけど……」

振り返ってシモーネの顔を覗き込もうとすると、小島先生は強い力で僕の腕を握り、オペ室の外に引っ張り出した。金属製の自動ドアが閉まりきるのを確認してから、彼女は大きな声を出した。

「タムラ君。これ以上取り乱すようなら君をオペ室に入れない。分かった？」

「はい……」

「気持ちは分かるよ。私だって初めて年齢差を聞かされた時は驚いたよ。だけど本人が希望しているなら私たちはそれに従うしかない。お願いだから邪魔をしないでね」

彼女はそう言い残すと、そのまま手洗い場に向かった。彼女はドナー側のオペの助手に入る予定だった。

オペ室の金属製のドアが開いた。中から海野先生が出てきて、彼も手洗い場に向かった。僕は絶望的な気持ちで彼の背中を眺めた。

気がつくと視界の隅に無数の猫の気配があった。それは今までよりも桁違いに強い存在感を放っていた。耳鳴りも圧倒的に強い。

僕はため息をついて、猫の方を見た。どうせすぐ消えるくせに……。

――視線を向けてもそれは消えなかった。そんなことは今までに一度もなかった。僕は初めて『猫』の姿を視界の中心でとらえたのだ。

それは『猫』とは程遠い存在だった。大きさの異なる複数の球の融合体――一番大きな球が核となり、それの半分から四分の一程度の大きさの球が複数個、核となる球の中に埋もれていた。それらは核の表面をゆっくりと移動している。表面は油膜のように七色の光を反射し、小さな球が目の前を横切るたびに光が強く反射した。時々全体が伸び縮みし、球が楕円体に変化した。しばらくするとそれは薄らいでいき、やがて視界の中心から消えた。視界の隅では相変わらず無数の猫が蠢いている。

首を横に振った。閃輝暗点の正体なんて今はどうでもいい。それよりもオペ台の上のシモーネの姿が頭から離れない。

――こんな不条理な現実も受け入れないといけないのか……。

僕は首を横に振った。こんな現実は許せない。断固として。

だけど現状を変える力を僕は持ってない。人々はチャールズが指差した方向に、羊の群れのように歩いていく。その流れを変えられるのはチャールズ本人だけだ。

僕は呼吸を整えてからオペ室に再度入った。とにかく今は見届けるしかない。

小島先生は手洗いを終えて、清潔なガウンを羽織っている最中だった。すでにガウンを着終えた海野先生は、手術用の手袋をはめていた。

シモーネの顔は仕切りに遮られて見えない。すでに挿管が済んでおり、口にはチューブが通っているはずだ。モニターが刻む心音は落ち着いている。

イソジンでシモーネの胸部と腹部が消毒され、乾燥を待ってから清潔で大きいドレープが掛けられた。ドレープには四角い穴が開いていて、右季肋部だけが露わになった。

過去に外科医から聞いた言葉がリフレインする。

『どんな人の手術でもドレープがかかった後はいつもと同じ』

……それが自分の想い人でも同じことが言えるのか？　ましてや病気を治すためでなく、八十近い老人の命を支えるためにメスを入れられるのだ。

視界の隅にある球面複合体の増殖ペースが一気に増大した。それは互いに重なり合い、天井の高さまで届いていた。

「お願いします」

海野先生がメスをシモーネの肌に置く。彼の手は微かに震えている。みぞおちにメスを置き、ヘソに向かって真っ直ぐに切り、ヘソの手前でカーブを描いてから背中に向けて切り進める。

「先生、慎重に行きましょうね」

小島先生が呟く。

「分かってる」

海野先生の声は張り詰めている。

僕はその情景を無感情に眺めていた。球面複合体の数は無際限に増えていき、今や視界の隅に収まりきらず、目の前でも増殖を始めていた。

やがて僕自身もその複合体の中に包みこまれた。まるで湖の底から水面を見上げるように、視界はぼやけ、揺れていた。耳鳴りは頭蓋骨を揺らすように響き渡っていた。

水面の先では、ピンク味を帯びた肝臓が露わになっていた。術野は開創器によって大きく広げられていた。

電気メスで肝臓が切り進められている。海野先生の手は微かに震えている。

「先生、もう少しゆっくり行きましょう」

小島先生の声が遠くから聞こえる。海野先生は返事をしない。手だけを動かし続けている。

外回りの看護師の声が、遠くで響いた。

「出血量１５００ミリリットルです」

「自己血輸血始めて」小島先生が慌てて指示を出した。

「自己血、確保してません」看護師は高い声をあげた。

「海外在住の方で……事前に確保してません」

小島先生は目を見開いた。

「大至急ＭＡＰ輸血開始。急いで」彼女は海野先生に向き直った。

「先生、今の段階で１５００は多いですよ」

オペ室でのやりとりが、どんどん遠ざかっていく。視界を覆う水面が何層も重なっていくにつれて、目の前の情景が滲んで見えなくなる。術野を照らす無影灯だけが、柔らかな後光をまとって輝いている。

この瞬間のオペ室の支配者は執刀医でも麻酔科医でもない。際限なく増殖を続ける球面複合体だ。それらの伸縮に呼応して、時空すら歪んでいるのだから。

『「場」を〈霊〉と表現したのは言い得て妙だと思うね』

間宮の声が響き渡る。

「出血量１５００ミリリットルです」

遥か遠くで、看護師の声が響く。

「自己血輸血始め……」

「自己血確保してま……」

『心の奥の井戸は見つかった？』

声が響き渡る。『彼』の声だ。

「出血量、１５００ミリ……」

「自己血輸……」

「自……」


気がつくと五感と現実が完全に切り離されている。自分が立っているのか、それとも寝ているのかさえ判別できない。一方で時間の流れだけは妙にリアルだ。

時間に意識を集中すると、目の前に学校の廊下が延びる。間宮と別れた時と同じだ。

僕は無意識のうちにその廊下を歩いていた。間宮はウラ世界で会話した時、『時間軸を意識するといい』と言った。この廊下がその時間軸であることは明らかのように思えた。その廊下を一方に進むと時間が巻き戻り、逆方向に進むと時間が早送りされるのだ。

途中で立ち止まり、今度は空間に意識を集中した。目の前の廊下が霧散し、周囲が淡く発光した。よく見ると無数の小さなアメーバが浮かんでいた。その表面がかすかに発光し、空間を照らしているのだ。

その空間はとても曖昧なもので、存在しているかどうかも疑わしかった。まるでオモテ世界の時間軸のようだ。

※※

次の瞬間に重力を感じる。手には柔らかい絨毯の感覚があり、背中には革のベッドの感触があった。まるで洞窟の中にいるように真っ暗で、静かだ。柑橘系の香りが鼻腔をついた。隣に誰かの気配を感じた。

「大丈夫？」暗闇の奥で、声が響いた。

「ずいぶん……深く眠っていたよ」

僕は首を横に振った。

「眠っていたんじゃない。僕はここに連れてこられた。無数の球体に呑み込まれて……向こうではシモーネに大変なことが起きている」

沈黙に包まれた。闇の奥で、その意識は何かを考えている。

「すごい……」間宮の声が響いた。

「君は……ついに自力でウラ世界に到達した」

「ここはウラ世界なの？」

「いや、ここはオモテ世界だよ。君はいったんウラ世界を経由して、五年前のこの部屋に戻ってきた」

「そんなことが……」

僕は絶句した。

「この部屋に戻ってくること自体は初めてじゃないよ。タムラはすでに何百回、何千回と戻ってきてる。それ自体はごく一般的な現象だ。意識がウラ世界の時間軸を移動するたびに起きることで、誰もが似たようなことを繰り返している。だけど君は［記憶を維持したまま］、ここに移動した。これは凄いことだよ。恐らく君は新しい世界の扉を開けた……地球に存在する全ての生物を代表して」

僕は首を横に振った。今は科学の話をしている余裕はない。

「ねえ……さっきも言ったけど、大変なことが起きてる。シモーネがオペ室でメスを入れられている」

露わになった肝臓が脳裏に浮かび、叫び声をあげたくなる。一体どうすればいい？

「タムラ、大丈夫だよ。今は五年前で、君は未来のどの時点にも戻れる。だからさ……少しゆっくりしていきなよ。いくつか選択肢があるから。君の気持ちが落ち着いたら教えるよ」

シルエットが闇の中を横切った。電気がつく。例の頼りない明かりだ。間宮が立って、僕のことを見下ろしていた。十九歳の彼は、先日見たシモーネよりもあどけなさが残っている。

「この明かり……すごく懐かしい。図書館のあの部屋を思い出す」

間宮はまた僕の隣に座った。彼はうつむいていた。

「君とウラ三次元で別れてから、時間軸を移動して……君と過ごした半年間に限り赤いアメーバがそばに寄ってくることに気がついた。それに触れると、やはりこの部屋に戻って来れた。それで君と話をしたり、タバコを吸ったり……」

僕は今まで起きたことを思い返した。

「でも間宮のカゲロウ意識を……この家を出た後も感じていた。何度も救われた気がする」

彼は僕の腕に手を置いた。相変わらず距離が近い。

「別の時間軸でも、つむじ風のようなゲートには漂着できるんだよ。特に君の周りは常にゲートが発生していたから……いつもそばで君を見守っていた。とは言っても、君が言うようにカゲロウのように淡い意識しかリンクできない。何かを示唆するのが精一杯だった」

「どうしてそこまで僕によくしてくれるの？」

「タムラにいつか言ったよね。『この恩は必ず返す』って……。あとシモーネにも借りは返すべきだと思った……だから真実を君に伝えたんだ」

ありがとう、と僕は言った。

沈黙が訪れる。

僕はあらためて部屋を見渡した。この部屋で彼とたくさん話をした……だけどシモーネの話が出たことは一度もない。

「ねえ、君はシモーネの話を僕にしなかったよね？　それはどうして？」

彼は平板な表情を僕に向けた。

「だって……ボクの体はボクのものだから。話す必要がないと思った」

僕は驚いた。

「そんな……だって君はシモーネの体に後から入ったんだろ？　それなのにそんな言い方……」

彼は僕の腕を強く握った。

「だから……それはウラ世界に戻って思い出したことなんだよ。オモテにいた時のボクは……シモーネのことが嫌いだった。どうして一つしかない体を二人で分けないといけないのか……いつも疑問に思っていた」

「そんな」僕は顔を手で覆った。

「なんでそんな酷いことが言えるんだよ……彼女は君をずっと守ってきたのに」

「だからさ……」腕を握る力がさらに強くなった。

「ボクは何も知らなかったんだよ。だって彼女が主人格の時、ボクは眠っていたし、彼女はその時の記憶を頑なに共有しなかった」

彼は僕のことを睨んでいた。相変わらず導火線が短い……。

「そうだったね……ごめん」

「例えば君の右脳は左脳に対して感謝しないよね。『いつも言語化してくれてありがとう』なんて風に。ボクたちにとって、お互いの存在は右脳と左脳くらい自然なものだった。嫌いではあったけど、それなしで生きていけないことも理解していた。その感情は当事者じゃないと分からないよ」

間宮の気持ちを想像した。例えば僕は自分の顔が嫌いだが……当然ながら顔なしで生きていくのは難しい。それと似たようなものか……。

「君の気持ちはなんとなく分かったよ……その上で君にお願いしたいことがある」

——僕は記憶のタマネギ化の話をした。それにより僕もシモーネも混乱している。彼は口を真一文字に結んで聴いていた。

「そうだね……君たちを混乱させたことは申し訳なく思ってる」

僕は首を横に振った。

「さっきも言ったけど、僕自身は間宮に感謝してる。混乱した時期はあったけど、それの何倍も助けてもらった。本当にありがとう」

「どういたしまして……」間宮はうなだれた。

「でも、もうやめる。ここに来るのもこれで最後だ……ボクはそろそろ本来の居場所に戻る」

僕は安堵した。これでシモーネも落ち着くはずだ。


しばらく沈黙が続いた。間宮が口を開いた。

「それにしても自力でこの部屋に戻るなんて……君は本当に凄い能力を持っている」

素朴な疑問を口にした。

「でも間宮も記憶を持って移動してるよね？」

「ボクの場合はちょっと事情が違うんだ。ウラ三次元で過ごしている内に思い出したけど……ボクはもともと君たちと異なる存在だった」

「異なる存在……？」

「地球上の生物とは根底から異なるってことさ。君たちは意識をウラに置き、脳という触媒を通してオモテを覗く。一方でボクの意識はゲートを通してウラとオモテを行き来する。利用できるゲートが限られているから普段はウラを彷徨っているけどね。昔の人はそういうものが存在することを知っていた。ある時は悪魔と呼び、ある時は天使と呼んだ」

「それって……間宮がさっき言った『本来の居場所』は、地獄か天国ってこと？」

「ウラ三次元のことをそう呼ぶ人もいる。哲学の世界ではイデアと呼ばれたりね」

僕たちは隣の部屋のミニキッチンに移動し、タバコに火をつけた。並んで立つと、間宮の身長は五年後より五センチくらい低い。やっぱりこの時は栄養失調気味だったのか……。

　間宮が呟いた。

「それでタムラはどうするの……？　この世界に留まる気はないよね？」

　僕は首を横に振った。

「さっき言ったようにシモーネがチャールズのために肝移植を受けている。それを止めさせたい」

「それは無理だよ。医師に肝臓の提供を申し出たのは彼女なんだ。医師団の難色を押し切る形で今回の手術は行われた。仮に君がウラ三次元を移動して過去に戻っても、結果は変わらないよ」

「そんな……どうして八十近い老人のために、若い女性が肝臓を提供しないといけないんだ。あまりにも不条理だよ」

　自分でも驚くほど語気が強くなった。彼は首を横に振った。

「それは君にとっての不条理だろう？　君はシモーネが無理強いされたと思い込んでいるけど、彼女にとってチャールズは生き地獄に手を差し伸べてくれた救世主なんだよ。だから彼女は快諾したんだ。むしろ恩返しができると思っていたくらいだ。

　ボクも病気になってから彼を恨んだけど、それまでは嫌いでもなかった。だからよく彼の真似をしたんだ。目を細めて近づけば、その人の本質のようなものが見えるはずだと思い込んで……まさかアメーバを直接見ていたなんてね」

　彼はタバコの先を灰皿に押しあてた。その表情が和やかであることを意外に思った。シモーネの言う通り、間宮もチャールズを本心から嫌ってはいないのか……でも僕はやはりチャールズを好きになれない。

「ねえ、僕の持つ力を利用して運命を変えることはできない？　シモーネがドナー手術を受けないようにしたい」

「それは簡単だよ」彼は肯いた。僕は明るい気持ちになった。

「まずウラ三次元にいったん戻って、時間軸を移動する。君の場合は『学校の廊下』だね。それで君の好きな時間に戻る。

あとはウラ三次元にある君自身のアメーバの中に目を向ける。そのアメーバはウラ世界の素粒子、つまり思念球が集積して出来ている。その一つ一つにオモテ世界が収まっているから、その中で君が望むシナリオの世界に飛び込むように念じればいい。シモーネがドナー手術を受けない世界は無数に存在する」

僕は首を横に振った。

「ドナー手術を受ける世界のシモーネを救いたいんだよ。シモーネがドナーになるのをやめさせたい」

「それはさっき言ったように無理だよ。そもそもどうやってシモーネを説得するの？　今回の件は、来日する前から決まっていたことなんだ。アメリカまで行って『肝移植を絶対に受けないで』って言うの？」

その状況を想像してみる……用心棒に取り押さえられる結末しか思い浮かばない。

「それに……結局は誰かがチャールズに肝臓を提供するんだよ。シモーネが肝臓を提供しない世界では誰がドナーになっていたと思う？」

「検討もつかないよ。僕の知らない人じゃないの？」

「ソフィアだよ。君がいた世界でも、元々彼女がドナーになる予定だった」

「そんな……シモーネよりさらに若いじゃないか」

「ソフィアはむしろドナーになることを喜んでいたよ。それによって無罪放免が決定するばかりでなく、ウィリス家の一員として完全に認められ、実家の両親や弟妹を養うのに十分な給与を得られるはずだった。だけど来日後、ドナーが変更されたことを知らされた。だからソフィアは怒ったんだよ」

ドアの向こうで激昂《げきこう》していたソフィアの声を思い出した。それにしても、肝臓を差し出して一員として認めてもらえるとは……すごい世界だ。

僕たちは再び部屋に戻った。二十ワットの明かりをつけて、ベッドの前に座る。

間宮が口を開いた。

「もう分かったよね。結局シモーネの決断を尊重するしかないんだ。大丈夫、シモーネは死んだりしないし、ちゃんと回復して元気になるよ。君がそういう気持ちで戻れば、ちゃんとそういう宇宙に辿り着く」

「『そういう宇宙』ってどういう意味？　僕は『元の宇宙』に戻りたい」

「それってつまり……ここにくる前に君がいた宇宙ってこと？」

「そうだよ」

「それもまた無理な話だよ。だって君のアメーバを構成するウラ世界の素粒子が何個あると思ってるんだよ。君が今吸い込んだ酸素分子の数より遥かに多くの宇宙があるんだ。

それに、一つの宇宙にこだわるなんて意味がない発想だよ。

例えば君は、自分が産まれた時のことを親から何度も聞かされてるよね？　君は生後間もなく新生児黄疸《おうだん》を起こして、緊急で交換輸血を施行された」

僕は肯いた。かなり状態が悪かったらしく、看護師の生血を使って体全体の血を入れ替えたらしい。

「君はそれから何事もなかったように成長し、今は医師国家試験を控えた医学部六年生だ。でも実際には君はほとんどの宇宙で亡くなっている。具体的には輸血関連の合併症が致命的となり、君はほぼ全ての宇宙から脱落した。

だから君のアメーバはウラ世界のごく一部の思念球が集積して生まれたんだ。恐らく君の力もそのことが関与している」

「僕は運良く自分が生きてる宇宙に産まれたってこと？」

彼は首を横に振った。

「違うよ、そうじゃない。君の意識の本体は常にウラにあり、細菌が無数の繊毛を伸ばすように、無数の宇宙と紐付けられている。この瞬間も君はどこかの世界で死に続け、紐付ける宇宙が減り続けている。でも君は死を自覚しない。なぜなら意識のアメーバは、その他無数の宇宙と紐づけられているからだ。つまり……君はある宇宙で死んだ瞬間、その宇宙との繋がりを断ち、他の宇宙にシフトするんだよ。最終的に全ての宇宙で君が亡くなった時、君のアメーバはオモテ世界との繋がりを失う」

気が遠くなる話だ……。

「つまりシモーネも厳密には死に続けている……それはウラ世界のアメーバにとって、紐づける世界が減り続けることを意味している……」

「そういうこと。だから元の宇宙に戻ることを考えること自体がナンセンスだ」

僕はため息をついた。

「それで……シモーネが無事肝移植を乗り切る世界は存在するの？」

「うん、大丈夫。むしろほぼ全ての宇宙で彼女は無事手術を終えている。そうでない宇宙を選ぶのが難しいくらいだ」

「そうか……よかった」

沈黙が続いた。

間宮が手で顔を覆った。

「そろそろ……『あいつら』がうるさくなってきた……ボクはもうウラ三次元に戻るよ」

「そんな……まだどうやって元に戻るのか聞いてない」

「もう話したよ……大丈夫だよ、君なら……」

彼はそう言って、ベッドの上にうつ伏せになった。

「ちょっと待ってよ。正気を失うのは僕を戻してから……」

「シモーネをよろしく……かのじょはぼくいじょうにたむ……」

彼が唸り声をあげ始めるのを見て、ため息をついた。最後、何を言おうとしたのだろう……。

こうなってしまったら、間宮がまた正気に戻るのを待つしかない。タバコでも吸いながら今後の見通しを立てようと思い、部屋の引き戸に手をかけた。

その時、背後に気配を感じた。いつの間にか唸り声が止んでいる。

「なんだ、てっきり……」

振り返ると間宮がベッドの上に座り、冷たい視線を向けていた。

「Why was I sleeping in the servant's break room? Who are you?」

（どうして私が使用人の休憩室で寝ていたんだ？　君は誰だ？）

僕は呆然とした。

「どうしたの？　何で英語で話してるの？」

「So, you're Japanese. That's strange」

（君は日本人か……おかしいな）

ようやく理解した。目の前にいる人間は若き頃のシモーネだ。何かの拍子で彼女が目を覚ましたのだ。

「僕は間宮の友達のタムラノボル。そして君のことも知っている……シモーネ」

彼女は眉をひそめる。

「Who are you? How do you know about that?」

（なんだ、君は。どうしてそんなことを知っている？）

彼女は起き上がり、僕の前に立った。先日見た時より痩せていて、身長も低い。顔にあどけなさが残っている。

だけど目つきの鋭さは五年後と変わらなかった。間違いなくシモーネ＝ウィリスが目の前に立っている。一体なぜ彼女が覚醒したのか見当もつかなかったが、十代の頃のシモーネと話ができる日が来るとは夢にも思わなかった。感慨深い気持ちになる。

次の瞬間、彼女は苦悶の表情を浮かべた。

「Oh, it's them again. They're really relentless」

（ああ、またあいつらがやってきた。本当にしつこいな）

次の瞬間、部屋が球面複合体で満たされていた。さっきよりも遥かに早いペースで増殖している。

シモーネはベッドの上に崩れ落ち、うつ伏せになって唸り声を上げ始めた。

――シモーネ、未来で君と再会できて……本当によかった。

複合体はあっという間に僕を包み込んだ。シモーネの姿は見えなくなり、来た時と同じように方向感覚を失った。

気がつくと、微かに発光する空間を彷徨っていた。目を瞑ると、廊下が延びている。僕はその廊下を来た時と逆の方向に進む。シモーネが回復して、意気揚々と歩く姿を想像しながら。

※※

オペ室のモニター音が鼓膜を打ち続けていた。重力も回復している。瞼《まぶた》を開くと、緑のドレープが網膜に映った。

海野先生が皮膚の縫合をしている。手は相変わらず震えているが、糸を通す瞬間だけは震えがぴたりと止まる。

彼は呟いた。

「若い女性だからね。なるべく痕が残らないように……」

小島先生が剪刀で糸を切った。

「これほど丁寧な埋没縫合を見るのは初めてです。すごく勉強になります」

「さあ、終わりだ。みんなお疲れさま」

海野先生が顔を上げる。麻酔科医が仕切りをどかし、シモーネの顔が露わになる。目は透明なテープで閉じられ、口には気管チューブを通されている。

看護師の声が響いた。

「お疲れさまです。総出血量は２０００ミリリットルです」

あれから出血はほとんど増えなかったのか……本当によかった。

全身麻酔からの覚醒を麻酔科医が開始する。シモーネの目を覆っているテープを剝がした。


ガウンを脱いだ海野先生は部屋の隅まで歩き、息をついた。小島先生が歩み寄り、会釈をした。

「先生、お疲れさまでした。本日の手術、序盤の出血１５００ミリリットル、その後わずか５０
０ミリリットルの出血で終えたのは本当に凄いと思いました」

海野先生は首を横に振った。

「ありがとう。でもそもそも序盤の出血を招いたのが私だからね……それでも今日は途中から昔の感覚が戻ってきて……手がよく動いた。いつもこんな感じなら君たちに迷惑をかけずに済むんだけど」

小島先生は複雑な表情を浮かべた後、頭を下げた。

「先生、本当にお疲れ様でした」

「ありがとう」と海野先生は言った。


僕はオペ台の方に移動し、シモーネを見守った。

頭側に立つ麻酔科医の声が響く。

「ウィリスさん、分かりますか？　手術が終わりました」

彼女は目を開け、肯いた。

「抜管します」

麻酔科医はシリンジでカフの空気を抜いたあと、気管チューブを引き抜いた。するとシモーネが強く咳《せ》き込んだ。正常な反射が働いてる証拠だ。

とにかく無事に手術が終わってよかった。

僕は患者をストレッチャーに移す共同作業に加わった。左右に三人ずつ並び、いっせいのせいで持ち上げて隣のベッドに移すのだ。頭を持つのは麻酔科医の仕事だ。

「いっせいのせい！」

シモーネがストレッチャーに移された。麻酔科医が大きな声をかけた。

「シモーネさん、これから病室に帰りますよ」

彼女は目を開けて、肯いた。

そのとき彼女の顔がゆっくりと左右に動いた。目で何かを探しているように見えた。僕と目が合うと、彼女の動きが止まった。僕たちはしばらく見つめ合っていた。彼女が優しく微笑んだ。その瞬間、僕の身体は硬直し、時間の流れが遅くなった。僕は涙腺が熱くなるのを自覚した。やっとの思いで微笑み返し、「お疲れさま」と呟いた。

※

およそ三十分後、シモーネが搬送された個室型のＩＣＵに向かった。開け放たれた引き戸を越えると、広々とした部屋に白衣を着た外国人が十人近く立っていた。部屋の隅にはスーツを着た

ＳＰも複数人立っていた。

　僕はそばにいた年配の男性看護師に声をかけた。

「どうしたんですか、彼ら」

　彼は苦笑いを浮かべた。

「それが……『術後ケアからは我々が引き継ぐ』って言って聞かないんだよ。そんなことが認められるわけないのに……」

　女性看護師が隣に歩み寄ってきた。

「先ほど院長から通達がありました。『彼らは日本で医療行為をする資格を持っているので言われた通りにするように』とのことです」

「ええ、マジで？」

　彼は首をすくめた。

　誰かが後ろから肩を叩いた。振り返るとＳＰが立っていた。『部屋から出ろ』ということらしい。僕たちは追い出されるように退室した。明日、落ち着いたら会いに来ようと思った。

　だけどそれは叶わなかった。シモーネは翌日にプライベートジェットで帰国し、アメリカの病院に転院となった。

12　論理球爆縮

肝移植から三日後、僕は病棟のナースステーションで術後患者のカルテを読んでいた。ウィリス家への報告業務はすでに終わったが、それまで通り積極的に実習に参加した。ウィリス家で緊張感をもって働く人々を見て、自分も真剣に生きてみようと思った。

その感覚はなんの前触れもなくやってきた。

無数のマリモが、僕の足元から頭の方に向かって通り抜けた。それはとても懐かしい感覚だった。

——論理球爆縮だ。

僕は天井を見上げた。十四階にいる少年が起こしたに違いない。周囲を見渡すと、ナースステーションは無人だ。椅子から立ち上がり、エレベーターホールに向かった。どこまで行けるか分からないが少年に少しでも近づいてみよう。

エレベーターホールに辿り着くまで一人ともすれ違わなかった。いつもホールに立っている警察もいない。僕はケータイを取り出して時間を確認した。十三時。みんな休憩してるのか……。

昇降ボタンを押すと『停止中』の札が貼られたエレベーターのドアがすぐに開いた。僕は無人のカゴに乗り込み、十四階のボタンを押した。

一度も停止することなく十四階に着き、ドアが開いた。ガタイのいいＳＰはいなかった。外に出て廊下を見渡したが、廊下に人の姿は見当たらない。

恐る恐る病室に向かって歩く。廊下の手前側にあるドアの前で立ち止まる。そこにマリモの余波が流れこむ気配を感じる。

ドアをノックしてみても反応がない。

ノブを回してみるとドアが開いた。玄関ホールには誰もいなかった。

「すみません」

反応がない。中に入ってみる。内側のドアを開けると、フラットになったベッドにチャールズが横たわっている。その隣には少年が立っていて、相変わらず虚空を見つめて何かを呟いている。

ゆっくりとベッドサイドに歩み寄る。チャールズの頭には電極パッドが取り付けられている。仰向けのまま微動だにせず、右の鎖骨付近には中心静脈栄養の管が繋がっている。

しばらく立ち尽くす。

チャールズは全く動かない。少年はずっと何かを呟いている。モニターの心音が、時の流れを刻んでいる。

僕は絞り出すように声を出した。

「自分よりずっと若いシモーネをドナーに選ぶなんて……他に選択肢はなかったんですか？」

その時、電子音が静寂を破った。

「〈声〉の意思だ」

僕はベッドの奥に鎮座する金色の装置を呆然と眺めた。視線を落としてチャールズを見る。彼は部屋に入った時と同じ姿勢のまま動いていない。例のリモコンは右手のそばに置かれている。

手は触れていない。

　僕は彼に向かって話した。

「そうやって〈声〉の意思ということにすれば……なんでも自己正当化されるじゃないですか。ずるいですよ……」

　再び合成音が響いた。

「当初はソフィアが選ばれた。彼女は喜んでそれを受け入れた。ところが直前になって〈声〉が翻意し、シモーネがより適切であると判断した。シモーネはそれを快諾した。本来であれば〈声〉がそのように予定を変更することなど起きない。タムラ君――君が運命を変えたのだよ」

　チャールズは相変わらず微動だにしない。

「何もかもが不条理です。納得できません」

「不条理か否か、君が判断の根拠とする倫理……それすらも〈声〉の導きの結果だ」

「何を言ってるんですか……意味が分からないです」

「君は惣一から論理球の話を聞いて納得していたね。物理や数学は人間が発明したものではなく、論理球を感知して得たものであると。それは法律学や倫理学も変わらないのだよ。それらは物理や数学と同じ普遍性を有している。つまり論理球に内在する理念を人間が感知した結果生まれたのだ」

「でも……法律や倫理の概念は時代に応じて変化してきました。人類が試行錯誤の末に獲得したものじゃないんですか？」

「その時の社会の状況によって最適解が変わるのだ。その点は物理学や数学と異なるね」

　僕は首を横に振った。

「あなたの〈声〉に対する考え方は分かりました。でもシモーネがドナーに選ばれるのは納得がいきません」

「納得がいかないのは、世界に対する君の理解がまだ浅いからだ」

僕は首を横に振った。やはりこの男のことを好きになれない。

僕が黙っていると再び電子音が響いた。

「君の体を構成する六十兆個の細胞を想像してほしい。皮膚細胞は幹細胞から生まれ、表皮へと変化していく。たった一ヶ月の寿命ではあるが、細胞も微小な意識を宿し、生への渇求を有している。しかし一方で、宿主という〈声〉と似て非なるものから導きを受け、死を受け入れる。そのさい〈思念球放射〉が発生し、宿主の生体システムがより盤石となる。それは何かと似ていると思わないかね？」

「この社会ですか？」

「その通りだね。社会と似ている。そしてもう一つ、進化の過程とそっくりなのだよ。

かつて増殖欲という名の感球を原動力として多くの生命が誕生し、互いに争った。争いとはつまり相手への蹂躙《じゅうりん》だ。初期の宇宙モデルでは、度重なる蹂躙は荒廃しか生まなかった。しかし創造主が〈思念球放射〉というウラ世界特有の物理法則を導入した宇宙では、蹂躙が重なるたびに秩序が発生し、その輪郭を強化していく宇宙が造り出された。君の身体も、時間軸は異なるものの進化と同じ過程を再現している」

「ちょっと待ってください。どうして今その話をしているんですか？」

「個体、社会、進化……それらに共通するのは、いずれも不条理が起こす〈思念球放射〉を合理性の礎にしていることだ。それは過去も現在も世界の至るところで発生し、ミクロからマクロに及んでいる。君の考える不条理……それは世界の本質そのものなのだ。この世界は膨大な不条理から生み出された結晶なのだよ。

ただそれだけでは世界は正しい方向へ進まない。その指南役を果たすのが〈声〉だった。この男が君に話したように、創造主の［追憶］が四次元時空に落とした影、それが〈声〉だよ。〈声〉なくして生物の正しい進化はなかったし、当然人類の繁栄も起きえなかった」

「〈声〉とは……神のことですか？」

その時、笑い声が響いた。チャールズの声ではなく、電子機器が笑い声を生成していた。

「〈声〉は四十億年かけて地球上の生物の進化を導いた。そのような存在を『神』と思うかね？」

「はい。もしそれが本当なら」

再び電子機器の笑い声が響く。僕は下を向いて、その不愉快な合成音が鎮まるのを待った。

「我々のこの宇宙もウラ世界の素粒子、つまり論理球の一つにすぎないことを思い出すのだ。コマが立つためには廻《まわ》り続ける必要があるように、論理球が正しく機能するためには、内在する宇宙が意識を生成し続ける必要がある。君の言う『神』とは、たった一つの論理球が持つ合理性のことだ。それ以上でもそれ以下でもない。私たち〈声〉もその中に含まれている」

彼の話をすぐに理解できなかった。代わりに怒りが湧いてきた。

「だから……僕はシモーネの話をしていたのに……」

その時チャールズの身体が動いた。まるでたった今覚醒したように。彼は手元のリモコンを手探りでつかみ、操作した。すぐに複数のＳＰが後ろのドアから入ってきて、僕をつまみ出した。

※

それから二週間が過ぎた日のことだ。チャールズも退院し、東大病院は以前の落ち着きを取り戻していた。

午前中に放射線科のクルズスが終わり、研究棟の奥にあるカワナ食堂で食事をとるため、人けのない廊下を一人で歩いていた。その時、聞き覚えのある革靴の音と、それに続く無数の足音が廊下の角から響いてきた。僕は立ち止まり、廊下の端に寄った。

最初に角から現れたのは立花先生だ。彼はいつものようにスーツを着ており、その上に羽織る白衣がマントのように揺れていた。彼の目は前方の一点を見つめている。僕を一瞥すると微かな笑みを浮かべ、すぐに無機質な表情に戻った。その少し後ろには小島先生と飯田先生が、両隣を並んで歩いている。複数の若い医局員がその後に続いた。

僕は廊下の隅で立ち尽くし、彼らが通り過ぎるのをただ眺めていた。

小島先生は僕を一瞥もしなかった。一方、飯田先生は優しく微笑んだ。いつでもウチに来いと言いたげな表情だった。


カワナ食堂で月見蕎麦《そば》を食べている時、神月教授の言葉がリフレインした。

『考えてるだけじゃあ、何も起きねえぞ』

高校生の頃は考えているだけで世界が変わった。意識の中でマリモが増えていき、それが成績に結びついて他人にも評価された。

だけど社会の中では、人と関わらずに成功を収めることは難しい。葛西さんも、密度の濃い人生を送るためには積極的に人と関わるべきだと言っていた。

そういえば葛西さんは……。

その時、隣で物音がした。振り向くと小島先生が座って、こちらを見ていた。彼女は澄ました表情で言った。

「覇気のない顔をしてるねえ。そんなんじゃ来年から思いやられるぞ」彼女はそう言ってため息をついた。

「海野先生、あの手術の後にメスを置いたよ」

僕は目を丸くした。

「そうなんですか？　手術はうまくいったのに」

「うん。いい感じのまま、やめたかったみたい。みんな安心したよ」彼女は頬杖をついた。

「でもあの日のオペはよかったけどなあ。輸血始めてからは、目が覚めたみたいだったよね」

僕は肯いた。本当によかった……。

「実習初日、君が見た患者。覚えてる？　若いのに肝硬変で……癌の再発が見つかった人」

「葛西さんですか」

「そうそう。葛西さん。よく覚えてるね。十日前に手術を受けたよ。執刀医は立花先生」

「ちょうど今思い出していたんです。どうでしたか？」

彼女は肩をすくめた。

「もうそれは素晴らしい手術だったよ。なんていうか……普通じゃなかった。いつもヤバい手術だけど、あの時の立花先生は神がかっていたよ。難所がいくつもあったのに、それをことごとく技でねじ伏せて……出血量も通常の手術よりむしろ少なかった」

「よかった……それじゃあ手術は成功したんですね」

「手術は大成功だった。だけど残念ながら肝硬変の合併症……消化管出血で患者さんは一昨日亡くなった」

「そんな……」

顔中に皺を寄せて笑う彼の顔が脳裏に浮かんだ。涙腺が熱くなり、不覚にも涙が落ちそうになった。僕はうつむいて顔を隠した。

しばらく沈黙が続いた。

小島先生が口を開いた。

「君のこと、最初は叱ったけど、あれは確かに君が正しかったのかもしれないね……オペが成功しても残念な結果に終わることがある。その場合、後に残るのは患者と真摯に向き合えたかどうか……それくらいだもんね」

僕は肯いた。何か返事をしようと思ったが、言葉が出なかった。

「君は外科に向いてないと最初は思ったけど、今はどんな外科医になるのか興味があるよ。苦労しそうだけどね、色んな意味で」彼女は立ち上がった。

「それじゃあね。国試頑張ってね」

実習が早めに終わり、十五時頃に病院のエントランスから外に出た。ソフィアが車寄せの前に立っていて、僕と目が合うと下を向いた。別の人を待っていたようだ。

――僕はもう無関係の人間か……。

手前で左手に折れて、竜岡門に向かって歩いた。十五時過ぎのキャンパスはまだ明るく、頬を撫でる冷たい風が心地よい。

後ろからかけ寄る足音がする。大学ではよく誰かが走っている……気に留めずに歩いていると、後ろから声をかけられた。

「タムラ様！　ひどいじゃないですか、どうして通り過ぎたんですか？」

振り返ると、ソフィアが息を切らして僕を見ていた。

「え、だって君が目を逸らすから。もう用はないのかなと思って」

「タムラ様、違います。たまたまコンタクトレンズがズレて目を瞑ったんです。さあ、行きますよ」

彼女は僕の手を引いた。

「え、どこへ？」

「シモーネ様がお待ちです。ハワイ島で」

「え？」呆気にとられた。

「ハワイ島？　今から行くの？」

「はい。成田《なりた》に専用のプライベートジェットが待機してます。今からひとっ飛びと行きましょう」

彼女は右腕でガッツポーズをした。まるでアトラクションの無邪気なガイドだ。

ハワイの青い海が思い浮かんだ。しかしすぐに現実に戻り、首を横に振った。

「僕はまだ実習が終わってないんだ。明日からちょっと面倒くさい予定が入ってるんだよ」

「それに関してはご安心を。今から医学部本館に寄ります。そこでタムラ様だけに課される『特別実習』の辞令を、医学部長直々に発行してもらう根回しが済んでいます」

　僕は呆然と立ち尽くした。

「それで……どれくらい向こうに滞在するの？」

「ざっと二週間。タムラ様には病み上がりのシモーネ様と一緒に過ごしてもらいます。よき滞在となるよう、私を始めとしたウィリス家のスタッフが力を合わせて支援いたします。慣れない環境で戸惑いもあるでしょうが、どうかご安心を」

「そりゃ君たちのバックアップがあればどんな場所でも安心だよ……でもどうして急に？」

「シモーネ様が今すぐにでもタムラ様と会いたいそうです。ハワイ島の雄大な自然に囲まれ、新鮮なフルーツを味わいながらタムラ様とお話がしたいとおっしゃっています」

　僕はシモーネが最後に見せた微笑を思い出す──ほんの数秒の出来事だったのに、もう何度も思い返しているし、そのたびに勇気付けられている。

「それではタムラ様、私ソフィアがハワイ島までご案内いたします！」

　彼女は踵を返し、手を振って歩いた。その先には黒いロールス・ロイスが停まっていて、太陽の日差しを受けて妖しく輝いていた。

　僕は立ち止まり、彼女の後ろ姿を見た。シモーネと再会した日のことを思い出していた。あの時もソフィアが手引きをしてくれた。

　僕はソフィアの名前を呼んだ。

本作は、Amazon Kindle版として二〇二四年四月に発表された『東大理三の悪魔』、同年八月に発表された続編『東大病院の天使』を合冊・加筆修正し、書籍化したものです。

当時の雰囲気を忠実に再現するため、本作では喫煙シーンが描写されています。喫煙は様々な健康被害をもたらします。また未成年の喫煙は法律で禁止されています。

当時は肝臓手術の出血量が現代よりもはるかに多く、医師にとっても患者にとっても過酷な手術でした。しかし現在は腹腔鏡下手術などの技術が発達し、出血量もかなり抑えられるようになっています。

引用文献
『口語訳　聖書』日本聖書協会

あとがき

この本は、令和六年四月三十日にＡｍａｚｏｎの個人出版で刊行された『東大理三の悪魔』（以下、悪魔）、同年八月六日に刊行された続編『東大病院の天使』（以下、天使）を、宝島社の編集の方々のお力添えをいただき、一冊にまとめたものです。悪魔が第一部、天使が第二部となっています。

私は令和三年から『ぴーす』として、ＹｏｕＴｕｂｅで自分の考える宇宙観や、医学生・研修医時代の経験を話してきました。この二冊の小説には、その内容が盛り込まれています。

当初、この小説の紹介文には「実話をもとに描いたＳＦファンタジー」という文言が含まれていたため、「一体どこまでが実話なのか？」という質問をよくいただきました。このあとがきを読めば、だいたいのイメージがつかんでいただけるように説明したいと思います。さらに私のＹｏｕＴｕｂｅで該当動画をご覧いただくと、『事実の部分』がより詳細にクローズアップされることでしょう。該当する動画のタイトルの先頭に★（悪魔）と☆（天使）をつけておきますので、興味のある方は是非下記リンクを訪れてください。

https://www.youtube.com/@piece0385

悪魔について

悪魔のどの部分が真実か、例を挙げていきます。私が中学時代まで落ちこぼれだったこと、野球部の同級生に土下座を強要されたこと、その出来事の直後に成績が急激に伸びたこと、進学校の巣鴨高校で禁断の恋（？）に落ちて成績が急降下したことなど……回想篇で書かれていることはすべて実際に起きたことです。そして、ここで挙げた例はいずれもＹｏｕＴｕｂｅで紹介されています。どれも実生活で人に打ち明けたことは一度もなく、腰をすえて語れるＹｏｕＴｕｂｅだから話せた内容と言えます。

ＹｏｕＴｕｂｅでも話したことがない、しかし小説に登場する実体験の例として、イマジナリーフレンドの『彼』の存在が挙げられます。彼が存在していたのは小学生から大学二年生くらいまでだったと思います。普段から心の中で対話をするだけでしたが、試験の本番など、ここぞという時には『彼』と一体化する自分自身をイメージして、集中力を高めることがありました。それは特別なことではなく、若い人が好む自己洗脳の一種だったのだろうと思います。

※

この小説には、いくつか独特のキーワードが登場します。例えば「論理球」。この言葉を思いついたのは、この小説を書いている最中のことでした。かつて私は、友達と議論をしていると『とんでもない角度から切り込んでくる』と呆れられることが多いタイプの人間でした。そのように突飛なアイディアは、頭の外からポッと『入ってくる』感覚を伴います。つまり間宮君の語る『四次元論理球はその辺を漂っている』という世界観は、学生時代の体験が元になっているのです。

となると、主人公のタムラノボルは作者自身かと思われる方は多いかもしれません。しかしタムラノボルと私は別人です。より正確に言えば、「私とそっくりな人生を送っている別人」ということになります。彼には私が理想とする人物像が投影されており、実際の私はノボルのように上手な聞き役でなければ、人前で常に平静を装える人間でもありません。学生時代の私は人の話を落ち着いて聞けず、また極度に緊張しやすい性格でした。そのため私の学生時代の舞台は、ごく狭い世界に限られていたのです。

もし自分にこの二つの欠点がなかったら……そういう気持ちでノボルの人間像を構築しました。当然、容姿も別人を想定しています。私のＹｏｕＴｕｂｅをご覧になって『え、このおじさんの若い頃がタムラなの？』と失望されませんように。読者が理想とするタムラノボルの像こそが、彼の真の姿です。何せ作者の私自身、理想を投影して書いているのですから。これこそが言葉だけで紡がれる小説の優れた点です。

※

この小説を書き始めた当初、もともと『秀才の岡田』、『奇才の蔵野』の会話を描く物語としてスタートを切りました（いずれも仮名）。当初の構想に間宮君は存在しませんでした。ちなみに岡田は教養学部時代の親友、蔵野は医学部時代の親友で、実はこの二人には接点がありません。私の中で時間軸をずらし、この親友二人を繋げたら面白そうだと考えたのです（ちなみに蔵野はＹｏｕＴｕｂｅで「理三随一の奇才」として紹介し、好評をいただきました）。

岡田とはよく渋谷の安楽亭で焼肉を食べ、蔵野とはよく本郷の名曲喫茶で様々なテーマを語り合いました。彼らは互いに考え方が異なる人間でした。例えるならば、座標のｘ軸とｙ軸のような関係だったと言えます。逆に言えば、彼ら秀才がどんなに互いの意見をすり合わせ、昇華させてもそのｘｙ平面から飛び出すことはできません。そこに間宮君という天才を重ね、ｘｙｚ空間の住人として高みから見下ろす展開を思いついたのです。

私にとって旧教養学部図書館は思い出深い場所でした。当時、夜の九時まで開いている図書館というのは、夜型だった私にとって大変ありがたい存在でした。

仮面浪人時代、閉館間際まで勉強し、爆音で流れるブランデンブルクを聴きながら片付けをすることは、毎夜の儀式のようなものでした。図書館を出ると静寂と闇に包まれる駒場キャンパスが目の前に広がっていました。一人の時は『彼』が隣を歩いています。その時の情景を思い出しているうちに、『彼』の姿は闇夜に溶け込んだ架空の人間、間宮君へと変化していきました。つまり『彼』と間宮君が本質的に同じ存在という発想は、この誕生過程に隠されているのです。朧《おぼろ》げだった天才の輪郭は、執筆を進める中でで少しずつ具現化されていきました。

例えば、「意識の中で『五秒』と『五メートル』は等価である」という間宮君の発想。それは私が考えだしたというよりも、間宮君との会話を瞑想している時、彼がそれを口にしたのです。「論理球」や「ウラ世界」などの言葉も、瞑想の中の間宮君が発したものでした。まるで脳裏に住み着いた彼が論理球を引き寄せるように、思いもよらぬ発想が頭の中にポッと入り込んでくるのです。それは私の中に漂着したカゲロウ意識そのものでした。

※

　ではなぜそこから聖書の展開に帰着したのか……実は、科学の世界では長年『無駄な知識』と考えられていた理論体系が後世で見直されるのはよくあることです。例えば小説の中で取り上げた『非ユークリッド幾何学』だけでなく、かつては抽象的で応用性がないとみなされていた『位相幾何学（トポロジー）』は素粒子論で重要な役割を果たすことが明らかになりました。また、古代から純粋数学として知られた『数論』は、暗号理論の基礎として脚光を浴びるようになりました。

　では二千五百年の歴史を持つ聖書はどうでしょうか？　そう考えるきっかけになったのは、教養学部時代に学んだ特殊相対性理論でした。この学問では『光の速さが誰から見ても一定』という原理が何よりも優先されます。『そんな無茶な』と言いたくなるような話です。しかしこの無茶を実現するため、時間と空間が伸び縮みせざるを得なくなります。例えば、早い速度で移動している物体にとっても、外に見える光の速さが一定でないといけません――その物体の中で時間の流れが遅くなれば辻褄が合います。また説明は割愛しますが、静止している観測者から見ると速く動いている物体は縮んで見えます。言い換えれば、『光の速さが一定』という絶対原理を成立させるために、時間と空間が伸び縮みするのです。

　つまり特殊相対論と創世記（光あれ）は、まず光ありきという点で共通しているのです。そこで『聖書を書いた人間は、世界の本質を論理球を通じて知っていた』という前提で考察を進めてみました。すると、創世記に書かれている内容が現代素粒子論や多次元宇宙論、そして意識の概念というドラマチックな展開に再解釈できることに気づきました。

創世記第一章の文言を全て引用するのは少々やり過ぎという危惧もありました。しかし、そこに隠された独特のテンポや、一見無駄にしか見えない繰り返しの多さを読者の方に実感していただくため、すべて引用することにしました。

この『独特のテンポ』とは、ゼロからスタートして、少しずつ基本構成要素を積み重ねていく過程であり、数学や物理の論理構築のプロセスと似ています。また『無駄にしか見えない繰り返し』には、書き手の強い意思が込められているように感じます。彼はそこにある『何か』を感じとり、二つあるうちの一つを省略するわけにはいかないと考えたのでは……つまり事象のオモテ側とウラ側、どちらも記録する必要があると判断したのではないか……瞑想の中の間宮君が、私にそう伝えてきたのです。

いつか聖書が科学の分野で再評価される日が来ると、私は信じています。

天使について

大学五年生から病院実習が始まり、死や病気を目の前にしても生き生きとしている医者に対して、私は畏怖の念を覚えました。中でも特に印象的だったのが肝胆膵《かんたんすい》外科の実習で、そこで辣腕《らつわん》を振るう神月教授（仮名）の存在です。彼は死を恐れるどころか華麗な手技を繰り出し、結果として多くの患者の命を救い、多くの医師から尊敬されていました。その生き様は私にとって大きな刺激となり、厳しい現実の中でも思考を止めない重要性を教えてくれたのです。

小説の世界と異なり、一学生だった私が教授に声をかけられるはずもなく、遠巻きに彼の姿を見ているだけでした。彼はオペ室に入るなり摘出された肝臓を一瞥《いちべつ》し、『お前らよく見ておけよ、これが先天性胆道閉鎖症の典型的な肝硬変像だからな』と低い声で言い放ちました。

十九歳の少年の命がかかった手術。そのプレッシャーは計り知れません。しかし彼は悠然と構えるだけでなく、肝臓という三次元構造物を探究し続ける学徒としての志も忘れていませんでした。私はその姿から、死を恐れずに知性を追い求め続けた人間が到達する境地を垣間見たのです。そして小説にもあるように、彼がグラフト作成に成功した瞬間、手術室は拍手で包まれました。

東京に住んでいた時は昔を振り返る余裕などありませんでした。しかし離島に来てからはよく過去を思い返すようになります。そういえばこんなことがあったんだ……と海を眺めながらしみじみ考えたものです。そのうち自分の体験を誰かに伝えたいと思うようになり、ＹｏｕＴｕｂｅを始めたのです。

天使の中では、研修医になってから訪れたどん底のピークを、敢えて大学生活にシフトさせました。ノボルには、私のような遠回りをさせたくありませんでした。

最後に、数多くあるＡｍａｚｏｎ個人出版の中から私の著作を見つけて読んでくださり、さらに多くの人に届けるために出版を提案してくださった宝島社編集部の皆さま、この本の制作に携わってくださったすべての方々、そして本書を手に取り読んでくださった読者の皆様に、心より感謝申し上げます。

二〇二四年十二月

幸村百理男

幸村百理男（こうむら もりお）
東京大学医学部医学科卒業。二本松眼科病院、虎の門病院などを経て、沖縄県・宮古島にてこうむら眼科を開業。年間1000件以上の眼科手術をこなす傍ら、YouTubeチャンネルで「ぴーす」として、自身の考えを発信している。

装幀　bookwall
装画　ふすい

東大理三《とうだいりさん》の悪魔《あくま》
2025年2月11日　第１刷発行

著　者：幸村百理男
発行人：関川誠
発行所：株式会社宝島社
〒102-8388 東京都千代田区一番町25番地
電話：営業　03(3234)4621／編集　03(3239)0599
https://tkj.jp
組版：株式会社プレスメディア
印刷・製本：中央精版印刷株式会社

Printed in Japan
ISBN 978-4-299-06308-3